Meiner Mutter,
die stets an mich geglaubt hat

ERSTER TEIL

1

Die Fantasie ist eine großartige Gabe, eine göttliche Geisteskraft, und es ist möglich, sie solchermaßen zu üben und auszubilden, dass sie nur dasjenige aufnimmt, was wahr ist.

Frederick Bligh Bond, aus: *Das Tor der Erinnerung*

Die Schatten sickerten langsam in Jack Montforts kleines Büro und tauchten die Ecken in angenehmes Dämmerlicht. In letzter Zeit verspürte er immer eine gewisse Vorfreude auf die Stunden am Ende des Tages, die er für sich allein hatte. Er sagte sich, dass er mehr erledigt bekam, wenn das Telefon nicht läutete und keine Kunden vorbeischauten, aber vielleicht, so dachte er mit leiser Bitterkeit, lag es auch nur daran, dass er herzlich wenig Grund hatte, nach Hause zu gehen.

Er stand an seinem Fenster, blickte auf die Fußgänger herab, die auf beiden Seiten der Magdalene Street vorüberhasteten, und überlegte beiläufig, wohin sie wohl alle an diesem Mittwochabend so eilig unterwegs waren. Die Tore der Abtei gegenüber waren um fünf Uhr geschlossen worden, und er beobachtete, wie der Wächter die letzten Nachzügler hinausließ. Es war ein wolkenloser Märztag gewesen, jedoch mit einem schneidenden Wind, und Jack konnte sich vorstellen, dass jemand, der sich vom Sonnenschein zu einem Spaziergang um den Fischteich des Abts hatte verleiten lassen, inzwischen bis auf die Knochen durchgefroren sein musste. Nun würden sich die Umrisse der verbliebenen Strebepfeiler der großen Kirche gegen das helle Rosa des östlichen Himmels abzeichnen, eine angemessene Belohnung für diejenigen, die der Kälte getrotzt hatten.

Er konnte sich glücklich schätzen, die beiden Büroräume im ersten Stock bekommen zu haben, mit Blick auf den Marktplatz und den Eingang zur Abtei. Es war eine erstklassige Lage, und die Auflagen, die mit der Renovierung eines denkmalgeschützten Gebäudes verbunden waren, hatten ihn nicht abgeschreckt. Durch seine Jahre in London hatte er reichlich Erfahrung im kreativen Umgang mit Vorschriften gewonnen, und es war ihm gelungen, die Räumlichkeiten zu seiner Zufriedenheit zu modernisieren, ohne sein Budget zu überschreiten. Er hatte eine Sekretärin eingestellt, die über seinen neuen Empfangsbereich herrschte, und sich an die langwierige Aufgabe gemacht, ein Architekturbüro aufzubauen.

Und wenn eine kleine Stimme immer noch gelegentlich flüsterte: *Wozu das Ganze?*, dann tat er sein Bestes, sie zu ignorieren, und machte weiter, so gut er eben konnte, auch wenn ihn die letzten Jahre gelehrt hatten, dass alle Pläne letztlich nur flüchtige Entwürfe waren. Schon als Kind hatte sein Lebensweg für ihn festgestanden: Universitätsabschluss, eine erfolgreiche Laufbahn als Architekt … Ehefrau … Familie. Was er nicht mit auf der Rechnung gehabt hatte, war die Weigerung des Lebens, dabei mitzuspielen. Jetzt waren sie alle nicht mehr da: seine Mutter, sein Vater … Emily. Mit vierzig fand er sich wieder in Glastonbury. Es war ein Schritt, der vor zwanzig Jahren für ihn unvorstellbar gewesen wäre; aber hier war er nun, allein in dem alten Haus seiner Eltern in der Ashwell Lane, bedrängt von Erinnerungen.

Er krempelte die Hemdsärmel hoch, setzte sich an seinen Schreibtisch und rückte einen leeren Bogen Papier in den Lichtkegel seiner Architektenlampe. Nur dazusitzen und in Selbstmitleid zu schwelgen würde ihm auch nicht weiterhelfen, und schließlich gab es da einen Bauherrn, der für morgen ein Angebot für den Umbau eines Wohnhauses erwartete.

Wenn er seine Arbeit rasch erledigte, konnte er sich vielleicht sogar auf ein Abendessen mit Winnie freuen.

Er dachte daran, wie unerwartet Winifred Catesby in sein Leben getreten war, und musste lächeln. Nachdem die wohlmeinenden Freundinnen seiner Mutter einmal entschieden hatten, dass eine angemessene Trauerzeit verstrichen sei, hatte er sich vor arrangierten Rendezvous kaum retten können, und die Willensanstrengung, die es ihn gekostet hatte, mit liebeshungrigen geschiedenen Frauen Konversation zu machen, hatte er bald als noch deprimierender empfunden als das Alleinsein. Er hatte sich so oft herausgeredet, dass seine Wohltäterinnen ihn endlich zu einem hoffnungslosen Fall erklärt und in Ruhe gelassen hatten.

Solchermaßen befreit von unwillkommenen Verpflichtungen, war er in der Folgezeit immer häufiger die acht Kilometer bis Wells gefahren, um sich die Wohltat des Abendgottesdienstes in der Kathedrale zu gönnen. Die Nähe zum Chor der Kathedrale war einer der Gründe, weshalb es ihn wieder nach Glastonbury gezogen hatte. Als Student hatte er in der Domschule gesungen, und dieser Erfahrung verdankte er seine andauernde Begeisterung für Kirchenmusik.

Und dann, eines Abends vor einem Monat, als er seinen angestammten Platz im Chorgestühl der Kathedrale eingenommen hatte, war sie plötzlich neben ihm aufgetaucht – eine Frau von angenehm gewöhnlichem Äußeren, Mitte dreißig, mit hellbraunem Haar, das unter einem weichen Samthut hervorlugte, und einer leichten Stupsnase. Sie fiel ihm nicht besonders auf, er nickte ihr nur beiläufig zu, als sie sich hinsetzte, wie man das bei Fremden tut. Der Gottesdienst begann, und genau in dem Moment, als die ersten hohen Töne der Sopranstimmen ihm einen Schauer über den Rücken jagten, trafen sich ihre Blicke, und sie lächelte.

Anschließend plauderten sie angeregt und ganz natürlich miteinander, und als sie zusammen aus der Kathedrale ins Freie traten, vertieft in eine Diskussion über die Vorzüge verschiedener Chöre, da lud er sie spontan zu einem Drink im nahe gelegenen Pub ein. Den Priesterkragen bemerkte er erst, als er ihr aus dem Mantel geholfen hatte.

Emily, die ihn immer wegen seiner konservativen Einstellung gerügt hatte, würde sich über seine Verblüffung köstlich amüsiert haben. Und Emily, da war er sich sicher, hätte Winnie sympathisch gefunden. Er streckte einen Finger aus und berührte das Foto auf seinem Schreibtisch, und Emily blickte ihn an mit ihren dunklen Augen, aus denen Humor und Intelligenz leuchteten.

Seine Kehle zog sich zusammen. Würde der Schmerz seines Verlusts immer so dicht unter der Oberfläche liegen? Oder würde er sich eines Tages zu einer leisen, kaum bewussten Empfindung verflüchtigen, so vertraut und alltäglich wie eine raue Stelle auf der Haut? Aber wollte er das denn wirklich? Würde er weniger er selbst sein, wenn Emily nicht mehr ständig in seinen Gedanken gegenwärtig war?

Er musste unwillkürlich lächeln. Emily würde ihn ermahnt haben, nicht so sentimental zu sein und sich lieber an die Arbeit zu machen. Mit einem Seufzer blickte er auf das Blatt Papier herab, und dann kniff er überrascht die Augen zusammen.

Er hielt einen Stift in der rechten Hand, obwohl er sich nicht erinnern konnte, danach gegriffen zu haben. Und der Bogen, der noch einen Augenblick zuvor leer gewesen war, war nun mit einer fremdartigen Handschrift bedeckt. Er runzelte die Stirn und sah nach, ob darunter vielleicht noch ein anderes Blatt läge. Doch da war nur dieser eine Bogen, und als er ihn näher in Augenschein nahm, bemerkte er, dass der in einer kleinen, exakten Handschrift geschriebene Text anscheinend auf Latein war. Als er genug von seinem Schullatein zusammengekramt hatte, um eine grobe Übersetzung anzufertigen, wuchs seine Verblüffung.

Wisset denn, was wir… Jack rätselte einen Moment, bevor er sich für *erbauet haben* entschied; es folgte etwas, was er nicht entziffern konnte, und dann ging es weiter … *in Glaston.* Sollte das Glastonbury sein? *Es war schön wie … nur irgendein irdisch Ding, und hätte ich es nicht über die Maßen geliebt, so würde sich mein Geist nicht klammern an die Träume von all dem, was entschwunden ist.*

Ihr liebet wohl, was wir geliebt. Die Zeit … Hier war Jack gezwungen, zu dem zerfledderten Lateinwörterbuch in seinem Bücherschrank zu greifen, und nachdem er zu dem Schluss gekommen war, dass der Satz etwas mit Schlaf oder Schläfern zu tun hatte, fuhr er ungeduldig fort: *…zu erwecken, auf dass sich Glaston gegen die Finsternis erhebe. Wir haben …* irgendetwas … *lange auf euch … es liegt in euren Händen.*

Auf diesen Satz folgte ein sich verjüngendes Gekrakel, beginnend mit einem *E* – es mochte sich um eine Unterschrift handeln, möglicherweise »Edmund«.

War das vielleicht irgendein Scherz, eine Zaubertinte, die sichtbar wurde, sobald sie dem Licht ausgesetzt wurde? Aber seine Sekretärin machte auf ihn nicht den Eindruck, als neige sie zu albernen Streichen, und schließlich hatte er das Blatt aus einem neuen Stapel genommen, den er eben erst eigenhändig ausgepackt hatte. Es blieb nur die Erklärung, dass er diese Zeilen zu Papier gebracht hatte – in einer fremden Handschrift und einer fremden Sprache. Aber das war absurd. Wie hätte er so etwas tun können, ohne dass es ihm selbst bewusst war?

Die Wände von Jacks Büro schienen auf ihn einzustürzen, und die Stille, die sonst so beruhigend war, schien vor Spannung zu vibrieren. Das Atmen fiel ihm schwer, es war, als ob die ganze Luft in dem kleinen Zimmer aufgebraucht sei.

Wer waren »sie«, die in Glastonbury gebaut hatten und Lateinisch schrieben? Die Mönche der Abtei, nahm er an – eine logische Antwort. Und »er«, der »es … über die Maßen geliebt« hatte, dessen Geist sich »klammerte … an die Träume von all dem, was entschwunden ist«? Der Geist eines Mönchs? Das wurde ja von Minute zu Minute schlimmer.

Was bedeutete »sich gegen die Finsternis erheben«? Und was hatte all das mit ihm zu tun? Die ganze Sache war vollkommen verrückt; er weigerte sich, weiter darüber nachzudenken.

Er knüllte das Blatt zusammen, schwang seinen Stuhl herum und hatte schon die Hand erhoben, um es in den Papierkorb zu werfen, als er plötzlich innehielt und den Bogen wieder auf den Schreibtisch legte, um ihn mit der flachen Hand zu glätten.

Frederick Bligh Bond. Der Name kam ihm plötzlich in den Sinn, hervorgekramt aus den vergessenen Winkeln seiner Kindheit. Der Architekt, der kurz vor dem Ersten Weltkrieg die ersten Ausgrabungen an der Abtei von Glastonbury durchgeführt und dann verkündet hatte, er sei von Botschaften der Mönche angeleitet worden. Hatte Bond Mitteilungen wie diese erhalten? Aber Bond war nicht ganz richtig im Kopf gewesen. Der galt als übergeschnappt!

Jack riss das Blatt Papier mittendurch und warf die Fetzen in den Papierkorb. Dann zog er seine Jacke über, schnappte sich seinen Skizzenblock und lief die Treppe hinunter, immer zwei Stufen auf einmal.

Er trat hinaus auf die Benedict Street und mühte sich mit zitternden Fingern, die Eingangstür zu seinem Büro abzuschließen. Von der anderen Seite des Marktplatzes lockten die Bleifenster des George & Pilgrims. Etwas zu trinken, dachte er mit einem Schauder, das war es, was er jetzt brauchte. Er würde an seinem Angebot arbeiten, und die wohl gefüllte Gaststube der alten Schenke würde ihm sicherlich helfen, was auch immer gerade mit ihm geschehen war zu verdrängen.

Er zog den Kragen seiner Jacke hoch, um sich gegen den Wind zu schützen, und wich einer Gruppe jugendlicher Skateboarder aus, die in dem glatten Straßenbelag rund um das Marktkreuz ein ideales Übungsgelände gefunden hatten. Eine besonders heftige Bö wirbelte ein Blatt Papier dicht an seiner

Wange vorbei. In einem Abwehrreflex schnappte er danach und warf dann einen flüchtigen Blick auf das, was er in der Hand hielt. Rosa. Ein Flugblatt, von der Avalon-Gesellschaft. *Glastonbury Assembly Rooms, Samstag 19:30 bis 21:30. Eine Einführung in die Kristall-Energie und ihre heilende Wirkung. Demonstration der Zusammenhänge zwischen Chakras und Kristallen. Bereiten Sie Elixiere und lernen Sie, Ihre Umwelt zu energisieren.*

»Na, hervorragend«, brummte er, indem er das Blatt zerknüllte und in den Wind warf. Das war Unsinn der übelsten Sorte, genau die Art von Hokuspokus, mit der die radikalsten New-Age-Jünger nach Glastonbury gelockt wurden. Prähistorische Spuren in den Feldern … Kornkreise … Druidenzauber auf dem Glastonbury Tor, dem uralten kegelförmigen Hügel, der wie ein Leuchtturm die Stadt überragte …

Zwar war Jack, wie viele Generationen seiner Familie vor ihm, im Schatten des Tor aufgewachsen, doch hatte er dem ganzen mystischen Quatsch, der damit in Verbindung gebracht wurde, nie Glauben geschenkt – und auch nicht den Mythen, die Glastonbury als eine Art kosmisches Energiezentrum beschrieben.

Aber warum um alles in der Welt hatte er dann gerade eben etwas aufs Papier gekritzelt, das wie eine verstümmelte Botschaft von einem längst verstorbenen Mönch aussah? War er tatsächlich dabei, den Verstand zu verlieren? Vielleicht eine verzögerte Trauerreaktion? Er hatte etwas über das posttraumatische Stress-Syndrom gelesen – konnte das erklären, was mit ihm geschehen war? Irgendwie spürte er jedoch, dass es mehr war als nur das. Für einen Augenblick sah er wieder die kleine, exakte Handschrift vor sich, mit ihrer ganz eigenen Schönheit, und etwas im Rhythmus der Sprache war so vertraut, dass es ihn sonderbar berührte.

Er ging weiter auf den Pub zu, bis ihn ein Gedanke urplötzlich innehalten ließ. Was wäre, wenn – wenn es auch nur die entfernteste Möglichkeit gäbe, dass er in der Tat mit den Toten in Kontakt getreten war? Bedeutete das etwa… *konnte* es bedeuten, dass er in der Lage war, von sich aus Kontakt aufzunehmen? Emily –

Nein. Er durfte nicht einmal den Gedanken an etwas Derartiges zulassen. Auf diesem Weg lag Wahnsinn.

Ein Skateboarder schoss mit ratternden Rädern an ihm vorüber. »Woll'n Sie da Wurzeln schlagen, Mister?«, rief der Junge. Jack taumelte mit unstetem Schritt weiter, überquerte die High Street am unteren Ende und trat auf das George & Pilgrims zu. Als er die schwere Tür des Gasthauses erreichte, wurde sie aufgerissen, und ein Schwall von Zechern ergoss sich nach draußen und drängte an ihm vorbei. Ein Wölkchen von Gelächter und Rauch wehte ihm entgegen und versprach Zuflucht und Geborgenheit, bevor der Wind Klänge und Gerüche wieder verwehte. Und dann hörte er, er hätte es schwören können, ganz leise das Läuten von Glocken.

Die Katzen schliefen im Hof und genossen die Mittagswärme der blassen Frühlingssonne. Jede hatte ihr eigenes Plätzchen – einen Blumenkübel, die ausgetretene Stufe vor der Küchentüre, die Motorhaube des alten weißen Lieferwagens, mit dem Garnet Todd ihre Fliesen ausfuhr –, und nur das gelegentliche Zucken eines Katzenohrs oder -schwanzes verriet, dass sie das Rascheln der Mäuse im Stroh sehr wohl wahrnahmen.

Garnet stand in der Tür ihrer Werkstatt und wischte sich die Hände an der Lederschürze ab, die sie zum Schutz vor der Hitze des Brennofens trug. Sie war fast fertig mit ihrem neuesten Auftrag, der Restaurierung der Bodenfliesen in einer Kirche aus dem zwölften Jahrhundert am Rande der Ebene von Salisbury. Die Herstellung der Fliesen verlangte höchste Sorgfalt. Das Muster, das die wenigen erhaltenen Überreste des Fußbodens vorschrieben, musste genau getroffen werden, und dabei durften nur solche Materialien und Techniken verwendet werden, die auch den Handwerkskünstlern in der damaligen Zeit zur Verfügung gestanden hatten. Dann kam das Verlegen, eine mühselige und diffizile Arbeit, für die sie Stunden auf Händen und Knien verbringen und die feuchte, modrige Luft der alten Kirche einatmen musste.

Aber Garnet machte das alles nichts aus. Umgeben von alten Dingen, fühlte sie sich am wohlsten. Nicht einmal ihre Arbeit als Hebamme – auch wenn sie zu Ehren der Göttin erfolgt war – hatte ihr eine ausreichend tiefe emotionale Bindung an die Vergangenheit verschaffen können.

Ihre Farm, ein heruntergekommener Hof, den sie vor mehr als fünfundzwanzig Jahren gekauft hatte, zeigte deutlich, wie wenig sie mit der Gegenwart anzufangen wusste. Das Haus stand weit oben am westlichen Abhang des Tor; seine zerklüftete Steinfassade stellte sich dem Wind in den Weg, der schon seit undenklichen Zeiten vom Gipfel des Hügels herabwehte. Die Schafe, die auf dem grasbewachsenen Hang weideten, waren ihre nächsten Nachbarn, und zumeist zog sie ihre Gesellschaft jeder anderen vor.

Anfangs beabsichtigte sie noch, das Haus an die öffentliche Strom- und Wasserversorgung anschließen zu lassen, doch die Jahre vergingen, und sie gewöhnte sich daran, ohne diesen Komfort auszukommen. Das Laternenlicht spendete ihr ockerfarbene Wärme und angenehme Schatten, und warum sollte sie das mit Chemikalien vergiftete Wasser trinken, das die Stadt aus ihren Tanks pumpte, wenn es doch an der Quelle auf ihrem Grundstück direkt aus dem Herzen des heiligen Hügels hervorsprudelte? In dieser Stadt hatte man schon genug getan, um die alten und heiligen Dinge zu entweihen, da musste sie den Schaden nicht auch noch vergrößern.

Der Schatten einer Wolke schoss den Abhang hinunter, und für einen Augenblick verdunkelte sich der Hof. Garnet erschauerte. Dion, die alte hellbraune Katze, die mit majestätischer Herablassung über den Rest der Brut herrschte, schälte sich aus ihrem Blumenkübel und kam auf Garnet zu, um sich an ihren Knöcheln zu reiben. »Du spürst es auch, nicht wahr, mein altes Mädchen?«, sagte Garnet leise, während sie sich bückte, um die Katze zu streicheln. »Irgendetwas braut sich zusammen.«

Einmal, vor langer Zeit, hatte sie diesen Geruch in der Luft wahrgenommen, einmal schon hatte sie dieses ahnungsvolle Prickeln verspürt, und die Erinnerung an das Ende der Geschichte erfüllte sie mit Schrecken.

Glastonbury war immer schon ein Ort geheimnisvoller Kräfte gewesen, ein Angelpunkt in jener uralten Schlacht zwischen den Mächten des Lichts und der Finsternis. Wenn dieses empfindliche Gleichgewicht gestört wurde, dann – das wusste Garnet – konnte nicht einmal die Göttin die Folgen vorhersehen.

Glastonbury hatte einen sonderbaren Einfluss auf die Menschen – wie Nick Carlisle nur zu gut wusste. Er war wegen des Festivals hierher gekommen, mit dem ursprünglichen Plan, sich ein paar Monate frei zu nehmen und ein bisschen von der Welt zu sehen, nachdem er sein Studium an der Universität von Durham mit einem Einserexamen in Philosophie und Theologie abgeschlossen hatte. An einem milden Abend Ende Juni war er auf der Straße von Shepton Mallet nach Glastonbury um eine Kurve gebogen und hatte die große konische Erhebung des Tor erblickt, die aus der Ebene emporragte, gekrönt von dem gedrungenen St. Michael's Tower, der sich gegen den blutroten Himmel im Westen abhob.

Das war vor mehr als einem Jahr gewesen, und er war immer noch hier. Für wenig mehr als den Mindestlohn arbeitete er in einem New-Age-Buchladen gegenüber der Abtei, lebte in einem Wohnwagen auf einem Feld bei Compton Dundon – und versuchte alles zu vergessen, was er hinter sich gelassen hatte.

Oft schaute er nach der Arbeit auf ein Bier im George &

Pilgrims vorbei. Ein feiner Zustand war das, mit einem Pub als zweitem Zuhause, aber der Wohnwagen zählte ja auch nicht wirklich – dort konnte er gerade mal die verwaschenen Jeans, T-Shirts und Sweatshirts unterbringen, die seine bescheidene Garderobe ausmachten, und die Bücher, die er aus Durham mitgebracht hatte. Der kleine Kühlschrank roch nach saurer Milch, und der Gaskocher mit den zwei Kochringen war ebenso launisch wie seine Mutter.

Bei dem Gedanken an seine Mutter verzog er das Gesicht. Elizabeth Carlisle hatte ihren Sohn seit seiner frühesten Kindheit allein großgezogen und sich nebenher eine erfolgreiche Karriere als Autorin von Familiensagas aufgebaut, die in Nordengland spielten. Sie managte das Leben ihres Sohnes ebenso effizient wie das ihrer Romanfiguren und reagierte dann beleidigt, als er seinem Unmut Luft machte.

Die Art, wie seine Mutter sich in Dinge eingemischt hatte, für die er nur selbst verantwortlich war, hatte ihn auf die Palme gebracht, und er war zu der Überzeugung gelangt, dass er sein Leben sehr wohl auf die Reihe bringen könnte, wenn er nur erst ihrem Dunstkreis entkommen wäre. Aber die Freiheit erwies sich nicht als das erwartete Allheilmittel: Er wusste noch ebenso wenig wie vor einem Jahr, was er mit seinem Leben anfangen sollte. Er wusste nur, dass ihn irgendetwas in Glastonbury festhielt, und doch glühte er vor ruheloser und ungenutzter Energie.

Von seinem Ecktisch aus ließ er, während er sein Bier trank, den Blick über die Kundschaft des Pubs schweifen. An diesem Abend hatten sich einige Yuppies in das Lokal verirrt, junge Männer in schicken Designeranzügen, begleitet von gestylten Mädchen in knapper Garderobe. Nick spürte geradezu die kollektive Missbilligung der Stammgäste, die sich in instinktiver Solidarität um die Theke geschart hatten.

Eines der Mädchen warf ihm einen Blick zu und lächelte. Nick wandte sich ab.

Mädchen – das waren Raubkatzen mit Make-up und eng anliegenden Klamotten, die einem nichts als Ärger einbrachten. Zuerst gefiel ihnen sein Äußeres, und dann, sobald sie herausfanden, wer seine Mutter war, wollten sie sich nur noch von ihm aushalten lassen. Aber er hatte seine Lektion gründlich gelernt, und er würde nicht noch einmal in diese Falle tappen.

Er wandte der Gruppe den Rücken zu, und nun war es der Mann, der allein am Ende der Theke saß, der seine Aufmerksamkeit fesselte. Er fiel ihm nicht nur durch seine Größe und sein hellblondes Haar auf, sondern auch durch sein vertrautes Gesicht. Nick hatte ihn schon oft in der Magdalene Street gesehen – er musste in der Nähe des Buchladens arbeiten –, und ein- oder zweimal hatten sie einander freundlich zugenickt. Heute Abend saß er tief über sein Glas gebeugt da, und seine sonst so freundliche Miene war einem finsteren Blick gewichen.

Neugierig beobachtete Nick ihn dabei, wie er offenbar irgendetwas auf einen Notizblock schrieb oder zeichnete, während er sich alle paar Augenblicke mit sichtlich zitternden Fingern eine Haarsträhne aus der Stirn strich.

Als Nick zur Theke ging, um sich ein neues Bier zu holen, waren die Augen des blonden Mannes starr auf sein Glas gerichtet. Den Stift hielt er dicht über den Block, zum Schreiben bereit. Nick warf einen verstohlenen Blick auf das Papier. Darauf waren sorgfältige architektonische Zeichnungen zu sehen; quer über die größte der Skizzen aber waren einige Zeilen geschrieben, offensichtlich auf Latein. *Für meine Sünden hat Glaston gelitten*, übersetzte er im Stillen.

»Sind Sie Altphilologe?«, platzte Nick überrascht heraus.

»Was?« Der Mann blinzelte ihn verstört an. Einen Moment lang überlegte Nick, ob er vielleicht betrunken sei, allerdings hatte er sich an ein und demselben Bier festgehalten, seit Nick ihn bemerkt hatte.

Nick tippte mit dem Finger auf den Skizzenblock. »Ich

meine das da. Ich erlebe es nicht allzu oft, dass jemand Latein schreibt.«

Der Mann warf einen Blick auf das Blatt und erblasste. »O Gott. Nicht schon wieder.«

»Bitte?«

»Nein, nein. Alles in Ordnung.« Der Mann schüttelte den Kopf und schien sich große Mühe zu geben, Nick zu fixieren. »Jack Montfort. Ich habe Sie schon einmal gesehen, nicht wahr? Sie arbeiten in der Buchhandlung.«

»Nick Carlisle.«

»Mein Büro ist direkt über Ihrem Laden.« Montfort deutete auf Nicks leeres Glas. »Was trinken Sie?«

Montfort bestellte noch zwei Bier und wandte sich dann wieder Nick zu. Jetzt schien er auf einmal sehr gesprächig. »Sie arbeiten also im Buchladen – da werden Sie wohl eine ganze Menge lesen?«

»Wie ein kleiner Junge in einem Süßwarengeschäft. Die Inhaberin ist echt gut drauf, die drückt öfters mal ein Auge zu. Und ich bemühe mich, keine Eselsohren zu hinterlassen.«

»Ich muss zugeben, ich war noch nie in dem Laden. Ganz interessant, was es da so gibt, oder?«

»Zum Teil ist es absoluter Quatsch«, erwiderte Nick grinsend. »Ufos, Kornkreise – jeder weiß doch, dass das ein Schwindel ist. Aber manche Sachen... na ja, da kommt man schon ins Grübeln... In Glastonbury passieren anscheinend die merkwürdigsten Dinge.«

»Das können Sie laut sagen«, murmelte Montfort in sein Glas, und seine Miene verdüsterte sich wieder. Dann schien er zu versuchen, die Gedanken abzuschütteln, die ihn beschäftigten. »Sie sind nicht aus dieser Gegend, oder? Höre ich da vielleicht eine Spur von Yorkshire heraus?«

»Northumberland, um genau zu sein. Ich bin letztes Jahr wegen des Festivals hergekommen« – Nick zuckte mit den Achseln –, »und ich bin immer noch hier.«

»Ach ja, das Rockfestival in Pilton. Irgendwie habe ich es nie geschafft, da hinzugehen. Da ist mir wohl eine unvergessliche Erfahrung entgangen.«

»Matsch.« Nick grinste. »Ganze Ozeane davon. Du trampelst durch irgendwelche Äcker, wirst von den Mücken zerstochen, trinkst miserables Bier und stehst stundenlang Schlange, wenn du aufs Klo musst. Aber trotzdem ...«

»Es hatte etwas«, half Montfort nach.

»Genau. Ich hätte es gerne in der großen Zeit erlebt, in den frühen Siebzigern, wissen Sie? Glastonbury Fayre haben sie es genannt. Das muss tierisch beeindruckend gewesen sein. Und selbst das war kein Vergleich mit dem ursprünglichen Glastonbury Festival – was die Qualität angeht, nicht die Quantität.«

»Mit dem ursprünglichen Festival?«, wiederholte Montfort verständnislos.

»Der Komponist Rutland Boughton hat es 1914 ins Leben gerufen«, antwortete Nick. »Boughton war ein Riesentalent – seine Oper *Die unsterbliche Stunde* hält immer noch den Rekord als die Opernproduktion mit der längsten Laufzeit. Alle möglichen Größen der Zeit hatten mit dem Festival zu tun: Shaw, Edward Elgar, Vaughan Williams, D. H. Lawrence. Und Glastonbury selbst hat auch Leute hervorgebracht, die zu der damaligen kulturellen Renaissance beigetragen haben, wie zum Beispiel Frederick Bligh Bond und Alice Buckton ... Und dann war da noch die Sache mit Bonds Freund Dr. John Goodchild und der Auffindung des ›Grals‹ in der Saint-Bride's-Quelle. Das hat einige Wellen geschlagen ...« Nick merkte, dass er ins Schwadronieren geraten war; er verstummte und trank den Schaum von seinem Bier ab.

Als er wieder aufblickte, sah er, wie Montfort ihn anstarrte. Nick wurde rot. »Tut mir Leid. Wenn ich mal in Fahrt komme –«

»Sie wissen Bescheid über Bligh Bond?«

Die Intensität in Montforts Stimme verblüffte Nick. »Nun

ja, das ist schon eine faszinierende Geschichte, nicht wahr? Bond besaß ein enormes Wissen, seine Ausgrabungen auf dem Gelände der Abtei sind der Beweis dafür; andererseits, denke ich, man kann der Kirche keinen Vorwurf machen, nur weil sie die Vorstellung etwas unbehaglich fand, dass Bond seine Anweisungen für die Grabungen von Mönchen erhalten haben soll, die seit fünfhundert Jahren tot waren.«

»Unbehaglich?« Montfort schnaubte verächtlich. »Sie haben ihn gefeuert. Er konnte danach nie wieder erfolgreich als Architekt arbeiten, und wenn ich mich recht erinnere, ist er in Armut gestorben. Wenn der Mann auch nur einen Funken Verstand gehabt hätte, dann hätte er den Mund gehalten.«

»Aber er fand ganz einfach, dass er sein Wissen mitteilen musste. Ich würde sagen, Bond war einfach zu ehrlich. Und ich glaube nicht, dass er je behauptet hat, mit Geistern in Kontakt getreten zu sein. Er dachte, er hätte vielleicht nur eine Verbindung zu einem bestimmten Teil seines Unterbewusstseins hergestellt.«

»Halten Sie es denn für möglich, was auch immer die Quelle war?«

»Bonds Fall ist nicht der einzige. Es gibt reichlich dokumentierte Beispiele von Menschen, die Dinge über die Vergangenheit wussten, für die es keine andere Erklärung gab.« Nicks Blick fiel auf das Blatt, das Montfort mit der Hand zum Teil verdeckt hielt, und eine plötzliche Erregung packte ihn. »Aber Sie sprechen doch nicht nur von einer theoretischen Möglichkeit, nicht wahr?«

»Das ist« – Montfort schüttelte den Kopf – »verrückt. Zu verrückt, als dass man es irgendjemand erzählen könnte. Aber der Zufall, dass ich Sie hier treffe ... Ich –« Er sah sich um, als sei ihm plötzlich bewusst geworden, dass noch andere Gäste in der Nähe waren, und senkte die Stimme.

»Als ich heute Abend an meinem Schreibtisch saß, da habe ich ... etwas geschrieben. Auf Latein, was ich seit der Schulzeit nicht mehr benutzt habe – und ich konnte mich hinterher nicht erinnern, es geschrieben zu haben. Ich habe das verdammte Ding zerrissen… Und dann das hier…« Er fuhr mit der Fingerspitze über das Gekritzel auf dem Skizzenblock.

»Wahnsinn, Mann!«, hauchte Nick tief beeindruckt. »Ich würde meine Mum hergeben, um so was mal am eigenen Leib erleben zu können.«

»Aber wieso ich? Ich habe nicht darum gebeten«, gab Montfort hitzig zurück. »Ich bin Architekt, aber ich weiß nicht mehr über die Abtei, als man von jedem erwarten kann, der hier aufgewachsen ist. Ich bin nicht sonderlich religiös. Ich habe mich nie für Spiritismus interessiert – oder überhaupt für irgendwelche übersinnlichen Phänomene.«

Nick dachte einen Augenblick darüber nach. »Ich bezweifle, dass diese Dinge willkürlich geschehen. Vielleicht haben Sie irgendeine Verbindung zur Abtei, die Ihnen nicht bewusst ist.«

»Das hilft mir sehr viel weiter«, sagte Montfort, doch in seinen strahlend blauen Augen blitzte so etwas wie Humor auf. »Und wie finde ich jetzt heraus, was es ist und warum das hier mit mir passiert?«

»Vielleicht könnte ich Ihnen helfen. Sie wissen, dass es nicht Bond selbst war, der die Botschaften geschrieben hat, sondern sein Freund John Bartlett. Bond hat ihn geführt, indem er ihm Fragen stellte.«

»Sie wollen also zu meinem Bond den Bartlett geben, wie?«

»Sie sagten, Sie stammen aus Glastonbury. Das ist doch schon mal kein schlechter Anfang.«

»Die Familie meines Vaters ist allerdings schon seit Ewigkeiten in der Gegend um Glastonbury ansässig. Er war Rechtsanwalt. Ein großer, kräftiger und ernsthafter Mann, der genau wusste, wo sein Platz in der Welt war.« Montfort nahm einen Schluck von seinem Bier, und als er fortfuhr, klang seine Stimme sanfter. »Aber was meine Mutter betrifft, die war aus ganz anderem Holz geschnitzt. Sie liebte Geschichten, und als wir klein waren, hat sie uns immer gerne irgendwelche Sachen nachspielen lassen.«

»Uns?«

»Mein Cousin und meine Cousine, Duncan und Juliet, und ich. Meine Tante und mein Onkel hatten ein Faible für Shakespeare. In den Ferien haben wir sie immer in Cheshire besucht. Das war eine andere Welt. Die Kanäle, und dann die walisischen Hügelketten in der Ferne...«

Wieder verstummte er, die Augen halb geschlossen. Nick wollte ihn eben bitten, doch weiterzuerzählen, als Montfort ohne Vorwarnung nach dem Stift griff. Seine Hand begann gleichmäßig über das Papier zu gleiten.

Nick übersetzte die lateinischen Worte, sowie sie auf dem Blatt erschienen. *Deo juvante... mit Gottes Hilfe... werdet ihr es wieder gutmachen.* ... Ob das wohl auch ihn selbst betraf, fragte er sich. Konnte er vielleicht irgendwie wieder gutmachen, was er angerichtet hatte?

In diesem Augenblick wusste Nick, weshalb er nach Glastonbury gekommen war, und er wusste, weshalb er geblieben war.

Faith Wills ließ ihre Stirn auf das kühle Plastik des Toilettensitzes sinken. Sie rang nach Luft, und die Anstrengung des Würgens hatte ihr die Tränen in die Augen getrieben. Es war nichts mehr übrig, was sie hätte erbrechen können, bis auf ihre Magenschleimhaut, aber irgendwie musste sie sich zusammenreißen, hinausgehen und sich dem Geruch des Frühstücks aussetzen, das ihre Mutter bereitet hatte.

An diesem Morgen waren es wieder einmal Eier mit Speck. Ihre Mum war der Überzeugung, dass alle Kinder sich ordentlich gestärkt auf den Weg zur Schule machen sollten. So gab es abwechselnd gekochte Eier oder Porridge oder Vollkorntoast mit Marmite; und an diesem Donnerstagmorgen im März hatte Faith die schlimmste mögliche Alternative erwischt.

Der Speckgeruch zog von der Küche ins Bad. Ihr Magen zog sich bedenklich zusammen, und im gleichen Moment hämmerte ihr kleiner Bruder Jonathan an die Tür. »Kommst dir wohl vor wie Madonna da drin, was? Jetzt sieh mal zu, dass du den Arsch hochkriegst, Faith!«

Ohne den Kopf zu heben, sagte Faith: »Halt die Klappe«, doch es war nicht mehr als ein Flüstern.

Dann die Stimme ihrer Mutter – »Jonathan, so was sagt man nicht!« – und ein forsches Klopfen an der Tür. »Faith, was ist denn los mit dir? Du wirst noch zu spät kommen, und du wirst schuld sein, wenn Jon und Meredith sich auch verspäten.«

»Ich komm ja schon.« Mit unsicheren Bewegungen richtete Faith sich auf, spülte und putzte sich dann die Nase mit einem Stück Toilettenpapier. Als sie die Tür vorsichtig öffnete, wartete ihre Mutter schon auf sie, die Hände in die Hüften gestemmt; hinter ihr standen Jon und ihre Schwester Meredith, alle drei mit Mienen, die verschiedene Grade von Verärgerung ausdrückten. »Was soll das denn sein, ein Empfangskomitee?«, fragte sie, bemüht, sich nicht unterkriegen zu lassen.

Ihre Mutter ignorierte sie und packte sie mit festem Griff am Kinn, um ihr Gesicht in das matte Licht zu drehen, das durch die Wohnzimmertür fiel. »Du bist ja weiß wie die Wand«, verkündete sie. »Bist du krank?«

Die Küchendüfte zwangen Faith, krampfhaft zu schlucken, bevor sie mit krächzender Stimme herausbrachte: »Mir geht's gut. Das ist nur der Prüfungsstress.«

Ihr Vater trat aus dem Schlafzimmer; er band sich gerade seine Krawatte. »Wie oft habe ich dir schon gesagt, du sollst nicht erst in letzter Minute mit dem Lernen anfangen? Und du weißt genau, wie wichtig die Mittlere Reife für dich –«

»Lass mich doch einfach nur meine Bücher holen, okay?«

»Sprich nicht in diesem Ton mit mir, junge Dame!« Ihr Vater zog den Knoten seiner Krawatte stramm und streckte dann die Hand nach ihr aus. Seine Finger gruben sich tief in das nackte Fleisch ihres Oberarms.

»Tut mir Leid«, murmelte Faith. Sie riss sich los, flüchtete in das Zimmer, das sie mit ihrer Schwester teilte, und lehnte sich von innen an die Tür, sobald sie drin war. Sie hoffte inständig auf einen Augenblick der Ruhe, bevor Meredith wiederkam. Es war ein Kinderzimmer, dachte sie; mit einem Mal sah sie es mit neuen Augen. Die Wände waren mit Postern von Rockstars bedeckt, die beiden Betten mit zerzausten Plüschtieren. Ihr Hockeydress quoll aus dem Ranzen hervor; die Notenblätter für die Chorprobe am Nachmittag lagen verstreut am Boden. Lauter Dinge, die ihr so wichtig gewesen waren – und die jetzt all ihre Bedeutung verloren hatten.

Sie würde *nicht* gut zurechtkommen, das wurde ihr plötzlich klar, und sie schloss die Augen, als die Welle der Verzweiflung sie überkam. Nichts würde je wieder gut sein.

Und sie konnte es ihren Eltern nicht sagen. In der perfekten Welt ihrer Mutter begann eine Siebzehnjährige den Tag nicht mit dem Kopf über der Toilettenschüssel, und ihr Vater – nun, darüber durfte sie gar nicht erst nachdenken.

Sie hatte versprochen, niemandem etwas zu verraten, und das war das Einzige, worauf es ankam.

Faith kauerte sich zusammen und drückte die Arme gegen ihre neuerdings schmerzhaft geschwollenen Brüste. Niemals, niemals, niemals. Sie wiederholte das Wort wie eine Litanei, während sie sich sanft hin und her wiegte.

Niemals.

2

Glastonbury ist die einzige große religiöse Gründung unserer britischen Vorfahren in England, die ohne Unterbrechungen die Periode der angelsächsischen und normannischen Eroberungen überlebt hat, und seine erhabene Geschichte führt uns zurück bis in die Zeit der frühesten christlichen Ansiedlung in Britannien.

Frederick Bligh Bond, aus:
Architektonisches Handbuch der Abtei von Glastonbury

An einem milden Juniabend stand Gemma James neben Duncan Kincaid in einer Bankreihe in der St. John's Church in Hampstead. Sie waren gekommen, um Kincaids Nachbarn, Major Keith, bei der Abendmesse mit seinem Chor singen zu hören.

Gemma war mit den dürftigen Traditionen des methodistischen Gottesdienstes groß geworden und fühlte sich bei den Anglikanern immer noch etwas befangen. Sie beobachtete Kincaid genau und stand auf, wenn er aufstand; wenn er kniete, ließ auch sie sich unbeholfen auf die Knie nieder, und sie bewunderte die Selbstverständlichkeit, mit der er die Antworten sprach. Ihre Mutter wäre entsetzt gewesen, sie hier zu sehen, dachte sie mit einem kleinen Lächeln, doch bei der Laufbahn, die Gemma eingeschlagen hatte, war sie missbilligende Reaktionen von ihrer Mutter gewohnt.

Die Musik aber entschädigte sie voll und ganz für das Unbehagen, das die Gottesdienstordnung ihr bereitete. Gemma verfolgte eifrig das Programm in ihrem Faltblatt: zuerst das wunderschöne Eröffnungsgebet, dann ein Psalm, dann das Magnificat und das Nunc Dimittis.

Dann war ein Rascheln zu hören, als der Chor sich wieder erhob und zu singen begann. Eine Stimme nach der anderen fiel ein, und jede jubilierte noch freudiger als die vorige. Der Klang traf Gemma mit einer nahezu körperlichen Wucht – so reich war er, so voll, dass es den Anschein hatte, als verdränge er selbst die Luft. Sie erzitterte und musste blinzeln, weil ihr die Tränen in die Augen stiegen.

Kincaid sah sie mit hoch gezogenen Augenbrauen von der Seite an und legte ihr den Arm um die Schultern. »Frierst du?«, fragte er, indem er lautlos die Lippen bewegte.

Sie schüttelte den Kopf und schlug den Text in ihrem Faltblatt nach. Das *Ave Maria* von Robert Parsons. *»Gegrüßet seist du Maria, voll der Gnade; der Herr ist mit dir; du bist gebenedeit unter den Frauen, und gebenedeit ist die Frucht deines Leibes«*, lautete die Übersetzung.

Gemma schloss die Augen und ließ sich von dem voll tönenden, pulsierenden Klang tragen. Der Rest des Gottesdienstes verging wie in einem Traum.

»Alles in Ordnung?«, fragte Kincaid, als sie hinterher mit der Menge nach draußen gingen. Die tief stehende Sonne tauchte die knorrigen Bäume des sanft abfallenden Friedhofs in dunkle Schatten.

»Die Musik …«

»Sehr hübsch, nicht wahr? Die haben einen guten Chor hier in St. John's.« Er pfiff leise vor sich hin. »Ich habe dem Major versprochen, dass wir ihm einen Drink spendieren. Was hältst du vom Freemason's Arms? Es ist noch warm genug, um draußen zu sitzen.«

Gemma blickte ihn konsterniert an. Groß und schlank, mit widerspenstigem kastanienbraunem Haar, das ihm in die Stirn fiel, und dem fragenden, interessierten Blick, mit dem er auf sie herabsah – so präsentierte er geradezu das Idealbild des sensiblen, verständnisvollen Mannes. Wie kam es dann, dass sie plötzlich das Gefühl hatte, er und sie hätten ebenso gut von verschiedenen Planeten stammen können?

Wie konnte er eine solche Musik so selbstverständlich hinnehmen? Hatte er nicht gespürt, dass ihre Herrlichkeit fast die Grenze des Erträglichen überstieg? Die Kluft zwischen seiner und ihrer Wahrnehmung schien immens.

»Ich – ich habe Tony versprochen, heute rechtzeitig zum Baden und Vorlesen zu Hause zu sein.« Aber das war gelogen. Die Wahrheit war, dass sie Zeit brauchte, um ganz in sich aufzunehmen, was sie gerade gehört hatte. Außerdem belastete sie das, was sie ihm sagen wollte, aber nicht über die Lippen brachte, zu sehr, als dass sie sich auf Small Talk hätte einlassen können. »Ich nehme die U-Bahn«, sagte Gemma. »Warte du ruhig auf den Major. Und grüß ihn von mir.«

»Bist du sicher?«, fragte Kincaid. Für einen Moment verriet sein Gesicht seine Enttäuschung, bevor er es in eine Miene freundlicher Neutralität zwingen konnte.

»Wir sehen uns morgen früh im Yard.« Sie legte ihm die Hand in den Nacken und gab ihm einen raschen Kuss, eine wortlose Entschuldigung. Bevor sie es sich anders überlegen konnte, machte sie kehrt und ging mit großen Schritten davon.

Doch bevor sie die Heath Street überquerte, um zur U-Bahnstation am oberen Ende der Hampstead High Street zu gelangen, hielt sie inne. Der Blick von hier oben über die Dächer von London hinweg in Richtung Süden verfehlte nie seine inspirierende Wirkung auf sie. Am liebsten stellte sie sich dann Hampstead als das Dorf vor, das es einmal gewesen war, ein schattiger, stiller Ort im Grünen, wo die Luft noch frei war von den giftigen Dämpfen und dem schmutzigen Nebel, der London dort unten im Tal erstickte.

Diese Vision stand in krassem Kontrast zum Inneren der

U-Bahnstation Hampstead, der tiefsten in ganz London. Gemma fand noch einen Sitzplatz in dem überfüllten Zug, wo sie sich große Mühe gab, die hygienischen Unzulänglichkeiten des Mannes neben ihr zu ignorieren, während sie das Echo des Chors in ihrem Kopf widerhallen ließ. So groß waren die Belastungen der letzten paar Monate gewesen, dass selbst eine halbe Stunde in der U-Bahn ihr ein willkommener Anlass war, ihre Gedanken zu sammeln.

Durch den Tod seiner geschiedenen Frau zwei Monate zuvor war Kincaid zu einem elfjährigen Sohn gekommen, von dessen Existenz er bis zu diesem Zeitpunkt nichts geahnt hatte. Seine angestrengten Bemühungen, mit dieser komplizierten Beziehung zu Rande zu kommen, gepaart mit der Schuld, die er wegen des Todes der Mutter des Jungen empfand, hatten zu erheblichen Spannungen in seinem Verhältnis zu Gemma geführt. Und dann, gerade als sie glaubte, es sei etwas Ruhe in ihre Beziehung eingekehrt, musste sie sich mit einem besonders schwierigen Fall und ihrem eigenen tiefen Gefühl der Verbundenheit zu einem der Verdächtigen auseinander setzen.

Letzten Endes war sie nicht bereit gewesen, die Bande zu lösen, die sie und Kincaid geknüpft hatten, doch der Vorfall verunsicherte sie nachhaltig. Sie spürte die heraufziehende Veränderung, und das löste in ihr den Wunsch aus, umso fester in der Gegenwart Fuß zu fassen und weiterzumachen wie bisher.

In Islington stieg sie aus der U-Bahn aus und ging langsam durch die vertrauten Straßen zu ihrer Garagenwohnung, während die Dämmerung sich auf den Sommertag herabsenkte. Hazel, ihre Vermieterin, passte auf Gemmas Sohn Toby auf; eine Abmachung, die Gemma ein so beschauliches Jahr verschafft hatte, wie es sich eine berufstätige allein erziehende Mutter nur wünschen konnte.

Gemma betrat den Garten durch das Garagentor und hoffte, sie würde ihren Sohn und Hazels Tochter Holly noch draußen beim Spielen antreffen. Aber auf den Steinplatten der Terrasse waren nur überstürzt zurückgelassene Spielsachen zu sehen, und aus einem offenen Fenster drang ausgelassenes Lachen an ihr Ohr.

»Findet da etwa eine Party ohne mich statt?«, scherzte sie, indem sie zur Küchentür hereinschaute.

»Mami!« Toby rutschte von seinem Stuhl am Küchentisch herunter, kam auf sie zugeschossen und schlang die Arme um ihre Oberschenkel.

Sie hob ihn hoch, um ihn zu drücken und abzuküssen; dabei fiel ihr auf, dass sie dazu mehr Kraft zu brauchen schien als noch vor einer Woche. »Du hast ganz bestimmt Steine gegessen«, neckte sie, kniff ihn zärtlich in die Wange und setzte ihn mit einem gespielten Stöhnen wieder ab.

»Wir haben Knete gemacht«, erklärte Hazel, die gerade aus dem Wohnzimmer kam. »Aus Mehl, Wasser und Lebensmittelfarbe. Zum Glück ist die ungiftig, denn ich glaube, die zwei haben mehr gegessen als modelliert. Wie sieht's mit Abendessen aus? Es gibt Käsesuppe und frisch gebackenes Brot.«

Hazel Cavendish war eine jener Frauen, denen alles mühelos von der Hand zu gehen schien, und Gemma hatte ihren Neid längst aufgegeben und durch uneingeschränkte Bewunderung ersetzt. »Käsesuppe liebe ich über alles«, sagte sie, »aber« – sie warf einen Blick auf die Kinder, Toby, der darauf bestand, dass sein fleckiger grüner Kneteklumpen ein Dinosaurier sei, und Holly, die ebenso unerschütterlich behauptete, es handle sich um eine Katze – »die Kleinen scheinen sich vorläufig noch ganz wohl zu fühlen. Würde es dir was ausmachen, wenn ich vorher noch ein bisschen Klavier übe?«

»Nimm dir ein Glas Wein mit«, befahl Hazel. Sie nahm eine Flasche Weißwein aus dem Kühlschrank und schenkte Gemma ein Glas ein.

Gemma ging damit ins Wohnzimmer und bahnte sich einen Weg durch die überall verstreut liegenden Spielsachen, vorbei an den abgenutzten und durchgesessenen Polstermöbeln zu dem Klavier, das an der hinteren Wand stand. Es war ein altes Instrument, nicht gerade im allerbesten Zustand, aber Gemma war dankbar, dass sie überhaupt etwas hatte, worauf sie spielen konnte. In ihrer winzigen Wohnung war gewiss kein Platz für ein Klavier, selbst wenn sie sich eines hätte leisten können.

Sie setzte sich auf den Schemel, strich sich eine Haarsträhne aus dem Gesicht und brachte ihre Finger über der Tastatur in Stellung. Sie konnte immerhin versuchen, das Gefühl wieder aufleben zu lassen, das sie in der Kirche gehabt hatte, wenn auch in abgeschwächter Form. Ihre Noten waren auf dem Ständer – Bosworths *Übungen für Anfänger* oder auch »das grüne Buch«, wie sie es gerne nannte –, und das Präludium in C-Dur war aufgeschlagen. Sie spielte jede einzelne Note mit großer Konzentration – linke Hand, rechte Hand... lauter, leiser –, dann die beiden letzten Systeme mit beiden Händen zusammen. Die Koordination machte ihr immer noch Mühe, aber mit jeder Stunde, die sie übte, wurde es leichter. Ihre Lehrerin war von ihren Fortschritten angetan, und Gemma war wild entschlossen, sich die Stunde am Samstag unter allen Umständen frei zu halten.

Sie spielte ihre Übungen durch, kostete die wenigen Minuten voll aus, in denen sie an nichts denken musste außer an die Abfolge der Noten und in denen sie nichts wahrnahm bis auf den Klang der Musik. Aber allzu schnell war sie am Ende angelangt, und sie wusste, dass sie sich nur davor gedrückt hatte, über das Problem nachzudenken, mit dem sie schon seit Monaten rang.

In den zwei Jahren, die sie Superintendent Duncan Kincaids Partnerin war, hatte ihre persönliche Beziehung zuweilen ihre berufliche Zusammenarbeit belastet – und doch auch bereichert. Sie kannten einander, konnten voraussehen, wie der andere denken und reagieren würde, und so hatte sich ihre Partnerschaft zu einer fein abgestimmten kreativen Einheit entwickelt: zu einem Ganzen, das mehr war als die Summe seiner Teile.

All dies war Gemma bewusst, und es war ihr auch klar, wie viel es für sie beide bedeutet hatte, ihre Tage zusammen zu verbringen, einander so nahe zu sein und alles zu teilen.

Aber sie war nicht zur Polizei gegangen, um ihre Karriere als Sergeant zu beschließen. Es war Zeit für eine Beförderung, und wenn sie sich nicht bald rührte, würde man sie als Blindgänger abtun. Aus dem Rennen, ihre Karriere noch vor ihrem dreißigsten Geburtstag zu Ende, all ihre hoch fliegenden Träume zerplatzt.

Eine ganz einfache Rechnung, wenn man es so sah. Aber die Beförderung zum Inspector würde die Zuteilung eines neuen Aufgabenbereichs zur Folge haben, vielleicht die Versetzung in eine andere Einheit, und damit das Ende ihrer beruflichen Zusammenarbeit mit Kincaid. Und sie konnte sich nicht überwinden, ihm zu sagen, wozu sie sich entschlossen hatte.

Sie stand auf und ließ den Deckel des Klaviers hart auf die Tastatur fallen. Es würde nicht einfacher werden, also wäre es das Beste, endlich auf die Ausreden zu verzichten und die Sache durchzuziehen. Gleich morgen früh würde sie ihn beiseite nehmen und ihm sagen, was gesagt werden musste. Und dann würde sie den Konsequenzen ins Auge sehen.

Von der Stelle aus, wo Andrew Catesby stand, auf dem Gipfel des Wirral Hill, konnte er sich beinahe einbilden, in der Ferne die Mündung des Brue zu sehen, die leichte Senke, die den Übergang vom Land zum Meer markierte. Im Norden erhoben sich die Mendips, im Süden die etwas weniger hohen Hügel der Polden Ridge, und im Westen, zwischen seinem Standort und dem Meer, erstreckte sich die weite Ebene der Somerset Levels. Wann genau, fragte er sich, war ihm die Freude an dieser Aussicht abhanden gekommen? War denn gar nichts gefeit gegen diesen Zorn, der von ihm auszuströmen und alles zu beflecken schien, was er berührte?

Phoebe, seine Spanielhündin, zog an ihrer Leine, und Andrew band sie los, damit sie noch ein wenig umhertollen konnte, bevor das Tageslicht ganz verschwunden war. Er wandte sich um und sah unten die Lichter des Safeway-Supermarkts an der Straße nach Street, jenseits davon die ansteigende Flanke der Stadt selbst, und dahinter schließlich den allgegenwärtigen Schatten des Tor. Glastonbury war natürlich nicht wirklich eine Insel, schon seit Menschengedenken nicht mehr. Es war allerdings eine Art Halbinsel, verbunden mit dem höher gelegenen Gelände im Osten durch einen Vorsprung aus geschichtetem Kalkstein. Aber zu den verschiedensten Zeiten musste Glastonbury den Reisenden, die sich von Westen her genähert hatten, wie eine Insel erschienen sein – noch heute, da das Meerwasser durch ausgedehnte Deiche und tiefe Wassergräben, die so genannten *rhynes*, gebändigt war, konnten schwere Regenfälle dazu führen, dass das Wasser wieder gegen den Fuß des Wirral Hill klatschte. Andrew zog diesen Namen bei weitem der gebräuchlicheren Bezeichnung »Wearyall Hill« vor, einer direkten Anspielung auf die Legende des Joseph von Arimathia. An dem Abhang zu seinen Füßen wuchs der berühmte Dornbusch von Glastonbury – seiner Meinung nach eine höchst zweifelhafte Touristenattraktion.

Der Legende zufolge war Joseph nach der Kreuzigung Jesu mit zwölf Gefährten auf dem Seeweg nach Glastonbury gekommen. Der lange, bucklige Rücken des Hügels war das erste Land gewesen, das die Reisenden erblickt hatten, und als Joseph erschöpft, aber dankbar an Land gegangen war, hatte er seinen Weißdornstab in den Boden des Hügels gesteckt. Der Stab hatte Wurzeln geschlagen, und ein blühender Strauch war entsprossen – für Joseph und seine Gefährten ein Zeichen, dass er an dieser Stelle einen Tempel erbauen sollte, die erste christliche Kirche auf englischem Boden.

Natürlich war der ursprüngliche Dornbusch längst eingegangen und durch einen dürren, vom Wind gebeutelten Strauch ersetzt worden, von dem Andrew sich kaum vorstellen konnte, dass er in irgendeinem Pilger, und sei er auch noch so leichtgläubig, ehrfürchtige Gefühle erwecken würde. Aber schließlich befasste er sich mit Tatsachen, nicht mit Fiktionen. Er zog eindeutig Dinge vor, die sich messen, aufzeichnen und mit Proben belegen ließen.

Seiner Meinung nach war die Geschichte Glastonburys so reich, dass es unnötig war, sie mit Mythen und fragwürdigen Legenden auszuschmücken, und die Archäologie dieser Gegend stellte eine unerschöpfliche Quelle immer neuer – und nachprüfbarer – Entdeckungen dar. Die Art, wie seine Studenten bedenkenlos all diesen hanebüchenen Unsinn hinnahmen, der über Glastonbury kursierte, machte ihn wütend. Wenn ihnen der Sinn nach Dramatik stand, dann bot er ihnen die brutale Hinrichtung des letzten Abts von Glastonbury, Richard Whiting, der auf dem Gipfel des Tor von den Schergen Heinrichs VIII. gehenkt worden war. Kaum war Whiting tot, wurde er enthauptet und gevierteilt, die einzelnen Teile wurden dann in Wells, in Bath, in Ilchester und in Bridgewater zur Schau gestellt. Den abgetrennten Kopf aber platzierten die Mannen des Königs über dem großen Eingangstor der Abtei.

Whiting war ein liebenswürdiger alter Mann gewesen, und das Schicksal hätte sicherlich einen geeigneteren Kandidaten für die Rolle eines Märtyrers königlicher Habgier finden können. Doch der Abt war mit stiller Würde in den Tod gegangen. Andrew konnte nie den Tor besteigen, ohne an Richard Whitings Hinrichtung zu denken, und er war ein erbitterter Gegner derjenigen, die am liebsten aus einem der heiligsten Orte Glastonburys einen Themenpark gemacht hätten.

In diesem Punkt hatte er die Unterstützung seiner Schwester Winifred. Als anglikanische Priesterin fand sie die Vermarktung von Glastonbury durch die New-Age-Industrie ebenso schwer erträglich wie er. Gewiss, sowohl die Stadt als auch die Abtei konnten auf eine lange Tradition von Ausschmückungen der Wahrheit zurückblicken, gipfelnd in dem größten Schwindel aller Zeiten, der Ausgrabung der angeblichen Gebeine von König Artus und Königin Guinevere auf dem Friedhof der Abtei im Jahre 1191.

Winnie, die immer nur das Beste in den Menschen sehen mochte, beharrte darauf, dass die Mönche in gutem Glauben gehandelt hätten, aber Andrews Einstellung war da schon zynischer. Nach der verheerenden Feuersbrunst von 1184 hatte die Abtei dringend Geldmittel für den Wiederaufbau gebraucht. Die »zufällig« aufgefundenen Reliquien brachten Pilger nach Glastonbury – und damit Einnahmen. Die menschliche Natur hatte sich in acht Jahrhunderten nicht sehr verändert, dachte er grimmig.

Er bemerkte, dass es inzwischen fast völlig dunkel geworden war, pfiff nach Phoebe und legte ihr die Leine wieder an. Sie machten sich auf in Richtung Tal. Während Phoebe sich ihren Weg durch die Grasbüschel bahnte, stapfte Andrew hinterher und dachte dabei über die Geschichtsstunde für seine Abschlussklasse nach, die er für morgen noch vorbereiten musste. Primaner waren immer schwierig – zutiefst überzeugt von ihrer Wichtigkeit, an der Schwelle zu Erwachsenenfreiheit und Studium –, doch bei einem bestimmten Mädchen hegte er durchaus Hoffnungen, denn sie war eine gelehrige Schülerin und sehr an Archäologie interessiert. Aber er war schon des Öfteren enttäuscht worden. Es zahlte sich nicht aus, sich für Jugendliche allzu sehr zu engagieren.

Winnie neckte ihn gerne wegen seiner Schüler; sie sagte, er sei im falschen Jahrhundert geboren. Ihrer Ansicht nach hätte er einen perfekten Gentleman-Archäologen des neunzehnten Jahrhunderts abgegeben, umringt von andächtig lauschenden Jüngern. Andrew fand jedoch, dass der Ausdruck »andächtig«

bei der Clique von gammeligen Doktoranden, die ihm gewöhnlich bei seinen Grabungen halfen, eher fehl am Platz war.

Er und seine Schwester hatten seit ihrer Kindheit ein sehr enges Verhältnis zueinander. Nach dem frühen Tod beider Eltern rückten sie noch näher zusammen, und als Winnie nach fünf Jahren London eine Pfarrei in der Nähe von Glastonbury bekam, da dachte er, sein Leben sei vollkommen. Er hatte es wohl als selbstverständlich hingenommen, dass alles einfach immer so weitergehen würde – er spielte bis vor kurzem sogar mit dem Gedanken, sein Haus auf Hillhead zu verkaufen und zu Winnie ins Pfarrhaus zu ziehen. Sie teilten schon immer gemeinsame Interessen, insbesondere ihre Liebe zur Musik, und sie waren gewohnt, ihre Freizeit zusammen zu verbringen.

Aber alles war anders geworden, seit Winnie im letzten Winter ein Verhältnis mit Jack Montfort angefangen hatte.

Mit Winnie an seiner Seite war Andrew zufrieden gewesen – mit seinem Lehrerberuf, seiner archäologischen Arbeit, seinen Aktivitäten in der Gemeinde –, aber nun schienen all diese Dinge, die ihm einmal so viel bedeutet hatten, plötzlich sinnlos.

Der Dornbusch ragte vor ihm auf, und seine windschiefe Silhouette zeichnete sich als dunklerer Schatten gegen die Dämmerung ab. Kurz darauf erreichte Andrew den Zauntritt an der Stelle, wo der Pfad auf seine Straße traf. Winnie liebte das Haus auf Hillhead mit seinem herrlichen Blick über die Somerset Levels, und sie war es, die ihm zu der schlichten Ausstattung geraten hatte, die die Wirkung der Aussicht noch erhöhte. Hier verbrachten sie so manchen Winterabend vor dem Kamin und verweilten im Sommer bis nach Einbruch der Dämmerung auf der Terrasse.

Als Andrew das Haus betrat, schien es ihn mit seiner Leere zu verspotten. Er hängte Phoebes Leine sorgfältig an den Haken neben der Tür und füllte dann ihre abendliche Portion

Futter in den Napf. Doch nachdem er einen kurzen Blick in den Kühlschrank geworfen hatte, verlor er jegliches Interesse an der Zubereitung seiner eigenen Mahlzeit.

Stattdessen goss er sich nur ein Glas Rotwein ein und ging dann mit Glas und Flasche hinüber in das dunkle Wohnzimmer. Durch seine vorhanglosen Fenster konnte er unten in der Ebene schwache Lichtpunkte schimmern sehen, so weit entfernt wie die Sterne, die wie kleine Nadelstiche die Samtdecke des südlichen Himmels überzogen.

Es schien, als breche sein ganzes Leben um ihn herum zusammen, und in seiner Brust spürte er ein dunkles, kaltes Gewicht, das an ihm nagte wie ein Tumor. Er hatte anderswo Trost gesucht – ein törichter Irrtum mit so katastrophalen Folgen, dass er alles tat, um den Vorfall aus seinem Gedächtnis zu verdrängen.

Nie hätte er sich träumen lassen, dass irgendetwas – oder irgendjemand – ihn von seiner Schwester trennen könnte, oder dass er ihre Abwesenheit als so niederschmetternd empfinden würde. Hätte er je Winnies Glauben geteilt, so hätte dieser Schlag ihn erschüttert – wie konnte irgendein Gott ihn mit einem solchen Verlust strafen, nach all dem, was er durchgemacht hatte? Und kein Gott könnte es je wieder gutmachen, dachte er, während er sich ein zweites Glas Wein einschenkte. Das, so erkannte er nun in aller Klarheit, lag ganz und gar bei ihm.

Fiona Finn Allen war an diesem Morgen mit dem Geruch ihrer Kindheit in der Nase aufgewacht, der als Erinnerung an einen schon halb vergessenen Traum in der Luft lag. Der Duft, frisch und waldig-grün wie die Luft eines Sommermorgens am Loch Ness, begleitete sie den ganzen Tag über, immer kurz davor, aus ihrem Unterbewusstsein aufzutauchen. Er erfüllte sie mit einem tiefen, fast körperlichen Bedürfnis zu malen, doch sie widerstand dem Impuls.

Wann immer sie in den letzten paar Monaten zum Pinsel gegriffen hatte, war dasselbe Bild entstanden: ein Kindergesicht, das Gesicht eines kleinen Mädchens von vielleicht vier oder fünf Jahren. Wo das Bild herkam oder warum es so hartnäckig wiederkehrte, wusste sie nicht, aber immer wenn es auftauchte, fühlte sie sich hinterher krank, ihr Kopf schmerzte, und sie ahnte allmählich, dass damit irgendetwas ganz und gar nicht stimmte.

Jetzt kniete sie in dem dick mit Mulch bedeckten Rosenbeet, wo sie gnadenlos die verwelkten Blüten abschnitt und durch die Arbeit ihr Unbehagen abzuschütteln suchte. Bald würde sie ins Haus gehen und letzte Hand an ihre Gemüsesuppe legen. Sie erwartete ihre Freundin Winnie Catesby zum Mittagessen.

Es war eine sonderbare Freundschaft. Sie hatte die fundamentalen Glaubenssätze der christlichen Lehre nie akzeptieren können, und Winnie war eine anglikanische Geistliche, aber dennoch hatte Fiona ihre Verbindung mehr und mehr schätzen gelernt, seit sie Winnie vor einem Jahr bei einer Gemeinderatssitzung begegnet war. Winnie besaß die seltene Gabe, ihrem Gegenüber den Eindruck zu vermitteln, dass er oder sie ihre Aufmerksamkeit wirklich verdiente, und die Zeit, die sie mit ihr verbrachte, half Fiona, mit dem Kummer fertig zu werden, der ihre Lebensfreude schon so lange trübte.

Nicht einmal ihr Mann konnte diesen Schmerz heilen, obwohl er ihr in anderer Beziehung so viel Freude schenkte. Sie setzte sich auf die von der Sonne angewärmte Erde, dachte daran, wie schön Bram gewesen war, als sie sich zum ersten Mal begegnet waren, und lächelte.

Auch jetzt, obwohl seine einst goldenen Locken kurz geschnitten waren und sein Haar dünner geworden war, und trotz der unvermeidlichen leichten Erschlaffung seiner feinen Gesichtszüge, fand sie ihn noch unwiderstehlich.

Welch ein Glück für sie, dass das Schicksal beschlossen hatte, sie beide wie gestrandete Pilger aus alten Zeiten zum ersten Pilton Festival zusammenzubringen – zum Glastonbury Fayre. Sie und Bram hatten in Glastonbury ihre Bestimmung gefunden, und sie mussten es nie bereuen. Bram verkaufte ihre ersten paar Bilder auf der Straße, und dann hatte der Erfolg es ihm ermöglicht, eine Galerie zu finden, die ihre Arbeiten ausstellte. Nicht lange darauf gehörte die Galerie schon ihm, und seither hatte er sich einen internationalen Kundenkreis erschlossen, nicht nur für ihre Arbeiten, sondern auch für die anderer Maler, deren er sich annahm.

Sie hatten sich ein gutes Leben aufgebaut, Fiona und Bram, auf der Grundlage ihrer gemeinsamen Anstrengungen und ihrer Liebe zueinander. Aber in ihren Träumen erkannte sie bisweilen dieses Leben als das zerbrechliche Ding, das es war, und dann riss die plötzliche Angst sie aus dem Schlaf.

Unschlüssig stand Jack vor dem Gebäude der Glastonbury Assembly Rooms, einem hässlichen würfelförmigen Block, der um 1860 zum Teil aus Steinen erbaut worden war, die vom Gelände der Abtei stammten. In der Abenddämmerung wirkte auch die Gasse, die von der High Street zu dem Gebäude führte, nicht sonderlich einnehmend – es roch nach Feuchtigkeit und Katzenurin, und die zerfetzten Überreste von Plakaten an den Türen bildeten eine triste Collage.

Aber das Plakat, das für die Veranstaltung am heutigen Abend warb, hatte noch nicht unter den Verwüstungen von Zeit und Witterung gelitten. Simon Fitzstephens asketisches Gesicht war Jack vertraut – er hatte es oft genug auf den Schutzumschlägen von Fitzstephens Büchern gesehen, seit er damit begonnen hatte, in Nick Carlisles New-Age-Buchladen zu stöbern. Fitzstephen war ein anglikanischer Geistlicher, der sein Amt aufgegeben hatte, um sich ganz seinen Studien zu widmen, und seine Bücher gehörten zu den konservativeren im Angebot der Buchhandlung. Der Autor stammte aus der

Gegend; er war eine anerkannte Autorität auf den Gebieten der frühen Kirchengeschichte und der Gralsmythologie. Was würde Fitzstephen wohl denken, fragte sich Jack, wenn er von der Korrespondenz wüsste, die er seit einigen Monaten mit einem toten Mönch führte?

Wie ein Juwel gefasst in grüne Auen, so lag die Abtei da… eine Stadt, sich selbst genügend. Wir traten durch die östliche Pforte ein… die nicht mehr existiert… alles ist verschwunden.

Mein Vater, stets ein gewitzter Geschäftsmann, wollte ein Maul weniger zu stopfen haben und dennoch die Abtei um seine Schenkung betrügen, denn ich war ein kränkliches Kind, und er sah voraus, dass ich das Mannesalter nicht erreichen würde. Meine Mutter jammerte und klagte, doch mein Vater wollte nicht auf sie hören…

Der Abt segnete mich, legte mir die Hände aufs Haupt. Dann zogen sie mich aus, wuschen mich, legten mir den Habit aus rauem braunem Stoff an. Ich wurde Gott versprochen, doch ich wusste nichts…

So lautete die heutige Aufzeichnung, die erste seit mehreren Wochen. Obwohl die seltsamen Mitteilungen schon vor drei Monaten eingesetzt hatten, hatte Jack Winnie noch immer nichts von Edmund von Glastonbury und seinen Botschaften erzählt. Er fürchtete, dass eine Sache wie diese mit ihrem Beigeschmack von Spiritismus bei ihr nur Entsetzen und Abscheu auslösen würde – und er fühlte sich schuldig, weil es ihm nicht gelungen war, die hartnäckige Hoffnung zu dämpfen, seine sonderbare Gabe könnte ihn irgendwie in Kontakt mit seiner toten Frau bringen.

Er sagte sich, dass er heute Abend nur hierher gekommen war, um seine Neugier zu befriedigen – um zum Beispiel zu fragen, ab wann die östliche Pforte der Abtei nicht mehr genutzt worden war, oder wann die Kirche die Praxis eingestellt hatte, Kinder als Schenkungen in den Orden aufzunehmen.

Aber er wusste, dass mehr dahinter steckte. Er musste einfach mit der Vergangenheit in Verbindung treten, er musste die

Abtei so sehen, wie Edmund sie gesehen hatte, und sich das Universum in Edmunds Begriffen vorstellen.

Noch immer zögerte er. Es kam ihm vor, als sei er im Begriff, eine öffentliche Absichtserklärung abzulegen, als überschreite er die Schwelle, die den Skeptiker vom leichtgläubigen Narren trennte; als würde es ihm nach diesem Schritt unmöglich sein, seine Erfahrung vor allen außer Nick geheim zu halten.

Dann dachte er an die letzte Zeile, die an diesem Tag aus seiner Feder geflossen war:

Ich weinte nicht.

Er ging die Stufen hinauf und öffnete die Eingangstür der Assembly Rooms.

3

Der einzige Prüfstein liegt in der Qualität der Botschaft; ist sie wahrhaftig oder nicht, ist sie erbaulich oder entbehrt sie jeglicher hilfreicher Eigenschaften?

Frederick Bligh Bond, aus: *Das Tor der Erinnerung*

Das Leben, dachte Winifred Catesby, hat die Eigenschaft, dir eine klassische Rechts-Links-Kombination zu verpassen, wenn du es am wenigsten erwartest. Sie war sechsunddreißig Jahre alt und ledig – und es war mindestens ein Jahrzehnt her, dass sie zuletzt ernsthaft überlegt hatte, an diesem Zustand etwas zu ändern. Zwar durften anglikanische Geistliche heiraten, aber kaum ein Mann war gewillt, neben Gott die zweite Geige zu spielen oder überhaupt hinter den Anforderungen ihres Berufs zurückzustehen. Und da Winifred nicht schön war und kein Talent zum Flirten besaß, war sie der Meinung gewesen, sie habe sich recht gut mit ihrer zölibatären Lebensweise und dem geruhsamen Trott abgefunden, in den sie mit ihrem Bruder Andrew verfallen war.

Und dann hatte sie auf einmal neben Jack Montfort im Chorgestühl der Kathedrale von Wells gesessen, und seitdem war nichts mehr so wie vorher.

An diesem Juniabend waren sie zum Abendessen im Café Galatea in der High Street verabredet, einem netten Restaurant mit ausgeprägter Hippie-Atmosphäre und überraschend guter Küche. Jack zog sie zwar gerne ein wenig auf wegen des vegetarischen Essens, das er als »Vogelfutter« bezeichnete, aber dennoch war dieses Café zu ihrem regelmäßigen Treffpunkt nach der Arbeit geworden.

Während sie den Wagen vor dem Kreisverkehr an der Street Road langsam ausrollen ließ, inspizierte sie sich noch rasch im Rückspiegel. Haare o.k., Lippenstift o.k., Nase könnte durchaus etwas klassischer sein… Ach was, es passte schon alles, genau wie ihr zweckmäßiges Kostüm aus Rock und Pullover und ihr Priesterkragen.

Sie kam direkt von einem Termin mit der Erzdiakonin, und sie war spät dran. Der Tag war noch strapaziöser gewesen als gewöhnlich, denn sie hatte ihren Terminkalender umstellen müssen, um die Verpflichtungen von zwei Pfarrern zu übernehmen, die verreist waren. Aber sie konnte sich glücklich schätzen, dass man sie, jung wie sie war und zudem noch als Frau, zur Provinzdekanin ernannt hatte, zusätzlich zu den Aufgaben, die sie in ihrer eigenen Pfarrei St. Mary's zu erfüllen hatte. Das sagte sie sich, wenn sie wieder einmal versucht war, über ihr Los zu jammern.

Sie verlangsamte die Fahrt, als sie an der Abtei vorbeikam, und warf einen Blick durch das schmiedeeiserne Tor auf die Anlagen. Als Kind hatte sie eine heimliche Neigung zum Klosterleben verspürt, und auch heute noch empfand sie ein seltsames Gefühl von Ruhe und Frieden, wann immer sie die Luft der Abtei atmete. Waren die Pilger zu Tausenden gekommen, weil sie auf Ablass und Rettung ihrer Seelen hofften oder weil sie dem Paradies auf Erden vielleicht niemals näher kommen konnten als durch den Anblick der Abtei?

Sie bog in die High Street ein und hatte das Glück, ein paar Häuser weiter vom Galatea einen Parkplatz zu finden. Sie lenkte den Fiat in die Lücke und ging die paar Schritte zum Café zurück. Bevor sie eintrat, warf sie einen Blick durchs Fenster.

Die Eingangstür stand offen, um die frische Luft hereinzulassen. Jack saß an ihrem gewohnten Tisch etwas weiter hinten im Lokal und war in irgendeine Lektüre vertieft. Winnie nutzte die Gelegenheit, um ihn einen Augenblick ungestört anzusehen, und sie bemühte sich, ihn unvoreingenommen zu betrachten. Er war ein großer, stämmiger Mann mit einem blonden Haarschopf, markigen Gesichtszügen und einer Hakennase, und er hatte die durchdringendsten blauen Augen, die sie je gesehen hatte. Er hätte Rugbyspieler sein können – ganz bestimmt war er nicht der schmächtige Landpfarrer-Typ, den sie immer attraktiv gefunden hatte. Bei dem Gedanken musste sie lächeln, und genau in diesem Moment blickte Jack auf und entdeckte sie.

Als sie am Tisch ankam, hatte er seine Papiere bereits beiseite geräumt. »War wohl ein langer Tag?«, meinte er und gab ihr einen raschen Kuss. »Du siehst ein bisschen kaputt aus. Ich habe uns schon mal Wein bestellt.«

»Du bist ein Schatz«, entgegnete sie und ließ sich mit einem Seufzer auf ihren Stuhl sinken, während er ihr aus der Burgunderflasche einschenkte, die bereits entkorkt auf dem Tisch stand. »Es wurde heute ein bisschen mehr als sonst gezankt und gekabbelt in der Kapitelsitzung.«

Jack betrachtete sie mit diesem intensiven Blick, der sie immer noch leicht aus der Fassung bringen konnte. »Das sehe ich. Du hast wieder diesen angespannten Ausdruck um die Augen herum.«

Sie nahm einen Schluck von dem Wein, ließ ihn genüsslich über ihre Zunge rollen und deutete dann auf seine Aktentasche: »Arbeit?«

»Mmmmmh«, antwortete er unbestimmt. »Hungrig?«

»Wie ein Bär. Das macht die frische Luft.«

»Erzähl mir nicht, dass du mit diesem schrecklichen Rad gekommen bist.«

»Nein, leider nicht. Der Tag wäre ideal gewesen dafür, aber ich musste zu weit rausfahren.« Sie lagen in einer Art Dauerclinch wegen ihres Fahrrads, das er als eine Gefahr für Leib und

Leben betrachtete. Aber sie liebte den alten Drahtesel, und nach ihrer Londoner Zeit genoss sie das Gefühl der Freiheit, wenn sie damit ihre täglichen Runden drehte. Es kam aber auch vor, dass das Wetter oder die Entfernungen, die sie zurücklegen musste, sie dazu zwangen, den praktischen kleinen Fiat zu benutzen, den man ihr als Dienstwagen zur Verfügung gestellt hatte. Jetzt funkelte sie ihn mit gespielter Empörung an. »Ich habe nicht die Absicht, darauf zu verzichten, ist das klar? Und wenn du noch so viel rumnörgelst.«

»Dann sorgen wir besser mal dafür, dass du zu Kräften kommst«, erwiderte er spöttisch, während die Bedienung sich ihrem Tisch näherte.

Beim Essen plauderten sie entspannt und erzählten einander, wie ihr Tag gewesen war, doch Winnie spürte schon bald, dass Jack nicht ganz bei der Sache war, wenn er sich auch Mühe gab, es zu verbergen. Während er wartete, bis sie fertig gegessen hatte, verfiel er in Schweigen, und sie wurde plötzlich von der Furcht gepackt, er könne ihrer überdrüssig sein und es nur nicht fertig bringen, es ihr zu sagen.

Nun, wenn es so war, dann hatte es auch keinen Sinn, die Sache aufzuschieben, ermahnte sie sich. Sie klammerte sich am Stiel ihres Weinglases fest und fragte ihn: »Jack, stimmt irgendwas nicht?«

Er sah sie verblüfft an; sein Blick wanderte zu der Aktenmappe, die er auf dem Tisch hatte liegen lassen. Er runzelte die Stirn. Nachdem er noch einen Augenblick gezögert hatte, antwortete er: »Nein. Ja. Ich weiß nicht. Es gibt da etwas, was ich dir noch nicht gesagt habe.«

Winnies Herz krampfte sich zusammen; sie machte sich auf das Schlimmste gefasst.

Jack jedoch schien ihr Unbehagen nicht zu bemerken. »In den letzten Monaten ist etwas ganz Merkwürdiges mit mir passiert, Winnie, und ich weiß nicht, was ich davon halten soll. Ich habe dir nichts davon gesagt, weil ... nun ja, ich befürchtete, du würdest mich für ein bisschen übergeschnappt halten. Und ich hatte auch das Gefühl, wenn ich dir davon erzählte, dann würde das der Sache eine Glaubwürdigkeit verleihen, die ich ihr nicht zubilligen wollte.«

»Wovon redest du überhaupt?«, fragte Winnie, die jetzt vollkommen verwirrt war.

»Ich schätze, du bekommst so allerhand verqueres Zeug zu hören...«

»Meistens ganz gewöhnliche Dinge. Die Leute machen sich Sorgen wegen ihrer Angehörigen, wegen Krankheiten, Schulden... Jack, bist du in irgendwelchen Schwierigkeiten?«

»Nichts dergleichen. Obwohl das es vielleicht leichter machen würde.« Er zögerte noch einen Moment, griff dann nach seiner Aktentasche und nahm ein Blatt Papier heraus. »Lies das.«

Neugierig nahm sie das Blatt. Es war ein ganz gewöhnlicher Bogen Schreibpapier. Darauf standen einige lateinische Sätze in einer kleinen, winkligen Handschrift. Darunter waren einige Satzfragmente auf Englisch geschrieben, und sie erkannte sofort Jacks Handschrift.

Des Nachts leuchteten die Kerzen in den Fenstern der großen Kirche wie die Sterne des Himmels... Der Klang unserer Stimmen hallte von Gewölbe und Kreuzgang wider... aus den Wasserspeiern tönte das Lob unseres Herrn. Ihr wisset dies... Was verborgen war, muss... ans Licht. Aus einem Gedanken wird die Wahrheit hervorgehen. Fürchtet euch nicht...

»Was ist das?«, fragte sie und sah Jack an. »Übersetzt du vielleicht irgendetwas?«

»So könnte man es sagen. Nur dass ich es selbst geschrieben habe. Beide Teile.«

»Du hast den lateinischen Text geschrieben? Aber das ist doch nicht deine Handschrift. Das verstehe ich nicht.«

»Ich auch nicht.« Er beugte sich vor, stützte sich mit den Ellbogen auf den Tisch und schob das Weinglas beiseite. »Als es anfing, die ersten paar Male, da war ich mir dessen überhaupt nicht bewusst – ich musste einfach annehmen, dass ich das geschrieben hatte, weil es keine andere Erklärung gab. Danach musste ich erst mal ein paar kräftige Schlucke nehmen, das kann ich dir sagen. Aber jetzt… ganz besonders heute – bei dem hier« – er tippte mit dem Zeigefinger auf das Blatt –, »da ist es, als ob ich mich zwar selbst aus der Ferne beobachte, aber ich habe das Gefühl, gar nichts mit dem zu tun zu haben, was da geschieht.«

»Aber du verstehst doch, was du schreibst –«

»Nein. Erst hinterher. Und dann habe ich immer noch meine liebe Mühe mit der Übersetzung.«

Winnie starrte ihn an. »Aber du kannst es doch ganz bestimmt steuern, wenn du willst –«

»Auf den Gedanken bin ich noch gar nicht gekommen. Du denkst doch, dass ich nicht ganz richtig im Kopf bin, nicht wahr? Ich sehe es an deinem Gesicht.«

Sie gab sich Mühe, sich zusammenzunehmen. »Nein, ich… natürlich denke ich das nicht. Aber du solltest zum Arzt gehen und dich gründlich untersuchen lassen. Vielleicht ist da irgendetwas –«

»Ein Gehirntumor?« Er schüttelte den Kopf. »Keine sonstigen Symptome. Ich konnte auch keine Anzeichen für irgendwelche anderen körperlichen Leiden entdecken. Glaub mir, ich hab's versucht.«

»Aber dann –«

»Es ist wohl möglich, dass ich eine Art Nervenzusammenbruch erlitten habe, aber ansonsten scheine ich doch ganz gut klarzukommen. Findest du nicht?«

»Natürlich«, beeilte sich Winnie ihm zu versichern. Er wirkte so normal und im Vollbesitz seiner Kräfte wie nur irgendjemand, dem sie je begegnet war, und das machte seine Geschichte nur umso verstörender.

»Gut. Das ist immerhin etwas«, meinte er mit dem Anflug

eines Lächelns. »Nachdem ich körperliche Erkrankungen ausgeschlossen hatte, begann ich mit meinen Nachforschungen. Es gibt da Parallelen zu gewissen Ereignissen in der Vergangenheit.«

Winnie bemerkte, dass sie immer noch ihr Weinglas umklammert hielt. Sie entspannte ihre Finger und nahm einen Schluck. Sie zwang sich zu schweigen, denn sie wollte ihn die Geschichte in seinen Worten schildern lassen.

»Sagt dir der Name Frederick Bligh Bond etwas?«

»Hatte er nicht irgendetwas mit der Abtei zu tun? Tut mir Leid, mehr fällt mir dazu nicht ein.«

»Bond war Architekt, genau wie ich, und eine Kapazität auf dem Gebiet der frühen Kirchenarchitektur. Aber er war auch Amateurarchäologe, und als die Kirche von England 1907 die Abtei ihren privaten Eigentümern abkaufte, erhielt er den Auftrag, die Ausgrabungen auf dem Ruinengelände durchzuführen. Er machte einige fantastische Entdeckungen; so war er es zum Beispiel, der die Edgarskapelle freilegte. Das war alles ganz seriös, ganz korrekt; aber dann, mehrere Jahre nach dem Beginn der Ausgrabungen, verkündete er plötzlich, dass er seine Funde den Instruktionen von Mönchen der Abtei verdankte – und dass die Mönche auf dem Wege des automatischen Schreibens mit ihm kommuniziert hätten. Er wurde gefeuert, sein Ruf war ruiniert, und er hat sich nie mehr von dem Rückschlag erholt.«

»Aber wenn er mit der Geschichte der Abtei vertraut war, dann hat er doch höchstwahrscheinlich nur aus seinem eigenen Unterbewusstsein geschöpft«, protestierte Winnie.

»Bond selbst hat komischerweise nie etwas anderes behauptet. Er glaubte, das individuelle Bewusstsein sei nur ein Teil eines transzendenten Ganzen – eines kosmischen Gedächtnisses –, und dass es in der Macht jedes Einzelnen stehe, die Pforte zu jener Realität aufzustoßen. Zu der Zeit gab es in Glastonbury eine spirituelle Erweckungsbewegung, insbesondere in den Jahren nach dem Ersten Weltkrieg. Alle möglichen Größen wurden davon angezogen – Yeats, Shaw – Dorothy Sayers hat sogar an einer von Bonds Sitzungen teilgenommen. Das generelle Klima war also günstig für Bonds Ideen.«

»Er glaubte also, sowohl dieses kollektive Gedächtnis als auch sein eigenes Unterbewusstsein anzuzapfen?«

»Aufgeschrieben hat die Botschaften ein Freund Bonds, ein gewisser Captain John Bartlett, aber Bartlett wusste sehr wenig über die Abtei und hatte auch kaum Ahnung von Archäologie –«

»Aber Bond hat ihm doch sicherlich die Stichworte geliefert?«

»Bond stellte ganz spezifische Fragen«, korrigierte Jack. »Anfangs ist das automatische Schreiben bei Bartlett spontan aufgetreten; dann regte Bond an, dass diese … Übertragung … auf bestimmte Weise gesteuert werden könnte. Aber sehr oft bekamen sie vollkommen unerwartete Ergebnisse.«

Jacks blaue Augen strahlten vor leidenschaftlicher Erregung, und plötzlich kam Winnie ein Gedanke, der sie erschauern ließ. Er hatte nie über seine verstorbene Frau gesprochen – sie hatte nur gehört, was man sich in der Stadt erzählte, dass seine Frau bei der Geburt ihres Kindes gestorben sei, ebenso wie ihr neugeborenes Mädchen, und zwar nur wenige Monate nachdem Jack seine Mutter durch eine lange Krankheit und seinen Vater durch einen Herzinfarkt verloren hatte. »Jack … Du denkst doch nicht, dass du … diese Sache steuern kannst? Dass du … mit Emily … Kontakt aufnehmen könntest?«

Er blickte sie unverwandt an. »Ich hatte daran gedacht«, antwortete er schließlich. »Und ich muss gestehen, dass die Vorstellung, die Toten könnten vielleicht … gar nicht so weit weg sein, etwas … Tröstliches hat. Aber so einfach ist es nicht, Winnie. Ich glaube, dass es nicht so sehr darum geht, was ich von ihm will, sondern vielmehr darum, was *er* von *mir* will.«

»Er?«

»Es scheint sich um einen ›Er‹ zu handeln. ›Edmund‹, ein Mönch der Abtei von Glastonbury. Allerdings ist es mir nicht gelungen, die Zeit genau einzugrenzen.«

»Deshalb hast du dich so für Simon Fitzstephen interessiert!«, rief Winnie.

»Ich bin neulich abends zu seinem Vortrag gegangen. Wenn ich ein Treffen mit Fitzstephen arrangieren könnte, um ihm die genauen Einzelheiten vorzulegen, dann könnte er mir vielleicht helfen.«

»Jack –« Winnie wollte ihn nicht dazu ermutigen, den Kontakt mit Simon Fitzstephen zu suchen, doch es fiel ihr kein konkreter Einwand ein, der nicht vorausgesetzt hätte, dass sie ihren früheren Umgang mit dem Mann offen legte.

Jack, der ihr Zögern falsch deutete, sagte: »Ich nehme es dir nicht übel, dass du skeptisch bist. Ich kenne die Erklärung nicht – ich weiß nur, dass es nicht von selbst aufhört. Wenn du meinst, dass wir uns nicht mehr treffen können –«

Winnie ergriff seine Hand, nahm sie fest in beide Hände. »Jetzt redest du aber wirklich Unsinn. Natürlich werde ich mich weiter mit dir treffen. Und ich werde tun, was ich kann, um dir zu helfen. Das weißt du.«

»Auch wenn ich verrückt bin?«

»Du bist nicht verrückt«, sagte sie mit leidenschaftlichem Nachdruck. »Du *wirst* eine Erklärung für diese Botschaften finden. Darf ich sie lesen?«

»Würdest du das tun?« Der Gedanke schien ihm zu gefallen. »Vielleicht entdeckst du ja einen Hinweis, der mir entgangen ist.«

»Tja«, sagte sie leise, und sie fragte sich, ob sie jetzt völlig den Verstand verloren hatte, »hast du schon mal versucht, Edmund ganz einfach zu *fragen*, was er will?«

Genau so sollte eine Kirche eigentlich aussehen, dachte Bram Allen, während er sich in seiner Galerie umsah. Der Plüschteppichboden dämpfte Stimmen und Schritte, die angestrahlten Gemälde an den mit Sackleinen ausgekleideten Wänden leuchteten wie von Licht durchflutete Buntglasfenster, und bei jedem Öffnen und Schließen der Tür erklang das melodische Läuten von Glöckchen. Es war wie eine uneinnehmbare Zufluchtsstätte... und es war der einzige Ort, an dem er sich wirklich sicher fühlte.

Es gab Leute, das wusste er wohl, denen das grimmige Aussehen der Kreaturen in Fionas Gemälden Unbehagen bereitete, doch auf ihn hatten sie immer merkwürdig beruhigend gewirkt, so als könnten sie durch eben diese Eigenschaft das Böse fern halten.

Was ihm Sorgen bereitete, war die Tatsache, dass die Zahl von Fionas Gemälden an den Wänden der Galerie stetig abnahm. Seine anderen Künstler verkauften sich zwar gut, doch es waren Fionas Arbeiten, die das Rückgrat des Unternehmens bildeten, und schon seit Monaten hatte sie nichts mehr hervorgebracht, was sie ihm auszustellen erlaubt hätte. Nicht, dass er diese jüngsten Bilder aufhängen wollte – Gott bewahre! Was war nur in sie gefahren, dass sie ausgerechnet dieses Gesicht malen musste?

Fionas Talent war keiner rationalen Analyse zugänglich – das hatte er jedenfalls immer angenommen. Aber nun fragte er sich, ob da nicht irgendein externer Faktor im Spiel war, irgendeine Veränderung in ihrem gemeinsamen Leben. Oder in Fionas Leben?

Während er aus dem Fenster der Galerie blickte, begann gegenüber die Glocke der Kirche von St. John's zur Abendmesse zu läuten. Das war für ihn das Zeichen, die Galerie zu schließen. Mechanisch begann Bram aufzuräumen und die Lichter zu löschen. Und dann, während er zu den letzten Schlägen der Glocke die Tür abschloss, fiel es ihm plötzlich ein. Tatsächlich hatte sich im letzten Jahr etwas in Fionas Leben verändert. Sie hatte sich mit Winnie Catesby angefreundet, die ihr anfangs nur helfen wollte, der Trauer über ihre Kinderlosigkeit Ausdruck zu verleihen. War das der Auslöser für Fionas Visionen?

Aber das erklärte noch nicht, warum sie ausgerechnet dieses Kind malte. War es Winnie irgendwie gelungen, ein Fragment der Erinnerung aus Fionas Unterbewusstsein zu lösen? Oder wusste Fiona mehr, als er immer angenommen hatte?

Bram bemerkte, dass er schwitzte, und wischte sich mit dem Handrücken über die Stirn. Eines war sicher – es musste ihm irgendwie gelingen, Winnies Einmischungen ein Ende zu bereiten, bevor sie alle ruiniert waren.

In der Küche des Dream Café roch es stark nach Kohl, aber das machte Faith nichts aus. Ihre morgendliche Übelkeit schien sich endlich gelegt zu haben, und die Essensdüfte halfen, den allgegenwärtigen Feuchtigkeitsgeruch zu überdecken, der das Lokal durchzog.

Das Café war direkt in den Fuß des Tor hineingebaut, und die Kalksteinwände waren stets mit einer glänzenden Schicht aus Kondenswasser überzogen. Im vorderen Teil standen Tische, während der hintere Bereich in einen kleinen Laden zur Linken und die Küche zur Rechten aufgeteilt war; der Restaurantbereich war durch eine Theke abgetrennt. Nicht, dass sie besonders viele Speisen angeboten hätten – die Karte beschränkte sich auf Suppe, Tee (Kräutertees und andere) und ein vegetarisches Tagesgericht. Faith, die zu Hause höchstens einmal das Teewasser gekocht hatte, stellte sich inzwischen gar nicht so ungeschickt an beim Zubereiten der Suppen und der warmen Gerichte, und an diesem Morgen würde sie alles fertig haben, wenn sie aufmachten. Sie summte vor sich hin, während sie noch ein wenig Paprika über den Blumenkohlauflauf streute, der heute als Tagesgericht im Angebot war, und sie stellte sich vor, was ihre Mutter wohl sagen würde, wenn sie das Resultat ihrer Arbeit in der Küche sehen könnte. Aber der

Gedanke versetzte ihr nur einen Stich, und das Heimweh trieb ihr heiße Tränen in die Augen.

Es waren fast drei Monate vergangen seit jenem Tag Anfang April, als sie von zu Hause weggelaufen war. Sie hätte nie geglaubt, dass sie ihren gemeinen Bruder und ihre scheußliche Schwester so vermissen könnte – oder ihre Eltern. So oft schon war sie versucht gewesen, wieder zurückzugehen, sich irgendeine Geschichte auszudenken, die sie ihr abkaufen würden – sie würde sagen, es sei ein Junge aus ihrer Klasse gewesen... aber nein, das wäre nicht fair... also dann eben ein Fremder, der Station gemacht hatte auf seiner Pilgerfahrt nach Avalon...

Aber sie wusste instinktiv – damals wie heute –, dass sie mit Lügen nicht durchkommen würde und dass sie genau das von ihr verlangen würden, was sie ihnen nicht bieten konnte – die Wahrheit. So hatte sie sich eben so gut es ging durchgeschlagen. Sie bettelte Freunde an, sie durch ihr Schlafzimmerfenster einsteigen zu lassen und ihr einen trockenen Schlafplatz zu gewähren. Später, als deren Gastfreundschaft erschöpft war, schlief sie im Freien, wo immer sie ein Plätzchen finden konnte, und nahm Almosen von den örtlichen Wohltätigkeitsvereinen an.

Die Schule erschien ihr wie ein fernes Universum, und manchmal vermisste sie auch das, und zwar mit einer Heftigkeit, die sie selbst überraschte. Aber jetzt lief es besser, seit sie Buddy begegnet war und den Job im Café bekommen hatte. Sie war zunächst misstrauisch gewesen, aber es hatte sich herausgestellt, dass es wirklich nicht mehr war als das freundliche Angebot, das es zu sein schien. Nach ein paar Wochen erbot sie sich freiwillig, das Öffnen und Schließen des Cafés zu übernehmen. Wenn ihr Boss wusste, dass sie die Nächte in der winzigen Kammer im Obergeschoss verbrachte, dann ließ er sich jedenfalls nichts anmerken. Und wenn es ihr manchmal unheimlich war – die schimmlige Feuchtigkeit, die aus den Wänden sickerte, die seltsamen Träume, die ihr keine Ruhe ließen und sie schweißgebadet aufschrecken ließen –, dann wusste sie doch immer, dass diese Lösung besser war als jede Alternative.

Oben gab es eine Toilette und ein Waschbecken, und so konnte sie sich immerhin sauber halten und ihre wenigen Kleidungsstücke waschen. Aber inzwischen war ihr alles zu eng, die Sachen spannten über ihrem anschwellenden Bauch.

Sie dachte nicht darüber nach, wie sie zurechtkommen würde, wenn das Baby da war.

Man musste einfach eins nach dem anderen erledigen, und jetzt musste erst einmal die Suppe umgerührt werden. Es handelte sich um eine reichhaltige Mischung aus Kohl, Tomaten und Kümmelkörnern – von Buddy *Schü* genannt, nach dem Rezept seiner deutschen Großmutter, die ins Texas Hill Country ausgewandert war. Faith schmeckte die Suppe ab, griff nach dem Salz und hatte plötzlich ein ganz komisches Gefühl im Bauch. Ein Flattern, fast ein Kitzeln – da war es schon wieder.

Sie stand da, den Löffel in der einen Hand, das Salzfass in der anderen, den Mund vor Verblüffung geöffnet, als die Tür aufging und eine Frau eintrat. Dunkles Haar mit silbernen Strähnen, hinten zu einem Zopf gebunden, hageres Gesicht, klimperndes Ohrgehänge, langes indisches Baumwollkleid. Faith kannte die Frau – sie war eine Stammkundin und mit Buddy befreundet, aber sie hatte eigentlich nie richtig mit ihr gesprochen.

»Fehlt dir etwas?«, fragte die Frau und trat auf die Theke zu.

»Ich – ich hab nur gerade etwas gespürt… Ich glaube, das Baby hat sich bewegt.«

»Ist es dein erstes?«

Faith nickte. Sie stellte das Salzfass ab und legte den Löffel hin, dann legte sie die Hand behutsam auf ihren Bauch.

»Gut. Das ist ganz normal, weißt du. Kein Grund zur Sorge. Ehe du dich versiehst, wird sie dich treten und kicken wie ein Fußballer.« Die Frau musterte Faith mit einem offensichtlich fachmännischen Blick. »Hast du eine Hebamme?«

Faith schüttelte den Kopf.

»Warst du schon zur Schwangerschaftsberatung?«

»Nein.« All diese Dinge bedeuteten, dass man sich bei den Sozialdiensten registrieren lassen musste, Namen und Adresse angeben, die Namen der Eltern …

Die Frau betrachtete sie noch einen Moment. »Aha, so ist das also. Wie alt bist du?«

»Siebzehn. Alt genug, um auf eigenen Füßen zu stehen.«

»Deine Eltern wissen, wo du bist?«

»Die wollen das gar nicht wissen«, entgegnete Faith. Sie musste Acht geben, dass ihre Stimme nicht versagte. »Und ich wüsste auch nicht, was Sie das angeht.«

»Wie wär's, wenn du mir eine Tasse Tee machst?«, sagte die Frau, offensichtlich unbeeindruckt von Faiths Grobheit. »Übrigens, ich heiße Garnet. Ich wohne oben am Berg.«

Faith erfüllte ihr den Wunsch, dankbar für die Gelegenheit, sich ein wenig zu sammeln. Garnet blieb an der Theke stehen und beobachtete sie.

Nachdem Garnet ihren Tee bekommen hatte, sagte sie beiläufig, als führe sie eine zwanglose Plauderei fort: »Dürfte nicht sehr bequem sein, da oben in der Abstellkammer zu schlafen. Und auch nicht gerade ideal für ein Mädchen in deinem Zustand – die ganze Feuchtigkeit.«

Faiths Herz begann vor Panik zu rasen. »Aber … woher haben Sie –«

»Buddy und ich sind alte Freunde. Er macht sich Sorgen um dich.«

Faith lief vor Scham über ihre eigene Dummheit rot an. Sie stammelte: »Aber ich dachte nicht, dass er –«

»Lass dich nicht von seiner schleppenden Aussprache täuschen. Er ist ein schlauer alter Fuchs, und er hat ein warmes Herz, aber er will nicht, dass es irgendjemand merkt. Er meinte, ich hätte vielleicht noch ein Zimmer frei. Es ist nicht gerade der reine Luxus«, fuhr Garnet fort, »aber warm und trocken, und es gibt da auch ein richtiges Bett.«

»Aber ich –«

»Du könntest mir ein bisschen Miete zahlen und in der Küche aushelfen. Buddy sagt, du mauserst dich allmählich zu einer richtig guten Köchin.«

»Aber warum würden Sie das für mich tun wollen? Ich verstehe das nicht.«

Garnet deutete auf Faiths Bauch. »Du wirst jemanden brauchen, der sich um dich kümmert, und ich kann für dich sorgen. Ich war früher mal Hebamme, und diese Dinge vergisst man nicht.«

»Das ist aber immer noch kein Grund«, erwiderte Faith trotzig. »Nehmen Sie öfter Streunerinnen bei sich auf?«

Garnet lächelte. »Nur Katzen.« Dann zuckte sie mit den Achseln und fügte hinzu: »Ich bin mir nicht sicher, ob ich dir einen besseren Grund nennen kann. Ich hatte mich noch nicht entschieden, bevor ich dich jetzt wieder gesehen habe. Irgendetwas ist da … ich weiß auch nicht. Sagen wir einfach, ich habe noch ein paar alte Rechnungen zu begleichen.«

»Ich könnte nicht viel zahlen«, sagte Faith zögernd.

»Bevor wir darüber reden, kommst du am besten mal vorbei und schaust dir die Bude an«, sagte Garnet, jetzt wieder in geschäftsmäßigem Ton. »Du gehst die Wellhouse Lane hoch und dann einfach geradeaus weiter. Es ist das alte Bauernhaus auf der rechten Seite, gleich hinter der Kreuzung mit der Stonedown. Wenn du heute nach der Arbeit kommst, bin ich zu Hause. Und jetzt kümmerst du dich besser um deine Suppe.« Sie trank ihren Tee aus, reichte Faith ihren leeren Becher und wandte sich zum Gehen.

Erst als sich die Tür mit einem Klingeln hinter ihr geschlossen hatte, fiel Faith auf, dass die Frau von ihrem Baby als »sie« gesprochen hatte.

Winnie war es nie so recht gelungen, das deprimierende Gefühl loszuwerden, das Jacks Haus in ihr auslöste. Obwohl das frei stehende, aus orangerotem Backstein errichtete Gebäude durchaus solide und respektabel wirkte, wie es dem viktorianischen Stil entsprach, ließ die Silhouette des Tor, die im Hintergrund aufragte, es doch irgendwie klein erscheinen. Dieser wenig einnehmende erste Eindruck wurde noch verstärkt durch das wild wuchernde Strauchwerk und das Laub des Vorjahrs, das immer noch den Pfad und die überdachte Veranda bedeckte. Und selbst an diesem schwülen Julinachmittag herrschte im Haus eine Kälte, die einem durch und durch ging.

Sie rieb sich die Gänsehaut auf ihren bloßen Armen und folgte Jack durch einen mit klobigen und gnadenlos hässlichen viktorianischen Möbeln angefüllten Salon in die Wohnküche. Das war das gemütlichste Zimmer im ganzen Haus; vor einem Fernseher stand ein Ledersessel, ein Eichentisch wies noch Spuren von Jacks hastig abgeräumtem Abendessen auf, und ein eiserner Küchenherd strahlte angenehme Wärme ab.

Jack schaltete die Lampe mit dem roten Schirm über dem Tisch ein. »Wie wär's mit einer Tasse Tee, um uns die Wartezeit zu verkürzen?«, schlug er vor, während Winnie sich setzte. »Nick hat angerufen, er ist unterwegs.«

Winnie lehnte den Tee ab. »Wie hat Nick es bloß geschafft, von Simon Fitzstephen eine Einladung zu einem Drink zu ergattern?«

»Fitzstephen war zum Signieren in seinem Buchladen. Nick hat die Gelegenheit genutzt, um ein paar gezielte Schmeicheleien loszuwerden.«

Winnie sah dem Treffen mit Simon Fitzstephen nicht eben freudig entgegen, aber sie hatte nicht die Absicht, Jack allein hingehen zu lassen. »Man müsste schon ein ausgesprochener Griesgram sein, um Nick etwas abschlagen zu können. Er hat so etwas unwiderstehlich Ernsthaftes an sich«, sagte sie leichthin, während sie sich vorzustellen versuchte, wie ihr ehemaliger Mentor wohl auf ihr unerwartetes Erscheinen reagieren würde.

Und wie würde Simon Fitzstephen wohl ihre Geschichte aufnehmen? Seinen Ruf verdankte er seinen Arbeiten zur Geschichte der Gralslegenden, aber Winnie hatte immer den Verdacht gehegt, dass die Gralsstudien für ihn weniger eine Herzensangelegenheit als vielmehr eine Sache des wissenschaftlichen Stolzes waren.

Jack schien an diesem Abend unfähig, auch nur einen Moment still zu sitzen, woraus sie schloss, dass ihn das bevorstehende Treffen ebenfalls nervös machte. »Du musst Fitzstephen ja nichts erzählen, wenn du kein gutes Gefühl dabei hast.«

»Ich weiß«, antwortete Jack, indem er sich mit einer fahrigen Bewegung auf den Stuhl neben ihr fallen ließ. »Aber dann werde ich mir blöd vorkommen, weil ich nur seine Zeit vergeude.«

»Unsinn«, beruhigte sie ihn. »Es ist doch bloß ein geselliges Beisammensein.«

»Stimmt.« Er quittierte ihre Bemühungen mit einem Grinsen und zog dann ein zusammengefaltetes Blatt Papier aus der Jackentasche. »Aber ich habe hier etwas Handfesteres, worauf ich mich berufen kann.«

»Ist das heute gekommen?« Winnie nahm das Blatt und fügte dann hinzu: »Ich rede ja gerade so, als sei es mit der Post gekommen.« Tatsächlich waren die Mitteilungen sporadisch, die Zusammenhänge zuweilen schwer zu erkennen. Oft brach eine Botschaft mitten im Satz ab, um dann ein oder zwei Wochen später an derselben Stelle fortzufahren, als hätte es gar keine Unterbrechung gegeben.

Es war fast so, als arbeite man an einem Puzzle – indem man mal hier, mal dort ein Teil einsetzt, versucht man dem Gesamtbild Schritt für Schritt näher zu kommen.

Aethelnoth war damals unser Abt, und unter ihm wurden wir noch ärmer. Zart wie ein Weidenschössling war ich, doch von zäher Konstitution. Zäher, als mein Vater geahnt hatte. Er hatte nicht mit der Fürsorge des Bruders Ambrosius gerechnet, unseres Hospitarius, der mich nicht vor die Tür ließ, wenn der Nordwind wehte, und der mir Kräuter und wärmende Suppen verabreichte. Da war ich denn endlich reif für meine Berufung, und mein Herz frohlockte. Doch all das war vor der Zeit, da… Gottes Zorn auf uns herabrief…

Sie sah auf. »Das ist alles?«

»Ja. Aber der Name des Abts gibt uns ein Datum. Aethelnoth war der letzte angelsächsische Abt, von 1053 bis 1078. Ich hoffe, Fitzstephen kann uns mehr erzählen.«

Es würde sich nicht vermeiden lassen, dass sie Jack die Wahrheit über Simon sagte, das war ihr klar. Und je länger sie wartete, desto schlimmer würde es werden. Winnie nahm all ihren Mut zusammen und setzte zu ihrem Geständnis an. »Jack, es gibt da etwas, was ich –«

»Da ist Nick.«

Gerettet vom Geräusch eines Motorrads, dachte sie, als Jack aufstand, offenbar ohne ihre stockenden Worte überhaupt gehört zu haben. Sie stieß einen Seufzer der Erleichterung aus, während sie ihm zur Tür folgte, schwor sich aber, dass sie es ihm wirklich sagen würde, sobald sich die Gelegenheit ergäbe.

Sie ließen Nicks Motorrad in der Einfahrt stehen und fuhren die kurze Strecke bis zu dem Dorf Pilton mit Jacks Wagen. Die sanften Hügel lagen im dämmrigen Abendlicht, und hinter ihnen schob sich die Silhouette des Tor vor die untergehende Sonne.

Vor dem Dorfeingang machte die Straße eine scharfe Linkskurve. Nick dirigierte anhand einer Wegbeschreibung, die er auf einen Zettel gekritzelt hatte. »Es ist unterhalb der Kirche. Sie nehmen die Abzweigung mit dem Wegweiser ›Zum alten Pfarrhaus‹.«

Pilton war gewiss eines der reizvollsten Dörfer in ganz Somerset, in ein mäanderndes Bachtal geschmiegt und umgeben von steilen bewaldeten Hügeln. Es war auch ein Labyrinth von gewundenen Sträßchen und Sackgassen. Nachdem sie abgebogen waren, führte der Weg bergab, vorbei an der hübschen kleinen Kirche St. John the Baptist, worauf sie ein weiteres Mal scharf links abbiegen mussten. Die jäh abfallende Straße war gerade eben breit genug für den Volvo. »Gleich auf der rechten Seite«, rief Nick und zeigte in die Richtung. »Riverside Cottage.«

Jack folgte dem Sträßchen bis zum Ende und parkte den Wagen auf einem Rasenstück nahe einer Steinbrücke, die über ein felsiges Bachbett führte. Sie stiegen aus und sahen sich um. Unter dem dichten Baldachin der Bäume war das Licht von einem wässrig schimmernden Grün; die Stille wurde nur vom Geräusch des Wassers durchbrochen, das über die Felsen plätscherte. Vor ihnen stand das Häuschen, durch eine Steinmauer von der Straße getrennt. Jenseits der Mauer war eine Rasenfläche, die sanft zum Bach hin abfiel, und ein Weg aus Steinplatten führte von der Pforte zu der mit einem Rundbogen versehenen Eingangstür.

Winnie ließ die Männer vorgehen und blieb einen Augenblick stehen, die Hand auf die Pforte gelegt. Sie hatte das Gefühl, in der seltsamen, bedrückenden Atmosphäre den Boden unter den Füßen zu verlieren, und sie fragte sich, ob sie es sich nicht im allerletzten Moment noch anders überlegen könnte.

Dann drehte Jack sich um und blieb stehen, um auf sie zu warten, und sie wusste, dass es keinen Weg zurück gab, ganz gleich, was dieser Abend noch bringen mochte.

Simon Fitzstephen stapelte das Geschirr von seinem kalten Abendessen im Spülbecken, wo es Mrs. Beddons, seine Haushälterin, am nächsten Morgen abwaschen würde. Im Lauf der Jahre waren sie zu dieser praktischen Regelung gelangt: Mrs. Beddons kam morgens und machte ihm das Frühstück, dann kümmerte sie sich um den Haushalt und kochte ihm später ein warmes Mittagessen, und bevor sie ging, bereitete sie ihm noch einen Salat oder eine kalte Platte fürs Abendessen zu.

Obwohl die Tantiemen auf seine Bücher ihm ein luxuriöseres Leben als dieses hier in Riverside Cottage erlaubt hätten, hegte er nicht den Wunsch, von Pilton fortzugehen. Das Dorf war nicht nur wunderschön, es war auch eines der ältesten Besitztümer der Abtei von Glastonbury, eine Schenkung des angelsächsischen Königs Ine irgendwann im achten Jahrhundert. Fitzstephen konnte die Beziehungen seiner eigenen Familie zur Abtei nur bis ins zwölfte Jahrhundert zurückverfolgen, als ein Vorfahre für Heinrich II. *in loco abbatis* fungiert hatte, nachdem der vorige Abt gestorben war.

Diese lokalen und familiären Zusammenhänge vermittelten Simon Fitzstephen das Gefühl einer tiefen und wesentlichen Verbundenheit mit seiner Arbeit, die ganz erfreuliche Erfolge gezeitigt hatte. Als er das Priesteramt aufgegeben hatte, um sich ganz seinen Gralsstudien zu widmen, hatte er sich nicht träumen lassen, dass seine Bücher beim Publikum so gut ankommen würden. Der einzige Nachteil seines bescheidenen Ruhmes, den er entdecken konnte, war die Neigung seiner Leser, ihm mit einer Vertraulichkeit zu begegnen, die ihm unangenehm war. Er war vom Wesen her eher reserviert; die erste und letzte Lesereise durch die Vereinigten Staaten, die er hinter sich gebracht hatte, war einfach nur unerträglich gewesen.

Wenigstens war der junge Mann, der ihm die Einladung abgeluchst hatte, Engländer, und er wirkte einigermaßen kultiviert. Er war zudem umwerfend schön, was ihm anscheinend selbst nicht bewusst war.

Der Gedanke ließ Simon einen Blick auf seine Uhr werfen. Nicholas Carlisle und sein Freund, der Architekt, würden bald kommen. Besser, er bereitete alles für seine Gäste vor.

Zufällig war Simon an diesem Nachmittag seiner alten Freundin Garnet Todd begegnet und hatte sie ebenfalls eingeladen. Sie war eine kenntnisreiche und scharfsinnige Frau; sicherlich würde sie der abendlichen Runde ein wenig zusätzliche Würze verleihen.

Er arrangierte Gläser, Mixer, Gin und Whiskey auf dem großen Wohnzimmertisch, der mit Einlegearbeiten aus gemasertem Walnussholz verziert und ringsum mit zwei Reihen von Schubladen versehen war. Die Herren von Pilton Manor hatten an diesem Tisch ihre Pachten eingezogen. Mit einer Vase voller blühender Gartenrosen in der Mitte machte er dem Zimmer – Simons Lieblingszimmer – alle Ehre. Drei Fenster mit gotischen Spitzbögen öffneten sich zum Rasen hin, und die grünen Seidentapeten brachten den Garten direkt ins Haus. Sepiafarbene Fotografien in reich verzierten Rahmen hingen an allen Wänden, ganze Generationen von Fitzstephens. Doch Simon war der letzte Spross seines Zweigs der Familie, und er hatte keine Kinder. Sein Name würde in seinen Büchern weiterleben müssen; ein Gedanke, der ihm keinen Kummer bereitete, bis auf die Tatsache, dass in letzter Zeit die Quelle seiner schöpferischen Kraft zu versiegen schien. Was konnte er über den Gral noch sagen, was er nicht schon einmal gesagt hatte – und zwar gut? Und dennoch hatte er mit seinem Verleger noch einen Vertrag über ein weiteres Buch, und er konnte es nicht mehr sehr viel länger hinausschieben.

Er ging zurück in die Küche und holte die Silberschälchen mit Oliven und gesalzenen Mandeln, die Mrs. Beddons vorbereitet hatte. Als er eben alles fertig arrangiert hatte, läutete es an der Tür. Er fuhr sich einmal mit der Hand durch sein dichtes Haar und ging seine Besucher begrüßen.

Nick Carlisle stand da mit seinem Freund, einem großen, kräftigen Mann mit blondem Haar – und, zu Simons großer Bestürzung, mit Winnie Catesby. Was hatte sie denn hier zu suchen?

Nick stellte zunächst Jack Montfort vor, was Simon die Gelegenheit gab, sich ein wenig von seinem Schock zu erholen, während er Montfort abwesend die Hand schüttelte. Als er sie wieder losließ, kam Simon Nicks zweiter Vorstellung zuvor.

»Winifred.« Er beugte sich vor, um sie auf die Wange zu küssen, doch seine Lippen gingen ins Leere, als sie im letzten Moment ihr Gesicht abwandte.

»Hallo, Simon.«

»Ihr kennt euch?«, fragte Montfort.

»Simon hat einige Kurse in meinem Theologieseminar geleitet«, antwortete Winifred kühl. »Das ist lange her.«

»Ja, nicht wahr?«, entgegnete Simon trocken. Er geleitete sie ins Wohnzimmer, wobei er nicht umhin konnte, ihre bloßen Arme und ihr ärmelloses blaues Seidenkleid zu bemerken.

Sie hatten eben Platz genommen, als die Türglocke ein zweites Mal läutete und die Ankunft von Garnet Todd und einer unbekannten Begleiterin verkündete. Garnet trug ihre übliche Zigeunerkluft, was Simon fast ebenso amüsant fand wie ihren standhaften Vegetarismus; in einem unbedachten Moment hatte sie ihm einmal verraten, dass sie die Tochter eines Metzgers aus Clapham war.

»Ich hoffe, du hast nichts dagegen, Simon«, sagte Garnet. »Ich habe meine Mieterin mitgebracht. Das hier ist Faith.«

Das Mädchen war groß und schlank, mit langem Hals und kurz geschnittenem Haar, das ihre feinen Gesichtszüge gut zur Geltung brachte. Sie war auch ganz offensichtlich schwanger, wie Simon bemerkte, als sie an ihm vorbei in die Diele trat, und dabei war sie selbst fast noch ein Kind. »Faith?«, wiederholte er. »Einfach nur Faith?«

»Einfach nur Faith.« Das Mädchen blickte ihn mit ernsthaften dunklen Augen an, ohne die Spur eines Lächelns. Worauf hat Garnet sich da nur eingelassen, dachte Simon.

Und wenn er irgendwelche Zweifel hinsichtlich der sexuellen Vorlieben des jungen Nick Carlisle gehabt hatte, so wurden sie in dem Moment zerstreut, als Faith das Wohnzimmer betrat. Beide Männer erhoben sich, doch Nick wirkte wie vom Blitz getroffen. Dem Mädchen schien nicht bewusst zu sein, welche Wirkung von ihm ausging; es betrachtete alle mit dem gleichen ernsten Blick.

Als Simon Garnet vorstellte, sagte Winifred: »Garnet Todd, die Keramikkünstlerin? Ich bin ganz begeistert von Ihrer Arbeit! Ich hatte gehofft, Sie würden eines Tages die Fliesen in meiner Kirche restaurieren können.«

»In Ihrer Kirche?« Garnets abgezehrtes Gesicht verzog sich zu einem Lächeln.

»Ich bin Pfarrerin von St. Mary's in Compton Grenville«, antwortete Winifred, und bald waren sie in eine Diskussion über die Fliesenarbeiten in der Kirche vertieft.

Das ist typisch Garnet, wie sie gleich das Gespräch an sich reißt, dachte Simon bitter, während er die Drinks servierte. Sobald es ihm gelang, das Wort zu ergreifen, warf er ein: »Nick erzählte mir, Sie hätten ein besonderes Interesse an der Geschichte der Abtei, Mr. Montfort?«

»Das kann man wohl sagen. Sagen Sie doch bitte Jack zu mir. Und wie ich höre, sind Sie *der* Experte, was die Abtei betrifft. Ich interessiere mich insbesondere für das elfte Jahrhundert und die Amtszeit des Abts Aethelnoth.«

»Aethelnoth? Das ist ein Name, den die meisten Leute noch nie gehört haben. Nicht gerade ein leuchtender Stern in der Geschichte der Abtei, der Mann.«

»Ich habe mich gefragt, was während seiner Zeit geschehen sein könnte, von dem die Mönche glauben mussten, dass es den Zorn Gottes auf ihr Haus herabrufen würde?«

»Aethelnoth hat unter anderem das Gold und Silber aus den heiligen Büchern der Abtei entfernt und es zu seinem eigenen Profit verkauft, und er hat sich Ländereien der Kirche angeeignet. Seine unrühmliche Karriere endete damit, dass er offiziell abgesetzt und in der Christ Church in Canterbury unter Arrest gesetzt wurde.

Genau genommen«, fuhr Simon fort, der allmählich in Fahrt kam, »war an keinem der beiden letzten angelsächsischen Äbte irgendetwas Herausragendes. Aethelnoths Vorgänger Aethelweard zerhackte König Edgars sterbliche Überreste und versuchte sie in ein Reliquiar zu stopfen, worauf er unheilbar geisteskrank wurde – kein Wunder – und kurz darauf stürzte und sich das Genick brach. Aber ich könnte nicht behaupten, dass irgendeine ihrer Missetaten es gerechtfertigt hätte, den Zorn Gottes auf die Abtei herabzurufen.«

Montfort und Nick Carlisle tauschten enttäuschte Blicke. »Solche Dinge waren damals wohl an der Tagesordnung, nehme ich an?«, fragte Montfort.

»Leider ja. Die Wahl eines Abts hatte gewöhnlich mehr mit politischem Geschick als mit religiöser Berufung zu tun, aber diesen zweien fehlte es an beidem. Gewiss, Frederick Bligh Bond hat mit seinem automatischen Schreiben ein viel glorreicheres Bild von Aethelnoth gezeichnet, aber in diesem Fall bin ich geneigt, den Historikern Glauben zu schenken.«

»Bligh Bond?«, echote Nick mit belegter Stimme. Dann räusperte er sich. Wieder tauschten er und Montfort bedeutungsschwangere Blicke aus.

»Sie wissen über Bond Bescheid?«, fragte Simon.

Aus Montforts Antwort ging klar hervor, dass dies der Fall war. »Wollen Sie etwa sagen, dass Sie die von Bond... äh... *empfangenen* Informationen in anderen Fällen gelten lassen?«

»Ob ich glaube, dass Bond einen direkten Draht zu den früheren Mönchen der Abtei hatte?« Dieses Treffen erwies sich als sehr viel interessanter, als Simon geahnt hatte. »Wohl kaum. Aber Bonds Wissen über die Geschichte und Architektur der Abtei war umfassend. Ich halte es für sehr wahrscheinlich, dass er dieses Wissen auf irgendeine Weise seinem Freund Captain Bartlett übermittelt hat.«

»Ach, komm schon, Simon!«, fuhr Garnet dazwischen. »Warum sagst du nicht ›Telepathie‹, wenn du Telepathie meinst? Und wenn du bereit bist, diese Möglichkeit einzugestehen, warum schließt du dann die Vorstellung aus, dass Bond oder auch Bartlett eine Art kollektives Gedächtnis angezapft haben könnten? Du kennst doch ganz bestimmt die Bedeutung, die das kollektive Gedächtnis bei den Kelten hatte –«

»Das ist etwas völlig anderes. Ihr Kollektiv- oder Stammesgedächtnis basierte auf der Überlieferung von Mythen und Traditionen durch extrem stilisierte Erzählungen, Rituale und Zeremonien.«

»Und es war eine gewaltige Kraft, die wir bis heute nicht annähernd begreifen können«, warf Garnet hitzig ein. »Warum ist es denn unmöglich, dass noch andere Dinge existieren jenseits dessen, was unser Verstand erfassen kann?«

»Wovon redet ihr eigentlich?«, fragte Faith, die bisher noch kein Wort gesagt hatte. »Was ist überhaupt automatisches Schreiben?«

Jack Montfort lächelte ihr aufmunternd zu. »Das ist, wenn jemand Dinge niederschreibt, ohne sich dessen bewusst zu sein und ohne zu wissen, woher die Informationen stammen.«

»Meinen Sie so was wie Geister? Oder eine Séance?«

Montfort zuckte ein wenig zusammen und sagte dann: »Nicht unbedingt. Es könnte sich um das Unterbewusstsein desjenigen handeln, das sich dieses … nun, man kann wohl sagen, dieses ungewöhnliche Ventil sucht.«

»Glauben Sie, dass es das ist, was mit Mr. Bond passiert ist – wer auch immer er war?«

»Es war eigentlich Bonds Freund, der die Botschaften niederschrieb«, sagte Simon knapp. »Das heißt also, ob die Informationen nun aus Bonds Unterbewusstsein oder aus einer anderen Quelle stammten, er musste sie immer noch irgendwie an Bartlett übermitteln. Es sei denn, die beiden waren ausgesprochene Scharlatane, und das glaube ich wiederum nicht.«

»Es scheint aber doch merkwürdig, finden Sie nicht«, sinnierte Montfort, »dass sich nie irgendjemand die Frage gestellt hat: ›Wieso John Bartlett?‹ Bonds Beziehungen zur Abtei waren offensichtlich – wurde Bartlett also einfach wegen seiner Freundschaft mit Bond auserwählt, oder war da noch etwas anderes? Bartlett war Offizier der Reserve, ein intelligenter und recht gebildeter Mann, aber es gibt keinen Hinweis darauf, dass er zum Medium prädestiniert gewesen wäre.«

»Wenn Sie sagen, Bartlett sei ›auserwählt‹ worden, dann darf ich wohl annehmen, dass Sie der Hypothese des kollektiven Gedächtnisses den Vorzug geben?«

»Ich neige dazu, ja«, erwiderte Montfort. Es klang ganz wie ein Seufzer. »Nach meiner eigenen Erfahrung zu urteilen, wäre alles andere äußerst unwahrscheinlich.«

Eine Weile herrschte verblüfftes Schweigen, dann fragte Garnet: »Nach Ihrer eigenen Erfahrung? Wollen Sie damit sagen, dass Sie selbst automatische Texte produziert haben?«

Montfort zögerte einen Moment und zog dann mit einem Seitenblick auf Winnie einen Stapel zusammengefalteter Papiere aus der Innentasche seiner Jacke. »Das alles hier seit März. Und ich wusste nur sehr wenig über die Abtei, bloß das, was man in der Schule so beigebracht bekommt.«

Simons Neugier lag im Widerstreit mit seinem Unglauben, als er nach den Papieren griff. Die Geschichte von Bligh Bond und seinen übersinnlichen Erlebnissen hatte ihn schon immer fasziniert – wie, wenn er sich nun geirrt hatte, wenn Bond gar nicht selbst die Quelle gewesen war? Gebannt las er alles von den ersten zögernden Aufzeichnungen an durch. Wenn er mit einer Seite fertig war, griff Garnet sogleich begierig danach, um das Blatt anschließend an Faith weiterzureichen.

Während des Lesens gewann er den deutlichen Eindruck, dass aus den Mitteilungen eine ausgeprägte, starke Persönlichkeit sprach. Simon betrachtete verstohlen Jack Montfort, der schweigend dasaß, das Glas mit beiden Händen umklammert. Montfort schien nicht der Typ für einen schlechten Scherz zu sein, und Simon konnte sich auch nicht vorstellen, dass irgendein unterdrückter Teil von Montforts Persönlichkeit sich in Gestalt eines mittelalterlichen Mönchs auszudrücken suchte. Und als Architekt konnte der Mann sich gewiss keine Vorteile davon erhoffen, dass er etwas Derartiges preisgab – im Gegenteil, es könnte seiner Karriere zweifellos ernsthaft schaden.

Simon spürte die ersten Anzeichen einer Erregung, wie er sie seit Jahren schon nicht mehr empfunden hatte. Angenommen, es bestünde auch nur die geringste Wahrscheinlichkeit, dass diese Botschaften echt waren, dass es irgendwie möglich war, in eine lebendige Verbindung mit der Vergangenheit zu treten – was würde diese Chance eines direkten Zugriffs auf die Geschichte für seine eigenen Studien bedeuten? Vielleicht konnte daraus ein Buch werden, das seiner Karriere eine völlig unerwartete Richtung geben würde.

Er war bei der letzten Seite angelangt. *Suchet ein Ziel, und ihr werdet gewinnen*, begann der Mönch, der mit »Edmund« unterschrieb. *Arbeitet an dem, was kommen wird. Nehmt andere hinzu, wie ihr sie findet, denn eine große Aufgabe ist zu erfüllen, bevor ihr in die Gemeinschaft eintretet. Wir sind die Wachenden, und wir sind stets an eurer Seite.*

Garnet nahm ihm das Blatt aus der Hand, kaum dass er fertig gelesen hatte. Sie überflog es und las es dann noch einmal langsam durch, wobei sie die Lippen bewegte. Mit weit aufgerissenen Augen starrte sie Montfort an und hauchte: »Die Gemeinschaft der Wachenden. Sie haben Sie auserwählt.«

»Wovon reden Sie?«, fragte Winifred. »Wer – oder was – ist die Gemeinschaft der Wachenden?«

»Die Wachenden sind diejenigen, die mit Glastonbury durch ein Band verbunden sind, das nicht einmal der Tod lösen kann. Sie bewachen das spirituelle Herz Britanniens – Logres –, und manche behaupten sogar, sie wachten über König Artus, in Erwartung des Tages seiner Auferstehung.«

»Britanniens Stunde der größten Not?«, spottete Simon. »Wer glaubt denn schon an diese alten Kamellen?«

»Vor sechs Monaten hätte ich mich noch keinen Pfifferling darum geschert«, antwortete Montfort bedächtig. »Aber jetzt… nach all dem…«

Garnet fingerte an dem keltischen Anhänger herum, den sie um den Hals trug. »Wir leben in einer Zeit des Konflikts, so kurz vor dem Millennium …«

»Deine Paranoia kommt mal wieder zum Vorschein, meine Liebe«, sagte Simon barsch. Dann fiel sein Blick auf die Blätter in Faiths schlanker Hand, und er war erneut unschlüssig.

»Und die Aufgabe?«, fragte Faith.

»Ich weiß es nicht«, entgegnete Montfort. »Das ist eines der Dinge, die ich herauszufinden hoffte, als ich hierher kam.«

»Nehmt andere hinzu, wie ihr sie findet«, las Faith, dann sah sie einen nach dem anderen mit durchdringendem Blick an. »Seht ihr denn nicht? *Wir* sind die anderen. Was immer es ist, es kann nur erreicht werden, wenn wir *zusammenarbeiten.*«

»Alle für einen und einer für alle«, sagte Simon, immer noch halb im Spott, obwohl er sich in sonderbarer Weise von der Vorstellung angezogen fühlte. »Was meinst du, Winifred? Ich glaube kaum, dass die Kirche es billigen würde, wenn du dich mit paranormalen Phänomenen abgibst.«

»Sie hatte auch für Bonds Methoden nicht sehr viel übrig, und doch verdanken wir ihm unschätzbare Informationen über die Abtei. Können wir das Material nicht auf der Basis seiner historischen Stichhaltigkeit beurteilen anstatt im Hinblick auf seine Quelle?« Sie sah Jack Montfort an, als suche sie seine Bestätigung. Plötzlich dämmerte in Simon die unerfreuliche Erkenntnis, dass die beiden ein Paar waren.

Garnets Gesicht strahlte. »Deshalb sind wir heute Abend hier, Simon. Und deshalb ist Faith zu mir gekommen. Wir wurden alle zu diesem Zweck zusammengeführt. Ich bin überzeugt davon! Man könnte das Material unter historischen Gesichtspunkten interpretieren –«

»Und Sie haben die Mittel und die Fachkenntnisse, um herauszufinden, ob es möglicherweise eine Verbindung zwischen Jack und Edmund gibt«, unterbrach sie Nick Carlisle. »Vielleicht haben wir alle etwas beizutragen, wenn wir auch zu diesem Zeitpunkt noch nicht wissen, was es ist.«

Simon las die Bestürzung in Winifreds Gesicht. Dies, und der Gedanke an das, was er selbst bei der Sache möglicherweise gewinnen konnte, veranlassten ihn zu sagen: »Wie sollten wir denn nun genau an diese … Nachforschungen herangehen?«

Vielleicht waren sie tatsächlich zu einem bestimmten Zweck zusammengeführt worden, und wenn das bedeutete, dass Winifred Catesby gezwungen war, ihn regelmäßig zu sehen, dann geschah es ihr ganz einfach nur recht.

4

Die Feuchtwiesen sind von jenem Smaragdgrün, das man nur dort sieht, wo das Grundwasser dicht unter der Oberfläche steht. Wenn man im Sommer durch die verdorrten Landschaften der Umgebung reist, erkennt man an der grünen Erde, dass Avalon nicht weit ist.

Dion Fortune, aus: *Glastonbury: Das englische Jerusalem*

Kincaid hätte sich keinen perfekteren Tag vorstellen können. Die drückende Hitze, die in Südengland so häufig die letzten Augusttage prägte, war vom Westwind hinweggefegt worden, der der Luft einen ersten Hauch herbstlicher Frische verliehen hatte. Wildfremde Menschen nickten einander auf der Straße zu, lächelten und sagten »Schöner Tag heute«, und dieses eine Mal schien die Angewohnheit der Engländer, ständig über das Wetter zu reden, wirklich gerechtfertigt.

Er und Kit hatten den Morgen damit verbracht, sich mit den Automaten in der Spielhalle am Leicester Square herumzuschlagen, und als sie wieder ans Tageslicht traten, war die Außentemperatur bereits auf T-Shirt-Niveau angestiegen. »Na, hast du schon Hunger?«, meinte Kincaid, obwohl er wusste, dass die Frage rein rhetorisch war.

»Hmm… was denkst du, könnten wir vielleicht ins Hard Rock Café gehen?«, fragte Kit in dem zögernden Ton, den er immer noch in fast jede Bitte legte.

»Warum nicht? Ich glaube, ich könnte locker so ein bis zwei Touristen zum Lunch verdrücken. U-Bahn?«

Kit schien unschlüssig und sah nach den Menschenmassen, die im strahlenden Sonnenschein über den Platz strömten. »Können wir nicht zu Fuß gehen?«

An einem Samstag im August zu Fuß durch das Herz des Londoner West End zu gehen kam in Kincaids Augen dem Versuch gleich, sich ohne Schutzschild und Helm durch die Horden von Hooligans bei einem Fußballspiel hindurchzukämpfen. Er nickte trotzdem. »Also los dann, Kumpel.«

Sie machten sich auf den Weg durch das Labyrinth von Straßen in Richtung Piccadilly Circus. Kit wich den entgegenkommenden Fußgängern aus, um an seiner Seite zu bleiben, und seine Schulter streifte Kincaids Arm, ohne dass der Körperkontakt ihm unangenehm zu sein schien. Kincaid dachte daran, wie heikel ihre Beziehung noch vor wenigen Monaten gewesen war, als jedes Wort und jede Berührung ein potenzielles Risiko beinhaltet hatten. Hier und dort war das Gelände immer noch vermint, doch sie hatten schon große Fortschritte gemacht.

Er blickte auf den blonden Haarschopf seines Sohnes herab, und ihm wurde plötzlich bewusst, dass der Tag nicht allzu fern war, an dem er nicht mehr auf Kit würde herabschauen können. Das war eben so, nichts zu machen. Aber noch war Kit dem Kindesalter nicht ganz entwachsen, und dafür war Kincaid extrem dankbar. Kits Freund Nathan Winter hatte dem Jungen zum Geburtstag ein Mikroskop geschenkt, und morgen wollten die beiden nach Hampstead Heath fahren und Teichwasserproben sammeln. Mädchen und Rockmusik würden noch früh genug dazwischenkommen; bis es so weit war, hatte Kincaid noch eine ganze Menge nachzuholen.

Seine Ehe mit Kits Mutter war abrupt und stürmisch zu Ende gegangen, und erst vor wenigen Monaten hatte Kincaid erfahren, dass sie zum Zeitpunkt ihrer Trennung schwanger gewesen war. Sie hatte damals eine Affäre mit einem ihrer Professoren, den sie später auch heiratete; das Kind gab sie als das seine aus. Es musste ihr schon sehr bald klar geworden sein, dass der Junge nicht Ian McClellans, sondern Kincaids Sohn war. Ob sie die Absicht gehabt hatte, ihm dies zu gestehen, als sie im vergangenen Frühjahr mit ihm Kontakt aufnahm, würde Kincaid nie erfahren.

Wenige Wochen nachdem sie ihn gebeten hatte, ihr bei der Aufklärung eines anderen Todesfalles zu helfen, war sie ermordet worden, und er war mit dem Gefühl zurückgeblieben, dass zwischen ihnen noch vieles zu klären gewesen wäre.

Als er nun Kit beobachtete, wie er auf Schritt und Tritt an seiner Seite ging, stellte er fest, dass es ihn nicht mehr wie früher schockte, sich einer jüngeren Version seiner selbst gegenüber zu sehen. Und auch die Ähnlichkeit des Jungen mit Vic – ihrem Lächeln, ihren Gesten, ihren Eigenarten – schmerzte ihn nicht mehr so wie in den ersten paar Wochen nach ihrem Tod.

Endlich erreichten sie Piccadilly Circus und gingen von dort den Piccadilly entlang in Richtung Hyde Park. Und während sie so marschierten, sprang etwas von Kits Begeisterung auf Kincaid über, der sich daran erinnerte, wie herrlich ihm die Stadt erschienen war, als er vor zwei Jahrzehnten zum ersten Mal nach London gekommen war. Kit sah ihn an, und sie strahlten beide vor purer Freude an dem bunten Treiben rings um sie herum.

Als sie schließlich das Hard Rock Café erreichen, waren sie beide erhitzt und ausgehungert. Eine Stunde später kamen sie wieder heraus, randvoll mit Cheeseburgern, Pommes frites und Schoko-Milchshakes; zudem war Kit nun stolzer Besitzer eines begehrten T-Shirts, auf dem zu lesen war, dass das Londoner Hard Rock das »Original« sei.

Auf der anderen Straßenseite lockte der Green Park, und schon bald hatten sie ein geeignetes Plätzchen gefunden, wo sie sich im Gras ausstrecken konnten. Die Menschen rekelten sich auf Handtüchern oder in mit gestreiftem Stoff bespannten Klappstühlen, um den Sommer noch einmal in vollen Zügen zu genießen. Obwohl es Kincaid gewöhnlich schwer fiel, sich an einem öffentlichen Ort zu entspannen, ließ er nun die Sonnenwärme wie eine Droge in seine Haut einziehen, und schon bald wurden ihm die Lider schwer.

Er schreckte aus seinem Schlummer hoch, als Kit sich auf den Bauch rollte und erklärte: »Ich wünschte, wir hätten Tess mitnehmen können.« Kit deutete auf die zahlreichen Hunde, die neben ihren Herrchen und Frauchen herliefen, nach Frisbees schnappten oder einfach nur zufrieden hechelnd in der Sonne lagen.

»Dann hätten wir aber nicht in den Spielsalon gehen können«, erinnerte ihn Kincaid, während er sich noch den Schlaf aus den Augen rieb.

»Ich weiß. Ich beschwere mich ja auch nicht. Es ist halt einfach so schön hier, das ist alles.« Kit kaute nachdenklich auf einem Grashalm herum. »Komisch, irgendwie will ich, dass wir beide allein sind, aber gleichzeitig vermisse ich auch Gemma und Toby.«

»Das ist der Grund, weshalb die Zen-Philosophen lehren, dass man sich auf den Augenblick konzentrieren muss. Sonst verpasst man das Jetzt, weil man zu sehr damit beschäftigt ist, etwas anderes zu wollen.«

»Bist du gut darin, im – wie hast du es noch mal genannt?«

»Auf den Augenblick konzentrieren? Ich kann es nicht halb so gut, wie ich gerne möchte. Aber du hast mir geholfen, besser zu werden.«

»Ich?«

»Wenn ich mit dir zusammen bin, will ich nicht über die Arbeit und solche Dinge nachdenken. Und wenn dann so ein nerviger Gedanke in meinem Kopf auftaucht, denke ich einfach: Verschwinde! Und das tut er gewöhnlich auch.«

»Aber Gemma vermisst du dann immer noch, nicht wahr?«

Die Frage traf Kincaid wie ein Schlag in die Magengrube.

Er starrte seinen Sohn an. Wenn es um Gefühle ging, neigte Kit sonst dazu, sich wie ein Krebs in seine Schale zu verkriechen. »Ja«, sagte er, zu überrascht, um nicht ehrlich zu antworten. »Allerdings.«

»Ich verstehe nicht, weshalb sie weggehen musste.«

»Sie ist auf einem Lehrgang, Kit. Das weißt du doch.«

»Aber warum musste sie sich denn um eine Beförderung bewerben? Hätte sie nicht alles beim Alten lassen können?«

Ja, warum eigentlich nicht?, dachte Kincaid bitter. Gewiss, die rationalen Argumente waren ihm alle bekannt – er hatte ja selbst ein Lippenbekenntnis darauf abgelegt –, und er hatte Verständnis für Gemmas Motive, aber in seinem Herzen fühlte er sich genauso unglücklich und allein gelassen wie Kit. Sie hatte ihn im Stich gelassen, und die Arbeitstage kamen ihm ohne ihre Gesellschaft schier endlos vor. Die neuen Assistenten, die einander in rascher Folge ablösten, machten ihn nur noch gereizter. Wenn Gemma aus Bramshill zurückkam, würden sie wenigstens einen Teil ihrer Freizeit zusammen verbringen können, je nachdem, wohin man sie versetzen würde; für ihre berufliche Partnerschaft jedoch würde es keinen Ersatz geben. »Das war ganz einfach etwas, was sie tun musste«, sagte er und hörte selbst die mangelnde Überzeugung aus seinen Worten heraus.

Kit sah ihn finster an, er ließ sich nicht so leicht beschwichtigen. »Warum könnt ihr dann nicht einfach heiraten? Dann könnten wir… na ja, so was wie eine richtige Familie sein.«

»Das ist kein Thema«, sagte Kincaid heftiger als beabsichtigt. Gemma hatte das unmissverständlich klar gemacht, und er tat sein Bestes, sich mit dem zufrieden zu geben, was möglich war. Schließlich hatten sie sich beide bei ihren ersten Eheversuchen nicht gerade mit Ruhm bekleckert, und jetzt, da Gemma so bewusst auf Abstand ging, erschien ihm ihre gemeinsame Zukunft umso ungewisser.

Aber was war nur in Kit gefahren? Ihre Vater-Sohn-Beziehung war immer noch ein heikles Thema, und soeben hatte Kit erstmals in seiner Gegenwart offen eingestanden, dass sie eine Familie waren – oder möglicherweise sein könnten. »Ist irgendetwas mit Ian, Kit?«, fragte er, während er Kits halb abgewandtes Gesicht zu lesen suchte. Kit war die Woche über immer bei Ian McClellan, dem Mann, den er fast zwölf Jahre lang als seinen Vater gekannt hatte; die meisten Wochenenden dagegen bei Kincaid.

Kit nagte an seiner Unterlippe; seine Augen waren halb verdeckt durch eine widerspenstige Haarsträhne, die ihm in die Stirn fiel. »Ich sollte es eigentlich nicht wissen. Aber ich habe den Brief gesehen, und ich habe gehört, wie er telefoniert hat.«

»Was für einen Brief?«

»Den von der Universität von Quebec. Sie haben ihm einen Job angeboten. ›… seine akademische Karriere, mehr Möglichkeiten, bla bla bla …‹ Was sie meinen, ist mehr Geld.«

»Und du denkst, dass Ian das Angebot annehmen will?«

»Er hat so Andeutungen gemacht. ›Hättest du nicht Lust, Ski fahren zu lernen, Kit? Was macht eigentlich dein Französisch, Kit?‹«

Eine Welle von Panik erfasste Kincaid. Nach allem, was geschehen war, nach allem, was sie durchgemacht hatten, wollte er Kit nicht wieder verlieren. So ruhig, wie es nur eben ging, sagte er: »Du möchtest nicht mitgehen?«

Kit warf ihm einen Blick zu und wandte sich dann gleich wieder ab, mit einer gewollten Lässigkeit, die nicht ganz überzeugend wirkte. »Ich will hier bleiben. Bei dir.«

»Das würde bedeuten, von Grantchester fortzugehen und hier in London zu wohnen.«

»Ich weiß. Würde es dem Major etwas ausmachen, wenn Tess ab und zu mal im Garten rumlaufen würde?«

Kincaid lächelte. »Ich denke, du könntest ihn überreden.« Typisch Kit, dass er zuerst an den zotteligen kleinen Terrier dachte und nicht an eine neue Schule, neue Freunde und all die anderen logistischen Probleme, die einem den Verstand rauben konnten. Und selbstverständlich würde ohne Ians Zustimmung gar nichts gehen; er war immer noch Kits gesetzlicher Vormund.

Ian McClellans Verhalten war noch nie berechenbar gewesen. Zuerst hatte er Kits Mutter verlassen und war mit einer Studentin nach Frankreich durchgebrannt; nach Vics Tod hatte er dann jegliche Verantwortung für den Jungen abgelehnt. Und dann war er vor ein paar Monaten plötzlich aus Frankreich zurückgekommen, entschlossen, seinen Fehler wieder gutzumachen, und hatte Kit in sein Haus in Grantchester zurückgeholt. Nun sah es so aus, als ob der Mann es kaum erwarten könne, wieder zu verschwinden. Wie würde es Ian wohl gefallen, Kit zurückzulassen?

Und davon abgesehen, wie würde es ihm, Kincaid, wohl als allein erziehendem Vater ergehen? Seine Beziehung mit Gemma würde noch schwieriger werden, das war ihm klar, aber er wusste, dass Kits Wohl absoluten Vorrang hatte.

»Würde es… Du hättest doch nichts dagegen, oder? Wenn ich zu dir ziehen würde?« Diesmal sah Kit Kincaid in die Augen.

»Es gibt nichts«, antwortete Kincaid wahrheitsgemäß, »was mir lieber wäre.«

Winnie legte Wert darauf, wenigstens einmal im Monat mit Fiona Allen zu Mittag zu essen, entweder im Pfarrhaus in Compton Grenville oder bei Fiona in der Bulwarks Lane am Fuß des Tor. Heute trafen sie sich in Fionas Haus, da Winnie ohnehin in Glastonbury unterwegs war, und Fiona hatte in ihrer hellen skandinavischen Küche einen Nizzasalat zubereitet.

»Somerset im August ist furchtbar«, stöhnte Winnie, während sie sich auf einen Stuhl fallen ließ und an ihrer Bluse zupfte, die an ihrer feuchten Haut klebte. »Es ist, als ob man in einem Suppentopf lebt.«

»Solange du darauf bestehst, mit diesem Fahrrad herumzufahren, kannst du dich eigentlich nicht beklagen«, mahnte Fiona, die soeben die Teller auf den Tisch stellte.

»Du klingst genau wie Jack. Auf dem Rad bekomme ich wenigstens ein bisschen frische Luft. Das Auto ist ja wie ein Ofen auf Rädern.«

»Du bist unverbesserlich.« Fiona schüttelte lächelnd den Kopf. »Was macht denn der *angeblich* so schnuckelige Jack? Allmählich glaube ich, du hältst ihn absichtlich von mir fern, damit ich mir kein eigenes Urteil bilden kann.«

»Ich werde eine Dinnerparty geben. Bald, das verspreche ich. In letzter Zeit scheint uns irgendwie keine freie Minute zu bleiben.«

»Wegen des automatischen Schreibens? Was gibt es denn da Neues?« Fiona war die einzige Person außerhalb der Gruppe, der Winnie sich anvertraut hatte.

»Es ist faszinierend – ich meine das Material an sich.«

»Dir kann doch nicht ganz wohl dabei sein.«

»Meinst du, ich habe Angst vor Gespenstern?«, lachte Winnie, um dann in ernsthafterem Ton fortzufahren: »Weißt du, es ist komisch, aber irgendwie wirkt Edmund zu real für einen Geist. Zu menschlich. Und ich habe mich wohl irgendwie daran gewöhnt.«

Fiona hob die Augenbrauen. »Und was lässt dir dann keine Ruhe?«

»Ich habe wohl zu viel Erfahrung mit Komitees, bei denen am Ende nichts als Ärger rauskommt«, erwiderte Winnie mit einem Seufzer. »Die Gruppendynamik scheint sich zu verändern, und das ist kein gutes Zeichen.«

»Ich dachte, bei euch wäre alles eitel Freude und Sonnenschein, nach dem Motto: ›Wir retten gemeinsam die Welt‹.«

»So war es ja auch anfangs. Aber es ist uns nicht gelungen, herauszufinden, was Edmund genau will, und jetzt wird die ganze Energie in andere Richtungen gelenkt. Nick – der junge Mann von der Buchhandlung – hat sich in Faith verguckt –«

»Euren schwangeren Teenager.«

»Genau. Faith selbst scheint allerdings gar nicht wahrzunehmen, was um sie herum vorgeht. Sie hat irgendetwas an sich – ob man will oder nicht, man muss ihr einfach zu Füßen liegen. Und sie ruht ganz in sich selbst, auf eine Weise, wie ich es noch bei keinem anderen Menschen erlebt habe. Aber gleichzeitig hat sie auch etwas Verletzliches.«

»Ein Familientrauma?«, sinnierte Fiona.

»Ich weiß es nicht. Ich würde ihr gerne helfen, aber es ist mir noch nicht gelungen, ihren Schutzpanzer zu durchdringen.«

»Aber das ist noch nicht alles«, half Fiona ihr auf die Sprünge, während sie an einer glänzenden schwarzen Olive knabberte.

»Nick ist furchtbar eifersüchtig auf Simon – verständlicherweise. Nick hat sich für einen unverzichtbaren Faktor in der Gleichung gehalten und Jack bei Simon Fitzstephen eingeführt –«

»Und jetzt verbringt Jack mehr Zeit mit Fitzstephen als mit Nick, und Nick fühlt sich im Stich gelassen.«

»Ein klassischer Fall, nicht wahr? Simon ist wirklich unmöglich; ich glaube, er geht unter anderem deswegen auf Jack ein, weil er mir eins auswischen will, und wenn er noch andere Motive hat, dann sind es jedenfalls keine selbstlosen, das kannst du mir glauben. Ich traue ihm einfach nicht über den Weg. Und dann ist da noch Garnet –«

»Garnet Todd?« Fionas haselnussbraune Augen weiteten sich. »Du hast mir nicht gesagt, dass Garnet in eurer Gruppe ist.«

»Nein? Kennst du sie denn?«

»Wer kennt sie nicht? Garnet ist doch bekannt wie ein bunter Hund hier in der Gegend. Sie hatte immer schon ein Talent, für Aufruhr zu sorgen, wo sie auch auftauchte. Ich nehme an, daran hat sich nicht viel geändert.«

»Sie scheint eine Abneigung gegen Nick entwickelt zu haben«, gab Winnie zu.

»Und du musst am Ende wieder Frieden stiften?«

»Offensichtlich ohne großen Erfolg. Aber am meisten mache ich mir Gedanken um Jack. Er scheint mehr und mehr von dieser Sache besessen. Man sollte annehmen, dass er durch unsere mangelnden Fortschritte entmutigt sein müsste, aber der Effekt ist offenbar genau umgekehrt. Es ist, als ob er meint, dass irgendwo eine Uhr tickt. Und ich kann sie nicht hören.« Indem sie das sagte, wurde Winnie bewusst, wie isoliert sie sich deswegen fühlte.

»Sei nicht so streng mit dir! Sieh mal, da bist du in diese unerwartet wundervolle Beziehung hineingestolpert, und jetzt geht er hin und springt mit einem Nebenbuhler ins Bett, den du gar nicht sehen kannst.«

»Aber so ist es doch gar nicht!«, protestierte Winnie, musste dann aber über ihr eigenes Unbehagen lachen. »Na gut, vielleicht ist es doch ein bisschen so. Erzähl mir von dir«, fügte sie hinzu, darauf bedacht, schnell das Thema zu wechseln.

»Da gibt's leider nicht viel zu erzählen.«

Winnie betrachtete eingehend das Gesicht ihrer Freundin. »Du siehst ein bisschen mitgenommen aus.«

Fiona zuckte mit den Achseln. »Ich erwarte ja gar nicht, dass ich irgendeine Kontrolle über das habe, was ich male – das war noch nie der Fall –, aber so etwas wie das hier ist mir noch nicht vorgekommen.«

»Du malst also immer noch das kleine Mädchen?«

»Sie sind so düster, diese Bilder. Ohne jede Fröhlichkeit. Mir graut allmählich schon davor, dass mich der Drang zu malen überkommt. Und Bram hasst sie, das merke ich genau –«

Das Knallen der Tür brachte sie zum Schweigen.

»Tut mir Leid, dass ich mich verspätet habe, Fi«, sagte Bram

Allen, als er in die Küche trat und seine Frau auf die Wange küsste. »Musste noch auf einen Anruf aus dem Ausland warten. Hallo, Winnie«, fügte er hinzu, indem er ihr flüchtig zunickte. »Schön, Sie zu sehen.«

Während Fiona das Essen für ihren Mann zubereitete, beobachtete Winnie das Paar mit einem Anflug von Neid. Die beiden waren über fünfundzwanzig Jahre verheiratet, und sie wirkten immer noch so verliebt wie ein junges Brautpaar. War ihr und Jack eine solche Zukunft bestimmt? Oder würde Jacks Umgang mit Simon ihn in eine Richtung führen, in die sie ihm nicht folgen konnte?

Sie war zufrieden gewesen in ihrer Selbstgenügsamkeit, bis sie Jack Montfort begegnet war; sie war sich keiner Leere in ihrem Leben bewusst gewesen. Warum also erfüllte sie jetzt der Gedanke an eine Zukunft ohne ihn mit solcher Trostlosigkeit und Verzweiflung?

Sie hatten es sich in Jacks Küche bequem gemacht – Winnie und Jack, Nick, Garnet Todd, Simon und das Mädchen, Faith. Die Hitzewelle, unter der ganz Südengland seit Wochen litt, hatte nachgelassen, und in der leichten Brise, die durch die geöffneten Fenster hineinwehte, ließ eine gewisse Frische bereits den Herbst erahnen. Von ihrem Platz aus konnte Winnie die Flanke des Tor erblicken, der hinter dem verwilderten Garten aufragte. Ein einzelnes Schaf weidete auf dem grünen Gras.

Sie tranken gemütlich ihren Tee und ergingen sich in den zwanglosen Plaudereien, die so typisch für warme Sommernachmittage sind. Jack hielt sein Notizbuch bereit.

Plötzlich begann sein Kugelschreiber sich über das Papier zu bewegen. Jack setzte seine Unterhaltung mit Simon fort, offenbar ohne sich der Handlungen seiner eigenen Hand bewusst zu sein. Sooft Winnie dieses Phänomen auch miterlebt hatte, sie empfand es immer noch als verstörend und unheimlich. Unwillkürlich kam ihr das Wort »Besessenheit« in den Sinn.

Sobald Jack zu schreiben aufgehört hatte, begann Simon zu übersetzen.

Bruder Francis hat mir meine eigene Schreibnische zugewiesen. Wir arbeiten an der Nordseite des Kreuzgangs, wo das Licht am besten ist, und meine Nische liegt in der Nähe eines Fensters; ein sehr begehrter Platz. Bruder Francis hat mir des Abts eigenes Missale zum Kopieren gegeben, weil ich so rasch gelernt habe, doch er warnt mich vor der Sünde des Stolzes.

Simon sah stirnrunzelnd von dem Blatt auf. »Dann folgen ein paar Zeilen, die ich überhaupt nicht entziffern kann – dann etwas … etwas … *Mädesüß*, glaube ich. *Der Duft von Mädesüß.* Dann … *viel Regen … Glaston erhebt sich aus der überschwemmten Ebene … eine Insel im Nebel. Vorräte werden von den weiter entfernten Ländereien der Abtei herbeigebracht, doch unsere Besucher sind nur wenige, was mir freilich sehr recht ist.*

»Ist euch aufgefallen, dass er plötzlich im Präsens zu uns spricht?«, fragte Winnie.

»Ich kann mir nicht vorstellen, dass der lineare Zeitbegriff sonderlich viel bedeutet für jemanden in Edmunds … hm, Zustand«, sagte Jack.

»Also Jack, es wäre doch wirklich übertrieben, wenn wir Winifreds Gefühle schonen wollten, indem wir das Wort ›Geist‹ vermeiden«, warf Simon ein. Winnie musste ihm ausnahmsweise Recht geben. Welche Veranlassung hatte sie, über dogmatische Details zu streiten, wenn Edmund, der schließlich ein katholischer Mönch gewesen war, anscheinend kein Problem damit hatte, ein Geist zu sein?

»Winnie hat Recht«, sagte Garnet. »Es ist eine Veränderung – es ist, als ob die Vergangenheit für ihn jetzt gegenwärtiger wäre als vorher. Gibt es noch mehr, Simon?«

Simon blickte sich in der Runde um, doch Nick hatte nur Augen für Faith, die wiederum Garnet anstarrte. Er räusperte sich und wartete, bis sie ihm ihre Aufmerksamkeit zuwandten; dann griff er wieder nach dem Notizblock.

Nichts unterbricht den Rhythmus unserer Tage, der langen Tage im Dämmerlicht des Sommers. Die Nachttreppe hinab zur Matutin, kühl der Stein unter unseren Füßen. Wir singen das Brevier in jenem Zustand zwischen Schlafen und Wachen… dann sind wir Gott am nächsten.

Die Zeit ist nun reif für die Wiederkehr der Herrlichkeit. Ihr müsst danach streben, all das wiederzuerlangen, was verloren ging… Es waren meine Sünden, die solches Unglück auf uns brachten…

»Das ist alles.« Simon sah auf, und Winnie fand sich mit einem Ruck in die Gegenwart zurückgeholt. Für einen Augenblick hatte sie die große Kirche gesehen, erleuchtet vom Schein der Kerzen, und hatte die Stimmen gehört, die sich zum Lob Gottes erhoben. Das Verlangen, das sie nach dieser Vision empfand, war so intensiv, dass ihr die Tränen in die Augen traten. Sie musste blinzeln.

Hatten die anderen es auch gespürt? Faiths Gesicht leuchtete. Ihre Blicke trafen sich, und sie tauschten eine wortlose Bestätigung aus.

»Was ist es denn nun genau, nach dessen Wiedererlangung wir streben sollen?« Jack klang entnervt. »Ganz zu schweigen davon, wie wir es anstellen sollten, wenn wir denn wüssten, was es ist.« Winnie sagte zögernd: »Ich – ich habe da vielleicht eine Idee…« Alle drehten sich zu ihr um und starrten sie an. Würden sie glauben, dass sie nicht ganz richtig im Kopf war? Aber sie wusste, dass das keine Rolle spielte.

»Ich weiß nicht genau, wie… Aber er… Edmund… Ich konnte seine Freude spüren und ein Gefühl von – ich denke, man könnte es vollkommene Harmonie nennen. Ich weiß nicht, wie ich es anders beschreiben soll. Alles schien in Ordnung zu sein mit der Welt und mit Gott. Ich glaube, er möchte, dass ihr das wisst – dass so etwas möglich ist.«

Garnet beugte sich abrupt vor und erfasste sie alle mit ihrem intensiven Blick. Ein plötzlicher Luftzug hob den dünnen Vorhang hinter ihr an. »Und nirgendwo ist das so wahr wie in

Glastonbury, einem der heiligen Kraftzentren der Erde. Edmund hat uns ein Fenster geöffnet, eine Passage – eine Möglichkeit, diese Energie in die Gegenwart hineinzuziehen.«

»Aber wie?« Jack runzelte die Stirn. »Und das erklärt noch nicht, wieso die Übertragung durch mich geschieht.«

»Ich weiß, dass Simon keine direkte Verwandtschaftsbeziehung ausfindig gemacht hat«, sinnierte Winnie. »Aber ich bin einfach überzeugt, dass es da eine genetische Komponente geben *muss*.«

Jack dachte nach und rieb sich dabei das Kinn – eine unbewusste Geste, die Winnie immer wieder rührend fand. »Die Familie meines Vaters ist in dieser Gegend allerdings schon seit Menschengedenken ansässig. Aber ich habe nicht die geringste Ahnung, wie ich sie von meinem Ende aus zurückverfolgen soll.«

»Wenn es eine Verbindung gibt, dann wird Simon sie aufspüren«, beharrte Garnet. »Ich weiß, es fällt schwer, geduldig zu sein –«

»Sie können nicht erwarten, dass wir hier herumsitzen und bis zum Jüngsten Tag auf Simon warten«, fuhr Nick sie an. »Er ist nicht der Einzige, der Zugang zu genealogischen Dokumenten hat –«

»Niemand hat gesagt, dass wir irgendetwas unversucht lassen sollten«, schaltete sich Jack ein, der offenen Feindseligkeiten vorbeugen wollte. »Ich habe da ein paar ältere Verwandte, mit denen ich mal reden könnte. Irgendwo müssen wir ja schließlich anfangen, also warum nicht dort, meinen Sie nicht auch, Simon? Wer möchte noch etwas Tee?«

Winnie sah unschlüssig nach der Uhr. Sie verspürte das deutliche Bedürfnis, sich gegen die emotionalen Unterströmungen der Gruppe abzuschotten, um das soeben Erlebte auf sich wirken lassen zu können. »Ich glaube, ich werde zur Abendmesse nach Wells fahren. Jack?«

»Tut mir Leid, Schatz, ich kann nicht. Ich habe um sechs

einen Termin mit ein paar Bauherren.« Er berührte sanft ihren Arm. »Bist du sicher, dass du nicht bleiben möchtest?«

»Ich würde gern mit Ihnen fahren, wenn es recht ist«, schlug Faith zu Winnies großer Überraschung vor.

»Selbstverständlich«, erwiderte Winnie aufrichtig erfreut. Sie hatte gehofft, einmal in Ruhe mit dem Mädchen reden zu können, ohne zu sehr als die Priesterin zu erscheinen, die sich in alles einmischt, und hier bot sich ihr nun die perfekte Gelegenheit dazu.

Historisch gesehen hatte Wells lange Zeit in Konkurrenz zu Glastonbury gestanden, sodass Verbesserungen in Wells häufig zu verstärkter Bautätigkeit an der Abtei geführt hatten und umgekehrt. Als sie über die Grünfläche hinweg die Westfassade der Kathedrale erblickte, versuchte Winnie sich vorzustellen, dass die Abtei einst ganz ähnlich ausgesehen hatte, doch es schien unmöglich, das Bild der prachtvollen Stirnseite und der Türme dieser unversehrten Kathedrale mit den verbliebenen Ruinen von Glastonbury in Einklang zu bringen.

»Die Leitern gefallen mir am besten.« Faith blieb stehen und blickte zu den in Stein gehauenen Heiligen auf, die in den Himmel aufstiegen.

»Mir auch«, stimmte Winnie zu. »Du bist also schon mal hier gewesen?«

»Schon oft.«

Da Faith nichts weiter sagte, warf Winnie einen Blick auf ihre Uhr. »Ich denke, wir haben noch Zeit für eine Tasse Tee in der Cafeteria, wenn du magst. Hast du Hunger?«

Faith lächelte schüchtern. »Immer.« Als sie die Kathedrale durch den Haupteingang betraten, verspürte Winnie das gleiche erhebende Gefühl des Entzückens, das sie jedes Mal beim Anblick der großen scherenförmigen Strebebögen überkam, auf denen die Türme ruhten. Einige Historiker vertraten die Theorie, dass Glastonbury früher einen Bogen wie diesen besessen hatte, und Winnie kam plötzlich der Gedanke, dass sie ja Edmund fragen könnten – ein sicheres Zeichen dafür, dass sie inzwischen genauso übergeschnappt war wie all die anderen.

Sie wandten sich nach rechts und gingen durch den Souvenirladen in die Cafeteria, wo Faith sich von Winnie ein Käsebrötchen kaufen ließ, aber auf Kräutertee bestand. »Garnet sagt, ich darf kein Koffein zu mir nehmen«, erklärte sie. »Das ist schlecht für das Baby.«

»Verstehst du dich gut mit Garnet?«, fragte Winnie, als sie an dem Tisch Platz genommen hatten, von dem aus sie das stille grüne Quadrat des Klosterhofs überblickten.

»Sie hat mir ganz toll geholfen. Und sie weiß so viel über alles Mögliche. Haben Sie mal ihre Fliesen gesehen?«

»Ja, in mehreren der Kirchen, die ich regelmäßig besuche. Sie sind wunderschön.«

»Sie weiß auch alles über die alte Religion und darüber, wie die Verehrung der Göttin in das Christentum integriert wurde als Verehrung der Jungfrau Mar...« Sie brach ab und starrte Winnie entsetzt an, als sei ihr plötzlich klar geworden, dass Winnie diese Ansichten vielleicht missbilligen würde.

»Da mag sie sehr wohl Recht haben«, bemerkte Winnie ruhig. »Es ist ein interessanter Gedanke. Du sagst, du bist schon oft in Wells gewesen?«

»In der Schule hab ich im Chor gesungen«, erläuterte Faith. »Wir sind hierher gekommen, um andere Chöre zu hören, und einmal sind wir auch eingeladen worden, selbst zu singen.«

Hörte sie da einen wehmütigen Unterton in der Stimme des Mädchens? »Das muss dir doch sehr fehlen.«

»Es war... ich hab mich dabei... irgendwie gefühlt, als wäre ich außerhalb von mir selbst, würde ich sagen.« Faith zuckte leicht mit den Schultern, als habe ihr Eingeständnis sie verlegen gemacht.

»So wie heute? Du hast es auch gespürt, nicht wahr?«

Faith nickte. »Es war echt merkwürdig – als wäre ich selbst da in der Kirche und könnte sie singen hören.«

»Ich glaube nicht, dass die anderen das gleiche Erlebnis hatten.« Winnie trank ihren Tee, der inzwischen lauwarm war, während sie nachdachte. »Ich kann es nicht erklären. Ich bin mir nicht einmal sicher, dass ich diese ganze Sache glaube.«

»Vielleicht mussten Sie erst überzeugt werden.« Der Blick aus Faiths dunklen Augen ließ kein Verstellen zu.

»Ja, vielleicht. Aber was ist mit dir?«

Faith antwortete, indem sie die Hand auf ihren Bauch legte: »Ich denke, dass es vielleicht hiermit zu tun hat. Seit das Baby da drin ist – da ist es, als wäre die Welt irgendwie intensiver geworden. Ich sehe besser, höre besser – alles scheint noch eine zusätzliche Schicht zu haben.«

Eine hormonell verursachte Schärfung der Sinne? Winnie fragte sich, ob nicht mehr dahinter stand. »Faith, was das Baby betrifft – wissen deine Eltern, wo du bist?«

Das Mädchen schob seinen leeren Teller und die Tasse von sich. »Mein Vater – sie haben gesagt, sie wollten mich nie mehr wieder sehen. Dass ich ihnen Schande gemacht hätte.«

Ach du lieber Gott, dachte Winnie. »Die Leute sagen oft im Zorn Dinge, die sie nicht so meinen. Ich bin mir sicher, dass deine Eltern die letzten Monate damit verbracht haben, jedes einzelne Wort zu bedauern, und dass sie schon ganz krank sind vor Sorge um dich.«

»Ich kann nicht nach Hause zurück. Nicht nach dieser Geschichte. Sie kennen meinen Vater nicht. Und mein Platz ist jetzt bei Garnet.«

Winnie glaubte das Schimmern von Tränen in Faiths Augen gesehen zu haben, aber die Lippen des Mädchens waren in einem Ausdruck sturer Entschlossenheit zusammengepresst. Sie wollte nicht zu viel riskieren, aber vielleicht würde sie wenigstens die Friedensverhandlungen in Gang bringen können. »Würdest du mir erlauben, mit ihnen zu reden?«

Faith begann den Kopf zu schütteln, noch bevor Winnie ihre Frage ganz ausgesprochen hatte.

»Ich würde ihnen nicht verraten, wo du bist«, fuhr Winnie fort. »Ich würde ihnen gar nichts sagen, ohne dass du damit einverstanden bist – nur, dass es dir gut geht.« Sie sah, dass Faith schwankte, und fügte mit einem Grinsen hinzu: »Du kannst dich darauf verlassen, dass ich halte, was ich verspreche – das steht in meiner Tätigkeitsbeschreibung.« Zur Belohnung bekam sie ein zögerndes Lächeln.

»Könnten Sie – könnten Sie meiner Schwester und meinem Bruder sagen, dass ich sie vermisse? Und meiner Mutter auch?«

»Natürlich. Gib mir die Adresse, und ich fahre zu ihnen, sobald es irgendwie geht.« Winnie sah sich um und bemerkte, dass die Cafeteria fast leer war. »Wir sollten gehen, sonst verpassen wir noch die Messe.«

Sie kehrten zum Eingangsbereich zurück und gingen von dort die linke Seite des Längsschiffs entlang bis zu der Stelle, wo ein Seil den Zugang zum Chorraum bis zum Beginn des Gottesdienstes versperrte. Eine beträchtliche Anzahl von Menschen warteten dort bereits, und bald schon öffnete der Küster die Absperrung und ließ sie auf den Bänken Platz nehmen.

An diesem Abend sang ein Gastchor, da der Chor der Kathedrale Sommerferien hatte, und Winnie las erfreut, dass sie das *Magnificat* von Bach und anschließend Parrys *Songs of Farewell* singen würden, zwei ihrer Lieblingsstücke.

Das übliche Geraschel und Geschlurfe der Leute, die in den Bänken aufrückten und ihre Sachen ablegten, brach plötzlich ab, als die Sängerinnen und Sänger des Chors eintraten und ihre Plätze einnahmen.

Umgeben von dem reich verzierten, dunklen Holz der Bänke und eingehüllt in den warmen Schein der Lampen, fühlte sich Winnie von der Welt dort draußen abgeschirmt, eingesponnen in einen Kokon, in dem Zeit und Raum jede Bedeutung verloren. Als die Musik um sie herum anschwoll, wandte sie sich zu der jungen Frau an ihrer Seite um. Faiths Gesichtsausdruck war von solcher Freude, solcher Sehnsucht erfüllt, dass es Winnie fast das Herz brach. In diesem Augenblick wusste sie, dass dieses Kind ein unschuldiges Wesen war, das sie mit allen Waffen, die ihr Amt ihr zur Verfügung stellte, beschützen würde.

Die Chalice Well Gardens lagen in dem sanften Tal zwischen Chalice Hill und dem Tor. Die Gärten stiegen allmählich an, Ebene um Ebene, bis hin zur letzten, einer abgeschlossenen, dicht bewachsenen Laube, die den heiligen Brunnen selbst beherbergte. Das Wasser, welches die Farbe von Blut hatte, sammelte sich in der fünfseitigen Brunnenkammer und floss dann durch ein unterirdisches Rohr in den Löwenkopftümpel hinab, in einem unaufhörlichen Strom von hundertzehntausend Litern pro Tag, bei einer konstanten Temperatur von elf Grad Celsius.

Nick saß auf einer Bank in der Nähe des Brunnens und wartete auf Faith, die versprochen hatte, sich für eine halbe Stunde mit ihm zu treffen, bevor sie beide zur Arbeit mussten. Er betrachtete die kunstvoll gearbeitete schmiedeeiserne Abdeckung des Brunnens, die Frederick Bligh Bond kurz nach Ende des Ersten Weltkriegs entworfen hatte. Seltsam, wie der alte Bond überall auftauchte, sobald man einmal eine Verbindung zu ihm hergestellt hatte.

Die Schmiedearbeit stellte ein altes Symbol dar, die *vesica piscis*, zwei ineinander greifende Kreise, die angeblich die gegenseitige Durchdringung der materiellen und der immateriellen Welt repräsentierten, oder das Yin und Yang, wo das Bewusste und das Unbewusste sich treffen.

Es sollte auch die Verschmelzung von männlicher und weiblicher Energie symbolisieren… vielleicht ein günstiges Vorzeichen für dieses Treffen, doch er machte sich keine allzu großen Hoffnungen. Er sagte sich oft genug, dass es vollkommen blödsinnig war, in ein schwangeres Schulmädchen verliebt zu sein; ausgerechnet er sollte sich da nichts vormachen. Aber das änderte nichts. Und was gedachte er denn zu tun, falls sie tatsächlich seine Gefühle erwiderte? Wollte er sie vielleicht heiraten und für Mutter und Kind sorgen? Absurd. Er bekam ja kaum genug zusammen, um sich satt zu essen und die Miete für seinen Wohnwagen zu bezahlen.

Aber Faith hatte nun einmal etwas ganz Besonderes an sich, eine Art innerer Ruhe, wie sie ihm noch bei keinem anderen Menschen begegnet war. Ein- oder zweimal hatte er den Funken einer Chance in ihren Augen zu erkennen geglaubt, bevor sie sich wieder in diese gleichmütige Stille zurückzog, zu der er nicht durchdringen konnte. Und das war es, was ihn nicht aufgeben ließ.

Ungeduldig stand er auf und ging in dem kleinen, umfriedeten Garten auf und ab, bis er schließlich wieder am Brunnen stehen blieb. Die Abdeckung war zur Seite gezogen, sodass er in die eigentliche Kammer hinabschauen konnte. Angeblich war in eine der Wände eine Nische gehauen, so groß, dass ein Mann darin aufrecht stehen konnte, doch er konnte keine Spur davon entdecken. Er kniete nieder, um besser sehen zu können, und so hörte er Faith erst kommen, als sie das Tor zum Brunnengarten öffnete.

»Fall ja nicht rein«, neckte sie ihn, indem sie näher kam und hinter ihm stehen blieb. »Garnet sagt, dass das der Brunnen der Göttin ist, und ich kann mir nicht vorstellen, dass es ihr gefallen würde, wenn irgendein ausgewachsener Typ darin rumplanscht.« Faith trug ein gestreiftes Fußballtrikot und darüber einen Jeans-Overall; mit ihrem kurz geschorenen Haar und ihren feinen Gesichtszügen wirkte sie darin umso weiblicher. Garnet kann mich mal!, dachte Nick ergrimmt, aber er sprach es nicht aus. »Ich habe die Göttin angebetet, wie es sich gehört. Auf Händen und Knien, siehst du?«

»Mach keine Witze, Nick. Das hier ist ein heiliger Ort.«

Er stand auf, ging zur Bank zurück und setzte sich. »War nicht so gemeint«, sagte er und klopfte mit der flachen Hand auf den Platz neben sich. »Komm her und setz dich, du stehst doch den ganzen Tag.«

Sie gehorchte, hielt jedoch einen züchtigen Abstand zu ihm ein. Er begehrte sie so sehr, dass es ihn fast zum Wahnsinn trieb, aber er wagte es nicht, die Grenzen zu überschreiten, die sie gesetzt hatte, weil er fürchtete, die Freundschaft zu zerstören, die sie über die vergangenen Monate aufgebaut hatten. Doch der Gedanke, dass sie mit einem anderen diese Barrieren durchbrochen hatte, war unerträglich, und er musste seinen ganzen Willen aufbieten, um sie nicht zu fragen, wer... oder warum sie ihn weiterhin schützte.

Und dabei hatte er nicht eben häufig die Gelegenheit, mit Faith allein zu sein. Garnet Todd hatte sich zu einer Mischung aus Glucke und grimmigem Wachhund entwickelt, und sie machte aus ihrer Missbilligung von Nicks Interesse an Faith keinen Hehl. Ein paarmal hatte er es gewagt, Faith nach der Arbeit in Garnets Bauernhaus zu besuchen, um dann mit den beiden in der primitiven Küche zu sitzen und sich unbehaglich zu fühlen, wie ein unerwünschter viktorianischer Freier. Daher dieses morgendliche Stelldichein im Garten.

»Manche Leute glauben, dass Malory diesen Garten hier gemeint hat, als er schrieb, Lancelot habe sich in ein Tal in der Nähe von Glastonbury zurückgezogen«, meinte Nick nachdenklich, während er den Arm auf die Rückenlehne legte, zwei Zentimeter von Faiths Schultern entfernt. »Denkst du, dass das hier wirklich der Ort ist, wo Lancelot seine Tage zugebracht und von Guinevra in ihrem Kloster geträumt hat? Sie sind beide innerhalb von wenigen Monaten gestorben – hast du das gewusst?«

Der Gedanke ließ Faith erschaudern. »Das ist zu traurig. Dieser Garten sollte nicht traurig sein – es ist ein Ort der Heilung.«

»Ich denke, für Lancelot war es eine Art von Heilung, wenn er sich in der Zeit, die er noch hatte, mit seiner Liebe zu Guinevere und zu Artus aussöhnen konnte. Und wenn ihm der Gral versagt geblieben war, dann war es vielleicht eine gewisse Entschädigung für ihn, an einer Quelle zu leben, von der es hieß, dass aus ihr das Blut Christi strömte.«

»Ich kann ihn hier vor mir sehen«, sagte Faith verträumt und legte den Kopf in den Nacken, bis ihre Haare seinen Arm streiften. »Mit seiner kleinen Hütte im Wald und der Quelle, die aus dem Berg herausfließt.« Ihre Miene verdüsterte sich. »Aber die andere Quelle würde immer unter ihm geflossen sein und hätte ihn an die kommende Dunkelheit erinnert.«

»Die Weiße Quelle?« Sie strömte aus dem Fuß des Tor hervor, und während die Rote Quelle das weibliche Element verkörperte, stand die Weiße Quelle angeblich für das männliche.

»Garnet sagt, es ist der Eingang von Annwn, wo Gwyn ap Nudd, der Herr der Unterwelt, zu Hause ist. Und ich kann dort… etwas spüren… Es ist ein dunkler Ort.«

»Ach, so ein Quatsch, Faith!« Er berührte ihr Kinn mit den Fingerspitzen und drehte ihr Gesicht zu sich herum. »Das glaubst du doch nicht wirklich, oder? Das ist nichts weiter als ein Märchen.«

»Woher willst du das wissen?« Sie wandte ihr Gesicht ab und setzte sich kerzengerade hin. »Die Druiden waren im Einklang mit der Erde selbst, und es gibt auf der ganzen Welt keine stärkere Kraft.«

»Aber das ist Mythologie, Faith! Symbolik. Auf diese Art und Weise haben sie sich die Welt erklärt. Niemand sollte das wörtlich nehmen.«

»Ist das, was Jack passiert ist, nur Mythologie? Glaubst du nicht, dass es wirklich ist?«

»Doch, aber –«

»Wenn Edmund über neunhundert Jahre hinweg mit uns sprechen kann, wie kannst du dann der Wahrheit irgendwelche Grenzen setzen?« Faith stand auf und sah auf ihn herab; ihre Augen funkelten vor Zorn.

»Aber das ist etwas anderes –«

»Tatsächlich?«

»Natürlich ist es etwas anderes. Die Abtei von Glastonbury war ein wirklicher Ort, und die Mönche haben wirklich dort gelebt. Edmund war ein wirklicher Mensch –«

»Kannst du das beweisen?«

»Das muss ich nicht beweisen. Ich habe es erfahren.«

»Wie kannst du dann sagen, dass die Erfahrungen anderer Leute nicht zählen?«, versetzte sie prompt.

Er starrte sie an. Die Sache lief ganz und gar nicht so, wie er beabsichtigt hatte. »Hör zu, Faith, wir wollen uns heute Abend treffen. Wir können darüber reden, aber jetzt kommen wir beide nur zu spät zur Arbeit.«

»Ich kann nicht. Garnet meint, ich soll lernen.«

»Was denn lernen? Etwa die Lehren der alten Religion?« Er hörte den Abscheu in seiner eigenen Stimme.

Faith warf trotzig den Kopf in den Nacken. »Die *erste* Religion. Du weißt, dass die christliche Kirche nur auf das aufgebaut hat, was es vorher schon gab. Das sagt sogar Simon.«

»Darum geht es doch nicht. Es gibt ganz normale, gewöhnliche Dinge, die du tun musst. Die Schule abschließen. Dein Examen machen. Darüber nachdenken, was du mit deinem Leben anfangen willst – und wie du für das Baby sorgen willst. Du musst nach Hause zurückgehen, Faith.« Noch während er es sagte, wusste er schon, dass es ein Fehler war; schlimmer noch – wenn sie seinen Rat annähme, würde er sie höchstwahrscheinlich ganz verlieren.

»Komm mir nicht so von oben herab, Nick Carlisle«, fauchte sie ihn an. »Und schreib mir nicht vor, wie ich mein Leben zu leben habe. Ich bin immer ganz gut klar gekommen –«

»Aber nur weil Garnet dich bei sich aufgenommen hat, und ich vermute, sie hatte ihre Gründe –«

»Du weißt doch nicht, wovon du redest! Garnet versteht mich, und sie weiß, dass ich etwas Bestimmtes tun muss, etwas Wichtiges – ich kann bloß noch nicht sehen, was es ist. Also verschwinde ganz einfach, okay?«

Sie wirbelte herum, stürmte durch das Gartentor hinaus und knallte es hinter sich zu.

Er sprang auf und rief: »Faith, es tut mir Leid –«, doch sie rannte weiter den Pfad entlang, fort von ihm.

5

Auch schlug uns ein gewisses Maß an Eifersucht seitens jener Teile der Öffentlichkeit entgegen, welche in allem wirklichen Glück eine Tendenz zum Bösen sehen und alle Schönheit als ein Erbe des Teufels betrachten. Denn es kam zweifellos vor, dass die jungen Geschöpfe, die bei uns studierten, sich eine Lebhaftigkeit und eine Art des Auftretens aneigneten, die sie von anderen Mädchen ihres Alters unterschieden.

Rutland Boughton, aus:
Die Festival-Bewegung von Glastonbury

Nachdem sie Faith einen Kamillentee gemacht und sie anschließend für ein Nickerchen ins Bett gepackt hatte, ging Garnet die Straße hinunter zum Café am Fuß des Berges. Für die Schönheit des milden Nachmittags hatte sie ausnahmsweise keinen Sinn. Buddy hatte das Mädchen nach dem Mittagessen nach Hause geschickt und darauf bestanden, dass sie den Nachmittag frei nahm. Garnet musste herausfinden, was genau an diesem Morgen geschehen war.

Sie war froh, das Café leer vorzufinden. Der mittägliche Ansturm war vorbei, und Buddy war gerade damit beschäftigt, die Tische abzuwischen. Als sie eintrat, lächelte er und lud sie mit einem Wedeln des Putzlappens ein, sich zu setzen.

»Schön, dich zu sehen, Darling. Mann, war das ein Scheißtag heute.« Sein gedehnter texanischer Akzent war immer noch nicht verblasst, wenn er auch seine Rede regelmäßig mit britischem Slang würzte.

»Und du bist kulturell verwirrt«, erwiderte Garnet. Irgendetwas an Buddys schlaksiger Gestalt und seinem ergrauenden Pferdeschwanz ließ sie immer noch an den Wilden Westen denken, obwohl er schwor, dass er mit Kühen bisher nur auf dem Teller zu tun gehabt hatte und dass er mit einem Pferd absolut nichts anzufangen wüsste, selbst wenn es ihn in den Hintern beißen würde.

»Wie wär's mit Tee?«, fragte er. »Du siehst mir so aus, als könntest du etwas von dem echten Stoff gebrauchen.«

»Ja bitte«, antwortete Garnet dankbar. Sie wartete, bis er zwei Becher bereitet hatte und sie an den Tisch brachte.

»Wie geht es ihr denn?«, fragte er, während er gegenüber von ihr Platz nahm.

»Sie schläft – hoffentlich. Was ist heute Morgen passiert, Buddy?«

»Du kannst mich schlagen, ich weiß es nicht. Sie ist fünf Minuten zu spät gekommen – das war das erste Mal überhaupt –, mit verquollenen Augen und stumm wie ein Fisch. Dauernd hat sie Sachen fallen lassen, als hätte sie Butter an den Fingern, und dann hab ich gesehen, wie sie in die Suppe geheult hat.« Er schüttelte den Kopf. »Jeder konnte sehen, dass das arme Mädchen in dem Zustand nicht arbeiten konnte, und deshalb hab ich sie heim geschickt. Das hat ihr allerdings gar nicht gefallen.«

Garnet seufzte. »Ich hätte nie gedacht, dass ich mal für einen Teenager sorgen würde, und dazu noch für einen schwangeren. Sie ist heute Morgen früher als sonst weggegangen; ich dachte, sie wollte herkommen, um dir zu helfen.«

»Meinst du, sie hat sich mit jemand getroffen? Aber mit wem?«

»Ich tippe auf diesen verdammten Nick Carlisle. Allerdings habe ich es noch nie erlebt, dass sie wegen Nick so fertig gewesen wäre.«

»Vielleicht war es jemand anderes. Was ist denn mit dem Vater des Babys? Hat sie dir jemals was darüber gesagt?«

»Nicht die geringste Andeutung. Aber ich frage mich... Faith erzählte mir gestern Abend, dass Winnie Catesby vorhat, mit ihren Eltern zu reden. Könnte sein, dass sie deswegen so daneben ist.«

»Diese Priesterin?«

»Bei dir hört sich das an, als hätte Winnie irgendeine Krankheit, Buddy.« Garnet musste aller Besorgnis zum Trotz lachen. »Sie meint es nur gut.«

»Dann lass sie doch das Mädchen heim zu ihrer Mutter schicken. Damit hättest du eine Last weniger.«

»Das kann ich nicht«, erwiderte Garnet rundheraus.

»Und warum nicht, zum Teufel? Das wäre die einzig vernünftige Lösung, wenn du mich fragst.«

»Wäre es auch, aber sie ist dort nicht sicher.«

»Nicht sicher?« Buddy runzelte die Stirn. »Denkst du, ihr Vater könnte ihr wehtun?«

»Ich weiß nicht. Gesagt hat sie das nie, jedenfalls nicht so direkt. Aber irgendetwas stimmt mit dieser Familie nicht.«

»Der Kerl, der sich an dem Mädchen vergreift, kriegt es mit mir zu tun, ob er ihr Vater ist oder nicht«, schnaubte Buddy.

»Du bist ein guter Mann, Buddy, anders als viele andere. Aber so einfach ist es nicht.« Garnet suchte das, was sie mit solcher Gewissheit empfand, in Worte zu fassen. »Faith ist so etwas wie ein Angelpunkt, ein Magnet für Kräfte, die stärker sind als ihr Vater oder sonst irgendwer. Sie und ihr Baby sind in ernster Gefahr – dessen bin ich mir so sicher, wie ich mir noch nie irgendeiner Sache sicher gewesen bin. Faith muss bei mir bleiben. Es ist die einzige Möglichkeit, wie ich sie beschützen kann.«

»Und der Bursche, über den du dich so ereiferst – Nick? Ist er ein Teil dieser Gefahr?«

«Ich weiß es nicht. Aber er ist eine Ablenkung, und das ist etwas, was Faith im Moment nicht gebrauchen kann.«

Buddy spielte nervös mit seinem Teebecher, schließlich erwiderte er zögernd ihren Blick. »Bist du sicher, dass du da nicht … überreagierst?«

»Ich will nicht den *Beweis* abwarten, dass ich Recht hatte. Und es ist mir *egal*, was irgendwer denkt. Ich bin nicht bereit, Faiths Wohl aufs Spiel zu setzen, solange ich irgendeinen Einfluss darauf habe. Und wie steht es mit dir?«

»Nein … ich … na ja, ich hab mich daran gewöhnt, sie hier um mich zu haben, wenn du die Wahrheit wissen willst. Wenn ihr irgendetwas zustoßen sollte …«

Was für ein Paar sie doch waren, dachte Garnet. Kinderlos, nie verheiratet, keine Familie. Und dann war dieses zierliche Mädchen in ihr Leben getreten und hatte sie beide wie ein Pfeil durchbohrt.

»Pass einfach nur auf sie auf, Buddy, wenn sie bei dir ist. Versprich mir das.«

Mehr konnte sie nicht tun. Aber sie hatte schreckliche Angst, dass es nicht genug sein würde.

Faiths Familie lebte in der kleinen Stadt Street, nur fünf Kilometer von Glastonbury entfernt auf der anderen Seite des träge dahinplätschernden Flüsschens Brue. Wenn Winnie über die Brücke fuhr, fiel es ihr jedes Mal schwer, sich vorzustellen, dass König Artus an genau dieser Stelle eine Erscheinung der Jungfrau Maria gehabt haben soll. Vielleicht war es in jenen Tagen ein einnehmenderer Ort gewesen.

Street war die Heimat der Clarkschen Schuhfabriken. Clark, einer der aufgeklärteren Unternehmer des neunzehnten Jahrhunderts, hatte für sein Personal gute Arbeitsbedingungen und bequeme Unterkünfte geschaffen, und die Stadt hatte diese Atmosphäre von Fortschritt und Wohlstand in die Gegenwart gerettet. Es war ein ziemlicher Gegensatz zu Glastonburys verlottertem Charme, aber Winnie zog Glastonbury allemal vor.

Faith hatte widerstrebend verraten, dass ihr Familienname Wills sei, und sie hatte Winnie eine Adresse in einem adretten

Wohnviertel nahe der Polizeistation von Street genannt. Um halb sechs parkte Winnie ihren Wagen vor dem Haus der Wills. Es lag in einer ruhigen Seitenstraße, das letzte einer Reihe ähnlicher Backsteinhäuser, die alle aussahen, als hätten ihre Besitzer an einem Wettbewerb um den gepflegtesten Garten teilgenommen. Keine ungestutzte Hecke, kein Unkraut war zu sehen; irgendwie wirkte der Anblick auf Winnie deprimierend. Es gab auch keinerlei Anzeichen von Leben: keine Fahrräder, keine Rollschuhe und niemand, der in einem der sorgsam manikürten Blumenbeete gearbeitet hätte.

Als sie sich jedoch der Haustür näherte, entdeckte sie Spuren der Vernachlässigung, die von der Straße aus nicht zu erkennen gewesen waren – Unkraut, das in den Beeten wucherte, verwelkte Petunien und Begonien. Winnie läutete, und einige Augenblicke später wurde die Tür von einer Frau in ihrem Alter geöffnet. Sie trug ein schickes Kostüm, und man hätte sie hübsch nennen können, wäre ihr Gesicht nicht von Sorgen oder Erschöpfung gezeichnet gewesen.

»Mrs. Wills? Könnte ich Sie einen Moment sprechen?«

»Bedaure, aber wir haben bereits in unserer Kirche gespendet.«

»Mrs. Wills, es geht um Ihre Tochter.«

Die Frau starrte sie an, und ihre Hand schnellte zum Hals empor – die klassische Geste des Schocks, die Winnie schon so oft gesehen hatte.

»Es geht ihr gut, Mrs. Wills«, beeilte sich Winnie, sie zu beruhigen. »Dürfte ich vielleicht hereinkommen?«

Wie eine Schlafwandlerin trat Mrs. Wills ins Haus zurück und ließ sich in dem kleinen, formal eingerichteten Salon auf ein Sofa fallen. Ein leichter Geruch nach kochenden Kartoffeln lag in der Luft. »Ist sie … ist das Baby –«

»Faith ist kerngesund, und die Schwangerschaft verläuft bis jetzt ohne jegliche Schwierigkeiten oder Komplikationen.« Winnie setzte sich auf einen Stuhl, der in der Nähe stand. »Ich heiße Winifred Catesby, Mrs. Wills, und Faith hat mich gebeten, Sie aufzusuchen.« Das entsprach vielleicht nicht ganz der Wahrheit, doch Winnie schadete damit ja niemandem.

»Wo – wo ist sie?« Mrs. Wills machte Anstalten aufzustehen, als wolle sie augenblicklich zu ihrer Tochter gehen.

»Sie heißen Maureen, nicht wahr?«, sagte Winnie, indem sie ihr die Hand auf den Arm legte und sie mit sanfter Gewalt zurückhielt. »Maureen, Faith wollte Sie wissen lassen, dass sie in Sicherheit ist und dass es ihr gut geht.«

»Aber sie kommt nach Hause zurück? Sie kommt doch nach Hause, nicht wahr?«

Winnie hatte gewusst, dass dieser Teil schwierig sein würde. »Noch nicht, Maureen. Für den Moment scheint sie sich dort wohl zu fühlen, wo sie ist, aber sie wollte Sie wissen lassen, dass sie Sie vermisst, Sie und auch ihren Bruder und ihre Schwester.«

Maureen Wills vergrub ihr Gesicht in den Händen. »Sie wissen ja nicht – Sie können sich nicht vorstellen, wie das für uns gewesen ist«, flüsterte sie mit erstickter Stimme. »Unser Kind zu verlieren, nicht zu wissen, ob sie tot oder am Leben ist. Und Gary – Gary erlaubt uns nicht einmal, ihren Namen auszusprechen… es war furchtbar für Meredith und Jon…« Sie hob den Kopf; ihr Gesicht war verquollen und tränenüberströmt. »Wie konnte sie uns das nur antun?«

»Maureen, Kinder machen nun einmal Fehler. Wir alle machen Fehler, aber dieser hier ist nicht leicht wieder gutzumachen. Ich bin sicher, dass Faith nie die Absicht hatte, einem von Ihnen wehzutun.«

»Warum ist sie dann so stur? Wenn sie uns doch nur gesagt hätte, was passiert ist und wer der Vater ist, oder wenn sie einfach nur vernünftig gewesen wäre und sich entschlossen hätte, es…« Maureen brach abrupt ab, als ihr Blick auf Winnies Priesterkragen fiel. »Ich hätte nie gedacht… als Gary ihr sagte, nach dem Gesetz sei sie erwachsen, und wenn sie uns weiter jeden Respekt schuldig bleiben wolle, dann könne sie auch für sich selbst sorgen … Ich hätte nie geglaubt, dass sie wirklich gehen würde.«

Winnie hörte zu und nickte aufmunternd; sie wusste, wie sehr Maureen Wills sich danach gesehnt haben musste, mit jemandem über diese Dinge zu sprechen.

»Und als ich dann merkte, dass sie weg war – das war ja schon furchtbar genug. Aber ich hätte nie gedacht, dass sie nicht zurückkommen würde. Jede Minute, jede Stunde glaubte ich die Haustür zu hören. Oder ich dachte, sie würde anrufen und mir sagen, ich solle sie irgendwo abholen. Manchmal habe ich mich dabei ertappt, wie ich dachte, ich müsste sie vom Fußballtraining abholen oder von der Chorprobe, und dann fiel es mir plötzlich ein … «

»Sie hat mir gesagt, dass sie im Chor gesungen hat. Das scheint ihr sehr viel bedeutet zu haben.«

»Sie war in Somerfield. Wir waren so stolz auf sie.«

»Faith ist ein ganz außergewöhnliches Mädchen, Mrs. Wills – Maureen. Was geschehen ist, ändert daran nichts. Ich kenne kaum ein Mädchen in ihrem Alter, das so mutig und selbstständig ist.«

»Ich möchte sie sehen – bitte. Können Sie mich nicht zu ihr bringen?«

Es war nicht leicht, ihrer unter Tränen vorgetragenen Bitte zu widerstehen, doch Winnie schüttelte den Kopf. »Ich muss Faiths Wünsche respektieren. Aber ich werde ihr sagen, was Sie mir gesagt haben, und ich werde mein Bestes tun, ein Treffen zu arrangieren. Ich denke, mehr können wir uns im Augenblick nicht erhoffen.«

»Aber wo ist sie? Wie kommt sie zurecht? Isst sie auch genug? Besucht sie Ihre Kirche?«

»Ich habe Faith als eine Freundin kennen gelernt, nicht in meiner offiziellen Funktion«, erklärte Winnie. »Sie hat Arbeit, sie ist sicher untergebracht, und es gibt eine ganze Reihe von Leuten, die um ihr Wohl besorgt sind.«

»Aber wie wird sie zurechtkommen, wenn das Kind einmal … Wann ist es eigentlich …?«

»Ende Oktober, glaube ich. Was sie dann tun wird, weiß ich nicht, aber wir haben noch etwas Zeit, eine Lösung zu finden. Wenn Sie nur –«

Im hinteren Teil des Hauses war ein Geräusch zu hören, und Maureen Wills erstarrte. Mit erhobener Hand mahnte sie Winnie zum Schweigen. »Es ist Gary mit den Kindern. Ich will nicht, dass er … Es wird besser sein, wenn ich mit ihm spreche. Könnten Sie –«

Die Frau schien so verängstigt, dass Winnie ihr nur rasch die Visitenkarte reichte, die sie aus ihrer Handtasche genommen hatte, und sich erhob. »Hier haben Sie meine Nummer. Rufen Sie mich an.«

Sie tätschelte Maureens zitternde Hände und war bereits durch die Vordertür verschwunden, als eine wütende Männerstimme schrie: »Maureen, wo bist du? Die verdammten Fritten sind ja völlig verkohlt! *Maureen?*«

Winnie fuhr mit der Hoffnung nach Hause, dass es ihr gelungen war, Faiths Aussöhnung mit ihrer Familie ein wenig zu befördern. Allerdings mochte es unklug sein, eine räumliche Wiedervereinigung anzustreben, wenn Mr. Wills tatsächlich so einschüchternd war, wie er wirkte. Es schien offensichtlich, dass er ein wirkliches Hindernis darstellte. In den Familienberatungen, die sie in ihrer Gemeinde seit Jahren durchführte, hatte sie dies einige Male erlebt: Männer betrachteten die Schwangerschaft einer Tochter häufig als persönlichen Affront, und selbst in den besser funktionierenden Familien schien Eifersucht immer ein Faktor zu sein. Auffallend fand sie nur, welch große Mühe Faith sich gegeben hatte, einen Jungen zu schützen, der sich allem Anschein nach nicht weiter für sie interessiert hatte.

Die nächste schwierige Aufgabe würde darin bestehen, ein

Treffen zwischen Faith und ihrer Mutter an einem neutralen Ort zu arrangieren. Sie war schon fast zu Hause angekommen, als sie zu dem Schluss kam, dass ihr Arbeitszimmer im Pfarrhaus den idealen Rahmen abgeben würde.

Das Pfarrhaus lag in dem Örtchen Compton Grenville an der Straße nach Butleigh, südlich von Glastonbury. Winnie hatte ihre Pfarrei in dieser sanften Hügellandschaft im Lauf der Zeit ins Herz geschlossen. Im Osten erstreckte sich das Flachland der Somerset Levels, im Westen fiel der Blick auf das Hood-Denkmal auf dem bewaldeten Gipfel des Windmill Hill.

Das Haus war ein Musterexemplar des ehrwürdigen, aber zugigen viktorianischen Gemäuers, doch in den fünf Jahren, die sie dort wohnte, hatte Winnie auch seine exzentrischeren Seiten irgendwie lieb gewonnen.

Gewiss hätte es ein kleines Vermögen gekostet, das Haus so herzurichten, wie es sich gehörte, aber Winnie hatte das Beste aus den Mitteln gemacht, die ihr die Diözese zur Verfügung gestellt hatte, und zudem noch einen Teil des Geldes aufgewendet, das sie und Andrew von ihren Eltern geerbt hatten. Sie hatte im vorderen Salon ihr Büro eingerichtet und die große alte Küche in eine Kombination aus Wohn- und Esszimmer umgewandelt.

Wie immer bog sie mit einem guten Gefühl in die Einfahrt ein. Sie und Jack hatten keine Pläne für diesen Abend; ausnahmsweise hatte sie auch keine seelsorgerischen Verpflichtungen, und sie freute sich schon darauf, einen ruhigen Abend mit dem Vorbereiten ihrer Predigt zu verbringen. Und dann erblickte sie zu ihrer Überraschung Andrews Wagen, der in der Nähe des Kücheneingangs geparkt war.

Andrew war in letzter Zeit recht häufig ohne Voranmeldung hereingeschneit. Winnie liebte ihren Bruder über alles, doch sie war sich darüber im Klaren, dass seine Besorgnis wohl eher seinem als ihrem Wohlergehen galt. Andrew hatte sich mehr und mehr in eine Abhängigkeit von Winnie begeben, und sie hatte sich bemüht, ihm zu versichern, dass sich durch ihre Gefühle für Jack zwischen ihnen nichts ändern würde. Wenn sie sich selbst nichts vormachen wollte, musste sie allerdings zugeben, dass sich bereits etwas geändert hatte.

Sie parkte den Wagen, nahm die Lebensmittel, die sie fürs Abendessen gekauft hatte, aus dem Kofferraum und trat durch die Hintertür ins Haus. Andrew saß an ihrem Küchentisch, vor ihm lag ausgebreitet der *Observer*, und in der Hand hielt er ein halb leeres Glas Rotwein. Mit einem lausbübischen Lächeln blickte er zu ihr auf.

»Hallo, Liebling. Ich habe dir ein feines Fläschchen Burgunder mitgebracht, und ich dachte, ich bleibe noch ein bisschen, um die Honneurs zu machen.«

»Das hast du schon getan, wie ich sehe.« Sie küsste ihn liebevoll auf die Wange, während sie ihre Einkäufe auf dem Tisch abstellte. Die Küche war mit ihrer heiteren Atmosphäre ihr Lieblingszimmer im ganzen Haus. Rollos aus tomatenrotem Leinenstoff bedeckten die Fenster, sodass die Morgensonne den Raum mit einem eigenen Sonnenaufgang füllte. Das alte Sofa und den Sessel in der kleinen Sitzecke hatte sie mit einer Kombination von bedruckten Stoffen in demselben Rot und in Apfelgrün bezogen.

Jetzt im Abendlicht wirkten die satten Farben gedämpft, das Zimmer kühl und einladend. Andrew überprüfte den Inhalt der Einkaufstasche. »Ein Laib Brot, ein Stück Käse – Farmhouse-Cheddar, alle Achtung –, Äpfel und eine Tafel Cadbury-Schokolade. Planst du ein romantisches Abendessen?«

»Nein, ein Arbeitsessen, wenn du's genau wissen willst; also sollte ich mich mit dem Wein zurückhalten. Aber ich nehme ein Glas und lege ein bisschen die Füße hoch, bevor ich mich ans Werk mache.« Winnie holte ein Glas aus dem Schrank und setzte sich auf den Platz neben Andrew. Mit einem Seufzer der Erleichterung schlüpfte sie aus den Schuhen.

Sie hörte oft, dass sie und Andrew einander glichen, doch

sie fand, dass er bei dem Geschäft besser weggekommen war. Er war größer und schlanker, und ihre eigenen angenehmen Gesichtszüge und ihr widerspenstiges braunes Haar waren bei ihm zu einer dezenten Attraktivität verfeinert. Die Brille mit dem dünnen Schildpattgestell verlieh ihm zudem noch diese gewisse distinguierte Note. Ganz der Professor, dachte sie, während sie sich Wein einschenkte, und sie lächelte.

Andrew sah sie mit hoch gezogenen Augenbrauen an und erkundigte sich: »Na, hattest du einen guten Tag? Du siehst aus, als hättest du beim Bischof Eindruck schinden wollen.«

»Das, und noch viel mehr.« Sie zögerte. Wie viel durfte sie ihm von Faiths Situation erzählen, ohne das Vertrauen des Mädchens zu missbrauchen? Ohne irgendwelche Namen zu nennen, umriss sie kurz ihre Bemühungen, eine Versöhnung mit der Familie in die Wege zu leiten.

Andrew schwenkte den Wein in seinem Glas, nahm einen Schluck und fixierte sie über den Glasrand hinweg. »Winnie, meinst du nicht, dass du in dieser Sache deine Kompetenzen überschritten hast? Dieses Mädchen ist kein Mitglied deiner Gemeinde – du weißt nicht einmal, ob sie überhaupt der Anglikanischen Kirche angehört. Niemand hat dich gebeten, zu vermitteln – oder dich einzumischen, je nachdem wie man's sieht –, und ich habe den Eindruck, dass du dabei viel eher Schaden anrichten könntest als sonst irgendwas.«

Sie starrte ihren Bruder verblüfft an. »Es ist meine Aufgabe, Menschen beizustehen, ob sie nun Gemeindemitglieder sind oder nicht. Das weißt du. Und ich hätte die Eltern nie ohne die Erlaubnis des Mädchens aufgesucht. Mein Gott, sie ist siebzehn Jahre alt, und sie vermisst ihr Zuhause und ihre Eltern!«

»Du hast ja keine Ahnung, wie die Mädchen heutzutage sind! Oder die Teenager überhaupt. Sie sind einfach faul und erwarten, dass man ihnen alles auf einem Silbertablett serviert. Und die da hat es wahrscheinlich nicht besser verdient –«

»Das ist doch abwegig –«

»Ganz zu schweigen von der Tatsache, dass es nicht gerade für sie spricht, wenn sie sich mit deinen spinnerten Freunden abgibt. Und wie kommst du eigentlich darauf, dass dieses Mädchen dir in allem die Wahrheit gesagt hat?« Andrew schüttelte angewidert den Kopf. »Seit du Jack Montfort begegnet bist, scheinst du jeglichen gesunden Menschenverstand eingebüßt zu haben.«

»Andrew, was um alles in der Welt ist in dich gefahren?« Dann dämmerte es ihr plötzlich. »Das hat überhaupt nichts mit meiner Arbeit zu tun! Es geht um Jack, hab ich Recht?«

Einen Moment lang dachte sie, er werde es abstreiten, doch dann erwiderte er ihren Blick. »Glastonbury ist eine Kleinstadt, Winnie. Die Leute reden. Ich war gestern in einer Gemeindeversammlung, und da wurde ausgiebig über dich und Jack Montfort spekuliert. Montfort kann man es ja noch nachsehen, wenn er sich kopfüber in diese Sache stürzt, aber für mich gibt es keine Entschuldigung dafür, dass du gleich hinterherspringen musstest. Es wundert mich, dass dein Bischof dich noch nicht zu einem Gespräch unter vier Augen bestellt hat, weil du dich mit diesem hanebüchenen Spiritismus abgibst –«

»Das reicht!« Sie schob ihren Stuhl zurück und sprang auf; die Verwirrung in ihrem Blick war kaltem Zorn gewichen. »Du bist verdammt unverschämt, und du weißt überhaupt nicht, wovon du redest. Ich glaube, du gehst jetzt besser heim.«

Andrew stand ebenfalls auf; er schwankte ein wenig und beugte sich zu ihr herab. »Was glaubst du denn, wie *ich* mich fühle, wenn über mich geklatscht wird? Ich habe jahrelang für meinen guten Ruf in dieser Stadt gearbeitet – du weißt, wie schwer es ist, an Projektmittel ranzukommen –, und jetzt lachen die Leute sich ins Fäustchen, wenn sie mich sehen, und machen Bemerkungen über meine Schwester und ihre überschäumenden Hormone, die ihr den Verstand trüben. Alle wollen sie wissen, ob du mit ihm schläfst – schläfst du mit ihm, Winnie?«

Zum ersten Mal, seit sie neun Jahre alt gewesen war, holte Winnie aus und versetzte ihrem Bruder mit aller Kraft einen Schlag ins Gesicht.

»Inspector James …«

Gemma sprach die Worte während des Fahrens laut aus, prüfte, wie der Klang sich auf ihrer Zunge anfühlte. Konnte einem schon zu Kopf steigen, so ein Titel. Da geriet man leicht in Versuchung, sich für einen neuen Menschen zu halten, während die Veränderungen in Wirklichkeit eher den Ablagerungen von Unreinheiten auf einer Perle glichen. Ein bisschen mehr an Ärger brachte einem ein bisschen mehr an Glanz ein, eine weitere Schicht Wissen und Erfahrung.

Oder vielleicht hatte sie sich gewünscht, der Titel würde sie zu einem anderen Menschen machen – einem Menschen, bei dem das Bewusstsein, etwas geleistet zu haben, nicht wie bei ihr mit einem Gefühl des Verlusts gemischt war. Sie war so sehr damit beschäftigt gewesen, sich Gedanken darüber zu machen, wie Kincaid mit ihrer Entscheidung umgehen würde, dass sie es versäumt hatte, ihre eigene Reaktion auf ihre Trennung in die Rechnung einzubeziehen. Und trotz ihrer Begeisterung für den Job und der Intensität, mit der sie sich auf ihren Lehrgang konzentrierte, verspürte sie einen unablässigen Schmerz, der mit der Zeit nur noch tiefer zu werden schien. Sie betrachtete das bereits als so etwas Ähnliches wie einen Phantomschmerz – den ganzen Tag über ertappte sie sich dabei, wie sie imaginäre Gespräche mit Kincaid führte. Es war, als hätten sich im Laufe der Zeit seine und ihre Gedankenstränge permanent miteinander verwoben. Selbst wenn sie in einer Ermittlung einmal getrennt gewesen waren, weil sie etwa verschiedene Spuren in einem Fall verfolgt hatten, hatte sie sich ständig im Kopf Notizen gemacht, um ihre Gedanken später mit ihm zu teilen.

Kincaid hatte wie erwartet reagiert: Seine anfängliche Bestürzung verwandelte sich rasch in hilflose Wut. »Bedeutet unsere Partnerschaft dir denn gar nichts?«, hatte er gefragt, und ihre Rechtfertigungen klangen selbst in ihren eigenen Ohren schwach. Er hatte sich natürlich zusammengenommen, versuchte sogar, Verständnis zu zeigen und sie zu unterstützen – doch er zog sich von ihr zurück. Während der letzten Wochen ihres Lehrgangs in Hampshire hatte sie ihn ein paarmal angerufen, doch ihre Gespräche erschöpften sich in nettem, distanziertem Geplauder. Bei ihrer Rückkehr nach London am Tag zuvor fand sie ihre neue Dienstzuteilung vor, und sie wusste, dass sie ihm persönlich davon berichten musste.

Sie hatte ihn nicht im Yard angetroffen – er war unterwegs und ermittelte in einem Fall –, und so fuhr sie nach Hause, bereitete Tobys Abendessen, steckte ihn anschließend bei Hazel ins Bett und machte sich dann auf den Weg, um Kincaid in seiner Wohnung in Hampstead zu besuchen. Sie hätte anrufen sollen – vielleicht war er ja noch nicht zurück, vielleicht hatte er andere Pläne, vielleicht wollte er sie gar nicht sehen –, und vielleicht hatte sie gerade aus Angst vor dieser dritten Möglichkeit beschlossen, unangemeldet hinzufahren.

Es herrschte nicht viel Verkehr, als sie durch Camden Town fuhr, und der Septemberabend war so mild, dass sie in ihrem neuen Wagen mit heruntergelassenen Fenstern fahren konnte. Der Ford Escort, dessen Farbe die romantische und ungewöhnliche Bezeichnung »Wilde Orchidee« trug, war ein dringend benötigtes Geschenk, das sie sich selbst zur Beförderung gemacht hatte. Die Gehaltserhöhung ließ das zu, vor allem aber brauchte Gemma irgendein sichtbares Symbol ihres Erfolgs. Und Kincaid hatte das Auto noch nicht gesehen, was ihr einen guten Grund gab, bei ihm zu Hause aufzukreuzen.

Als sie in Hampstead ankam, tummelte sich die Schickeria schon scharenweise auf den Straßen, überall sah man sie flanieren und in den Straßencafés sitzen, um zu sehen und gesehen zu werden, das Handy stets im Anschlag.

Sie bog in die Carlingford Road ein und sah Kincaids alten MG Midget mit der Plane über dem Fahrgastraum vor seinem Haus stehen, doch das bedeutete nicht unbedingt, dass er zu Hause war. In der Wohnung des Majors im Erdgeschoss war alles ruhig, ebenso im Treppenhaus, und als sie im obersten Stock ankam, hörte sie auch kein Geräusch aus Kincaids Wohnung, weder Fernseher noch Stereoanlage. Ihre Hoffnung schwand, aber sie klopfte dennoch, und einen Augenblick später öffnete er die Tür.

»Gemma! Ich wusste gar nicht, dass du schon zurück bist.«

Sie sog die Details in sich auf, als sei es Monate und nicht Wochen her gewesen, dass sie ihn zuletzt gesehen hatte: das widerspenstige kastanienbraune Haar, Jeans und ein kornblumenblaues T-Shirt, das seine indigofarbenen Augen zur Geltung brachte, die Füße ohne Schuhe und Strümpfe, und dann dieses Lächeln, das ihr jedes Mal den Atem raubte.

»Ganz spät gestern Abend«, sagte sie, während sie ihm in die Wohnung folgte. »Ich störe dich doch nicht bei irgendwas, oder?«

»Nein, höchstens beim Biertrinken und Auf-dem-Balkon-Sitzen.« Er ging zum Kühlschrank, nahm eine Flasche Lager heraus und hielt sie ihr hin, indem er die Augenbrauen fragend hochzog.

Mit einem Nicken griff sie nach der kalten Bierflasche und ließ den Blick anerkennend durch die Wohnung schweifen. Er hatte etwas sehr Seltenes zu Stande gebracht: eine Einrichtung, die zugleich bequem und maskulin war. Die kleine, aber praktische Küche war vom Wohnzimmer durch eine helle erleuchtete Insel abgetrennt, die als Ablage für Schlüssel und Post und sonstigen Kleinkram diente, doch das Durcheinander war wohl organisiert.

Die Wohnzimmermöbel waren in leuchtenden Rot-, Blau- und Grüntönen gepolstert – Kirchenfensterfarben nannte er sie –, die Wände waren mit seiner Sammlung alter Plakate der

Londoner Verkehrsbetriebe bedeckt, und jeder freie Winkel war mit Büchern voll gestopft. Aber der wahre Blickfang des Zimmers war die Aussicht – zunächst auf den Balkon mit seinen farbenprächtigen Blumenkübeln (ein Beitrag des Majors), und von dort über die Dächer von London, die im Abendlicht dalagen.

»Kommst du mit nach draußen?«, fragte er. Als sie durch die Balkontür trat, lachte sie laut auf.

»Du hast eine Plattform für Sid gebaut!« Sid, der schwarze Kater, den Kincaid von seiner verstorbenen Freundin Jasmine Dent geerbt hatte, drehte den Kopf und blickte sie aus smaragdfarbenen Augen unverwandt an. Er lag auf einem maßgefertigten Brett, das am Balkongeländer befestigt war.

»Ich hatte es satt, jedes Mal einen Herzinfarkt zu kriegen, wenn er auf das Geländer gesprungen ist«, erklärte Kincaid und strich mit der Hand über den Rücken des Katers. »Er hat schon ein paar von seinen neun Leben aufgebraucht, und ich mag mir gar nicht vorstellen, was der Major mit mir anstellen würde, wenn Sid drei Stockwerke tief in eines von seinen preisgekrönten Rosenbeeten plumpsen würde.« Er machte es sich in einem der Gartenstühle bequem, streckte seine langen Beine aus und stützte die Füße am Geländer ab. »Aber die Plattform kann ich mir nicht als Verdienst anrechnen. Das war Kits Idee.«

Gemma setzte sich neben ihn und war sich seiner körperlichen Nähe sehr bewusst. »Wie geht es Kit?«

Kincaid runzelte die Stirn. »Ian spielt mit dem Gedanken, einen Job in Kanada anzunehmen. Kit will bei mir bleiben, wenn Ian geht, aber Ian wollte sich mir gegenüber nicht festlegen. Das Letzte, was Kit gebrauchen kann, ist entwurzelt zu werden. Und ich will ihn hier haben.«

»Aber wie willst du das geregelt kriegen?«, fragte sie. Sie dachte an den Konflikt mit seinem Job – und an die Veränderungen in ihrer Beziehung mit ihm, die sich daraus ergeben würden.

»Wie viel schwieriger kann es denn sein im Vergleich zu den Wochenenden, die er jetzt schon hier verbringt?«

Um einiges schwieriger, dachte sie, doch sie sagte lediglich: »Und wenn Ian nicht einverstanden ist?« Sie hatte McClellans plötzlichem Wunsch nach Wiedergutmachung gegenüber Kit nie getraut.

»Damit setzen wir uns auseinander, wenn es so weit ist. Das mit dem Job ist ja noch gar nicht spruchreif.«

Gemma beugte sich vor und spähte in den Garten hinunter. Die Rosen blühten in üppiger spätsommerlicher Sinnlichkeit, das Rechteck des Rasens dagegen war so adrett und penibel gepflegt wie immer. »Wo ist Kit heute Abend eigentlich? Ich dachte, er verbringt das Wochenende bei dir?«

»Er ist in Grantchester und bereitet Tess für morgen auf eine Gehorsamkeitsprüfung vor. Ich fahre morgen früh hin.«

Gemma fühlte sich plötzlich ausgeschlossen, es kam ihr vor, als sei es den beiden ausnehmend gut gelungen, sich ein Leben ohne sie zurechtzubasteln. Aber zugleich wusste sie, wie unvernünftig das war – denn war nicht sie es, die fortgegangen war? »Ich dachte, ich würde dich heute im Yard sehen«, sagte sie, bemüht, das Gespräch auf sichereren Boden zu lenken. »Schwieriger Fall?«

»Wir haben ihn heute abgeschlossen, bis auf den Papierkram, und den habe ich meinem Sergeant aufgepackt.« Er grinste sie schelmisch an. »Geschieht ihm ganz recht, dem übermotivierten Arbeitstier.«

»War ich nicht auch eins?«

»Nicht so wie der. Er ist ein Privatschulgewächs – Eton, man höre und staune – und platzt fast vor Enthusiasmus und Arbeitseifer. Hat noch nicht gelernt, dass er die Welt nicht verändern kann.«

»Wie heißt er denn?«, fragte sie beiläufig. Es war doch wohl lächerlich, auf diesen jungen Mann eifersüchtig zu sein, der ihren Platz eingenommen hatte.

»Doug Cullen. Kein schlechter Kerl eigentlich, und ich glaube, er wird mal ein guter Cop, wenn er sich ein wenig die Hörner abgestoßen hat. Jedenfalls ist er intelligent, und das ist ein enormer Fortschritt gegenüber den letzten beiden, die sie mir vorgesetzt haben.« Er nahm einen Schluck von seinem Bier und betrachtete sie eingehend. »Du wirst in nicht allzu ferner Zukunft ja auch das junge Gemüse rumkommandieren können. Was ist das denn für ein Gefühl?«

Sie hörte die Distanziertheit aus seiner Stimme heraus und antwortete befangen: »Das weiß ich noch nicht so recht.« Er hatte ihr einen Anknüpfungspunkt geliefert, und je länger sie zögerte, darauf einzugehen, desto schwieriger würde es sein. Unvermittelt platzte sie heraus: »Ich habe meine Dienstzuteilung bekommen. Notting Hill.«

Einen Augenblick lang erwiderte er nichts, und dann, ohne den Blick vom Garten zu wenden, sagte er leise: »Deine alten Jagdgründe. Gut. Das wird es sicher leichter machen für dich. Herzlichen Glückwunsch«, fügte er hinzu, doch sie spürte die Anstrengung, die es ihn kostete.

»Das war alles nicht so einfach, wie ich dachte.«

»Gemma, ich habe nicht den geringsten Zweifel, dass du es schaffen wirst –«

»Nein, das habe ich nicht gemeint. Ich fühle mich so … fehl am Platz ohne dich. Es ist, als ob eine Hälfte von mir weg ist. Mir war nie bewusst …«

Er sah sie groß an, dann sagte er leichthin: »Und ich dachte schon, du wärst gekommen, um mir die Abfuhr à la ›Lieber Duncan‹ persönlich zu übermitteln. *Ich habe im Kurs über kriminelle Verhaltensmuster diesen Wahnsinnstyp kennen gelernt …«*

»Das glaubst du ja wohl selbst nicht!«, rief sie lachend.

Er schob seinen nackten Fuß am Geländer entlang, bis er ihren berührte. »Du hast mir auch gefehlt.«

Die Woge des Verlangens, die diese kleine Berührung in ihr auslöste, war so heftig, dass sie davon völlig überwältigt wurde.

Sie schloss die Augen und rührte sich nicht, während sie sich mit Mühe davon überzeugte, dass nicht alle Nervenenden ihres Körpers plötzlich in die linke Seite ihres linken Fußes gewandert waren.

Als sie die Augen wieder öffnete, sah sie, dass Kincaid sie beobachtete. »Gemma? Alles in Ordnung?«

Zögernd erwiderte sie: »Wie sehr habe ich dir denn nun wirklich gefehlt?«

Er strich ihr mit dem Finger über die Wange. »Sind Sie vielleicht auf eine Demonstration aus, Inspector?«

Ihr Herz machte einen Satz. »Sir, jawohl, Sir.« Im Haus gegenüber gingen die Lichter an, wie um den Anbruch der Nacht zu signalisieren. »Ohne Beweise können Sie vor Gericht nicht durchkommen.«

»Na, ich denke, die sind doch leicht zu beschaffen, oder?« Er stand auf, und sie sah sein Lächeln aufblitzen, als er ihr die Hand reichte. Sie ließ ihre Finger sanft zwischen die seinen gleiten und ergab sich ohne Widerstand.

6

Es gibt Zeiten in der Geschichte der Völker, in denen die Dinge des inneren Lebens an die Oberfläche vordringen und Ausdruck erlangen, und aus diesen Rissen im Schleier strömt das Licht des Heiligtums hervor.

Dion Fortune, aus: *Glastonbury*

Sie lag neben ihm und lauschte auf seinen ruhigen Atem, mit diesem leisen Pfeifen beim Ausatmen, aus dem leicht ein Schnarchen werden konnte. Zu ihrer Überraschung störte sie der Gedanke wenig, obwohl sie doch so viele Jahre hindurch allein geschlafen hatte.

Dabei war Winnie die Tatsache, dass sie mit Jack schlief, keineswegs nur angenehm, und die Ausrede, die Missetaten einer ganzen Reihe anglikanischer Geistlicher würden die ihren weit in den Schatten stellen, war keine wirkliche Rechtfertigung, wie sie sehr wohl wusste. Aber sie wusste auch, dass es einfach wunderbar war, ein Segen, und sie konnte sich nicht vorstellen, dass Gott an solcher Freude Anstoß nehmen würde. Gott hatte sich über andere Dinge zu sorgen als um ein bisschen außerehelichen Verkehr hier und da … und ihr ging es ebenso.

Sie schlüpfte aus dem Bett und tastete nach Hausschuhen und Morgenrock; dann fiel ihr ein, dass sie nicht über Nacht hatte bleiben wollen und ihre Kleider deshalb in einem Haufen am Boden lagen. Sie musste sich also Jacks Morgenrock, der am Bettpfosten hing, borgen und dicke Socken überziehen.

Inzwischen konnte sie sich schon im Dunkeln in diesem Zimmer zurechtfinden, das früher das Schlafzimmer von Jacks Eltern gewesen war. Als sie das erste Mal über Nacht da geblieben war, hatte Jack einigermaßen verlegen zugegeben, dass er immer noch das kleine Einzelbett in seinem Kinderzimmer benutzte, weil er den Gedanken nicht ertragen konnte, das große Himmelbett aus Mahagoni zu übernehmen, in dem seine Eltern fast fünfzig Jahre lang geschlafen hatten. Aber das Einzelbett war nicht groß genug für zwei, und so waren sie gemeinsam in das größere Schlafzimmer umgezogen.

Wenn sie geglaubt hatte, das Haus sei an sonnigen Sommertagen recht kalt, so glich es jetzt im Oktober einem Eisschrank. Winnie bildete sich zuweilen ein, dass es der Schatten des Tor war, der es so kühl hielt, aber das war absurd. Das Haus war ganz einfach alt, sagte sie sich zitternd, und die Zentralheizung unzureichend.

Während sie die Treppe hinuntertappte und sich am Geländer festklammerte, gab sie sich für einen Augenblick einer Fantasie hin, in der sie und Jack sich gemütlich in ihrem warmen Zimmer im Pfarrhaus aneinander kuschelten. Aber sie wusste genau, dass die Leute sich die Mäuler zerreißen würden, egal wie diskret sie vorgehen würden, und noch mehr Klatsch konnte sie nun wirklich nicht gebrauchen. Ihre Erzdiakonin Suzanne Sanborne hatte bereits ihre Besorgnis wegen der Gerüchte über Winnies »Beschäftigung mit okkulten Praktiken« zum Ausdruck gebracht, und diesen Stein hatte, wie Winnie vermutete, Andrew ins Rollen gebracht.

Andrew hatte sich nach ihrem Streit bei ihr entschuldigt, und sie hatte alles getan, um die Sache wieder in Ordnung zu bringen, doch es war ein Keil des Unbehagens zwischen ihnen zurückgeblieben, ein Riss, der, wie sie fürchtete, vielleicht nie mehr heilen würde. Seine Kritik hatte sie tief verletzt, und sie fand es sehr schwer, zu vergeben. »Du musst praktizieren, was du predigst, Winnie«, flüsterte sie, als sie in die Küche kam.

Sie schaltete die Lampe über dem Tisch ein, öffnete den Kühlschrank, goss sich Milch in einen Becher und stellte ihn in die Mikrowelle.

Von Jack konnte sie sich noch eine Scheibe abschneiden, was das Vergeben betraf, dachte sie, während sie ihre heiße Milch aus dem Ofen nahm und den süßen, beruhigenden Duft einatmete. Nachdem sie an jenem Abend beim Essen all ihren Mut zusammengenommen und Jack von ihrer früheren Beziehung mit Simon Fitzstephen erzählt hatte, da hatte er nur ganz ruhig gesagt: »Ich habe nie geglaubt, dass du eine Heilige bist, Winnie. Der Gedanke, dass du dir monatelang deswegen Sorgen gemacht hast, gefällt mir gar nicht.«

»Du bist mir nicht böse?«

»Es gibt mir schon einen Stich, wenn ich mir dich zusammen mit einem andern Mann vorstelle«, gab er zu. »Aber es ist lange her, und ich wüsste nicht, welchen Einfluss das auf unsere Beziehung haben sollte.«

»Ich habe dir noch nicht gesagt, warum ich damals Schluss gemacht habe.« Winnie zögerte, während sie die einzelnen Teile einer Geschichte zusammenfügte, die sie über zehn Jahre lang für sich behalten hatte. »Da war ein anderer Student, Ray hieß er, ein Schützling von Simon. Er kam bei einem Autounfall ums Leben.«

»Wart ihr befreundet?«

»Ja. Er wäre ein guter Priester geworden – ein sehr warmherziger Mann mit einem echten Talent zur Seelsorge. Aber er war auch ein Wissenschaftler, und er vergötterte Simon. Hätte Ray länger gelebt, dann hätte er das alles mit der Zeit hinter sich gelassen, denke ich. Aber er bekam nie die Gelegenheit dazu.«

Jack runzelte die Stirn und meinte: »Tragisch – aber ich verstehe nicht, was das mit Simon zu tun hat.«

»Ray arbeitete an einem Forschungsprojekt, das von Simon betreut wurde, einer Abhandlung über eine obskure Gralslegende aus dem dreizehnten Jahrhundert. Nachdem Ray verunglückt war, veröffentlichte Simon die Arbeit unter seinem eigenen Namen.«

»Aber da lag doch sicherlich irgendein Irrtum vor –«

»Kein Irrtum. Wenige Monate nach Rays Tod bat mich seine Familie, seine Sachen durchzusehen. Ich fand das Originalmanuskript. Als ich Simon damit konfrontierte, behauptete er, es sei sein Werk, und Ray habe es lediglich für ihn abgetippt.«

»Natürlich, das wird's gewesen sein«, sagte Jack sichtlich erleichtert.

»Aber Ray hatte Aufzeichnungen hinterlassen, jede Menge Konzeptmaterial. Es war nicht der geringste Zweifel möglich, dass er sowohl die Forschungsarbeit geleistet als auch den Artikel verfasst hatte.«

Jack schien die Information zuerst verdauen zu müssen. Er fragte: »Hast du irgendjemand davon erzählt?«

Winnie spürte, wie sie rot wurde. »Nein, Simon sagte, er würde mich vor dem Bischof lächerlich machen – er würde ihm sagen, dass ich aus Rachsucht handelte, weil er meine Avancen zurückgewiesen habe; er würde dafür sorgen, dass ich niemals eine gute Pfründe bekommen würde. Er hatte genügend Einfluss, um seine Drohung wahr zu machen. Also habe ich mir eingeredet, dass es nur ein unbedeutendes akademisches Problem gewesen sei – und das habe ich mir seither nie verzeihen können.«

Jack legte seine Hand auf ihre. »Du warst jung und unerfahren –«

Sie schüttelte den Kopf. »Das ist keine Entschuldigung für das, was ich getan habe. Das weiß ich. Aber ich weiß auch, dass man Simon Fitzstephen nicht trauen kann. Er würde dich von einer Minute auf die andere verraten, wenn es zu seinem Vorteil wäre.«

»Aber es gibt nichts zu verraten«, protestierte Jack. »Welchen denkbaren Nutzen könnte Simon davon haben, dass er mir hilft?«

»Ich weiß es nicht. Aber versprich mir, dass du vorsichtig sein wirst.«

Damit musste sie sich zufrieden geben. Jack hatte darauf bestanden, bis zum Beweis des Gegenteils nur das Beste von Simon anzunehmen, und ihr wurde klar, dass sie diesen Zug an ihm nicht ändern würde, selbst wenn sie es gekonnt hätte – es war einer der Gründe, weshalb sie ihn liebte.

Wenn ihr Bruder nur ebenso großmütig wäre, dachte Winnie, womit sie wieder bei dem Problem war, das sie ursprünglich am Einschlafen gehindert hatte. Sie wusste nicht, wie sie Andrew anders würde beschwichtigen können als durch eine Trennung von Jack, wozu sie nicht bereit war, oder indem sie Jack dazu überredete, seine Kommunikation mit Edmund aufzugeben, wozu er wiederum nicht bereit war – selbst wenn es möglich gewesen wäre. Dieser Riss in ihrer Beziehung zu ihrem Bruder quälte sie unaufhörlich wie ein schmerzender Zahn.

Sie nippte an ihrer Milch und dachte an Faith Wills und an Andrews Kritik an ihrem Versuch, zwischen Faith und ihrer Familie zu vermitteln. In gewisser Weise hatte Andrew Recht behalten, da die Dinge sich keineswegs so entwickelt hatten, wie Winnie gehofft hatte, aber dennoch war sie immer noch der festen Überzeugung, richtig gehandelt zu haben. Faith hatte sich bereit erklärt, ihre Mutter zu treffen, und sogar schon einen Zeitpunkt für eine Zusammenkunft im Pfarrhaus ausgemacht, hatte es sich dann jedoch urplötzlich anders überlegt. Winnie war es nicht gelungen, das Mädchen von ihrer Entscheidung abzubringen, und Faith verweigerte jede Erklärung. Je näher Faiths Termin rückte – es waren jetzt nur noch wenige Wochen bis zu dem Datum Ende Oktober –, desto größere Sorgen machte Winnie sich um sie.

Zwar hatte Garnet ihr versichert, es gehe Faith gut und die

Schwangerschaft verlaufe völlig normal, doch Winnie hatte das Gefühl, dass Garnet mit etwas hinter dem Berg hielt – und dass sowohl Faith als auch Garnet sie mieden. Hatte sie in ihrer Ahnungslosigkeit die beiden gegen sich aufgebracht, indem sie sich bemüht hatte, Faith wieder mit ihren Eltern zusammenzuführen?

Die Spannungen zwischen Nick und Garnet hatten sich ebenfalls nicht gelegt, da ihre gemeinsame Sorge um Faith ihre Feindseligkeit nur zu verstärken schien.

Und soweit Winnie wusste, schien immer noch niemand in der Gruppe wirklich zu verstehen, was Edmund eigentlich von ihnen wollte.

Mit einem Seufzer stellte sie ihre leere Tasse ab und rieb sich das Gesicht. Müde, aber dem Schlaf immer noch nicht näher, konnte sie das Gefühl nicht loswerden, dass irgendeine Krise unmittelbar bevorstand, und sie fand auch keinen Trost in der Stelle aus dem Epheserbrief, die ihr plötzlich in den Sinn kam. *Denn wir haben nicht mit Fleisch und Blut zu kämpfen, sondern mit Mächtigen und Gewaltigen, nämlich mit den Herren der Welt, die in dieser Finsternis herrschen, mit den bösen Geistern unter dem Himmel.* Konnte es sein, dass an Garnets unheilvollen Vorhersagen von Verhängnis und dunklen Mächten etwas Wahres war?

Nein, gewiss nicht. Das war absurd. Aber was immer der Grund für ihre Vorahnungen war, sie musste Jack beschützen, so gut sie konnte – und das würde ihr nur gelingen, wenn sie genau wusste, womit sie es zu tun hatte.

Sosehr ihr die Vorstellung missfiel, es war Zeit, dass sie Simon Fitzstephen Auge in Auge gegenübertrat. Und sie durfte nicht vergessen, dass sie es war, die die besseren Karten hatte.

Nachdem sie ihre Entscheidung getroffen hatte, wusch sie ihre Tasse im Spülbecken aus, schaltete das Licht aus und ging nach oben. Sie kroch unter die Decke, und kaum hatte sie sich an Jacks massige und beruhigend warme Gestalt geschmiegt, da fiel sie auch schon in einen tiefen und traumlosen Schlaf.

Wir, die Wachenden... verwünschen den Tag, da Thurstan kam... An jenem Tag senkte sich Finsternis auf uns herab.

Simon Fitzstephen saß neben Jack Montfort an dem runden Tisch in Fitzstephens Wohnzimmer und übersetzte laut, was Montfort soeben in seinen Notizblock geschrieben hatte. Im Kamin knisterte ein Feuer, die Stereoanlage spielte leise John Rutters Bearbeitung von William Byrds *Miserere mei*, und sie hatten die schweren Samtvorhänge zugezogen, da der Abend schon nahte.

Nachdem er Jack unter dem Vorwand zu sich eingeladen hatte, ihre genealogischen Nachforschungen fortführen zu wollen, regte Simon an, dass er noch einen Versuch unternehmen solle, Edmund um weitere Informationen zu bitten. Fitzstephen war davon überzeugt, dass die Anwesenheit der anderen den Prozess des automatischen Schreibens behinderte, und es hatte den Anschein, als sollten die Ergebnisse dieser Sitzung ihm Recht geben.

Thurstan war der erste normannische Abt von Glastonbury gewesen; König William hatte ihn nach der Eroberung aus Caen kommen lassen und als Nachfolger von Aethelnoth eingesetzt. Nach Simons Berechnungen musste Edmund dreizehn oder vierzehn gewesen sein, als Thurstan im Jahre 1077 das Amt übernahm.

Wieder bewegte sich Jacks Hand über das Papier: *Die Kirche wurde nie vollendet... sie war verflucht. Eines Tages begab sich der Abt in den Kapitelsaal und führte Reden gegen die Mönche. Er sandte nach seinen Mannen, und sie fielen schwer bewaffnet über uns her. Entsetzt liefen wir in alle Richtungen davon. Manche flohen in die Kirche, wo sie sich sicher glaubten. Doch das Böse... an jenem Tag... Die Normannen brachen in den Chor ein... Einige schossen Pfeile in Richtung des Altarraumes, wo sie in dem Kruzifix über dem Alter stecken blieben. Viele... Mönche wurden verwundet... drei wurden getötet. Blut floss vom Altar auf die Stufen und von den Stufen auf den Steinboden herab...*

»Wo warst du zu der Zeit?«, fragte Simon leise.

Ich hatte mich im Skriptorium versteckt, zwischen den Büchern. Doch ich sah alles… hinterher. Ich wusch die Leichen der Getöteten… und weinte um sie. Ich weine immer noch um das, was uns der Abt an jenem Tag geraubt hat.

»Was war das? Was hat ihnen der Abt weggenommen?«

Aber Jacks Hand lag jetzt reglos auf dem Papier, seine Finger entspannten sich, und kurz darauf blinzelte er.

»Ist irgendwas gekommen?«, fragte er, indem er den Stift hinlegte und sich streckte.

»Sehen Sie selbst.« Simon ging im Zimmer auf und ab, während Jack las, denn obwohl seine Übersetzungen besser geworden waren, dachte er immer noch nicht so mühelos auf Latein wie Simon.

Als Jack das Ende der Seite erreicht hatte, blickte er auf. »Da ist etwas, was ich nicht verstehe. Warum hat Thurstan ›Reden gegen die Mönche geführt‹? Hatten sie etwas Falsches getan?«

»Nein. Thurstan war zwar ein gottesfürchtiger Mann und hat viel gebaut, wie alle Normannen, doch er verbot den Mönchen, weiterhin den gregorianischen Gesang zu pflegen, der seit undenklichen Zeiten zur Tradition der Abtei gehört hatte, und ersetzte ihn durch einen französischen Choral von William von Fécamp. Als die Mönche dagegen protestierten, griff er sie an. Sie müssen verstehen, dass diese Neuerung für die Mönche keine Bagatelle war – der Gesang war ein fester Bestandteil ihres täglichen Lebens.«

»Und Edmund hat das alles miterlebt…«, meinte Jack nachdenklich. »Vielleicht war es ja noch mehr als das… wissen Sie noch, wie Winnie sagte, als sie Edmunds Schilderung des Gottesdienstes gehört habe, sei sie von einem gewaltigen Gefühl der Freude und der Harmonie überwältigt worden? Sie hat mir später erzählt, sie habe eine Vision gehabt, in der sie selbst in der Kirche war und die Mönche singen hörte…«

Würden die Wunder denn nie ein Ende nehmen, dachte

Simon. Die pragmatische Winifred Catesby wäre der letzte Mensch gewesen, dem er eine Vision zugetraut hätte. Zu Jack sagte er: »Sie hat sie singen hören … Glauben Sie … Könnte es der Choral sein, den wir für Edmund zurückgewinnen sollen?«

»Das klingt ein wenig weit hergeholt. Die Gesänge sind doch sicherlich sehr gut dokumentiert –«

»Nein, warten Sie.« Simon war plötzlich ein Gedanke gekommen. Er trat an den Bücherschrank und fuhr mit dem Finger über die Buchrücken, bis er den gesuchten Band gefunden hatte. Doch die bloße Berührung hatte seinem Gedächtnis schon auf die Sprünge geholfen, und er hielt das Buch ungeöffnet in der Hand, während er sagte: »Es gibt eine keltische Überlieferung, der zufolge Joseph von Arimathia einen zwölfteiligen Choral nach Britannien mitbrachte, der von vorchristlichen ägyptischen Tempelpriestern stammte und über die Jahrhunderte hinweg heimlich von Generation zu Generation weitergereicht worden war. Zwar weiß niemand genau, was in Glastonbury tatsächlich gesungen wurde, aber einige Quellen behaupten, es sei der einzige Ort gewesen, an dem dieser Choral in seiner ursprünglichsten Form von einem ständigen Chor gepflegt wurde … Wenn es nun *dieser* Choral war, den Thurstan verboten hat?«

»Und die Mönche hätten dafür ihr Leben riskiert?« Jacks Zweifel waren unüberhörbar.

»Vielleicht ja, wenn sie nämlich glaubten, das Überleben ihrer Gemeinschaft hinge davon ab. Das lateinische *cantus* bedeutet sowohl ›Gesang‹ als auch ›Zauberspruch‹. Die Alten sahen in der Musik die stärkste Form der Magie, die dafür sorgte, dass die Menschen im Einklang mit dem Kosmos blieben und ihr Zusammenleben harmonisch verlief. Die Musik war fast immer Sache der Priesterschaft, und in manchen Kulturen wurden ihr solche Kräfte zugeschrieben, dass jede Musik, die von den rituellen Vorschriften abwich, strengstens verboten war. Und ein zwölfteiliger Choral war auch ein Bestandteil der keltischen Magie«, fuhr Simon fort. »Möglicherweise sind die beiden Traditionen im Lauf der Zeit miteinander verschmolzen und haben dabei noch an Bedeutung und Tragweite gewonnen.«

Jack stand auf und trat an den Kamin, um sich die Hände zu wärmen. »Angenommen, Sie haben Recht – wie sollen wir es denn schaffen, etwas Derartiges wiederzugewinnen? Ich wüsste überhaupt nicht, wo ich anzufangen hätte.«

»Vielleicht existieren irgendwelche Aufzeichnungen«, sagte Simon sinnend. »Da könnte die Verbindung zu Ihrer Familie liegen.«

Es war ihnen gelungen, eine Linie der Montforts bis ins dreizehnte Jahrhundert zurückzuverfolgen, doch sie hatten keinerlei Verbindung entdecken können zwischen jenem Montfort – einem Wollhändler aus Glastonbury – und Edmund, dem Mönch, der im zwölften Jahrhundert in der Abtei gelebt hatte. Als sie Edmund direkt befragt hatten, war seine Antwort nur gewesen: *»Blut hilft zuweilen, die Verbindung herzustellen… oftmals verschleiert es…«* Im Lauf der Monate hatte Simon an ihrem Gesprächspartner aus dem Jenseits immer deutlicher bestimmte Charakterzüge unterscheiden können, und hier gab sich Edmund wieder einmal besonders zugeknöpft.

Jack wippte auf den Fußballen auf und ab, eine Angewohnheit, die bei einem so schweren Mann hätte unbeholfen wirken müssen, was jedoch nicht der Fall war. »Glauben Sie ernsthaft, dass so ein Dokument all die Jahre hindurch unversehrt geblieben sein könnte?«

«Erst vor kurzem sind in einer Pfarrkirche Urkunden der Abtei gefunden worden.« Simon war bemüht, seine Stimme ruhig klingen zu lassen. Ein unberührtes Fragment der Vergangenheit zu entdecken, es in den Händen zu halten –

»Aber nehmen wir an, wir finden diesen Choral, was tun wir dann damit? Wir könnten ihn schließlich nicht selbst singen –«

»Wir wollen doch nicht das Pferd beim Schwanz aufzäumen«, sagte Simon beschwichtigend. »Vielleicht sind wir ja wirklich auf der falschen Spur. Es ist allerdings bemerkenswert, dass die meisten von uns – Ihre anglikanische Freundin eingeschlossen – ein ausgeprägtes Interesse an Kirchenmusik haben.«

»Winnie! Verdammt, ich soll in einer Viertelstunde zum Abendessen im Pfarrhaus sein. Das habe ich vollkommen vergessen. Und Winnie hat die Erzdiakonin mit ihrem Mann eingeladen und auch ihren Bruder – sie will wohl irgendwie versuchen, Frieden zu stiften –, da wird bestimmt der Teufel los sein, wenn ich nicht auftauche. Ich sollte wirklich die Beine in die Hand nehmen.«

Simon folgte ihm hinaus auf die Veranda, wo er eine Weile stand, ohne die Kälte zu beachten, und zu dem Stückchen Sternenhimmel aufblickte, das durch eine Lücke im Laubwerk des Gartens zu sehen war. Hatte Jack Montfort überhaupt eine Vorstellung von der Bedeutung dessen, was sie soeben in Erfahrung gebracht hatten? Oder von den Möglichkeiten, die darin verborgen lagen?

Vielleicht war es gar nicht so schlecht, dass er nichts ahnte, dachte Simon. Sie waren jetzt über das Stadium der Gesellschaftsspiele hinaus, und es war an der Zeit herauszufinden, auf wen man sich verlassen konnte. Er ging ins Haus, um seine Autoschlüssel zu holen, und machte sich auf den Weg, um jemanden zu besuchen.

Faith hatte den Eindruck, dass es ihr von Tag zu Tag schwerer fiel, den verdammten Berg hoch zu gehen. Die steil ansteigende Wellhouse Lane war jetzt noch tückischer durch die glitschige Masse von welkem Laub, die den Asphalt bedeckte, und wenn sie stürzte, würde sie so hilflos sein wie eine auf den Rücken gedrehte Schildkröte. Das Baby hatte seine Füße fest gegen ihr Zwerchfell gestemmt, und der Druck seines Kopfes auf ihren Ischiasnerv verursachte stechende Schmerzen, die ihr bis in den Oberschenkel fuhren. Jedenfalls hatte Garnet ihr das so erklärt, und Garnet musste es ja wissen.

Faith blieb schnaufend stehen, drückte mit der flachen Hand gegen ihr Kreuz und schüttelte ihre Füße aus, die schon vom stundenlangen Stehen hinter der Theke des Cafés geschwollen waren. Unter sich konnte sie das Plätschern von Wasser hören. Diese Hügel waren von einem Netz von Wasseradern durchzogen – es floss durch die unter dem Asphalt verlegten Röhren, sickerte unter den Randbefestigungen hervor und quoll aus allen Winkeln und Spalten.

Der Rauch eines Holzfeuers hing schwer in der stillen, feuchten Luft. Garnet hatte bestimmt den Ofen geheizt, und Faith malte sich aus, wie der Rauch aus dem Schornstein aufstieg und sich über den Hang ausbreitete wie ein Mantel, der alles darunter vor den Blicken der Sterblichen verbarg. Aber solche sonderbaren Gedanken hatte sie in letzter Zeit öfter, und ihre Träume waren noch sonderbarer.

Es war merkwürdig – je näher der Geburtstermin ihres Babys rückte, desto mehr vermisste sie ihre eigene Mutter. Sie träumte jetzt oft, dass sie die Stimme ihrer Mutter hörte, wie sie ihren Namen rief – und manchmal spürte sie sogar, wie sie ihr die Hand auf die Stirn legte und ihr über das Haar strich – und dann erwachte sie in dem stillen, kalten Zimmer, wo das einzige Lebewesen die hellbraune Katze war, die zusammengerollt am Fuß ihres Bettes lag.

Sie machte sich wieder an den mühevollen Anstieg und setzte vorsichtig einen Fuß nach dem anderen auf den rutschigen Asphalt. Zu ihrer Linken erhob sich der massive Kegel des Tor und verdunkelte den Himmel. In der ersten Zeit, nachdem sie bei Garnet eingezogen war, hatte sie Vergnügen daran gefunden, zu der Quelle oberhalb des Hauses hinaufzuklettern und den Blick über die Levels schweifen zu lassen; dort konnte sie sich in längst vergangene Jahrhunderte zurückversetzen und sich vorstellen, wie das Land zu ihren Füßen mit Wasser bedeckt gewesen war – vom Sommersee, aus dem Glastonbury als Insel herausragte.

Aber jetzt war die Anziehungskraft des Tor zu stark – sie trug sie mit sich herum, im Wachen wie im Schlaf. Stand dieses Gefühl einer erdrückenden Energie im Zusammenhang mit dem, was Jack und die anderen zu tun versuchten? Oder war es etwas gänzlich anderes, etwas, das so alt und dunkel war, dass es jenseits der Erinnerung lag?

Sie wünschte, sie hätte mit Winnie darüber sprechen können. Winnie hörte zu, ohne zu urteilen, ohne zu versuchen, einen zu ihrer Sicht der Dinge zu bekehren. Aber nach dem, was Garnet ihr erzählt hatte, war sie sich nicht mehr sicher, dass sie Winnie vertrauen konnte. Das machte sie traurig, genau wie ihre Entscheidung, sich nicht mit ihrer Familie zu treffen. Sosehr sie ihr auch fehlte – dies war nicht ihr Weg, und das wusste Faith ebenso sicher, wie sie wusste, dass sie zwei Menschenleben in ihren Händen hielt.

Der Geruch des Holzfeuers wurde stärker, als sie am Hoftor angelangte. Unter dem spitzen Schieferdach des Hauses lag der Hof in tiefem Schatten. Doch als sie den Riegel der Pforte mit einem klickenden Geräusch öffnete, ging die Haustür auf. Garnets Umrisse tauchten vor dem warmen Schimmer der Küche auf. Besorgt spähte sie in die Dunkelheit hinaus, und Faith eilte ihr entgegen.

Bis auf Andrew Catesby war Jack Winnies Gästen zuvor noch nicht begegnet.

Die Erzdiakonin Suzanne Sanborne, Winnies unmittelbare Vorgesetzte, war eine Frau in den Vierzigern mit kurz geschnittenem dunklem Haar, dessen mit silbernen Strähnen durchsetzte Locken ihr eher kantiges Gesicht umrahmten. Sie hatte eine offene und direkte Art und ein Talent, ihrem Gegenüber jede Befangenheit zu nehmen, und Jack wusste, dass Winnie sie ebenso sehr mochte wie bewunderte.

Ihr Ehemann, David Sanborne, war Arzt und hatte eine gut gehende Praxis in Street. Seine sanfte Art bildete einen interessanten Kontrast zu der energischeren Persönlichkeit seiner Frau.

Die Sanbornes schienen beide mit Andrew Catesby gut bekannt zu sein, ebenso wie Winnies Freundin Fiona Allen und deren Mann Bram. Die beiden Frauen hörten Andrew mit gebannter Aufmerksamkeit zu und lachten wie aufs Stichwort über seine Geschichten, und es kam Jack merkwürdig vor, dass ein Mann, der so anziehend auf Frauen wirkte, nie geheiratet hatte. Andrew verstand es geschickt, ihn aus der allgemeinen Unterhaltung auszuschließen, doch es schien niemand sonst aufzufallen, und Jack begnügte sich damit, die anderen zu beobachten, bis Winnie die Gesellschaft zum Essen rief.

Winnie hatte das Esszimmer auberginefarben gestrichen, was den weiten Raum kleiner und intimer wirken ließ. Über dem Tisch hatte sie einen viktorianischen Kronleuchter aufgehängt, den sie in einem Trödelladen entdeckt hatte. Sie hatte das Messing so lange poliert, bis es glänzte, und dann die Kerzen eingesetzt. Der Effekt war bezaubernd. Und auch Winnie sah im Kerzenschein bezaubernd aus mit ihrem nachtblauen Samtkleid, dessen Farbe das Blau ihrer Augen und ihren zarten Teint besonders gut zur Geltung brachte. Bildete Jack sich nur ein, dass Andrew seine Schwester noch aufmerksamer beobachtete als sonst?

Als der erste Gang serviert war, wandte sich David Sanborne an Andrew: »Gibt es vielleicht irgendwelche neuen archäologischen Projekte, seit wir uns das letzte Mal gesehen haben?«

»Es gibt immer Projekte – was nicht so reichlich vorhanden ist, sind die Mittel dafür.« Andrew setzte ein giftiges Lächeln auf. »Ist eben nicht sehr schlagzeilenträchtig, dieses Buddeln nach Tonscherben aus dem sechsten Jahrhundert. Aber dann kommen Typen daher, die sich Pendragon nennen und auf der Suche nach einem Schatz die High Street mit einem Bulldozer aufreißen, und so was steht dann auf der Titelseite.«

Suzanne lachte. »Die Geschichte hat im Stadtrat für einigen Wirbel gesorgt. Mr. Pendragon dürfte wohl als echter englischer Exzentriker durchgehen.«

»Das kann ich nur bestätigen.« Bram Allen lächelte. »Das Ganze hat sich direkt vor meiner Galerie abgespielt, ich hatte also einen Platz in der ersten Reihe. Er sah aus, als sei er gerade von König Artus' Tafelrunde entsprungen, mit wehenden weißen Haaren und einem sternengeschmückten Umhang. Sie mussten ihn mit Gewalt wegschaffen, den armen Kerl – und den Bulldozer hat die Polizei beschlagnahmt.«

»Reif für die Anstalt, wenn Sie mich fragen«, sagte Andrew zu laut. »Diese Hokuspokus-Jünger sind doch alle nicht ganz richtig im Kopf, mit ihrem Geschwätz von Träumen und Visionen.«

Fiona Allen war plötzlich sehr still, und in das betretene Schweigen hinein sagte Winnie: »Die biblischen Propheten wären mit dieser Ansicht vielleicht nicht ganz einverstanden, meinen Sie nicht auch, Suzanne?«

Die Unterhaltung nahm wieder ihren Lauf, während sie sich mit dem gedünsteten Lachs mit Dillsauce und neuen Kartoffeln befassten, doch ein deutliches Gefühl des Unbehagens lastete nun auf der Runde.

Nach dem Salat servierte Winnie Zitronenröllchen, die sie, wie sie bereitwillig zugab, im Laden gekauft hatte. »Für Desserts fehlt mir die Geduld«, erklärte sie. »Das ist mir alles zu umständlich – das ganze Abmessen und Mixen und Sieben.«

»Warum sollte man sich auch die Mühe machen, wenn es so was hier zu kaufen gibt?« Mit einem zufriedenen Seufzer verzehrte Fiona ihren letzten Bissen. »Denk dran, wenn ich das nächste Mal zum Mittagessen komme, erwarte ich, dass du mir so was vorsetzt.«

»Hoffentlich nicht zu bald«, warf ihr Mann ein. »Sonst sind die Wände meiner Galerie bald leer. Fiona verbringt neuerdings mehr Zeit mit Essenseinladungen als mit Malen.«

»So eine Art Malhemmung, würden Sie sagen?«, fragte David Sanborne interessiert.

»So was in der Art«, erwiderte Fiona gereizt, indem sie Bram einen beleidigten Blick zuwarf.

»Möchte jemand Kaffee?«, rief Winnie fröhlich, und aus dem Chor der bejahenden Antworten war Erleichterung herauszuhören.

»Ich helfe dir, ja?«, bot sich Andrew an, als sie aufstanden, um ins Wohnzimmer zurückzugehen.

»Jack und ich kommen schon klar«, gab Winnie zurück, und der Blick, den Andrew Jack zuwarf, hätte töten können.

Nachdem Jack Winnie geholfen hatte, den Tisch abzuräumen, und ins Wohnzimmer zurückgekehrt war, ignorierte er Andrew bewusst. Er legte eine CD mit Händels *Dixit Dominus* ein, und während die Unterhaltung um ihn herum dahinplätscherte, dachte er an sein Gespräch mit Simon. War es möglich, dass sie mit ihrer Vermutung richtig lagen – dass es der verlorene Choral der Abtei war, den sie für Edmund finden sollten?

Winnies Warnung vor Simon kam ihm in den Sinn, doch er tat sie ohne weitere Zweifel ab. Sicherlich hatte Winnie sich geirrt – vielleicht in dem übereifrigen Bemühen, ihren verstorbenen Freund zu verteidigen. Und wenn nicht – wenn Simon wirklich so skrupellos gewesen war, dann konnte Jack sich immer noch nicht vorstellen, dass es mehr gewesen sein sollte als ein vereinzelter Vorfall, den Simon später bedauert hatte.

In der Hoffnung, einen Augenblick mit Winnie allein sein zu können, ging er in die Küche. Sie stand mit dem Rücken zu ihm an der Anrichte und stapelte Tassen und Untertassen auf einem Tablett. Er fasste sie an den Schultern, beugte sich herab und küsste ihren entblößten Nacken gleich oberhalb des Ausschnitts. Sie ließ sich entspannt an ihn sinken, und er schloss sie in die Arme.

Doch bevor er etwas sagen konnte, verspürte er ein Kribbeln im Nacken und einen leichten Luftzug. Er wandte sich um und sah Andrew Catesby in der Tür stehen, der sie beobachtete.

»Oh, Andrew, das ist gut – dann kannst du ja gleich den Kaffee reinbringen«, sagte Winnie, als ob gar nichts geschehen sei, doch Jack hatte das Gift in den Augen ihres Bruders gesehen.

Mit einem gezwungenen Lächeln hielt sie Jack das Tablett mit dem Käse hin, und als er damit hinausging, hörte er Andrew sagen: »Ist das vielleicht ein angemessenes Benehmen für eine Priesterin, so um ihn herumzuscharwenzeln wie ein billiges Flittchen?«

Winnie fauchte eine Erwiderung, die Jack nicht richtig verstehen konnte. Er drehte sich um, bereit zum Eingreifen, als Winnie mit hochroten Wangen aus der Küche kam.

»Winnie –«

»Später. Wir sollten uns lieber um die Gäste kümmern.«

Sie gingen zurück ins Wohnzimmer, und nachdem Andrew sich zu ihnen gesellt hatte, meinte David Sanborne: »Gute Wahl, der Händel. Ich glaube, der Chor von Somerfield wird genau dieses Stück an Weihnachten aufführen – hab ich Recht, Schatz?« Er sah seine Frau an.

»Unser Nigel wird große Mühe haben, seinen Sopranpart zu behalten, fürchte ich. Wir beten alle, dass seine Stimme noch ein paar Monate hält.«

»Es muss frustrierend sein für Jungen in diesem Alter; da ist man weder Fisch noch Fleisch«, sagte Winnie, deren Wangen immer noch gerötet waren. »Und wenn sie das dann irgendwie hinter sich gebracht haben und ihnen schon ein paar Haare aus der Brust sprießen, dann werden sie versetzt und bekommen es mit Andrew zu tun.«

»Ich tue, was ich kann«, sagte Andrew. »Die meisten sind ja wirklich bösartige, hinterhältige kleine Scheißer. Ihr Sohn bildet selbstverständlich eine Ausnahme.« Er nickte den Sanbornes zu.

David Sanborne grinste. »Taugen sie was dieses Jahr, die Primaner?«

»Auch nicht weniger als sonst – was bedeutet, dass ein Wunder nötig wäre, um aus ihnen gute Historiker zu machen.« Er schoss Jack einen boshaften Blick zu. »Montfort ist ja so eine Art Amateurhistoriker. Warum erzählen Sie den anderen nicht von Ihrem Interesse an der Geschichte der Abtei?«

Dieses Schwein, dachte Jack, während er verzweifelt nach einer akzeptablen Antwort suchte. »Bloß ein wenig regionale Ahnenforschung, das ist alles. Es ist merkwürdig, aber nachdem ich beide Eltern verloren hatte, wurde mir plötzlich klar, dass ich gerne mehr über meine Familie herausfinden würde. Es ist mir gelungen, die Montforts in Glastonbury bis ins dreizehnte Jahrhundert zurückzuverfolgen, aber wenn man noch weiter forscht, wird das Bild unscharf.«

»Montfort ist doch sicherlich ein französischer Name«, meinte Fiona, die seit der Bemerkung ihres Mannes über ihre Malerei geschwiegen hatte. »Wenn Ihre Ahnen sich erst nach der normannischen Eroberung hier angesiedelt haben, dann würde das erklären, warum die Spur sich verliert.«

»Gibt es Verbindungen zu Simon de Montfort, dem Reformer?«

»Ein interessanter Gedanke«, meinte Andrew nachdenklich, »aber dieser de Montfort nahm ein böses Ende. Wenn ich mich recht entsinne, hat sein revolutionärer Eifer dazu geführt, dass er auf dem Schlachtfeld niedergemetzelt wurde.«

»Simon Fitzstephen war mir eine große Hilfe«, sagte Jack, als er Winnie erbleichen sah. »Ich bin sicher, wenn es eine Verbindung gäbe, hätte er sie aufgedeckt.«

»Ja, aber hätte er es Ihnen auch gesagt?«, murmelte Suzanne. Und dann, als sie merkte, wie alle Augen erwartungsvoll auf sie gerichtet waren, schüttelte sie ein wenig den Kopf. »Oh, das hätte ich nicht sagen sollen. Ich habe wohl schon zu viel Wein getrunken. Ich meinte nur, es ist schon mal vorgekommen, dass

Simon Informationen für sich behalten hat, wenn es für ihn von Vorteil war. In der Kirchenpolitik kann es zuweilen überraschend intrigant zugehen, und Simon hat das Spiel schon immer meisterlich beherrscht.«

David Sanborne stand auf. »Ich denke, ich sollte dich besser nach Hause bringen, bevor du noch mehr Geheimnisse ausplauderst. Und ich habe morgen Frühdienst – Sie wissen ja, wie es heißt: Bauern und Ärzte können nie richtig ausschlafen.«

»Wir gehen dann am besten auch«, sagte Bram Allen. »Fiona braucht ihre Ruhe. Es war ein interessanter Abend. Irgendwie einmalig, könnte man sagen.«

Als sie sich verabschiedeten, ergriff Fiona Jacks Hand. Mit einem Seitenblick auf ihren Mann sagte sie leise: »Ich freue mich *wirklich,* Sie kennen gelernt zu haben.«

Es war ein angenehmer Abend. Die Luft war frisch, und die Sterne strahlten hell und klar von einem wolkenlosen Himmel herab. Als die beiden Paare gegangen waren, blieb Andrew auf dem Treppenabsatz stehen und trat von einem Fuß auf den anderen. Winnie rückte näher zu Jack und legte den Arm um seine Hüfte.

»Na, dann sollte ich die jungen Liebenden wohl besser allein lassen, was?«, zischte Andrew, machte auf dem Absatz kehrt und ging mit großen Schritten davon. Einen Augenblick später sahen sie seinen Wagen die Auffahrt hinunterrasen.

Jack nahm Winnie bei der Schulter, ging mit ihr ins Haus und schloss die Tür. Im helleren Licht der Eingangshalle konnte er sehen, dass in ihren Augen mühsam zurückgehaltene Tränen standen.

»Er hat sich scheußlich benommen«, sagte sie. »Absolut scheußlich.«

»Es tut mir Leid, Schatz. Es ist meine Schuld, ich habe dich da hineingezogen –«

»Wenn irgendjemand Schuld hat, dann ich, weil ich es nicht

habe kommen sehen – aber für sein Verhalten gibt es trotzdem keine Entschuldigung.«

»Winnie, er ist eifersüchtig! Und ich glaube, er hat panische Angst, dich zu verlieren.«

»Nein, irgendetwas stimmt da nicht, irgendetwas Ernstes, aber er will ja nicht mit mir reden. Fast unser ganzes Leben lang waren wir die besten Freunde, und jetzt scheine ich plötzlich der Erzfeind zu sein.«

»Lass uns jetzt nicht an Andrew denken.« Er zog sie an sich heran und strich ihr übers Haar. »Du frierst. Komm mit ans Feuer. Ich muss dir etwas erzählen.«

Gemma schob den Stuhl zurück, streckte sich und gähnte ausgiebig, dann nippte sie noch einmal an dem Rest von kaltem Tee in ihrem Becher. Die Uhr an dem Herd in ihrer winzigen Kochecke zeigte halb zwölf, und wenn sie nicht bald zu Bett ginge, würde sie morgen bei der Arbeit mit der Müdigkeit zu kämpfen haben. Lustlos schob sie die Papiere auf dem Tisch zusammen und stand dann auf, um auf Strümpfen in Tobys Zimmer zu schleichen.

Obwohl es eine der ersten kalten Herbstnächte war, hatte er sich von dem kleinen Federbett freigestrampelt und lag auf dem Bauch, alle viere von sich gestreckt. Es würde nicht mehr lange dauern, bis er zu groß für sein Kinderbett war; aber wie sollten sie irgendetwas Größeres in diesem Zimmer unterbringen, das im Grunde nur eine Abstellkammer war?

Sie strich noch einmal über die Bettdecke und wandte sich mit einem Seufzer ab. Irgendwie würden sie klarkommen müssen. Sie war noch nicht bereit, über einen Auszug aus der Garagenwohnung nachzudenken – mit der einen Veränderung in ihrem Leben hatte sie zunächst einmal genug zu tun.

Die Eingewöhnung in den neuen Job war schwieriger, als sie geglaubt hatte. Damals in Notting Hill war sie zwar ein Greenhorn gewesen, doch sie hatte sich auch nur um ihr eigenes kleines Revier kümmern müssen. In den vergangenen zwei Monaten hatte sie herausgefunden, dass die Wirklichkeit einer Führungsposition etwas völlig anderes war, und sie brachte einen Berg von Papierkram mit sich, der nie kleiner wurde – daher auch ihre Mitternachtsschicht mit dem kalten Tee am Küchentisch. Dazu kam noch der latente Sexismus ihres Chief Inspectors und einiger der männlichen Beamten, die ihr unterstellt waren. Erst jetzt wurde ihr klar, wie sehr sie ihr dienstliches Verhältnis zu Kincaid als selbstverständlich hingenommen hatte und wie sehr sie dadurch gegen offene Vorurteile abgeschottet gewesen war.

Verschärft wurden die Probleme noch durch ihre erzwungene Trennung von Kincaid: Wenn sie Glück hatten, ließen ihre Dienstpläne ihnen einige wenige gemeinsame Stunden in der Woche. Sie sagte sich jeden Tag aufs Neue, dass sie die richtige Entscheidung getroffen hatte, dass es mit der Zeit leichter werden würde, dass sie nicht anfangen würde, über Veränderungen zu jammern, die sie selbst so gewollt hatte. Aber immer öfter musste sie feststellen, dass sie noch wach lag, wenn sie schon längst hätte schlafen sollen, und ruhelos über die Frage nachgrübelte, was sie denn nun wirklich von ihrem Leben erwartete.

Sie goss den Rest ihres Tees in den Ausguss und spülte die Tasse ab, dann ging sie im Zimmer hin und her, schlug die Bettdecke zurück und sammelte umherliegende Spielsachen und Bücher auf. Sie empfand diese Routinehandlungen als beruhigend, denn wenn sie auch körperlich müde war, fühlte sie doch, dass sie noch keinen Schlaf finden würde.

Beim Herumstöbern in dem Schrankkoffer, der ihr als Garderobe diente, stieß sie auf ein altes Flanellnachthemd, das sie seit dem letzten Winter nicht mehr getragen hatte. Einen Augenblick lang hielt sie den Stoff an ihre Wange, genoss das weiche Gefühl auf ihrer Haut und atmete das Rosenaroma des Duftkissens ihrer Mutter ein. Das Nachthemd war ein heiß ersehntes Weihnachtsgeschenk von ihren Eltern gewesen, als sie noch zur Schule ging, und sie konnte sich nie dazu durchringen, sich davon zu trennen, auch nicht während ihrer Ehe mit Rob, der das Teil mit einer Leidenschaft hasste, die er sich normalerweise für gegnerische Fußballteams aufsparte.

Sie schlüpfte aus ihren Kleidern und zog das Nachthemd über, dann suchte sie sich ein Paar dicke Socken heraus. So gegen die Kälte gewappnet, ging sie ins Bad und bürstete ihr Haar, bis es knisterte, worauf sie ihr Gesicht wusch und sich die Zähne putzte. Die Toilette hob sie sich bis zum Schluss auf – aus einer Art Aberglauben heraus –, doch als sie das Papier anschließend untersuchte, war keine Spur von Rot darauf zu finden.

Die Panik, die in ihr aufstieg, machte sie schwindelig und benommen. Aber es gab keinen wirklichen Grund zur Besorgnis, redete sie sich ein – sie war nur wenige Tage über die Zeit, und es bestand gewiss kein Anlass, Kincaid irgendetwas zu sagen. Noch nicht.

7

So viele heilige Männer haben in Glastonbury gebetet und sind dort gestorben, dass die Atmosphäre der Religiosität noch immer lebendig und warm ist. Ihr Staub, der sich mit der Erde vermischt, weiht selbst den Boden, auf dem wir wandeln.

Dion Fortune, aus: *Glastonbury*

In der Nacht regnete es in Strömen. Nachdem Jack gegangen war, wälzte Winnie sich rastlos im Bett hin und her und fiel zwischendurch immer wieder in einen unruhigen Schlaf, in dem das Rauschen von Wasser ständig gegenwärtig war. Doch dann brach ein sonniger, vom Regen erfrischter Tag an, und als sie aufwachte, fühlte sie sich erstaunlich munter und klar im Kopf in Anbetracht ihres unterbrochenen Schlafs und der Aufgabe, die sie sich für diesen Tag vorgenommen hatte.

Sie hatte ihren Besuch bei Simon schon zu lange vor sich her geschoben, und was Jack ihr am Abend zuvor erzählt hatte, machte es zwingend notwendig, dass sie mit ihm redete. Zunächst aber sprach sie ihr Morgengebet, und nachdem sie sich angezogen und gefrühstückt hatte, holte sie ihr Fahrrad aus dem Gartenschuppen und fuhr die drei Kilometer bis nach Glastonbury hinein. Um halb zehn erreichte sie die Abtei, die soeben ihre Tore öffnete. Hier würde sie sich sammeln können, hier würde sie sich darüber klar werden können, was sie eigentlich genau sagen wollte.

Sie stellte ihr Rad im Fahrradständer ab, zahlte das Eintrittsgeld und ging durch das Drehkreuz hinein. Die Ausstellungsstücke in dem kleinen Museum waren kunstvoll arrangiert und informativ beschriftet, doch sie ging daran vorbei und trat durch die Glastüren hinaus auf das Abteigelände.

Auf der Schwelle blieb sie wie angewurzelt stehen. Der Himmel strahlte in vollkommenem Blau wie das Ei eines Rotkehlchens, das smaragdgrüne Gras glitzerte noch feucht vom nächtlichen Regen, und die steinernen Mauern der Abtei glänzten golden in der Morgensonne.

Genau deswegen war sie hergekommen. Innerhalb der Einfriedung der Abtei schienen die Luft und das Licht irgendwie anders zu sein. Es war, als sei sie in die illuminierte Seite eines alten Manuskripts eingetaucht, und seltsamerweise war die Luft erfüllt von dem süßen Duft von Apfelblüten. Der Gedanke drängte sich ihr auf, dass sie hier – wenn sie es nur wollte – für eine Weile die Grenzen der Zeit, ja sogar der Jahreszeit, überwinden konnte.

Winnie trat hinunter auf den Rasen, ohne auf die Feuchtigkeit zu achten, die sofort in ihre Schuhe einzudringen begann. Vor ihr lag die bezaubernde Marienkapelle, deren moosbewachsene Mauern längliche schwarze Schatten auf das Gras warfen.

Aber sie war nicht gekommen, um die Marienkapelle zu sehen. Sie war erst kurz nach Edmunds Zeit erbaut worden, und Winnie suchte nach irgendeiner konkreten, greifbaren Verbindung zu Edmund. Sie wandte sich nach Osten, sodass der Garten zu ihrer Rechten lag. Hier bezeichneten Erhebungen im Gras den Standort der Mönchsküche, ein Mauerfragment den des Refektoriums. Im Geist begann Winnie es zu rekonstruieren. Stein um Stein wuchsen die Mauern an, die langen Eichentische füllten sich mit den Brüdern in ihren groben braunen Kutten. Sie aßen schweigend. An einem erhöhten Lesepult am Kopfende des Saales stand ein Mönch und las ihnen vor, damit ihr Geist ebenso wie der Körper erquickt werde.

Winnie ging weiter und betrat das leicht abgesenkte Rasenquadrat, das einmal der Kreuzgang gewesen war. Hier waren die Mönche eifrig mit ihren verschiedenen Aufgaben beschäftigt, und an der Nordseite, wo das Licht am besten war, arbeiteten die Kopisten und Illuminatoren in ihren Schreibnischen. Und dort, dort saß Edmund, über eine Pergamentseite gebeugt; mit geschickter und ruhiger Hand kolorierte er eine reich verzierte Initiale in leuchtenden Farben. War er groß und blond gewesen, so wie Jack? Hatten seine Hände vom Schreibkrampf und von der Kälte geschmerzt, wenn er an den kurzen Wintertagen von morgens bis abends gearbeitet hatte? Einen Augenblick lang bildete sie sich ein, dass er vielleicht aufschauen, ihren Blick erwidern und sie erkennen würde, doch das Bild verblasste, und sie sah wieder nur das Gras, über das der Wind hinwegfegte.

Vom Kreuzgang her betrat sie das Längsschiff der großen Kirche, und es zog sie, wie sie es vorhergesehen hatte, zum Chor hin. Als sie durch die gezackten Ruinen der Strebepfeiler des nördlichen und südlichen Querschiffs schritt, sah sie alles plötzlich so, wie es damals gewesen war. An dieser Stelle hatte sich ein gewaltiger Spitzbogen in den Himmel erhoben, auf dem das Deckengewölbe ruhte. Die verwitterten Steine der verbliebenen Mauern schimmerten golden, in den leeren Höhlen der Fenster glitzerte das farbige Glas wie Geschmeide, und schweres dunkles Eichenholzgestühl bedeckte die kahle Rasenfläche. Und auf den Bänken die Mönche, die Bewahrer eines Chorals, der über Jahrhunderte hinweg ein Geheimnis geblieben war.

Ihre Stimmen konnte sie hören, die sich zum Lob des Herrn erhoben und einen Gobelin aus reiner Freude woben, der wirklicher war als das Gemäuer, das sie umschloss.

In diesem Augenblick erkannte sie den Choral als das, was er war. Sie wusste, warum die Mönche bereit gewesen waren, für ihn zu sterben, und sie wusste auch, warum Edmund und Menschen wie er in dem Bemühen, ihn wiederzuerlangen, ganze Jahrhunderte durchwandert hatten.

Jahrhundertelang hatten die Menschen nach einem *Gegenstand* gesucht, einem Kelch – manche hatten sogar behauptet, ihn hier in Glastonbury gefunden zu haben, verborgen in der »heiligsten Erde Englands« –, und hatten dabei übersehen, dass der Gral nur ein Symbol war für etwas, das zu gewaltig war, als dass man es in einem konkreten Gefäß hätte fassen können.

Winnie saß im Café Galatea und hielt einen Becher dampfenden Tees in ihren durchfrorenen Händen. Sie wusste nicht mehr, wie sie aus der Abtei herausgekommen war, doch irgendwie musste sie es geschafft haben, denn jetzt war sie ja hier, und ihr altes Fahrrad lehnte draußen am Fenster. Sie hatte das merkwürdige Gefühl, von ihrem Körper losgelöst zu sein, so als ob sie lange Zeit krank gewesen wäre und den Gebrauch ihrer Gliedmaßen vergessen hätte. Ihre Vision hatte bereits an Kraft verloren, und sie versuchte sich daran festzuklammern, genau wie sie den Becher umklammert hielt, doch auf einer bestimmten Ebene wusste sie, dass es unmöglich war. Es war mehr, als ein normaler Mensch über einen längeren Zeitraum ertragen konnte – war nicht Sir Galahad an seiner Verzückung zu Grunde gegangen? Und er war schließlich auf Wunder eingestellt gewesen.

Mit einem Mal sah sie sich selbst, und in ihrem Inneren glühte ein solches Feuer, dass jede plötzliche Bewegung eine Naht zum Platzen bringen und das strahlende Licht hervorströmen lassen konnte. Darüber musste sie laut lachen, und die Bedienung – ein Mann mit Pferdeschwanz und einem runden, sommersprossigen Gesicht – sah sie an und lächelte. Er dachte wahrscheinlich, sie sei beschwipst, und wie um zu beweisen, dass er Recht hatte, hickste sie einmal. Sie erwiderte sein Lächeln, stand auf und legte das Geld für den Tee einschließlich Trinkgeld auf den Tisch.

Jack! Sie musste Jack sagen, was sie gesehen hatte. Aber er war am Morgen im Auftrag eines Bauherrn nach Bath gefahren. Sie würde also warten müssen, und in der Zwischenzeit hatte sie seelsorgerische Besuche zu absolvieren. Und es war auch wichtiger denn je, dass sie sich mit Simon Fitzstephen traf.

Simons Besuch am Abend zuvor war ebenso überraschend wie beunruhigend gewesen. Es hatte eine Zeit gegeben, da wäre Garnet diese Art Aufmerksamkeit willkommen gewesen, und sie hätte die Vorstellung, etwas von ihm lernen zu können, spannend, ja erregend gefunden. Doch sie fand schon früh heraus, dass Simons gesamtes Wesen intellektueller und nicht instinktiver Natur war, und wenn dabei irgendetwas wie Leidenschaft im Spiel war, dann betraf sie allein die Sorge um seinen Ruf. Wie konnte jemand, der sich so eingehend mit dem Gral befasst hatte, ungerührt bleiben von der wundersamen Kraft der Erzählungen, wie konnte er die ungeheure Wahrheit hinter den Legenden nicht erspüren?

Und was hatte er von ihr gewollt?

Sie schob das flache Ende der langen hölzernen Schaufel unter die Reihe frisch gebrannter Fliesen im Brennofen. Vorsichtig hob sie die Schaufel an und trat zurück, bis sie die Fliesen aus dem Ofenloch hervorgeholt hatte. Doch als sie sich umdrehte, um sie auf dem Arbeitstisch abzulegen, glitt ihr der Griff plötzlich aus der Hand, die Schaufel kippte zur Seite, und die Fliesen zerschellten klirrend auf dem Boden der Scheune.

Entsetzt starrte Garnet auf die Trümmer. Wie konnte sie nur so ungeschickt sein? Jetzt war die Arbeit von Stunden vernichtet, und dabei war sie ohnehin schon mit diesem Auftrag im Verzug.

Mit zitternden Händen stellte sie die Schaufel weg und ließ sich auf ihren Schemel sinken. Die Träume – es mussten die Träume sein. In den letzten Monaten hatten sie wieder angefangen, verfolgten sie mit Gesichtern, die sie längst vergessen glaubte, und marterten sie mit einem drängenden Gefühl, das sie nur unvollkommen begriff. Dazu kam ihre Sorge um Faith, um die Geburt des Babys, die rasch näher rückte, und die wachsende Furcht, dass die beiden Dinge in irgendeinem Zusammenhang stehen könnten.

In der Überzeugung, dass Wissen die beste Waffe gegen Kräfte war, die auf den Geist wirkten, versuchte sie Faith beizubringen, wie sie sich verteidigen konnte, ohne ihr Angst einzujagen und ohne sie ihre eigene Unruhe spüren zu lassen.

Aber in letzter Zeit kam es immer öfter vor, dass sie das Mädchen unwirsch anfuhr, obwohl sie genau wusste, dass der eigentliche Gegenstand ihres Zorns ihre eigene Unzulänglichkeit war. Sie hatte Faith verboten, auf den Hügel hinter dem Haus zu steigen, und sie und Buddy versuchten so gut es ging auf sie aufzupassen; dennoch schien Faith die Anziehungskraft des Tor von Tag zu Tag stärker zu empfinden.

Was konnte sie denn noch tun, um dieses Kind zu beschützen, das ihr so ans Herz gewachsen war? Sie hatte mit dem Gedanken gespielt, Winnie Catesby um Unterstützung zu bitten, aber nein – dieser Weg war ihr nun verschlossen. Wenn Winnie die Wahrheit über das Kind wusste, dann war ihr nicht zu trauen; wenn nicht, konnte Garnet es ihr nicht sagen.

Das ließ ihr nur eine Möglichkeit: Sie musste versuchen, die Sünden wieder gutzumachen, die sie so lange in ihren Träumen verfolgt hatten. Vielleicht konnte sie so dem Zusammenballen von Kräften ein Ende setzen, die, wenn sie freigesetzt würden, vielleicht zu einer neuerlichen Tragödie führen würden.

Ihre ruinierten Fliesen hatte Garnet schon vergessen, als sie ihren Umhang vom Haken nahm und sich aufmachte, einen alten Freund zu besuchen, wenn sie auch wusste, dass sie nicht willkommen sein würde.

Winnie ließ das Rad vor Jacks Haus ausrollen und spähte in die Einfahrt. Sein Volvo war nirgendwo zu sehen. Einen Moment lang ließ sie sich von der Enttäuschung überwältigen, dann schalt sie sich. Sicherlich würde er bald zurückkommen – es war schon fast fünf Uhr. Sie würde Tee trinken und sich ein wenig mit Faith unterhalten, während sie auf ihn wartete.

Also schwang sie sich wieder aufs Rad und bog um die Ecke in die Wellhouse Lane. Sie stellte das Rad an dem mit Bändern geschmückten Baum im Vorhof des Cafés ab und ging hinein. Es waren keine anderen Gäste dort, und für einen Moment glaubte sie, die Küche sei ebenfalls leer, doch dann erschien Faiths kurz geschorener Kopf über der Theke, und Winnie hörte sie sagen: »'tschuldigung. Was kann ich für Sie – Winnie!«

»Wie geht's denn so, Faith? Kann man in dem Laden hier vielleicht eine Tasse Tee bekommen?«, fragte Winnie munter, in der Hoffnung, dass Faith ihr den Schock nicht anmerken würde. Der rosige Teint, der Faith fast über ihre gesamte Schwangerschaft hinweg ausgezeichnet hatte, war verschwunden. Das Mädchen wirkte vollkommen erschöpft, und ihre Haut war von ungesunder Blässe. »Mach dir doch selbst auch eine Tasse und setz dich zu mir. Wo ist denn Buddy heute Nachmittag?«

»Er ist zum Großmarkt gefahren, um Lebensmittel einzukaufen. Er wollte mich gar nicht allein lassen – als ob ich den Laden nicht allein schmeißen könnte.« Faith wandte sich ab und begann mit Kessel und Teetassen zu hantieren. Als sie den Tee bereitet hatte, kam sie hinter der Theke vor und stellte die Tassen auf einen Tisch. Winnie fiel auf, dass das Mädchen inzwischen sehr unbeholfen aussah; ihre Arme und Beine waren viel zu dünn im Vergleich mit ihrem angeschwollenen Bauch.

»Fühlst du dich gut, Faith?«

»Ich schlafe in letzter Zeit nicht besonders.« Faith rang sich ein Lächeln ab. »Das Baby drückt auf mein Zwerchfell, wenn ich liege, und dann habe ich ein Gefühl, als bekäme ich keine Luft mehr.«

»Warst du mal in der Klinik und hast dich untersuchen lassen?«

Das Mädchen schüttelte energisch den Kopf. »Garnet sagt, dass das vollkommen normal ist. Und ich habe jetzt nur noch ein paar Wochen zu überstehen.«

»Aber –« Winnie sah, wie Faith in der ihr bekannten Trotzreaktion den Kopf in den Nacken warf, und gab sich vorläufig geschlagen. Sie nahm einen Schluck Tee und setzte dann erneut an. »Wir haben dich vermisst. Du hast uns in letzter Zeit gar nicht mehr besucht.«

»Gibt es etwas Neues … von Edmund?«, fragte Faith neugierig, und ihre Augen leuchteten.

»O ja. Wir haben endlich Fortschritte gemacht. Gestern haben Jack und Simon in Erfahrung gebracht, dass Edmund dabei war, als Thurstan, der erste normannische Abt, einige der Mönche mitten in der Kirche ermorden ließ. Der eine wirkliche Zufluchtsort, den sie hatten, und ihr eigener Abt …« Sie schüttelte sich. »Es muss furchtbar gewesen sein – einfach unvorstellbar.«

»Darüber haben wir auch in der Schule was gehört, als ich Archäologie belegt hatte«, sagte Faith stirnrunzelnd. »Es war das einzige Mal, dass in der Geschichte der Abtei Blut vergossen wurde – wenn man Richard Whiting nicht zählt. Aber Whiting wurde ja auch auf dem Tor hingerichtet, nicht wahr?« Für einen kurzen Moment schien das Mädchen ganz weit weg zu sein, von etwas gefangen genommen, das Winnie nicht sehen konnte; dann blickte sie ihr wieder in die Augen. »Aber ich erinnere mich nicht mehr, weshalb Abt Thurstan die Mönche umbringen ließ.«

»Es war der Choral. Die Mönche hatten sich geweigert, ihren heiligen Gesang aufzugeben. Wir glauben –«

Sie wurde vom Läuten der Glöckchen unterbrochen, die an der Eingangstür des Cafés befestigt waren. Faith war so verblüfft, dass sie ihren Tee überschwappen ließ. Garnet Todd stand in der Tür, in einen langen Umhang gehüllt.

»Hallo, Winnie«, sagte sie freundlich lächelnd, doch dann schien es Winnie, als falle ein Schatten über ihr Gesicht. Sie trat ein und schritt mit wehendem Cape über den feuchten Steinboden hinweg auf sie zu. Auch sie sah abgespannt und müde aus. Was in aller Welt ging hier vor?

»Ich habe Faith gerade erzählt, dass wir euch beide vermisst haben.« Winnie suchte ihre Besorgnis zu verbergen. »Warum kommt ihr nicht mit mir zu Jack? Es wird ohnehin Zeit, dass ihr uns wieder mal besucht, und wir könnten zusammen auf Jack warten.«

»Ich –« Garnet schien zu zögern, dann schüttelte sie den Kopf. »Ich wünschte, wir könnten kommen, aber ich habe einen Termin – eine Lieferung. Aber wir werden schon bald alle zusammenkommen.« Sie legte eine Hand auf Faiths Schulter. »Jetzt sollte ich zuerst einmal Faith nach Hause bringen. Der Anstieg ist inzwischen doch zu anstrengend für sie.«

»Und ich muss noch abschließen«, sagte Faith, indem sie sich mit Mühe erhob. »Und dann muss ich lernen.« Faith räumte das Teegeschirr weg, ohne Winnie in die Augen zu schauen, und Winnie wusste, dass das Band, das sie noch wenige Augenblicke zuvor verbunden hatte, zerrissen war.

Sie zuckte mit den Achseln und meinte: »Also gut. Dann bis bald.« An der Tür drehte sie sich jedoch noch einmal um. »Passt gut auf euch auf, ja? Alle beide.«

Draußen schob sie ihr Rad vom Baum weg und hielt dann inne. In der Luft lag eine schneidende Kälte, die zu dem klaren, rötlich gefärbten Himmel über dem Tor passte, und sie hätte schwören können, dass sie von irgendwoher schwache Fetzen von Flötenklängen hörte. Wieder verspürte sie diese zeitliche Desorientierung, wie sie Glastonbury zuweilen bewirkte, als ob die Grenzen zwischen den Jahrhunderten durchlässig geworden und die Zeitalter miteinander verschmolzen seien.

Dann ließ das Gefühl nach, und die Bilder des Morgens

standen ihr so plötzlich wieder vor Augen, dass es ihr den Atem verschlug. Sie musste unbedingt mit jemandem über ihre Erlebnisse sprechen. Mit plötzlicher Entschlossenheit begann sie ihr Fahrrad die Straße zu Fionas Haus hinaufzuschieben.

Nick Carlisle gab sich große Mühe, seine Ungeduld zu verbergen, während die ältere Dame vergeblich versuchte, sich zwischen einem Buch über den Tierkreis von Glastonbury und einem anderen, das die *Rückkehr der Göttin* verkündete, zu entscheiden. Schließlich, nachdem sie eine halbe Stunde lang hin und her überlegt hatte, legte sie beide Bücher wieder hin, lächelte ihn milde an und sagte: »Ich denke, ich werde ein andermal wiederkommen, junger Mann.«

Nick brachte ein Lächeln zu Stande und schloss die Tür hinter ihr ab. Es war schon weit nach Ladenschluss. Wenn er sie ein wenig gedrängt hätte, dann hätte er ihr das Buch über die Göttin verkaufen können, aber für so etwas hatte er zurzeit nicht die Nerven.

Er schlenderte nach hinten und ließ dabei den Blick über die Büchertische schweifen, um zu sehen, ob irgendetwas am falschen Platz lag. Erst als er zu der kleinen Nische mit Dion Fortunes Büchern kam, blieb er stehen. Er strich mit dem Finger über die Buchrücken und runzelte die Stirn.

Dion Fortune hatte die alten Götter anerkannt, aber sie hatte auch begriffen, dass es einen Ausgleich geben musste zwischen christlicher und heidnischer Tradition, zwischen der Abtei und dem Tor. Was würde sie wohl von der neuen heidnischen Kultbewegung gehalten haben, die sich in Glastonbury ausbreitete wie ein Klecks auf einem Bogen Löschpapier?

In letzter Zeit war bei den extremeren Randgruppen der esoterischen Gemeinde von Glastonbury eine düstere Seite zu Tage getreten, ein dumpfer, destruktiver Unterton, der ihn mit Sorge erfüllte. Man durfte in Glastonbury nicht allzu viel auf Gerüchte geben, doch es waren Bemerkungen über Rituale gefallen, man hatte von Opferzeremonien geflüstert und von einem stärker werdenden Verlangen, alte Energien freizusetzen, die lange gebunden gewesen waren. Wenn dies die alte Religion war, die Garnet Todd Faith lehrte, dann schwebte Faith vielleicht in ernster Gefahr.

Es war Wochen her, seit er Faith zuletzt gesehen hatte. Garnet hielt sie in diesem verfallenen alten Bauernhaus unter Verschluss, und wenn er einmal versucht hatte, sie im Café zu treffen, dann war Garnet gleich aufgetaucht, als hätte sie einen eingebauten Radar – oder das zweite Gesicht.

Er hatte daran gedacht, zur Polizei zu gehen, aber Faith war nach dem Gesetz volljährig und wohnte freiwillig bei Garnet, und wenn er ihnen erzählt hätte, dass sie hypnotisiert oder mit Hilfe schwarzer Magie dazu gezwungen werde, dann hätte er bloß als Spinner dagestanden.

Winnie Catesby hatte sich zwar geweigert, ihm die Adresse von Faiths Eltern zu geben, aber er hatte sie selbst mühelos herausbekommen. Eines Tages hatte er im Café heimlich einen Blick auf Faiths Ausweis in ihrem Portemonnaie geworfen, als sie gerade im Laden mit Buddy sprach.

Er machte ihre Familie in Street ausfindig; er saß sogar am Ende der Straße und beobachtete das Haus, suchte in dieser seelenlosen Wohnstraße nach irgendeiner Spur von Faith. Er konnte jederzeit zu Faiths Eltern gehen und ihnen sagen, wo sie sich aufhielt, aber sie hatten nicht die Macht, sie zu bewegen, wieder nach Hause zu kommen. Und Faith würde wissen, dass er sie verraten hatte. Das würde mit Sicherheit seine letzte Hoffnung zunichte machen, weiterhin ihr Freund sein zu können.

In den vergangenen Monaten war nichts so gelaufen, wie er es sich vorgestellt hatte – nicht mit Faith und auch nicht mit Jack.

Simon Fitzstephen schien Jacks gesamte freie Zeit in Anspruch zu nehmen – und was hatte Nick Carlisle Jack denn zu bieten, verglichen mit dem berühmten Fitzstephen? Die bittere Erkenntnis brannte in Nicks Kehle, doch er wusste, dass sein Unbehagen noch andere Ursachen hatte. Die Aufregung über die Entdeckung von Jacks Talent, das Gefühl, an einem Abenteuer teilzunehmen, an einer Mission, war nun einer nervösen Anspannung gewichen, einer unheilvollen Ahnung, die ihn beinahe körperlich krank machte.

Er dachte darüber nach, alles hinzuschmeißen, aus Glastonbury zu verschwinden und sich einen anständigen Job zu suchen. Einmal hatte er auch schon angefangen, seine paar Habseligkeiten in einen Rucksack zu stopfen… und einmal, an einem besonders schlechten Tag, hatte er sogar mit dem Gedanken gespielt, nach Northumberland zurückzugehen und die Suppe auszulöffeln, die er sich eingebrockt hatte.

Er nahm das Buch von Dion Fortune vom Tisch, um es ins Regal zurückzustellen, und dabei fiel sein Blick auf das Umschlagsfoto. Sie hatte die Macht des Bösen begriffen und war ihr mit innerer Stärke und gesundem Menschenverstand entgegengetreten. Wenn es doch nur jemanden wie Dion Fortune gäbe, mit dem oder der er sprechen könnte, jemanden, der seine Ahnungen bezüglich Garnet nicht augenblicklich als Unsinn abtun oder sie einer gestörten Kindheit zuschreiben würde. Vielleicht ein Geistlicher – Winnie Catesby, natürlich! Die ganze Zeit starrte die Lösung ihm ins Gesicht, aber irgendwie nahm er Winnie nie in ihrer beruflichen Eigenschaft wahr. Wie hatte er nur so blind sein können? Er würde mit Winnie sprechen; er würde ihr seinen Verdacht anvertrauen, den er kaum auszusprechen wagte. Gemeinsam könnten sie Faith zur Rede stellen und sie dazu bewegen, Garnet vor der Geburt des Kindes zu verlassen. Sie müsste ja nicht zu ihren Eltern zurückgehen – Winnie und er würden einen sicheren Platz für sie finden.

Er schloss den Laden ab, schwang sich auf sein Motorrad und fuhr durch die Dämmerung Richtung Compton Grenville. Als er Winnies Wagen in der Einfahrt vor dem Pfarrhaus geparkt sah, hob sich seine Stimmung zusehends.

Doch niemand reagierte auf sein Klopfen – weder an der Vorder- noch an der Hintertür zur Küche. Das Haus blieb stumm und dunkel, und ihn fröstelte plötzlich, nicht nur wegen der kalten Abendluft. Schlagartig, mit einer Heftigkeit, die ihm Übelkeit verursachte, wusste er, dass er Winnie Catesby unbedingt finden musste, und zwar bald.

»Alles in Ordnung, Fi?« Bram Allen sah von den Resten seines Abendessens auf.

»Ich habe ein bisschen Kopfweh«, antwortete sie. Er schien es einfach immer zu wissen; irgendein mysteriöser sechster Sinn sagte es ihm. »Ich denke, dass ich … vielleicht malen werde, wenn du von deiner Sitzung zurückkommst.« Sie behielt ihre Hoffnung für sich, dass es diesmal anders verlaufen könnte. Einige Tage zuvor hatte sie ihn gebeten, ein paar ihrer jüngsten Bilder in der Galerie aufzuhängen. Er hatte es getan, jedoch unter Protest, und die daraus resultierenden Spannungen zwischen ihnen waren durch die Bemerkungen, die er am Abend zuvor bei Winnie hatte fallen lassen, nicht eben geringer geworden.

»Möchtest du, dass ich zu Hause bleibe?«, fragte er.

»Nein, ich komme schon klar.« Sie wussten beide, dass ihre Visionen jederzeit ohne Vorwarnung über sie kommen konnten, aber schon als Kind war Fiona damit fertig geworden, indem sie zur Malkreide und später zu Farbe und Pinsel gegriffen hatte. Wenn sie das, was sie sah, aufs Papier bannte, dann verloren die Visionen ihren Schrecken für sie.

Fiona ging langsam den Flur entlang in ihr Atelier. Bram hatte es für sie gebaut: ein gläserner Anbau hinter dem Haus mit Blick über die tiefe Talmulde von Bushy Coombe. Fiona schaltete die kleine Lampe ein, die nur die leere Leinwand und ihre Palette beleuchtete. Sie öffnete ihre Farbtuben und griff nach einem Pinsel.

Die Stimmen lärmten jetzt in ihrem Kopf, und als sie den Kopf hob, sah sie, wie sich die Gestalten hinter der Glasscheibe drängten – schimmernde, geflügelte, halb menschliche Kreaturen; sie winkten ihr zu, und der Nachthimmel hinter dem Glas schillerte nun in tiefem Blau.

Auf der Leinwand nahmen die Bilder allmählich Gestalt an, strenge Gesichter von unwahrscheinlicher Leuchtkraft, und in ihrer Mitte das Kind. Irgendwann fühlte Fiona Brams Gegenwart, spürte, dass er in der Tür stand und sie beobachtete, doch er unterbrach sie nicht, und als sie sich umsah, war er verschwunden.

Und dann nahm sie nichts mehr wahr als nur noch Pinsel und Leinwand. Aus dem chaotischen Getöse waren allmählich unterscheidbare Geräusche geworden, als ob jemand an der Sendereinstellung eines Radios gedreht hätte, und sie merkte, dass die Stimmen sangen – sie sangen für sie, und die klare Melodie schwoll in ihr an und tönte immer lauter, bis sie glaubte, ihr Kopf müsse zerspringen.

Der letzte Rest von Farbe wich aus dem Himmel, und in den Senken und Mulden unterhalb des Tor begannen sich Nebelfetzen zu bilden. Ein verbeulter weißer Lieferwagen brauste an Winnie vorbei – er gehörte Garnet, mit Faith auf dem Beifahrersitz war sie auf dem Nachhauseweg zu ihrem Bauernhof oben auf dem Hügel.

Anstatt sie zu beruhigen, hatte Winnies Begegnung mit dem Mädchen im Café ihre Sorgen nur verstärkt. Sie würde in den nächsten Tagen mit Garnet ein Wort über Faiths Gesundheitszustand wechseln müssen. Vielleicht würde sie irgendeine Erklärung für Faiths seelische Verfassung liefern können.

Und warum hatte Faith sich ihr vorhin im Café auf einmal derart verschlossen, sodass sie ihr nicht einmal mehr in die Augen sehen wollte? Hatte sie irgendetwas Falsches gesagt?

Als Winnie sich ihre Unterhaltung noch einmal durch den

Kopf gehen ließ, fiel ihr etwas Merkwürdiges auf. Faith hatte gesagt, sie habe in Somerfield Archäologie belegt, was bedeutete, dass sie Andrews Schülerin gewesen sein musste. Aber wenn das der Fall war, weshalb hatte er sie dann nie erwähnt? Das plötzliche Verschwinden einer begabten Schülerin, eines Mädchens, das kurz vor dem Abschluss stand und zu Großem bestimmt schien, würde ihn doch gewiss beunruhigt haben? Andererseits schien er in letzter Zeit für alle seine Schüler nur noch Hohn und Verachtung übrig zu haben – was war nur aus seiner Leidenschaft für den Lehrerberuf geworden?

Winnie gelangte zu der schmalen Einmündung der Lypatt Lane und bog mit ihrem Fahrrad um die Ecke. Der Weg würde sie zur Bulwarks Lane führen, von der aus man die steil abfallende Senke von Bushy Coombe überblickte und an deren Ende Fiona Allens Haus lag. Der Himmel war als blasser Streifen über den hohen Hecken zu sehen, die den Weg auf beiden Seiten säumten. Im Westen war noch ein Rest von Azurblau zu erkennen, doch hoch über ihr blitzten bereits die ersten Sterne auf. Sie schaltete ihre Fahrradlampe ein, doch sie flackerte nur schwach auf und verlosch dann.

Winnie beschleunigte ihren Schritt und grübelte weiter über Andrews merkwürdiges Verhalten nach. Zum ersten Mal kam ihr der Gedanke, dass sie ihren Bruder vielleicht gar nicht wirklich kannte. Die Vorstellung erschreckte sie, und sie sehnte sich plötzlich nach Jacks Gesellschaft, nach seiner ruhigen und besonnenen Art. Sicherlich würde er zu Hause sein, wenn sie bei Fiona ankam; sie würde ihn von dort anrufen und ihn bitten, sie abzuholen.

Sie erreichte die leichte Einbuchtung an der Stelle, wo der Fußweg, der an der Rückseite des Chalice Hill entlangführte, in die Lypatt Lane mündete. Dahinter begann bereits die Bulwarks Lane, und die Tatsache, dass sie ihr Ziel nun fast erreicht hatte, erfüllte sie mit unerwarteter Erleichterung.

Sie blieb stehen und sah automatisch nach, ob der Weg frei

war, obwohl sie in einer stillen Nacht wie dieser ein herannahendes Auto wohl kaum hätte überhören können. Die Straße war jetzt dunkel wie ein Tunnel, erkennbar nur durch die Nebelschicht, die sich auf den Boden herabgesenkt hatte.

Sie schob das Fahrrad über die Kreuzung, und ein Licht tauchte aus dem Nichts auf, das sie augenblicklich blendete. Sie riss die Arme hoch, als sie das Dröhnen eines Motors hörte und spürte, wie irgendetwas auf sie zugerast kam.

Kurz vor dem Aufprall registrierte sie in einem Winkel ihres Bewusstseins noch, dass sie keinerlei Bremsgeräusche gehört hatte.

ZWEITER TEIL

8

…und doch erhebt es das kleine, begrenzte Ich zu dem Bewusstsein einer Möglichkeit, der erhabenen und wunderbaren Möglichkeit einer Verbindung mit etwas, das größer ist als dieses Ich und dennoch ihm verwandt; und zu der Würde einer mystischen Gemeinschaft, in der alle Isolation ein Ende hat, in der Vergangenheit und Gegenwart als Teile eines lebendigen Ganzen gelten; als Punkte auf einem Kreis, dessen Radius das Leben jenseits dieser Begrenzungen darstellt.

Frederick Bligh Bond, aus: *Das Tor der Erinnerung*

Allmählich veränderte die Musik ihren Charakter, die frohlockende Melodie wurde schwächer, verhallte, und an ihre Stelle trat ein Klagegesang. Fiona empfand ein überwältigendes Gefühl der Trauer: Trauer um etwas, das zu Ende gegangen war, das verloren war – etwas so Kostbares, dass es die menschliche Vorstellungskraft überstieg… doch mehr als das wusste Fiona nicht zu sagen.

Zum Schluss fühlte sie nur eine große Leere in ihrem Kopf, und hinter dem Glas war nichts zu sehen als Dunkelheit und die schwachen Lichter der Stadt jenseits des Tales. Erschöpft legte sie den Pinsel hin. Sie hatte keine Vorstellung, wie spät es war – sie hatte in ihrem Atelier keine Uhr –, doch der Krampf in ihrer Hand und die Schmerzen in ihrem Rücken verrieten ihr, dass sie mehrere Stunden lang gemalt hatte.

Sie trat zurück und betrachtete die Leinwand. Sie selbst

hatte die Wesen, die sie heimsuchten, nie benannt, doch die Kritiker bezeichneten sie als Kobolde, Geister oder manchmal auch Engel. Heute Abend hatte sie die Kreaturen zu ihrer Überraschung in einen Rahmen aus einer grünen Rasenfläche und verfallenen Steinmauern gesetzt – es waren eindeutig die Tore der Abtei –, und zum ersten Mal schienen die Geister das inzwischen wohl bekannte kleine Mädchen in ihrer Mitte zu beschützen.

Es war natürlich alles nur angedeutet. Sie würde es morgen vollenden, falls keine weiteren Visionen kämen. Jetzt brauchte sie Ruhe; zuerst jedoch einen Spaziergang, um wieder einen klaren Kopf zu bekommen.

Das Haus war still, es atmete ruhig in seinem mitternächtlichen Rhythmus, und als sie einen vorsichtigen Blick ins Schlafzimmer warf, sah sie Brams zusammengerollte Gestalt unter der Bettdecke.

Sie schnappte sich einen alten Parka vom Garderobenhaken und ging durch die Vordertür nach draußen, wo sie einen Moment stehen blieb und die frostige Luft einsog. Zu ihrer Linken lag die Senke von Wick Hollow; zur Rechten gab die Bulwarks Lane den Blick auf Bushy Coombe frei. Sie schlängelte sich durch den Garten und wandte sich dann nach rechts, und als sie das Haus hinter sich gelassen hatte, konnte sie durch eine Lücke im Laubdach die Sterne erblicken.

Sie ging weiter und bemerkte plötzlich, dass sich im Unterholz etwas regte, heftiger und geräuschvoller als das übliche nächtliche Geraschel von Dachsen und Kaninchen. Fiona hielt inne und lauschte; sie fragte sich, was die Waldbewohner in einer so stillen und schönen Nacht wohl aus der Ruhe bringen mochte. »Was ist da los?«, flüsterte sie, doch es kam keine Antwort. Mit einem beklommenen Gefühl setzte sie ihren Spaziergang fort, nun wachsamer als zuvor.

Als ein leichter Windstoß über die Straße fegte und ein Stück Abfall aufwirbelte, fuhr sie zusammen, dann schalt sie sich für ihre Schreckhaftigkeit. Es war bloß eine Plastiktüte vom Supermarkt, und während sie noch hinschaute, wurde die Tüte wieder ein Stück weiter geweht und blieb an einem größeren Gegenstand hängen, der auf der Straße lag, etwas dunklem, vielleicht einem abgebrochenen Ast; daneben lag ein längerer, massiver Gegenstand. Sie trat näher und sah, dass der massivere Gegenstand merkwürdig menschenähnlich war. Wieder eine optische Täuschung, sagte sie sich. Sie verlangsamte ihren Schritt und blieb schließlich neben dem Gegenstand stehen.

Erst als sie sich hingekniet und den Gegenstand angefasst hatte, konnte sie glauben, dass das, was sie sah, wirklich war. Es war eine Frau, und ihr nach oben gewandtes Gesicht schien wie ein blasser Fleck in der Dunkelheit. Neben ihr lag nicht etwa ein Ast, sondern ein umgefallenes Fahrrad. Fiona nahm ihre kleine Taschenlampe aus der Jacke, und als das Licht auf das Gesicht der Frau fiel, stieß sie einen erstickten Schrei aus.

Jack trat durch die Tür der Intensivstation und blieb schon nach zwei Schritten stehen, erschüttert vom Anblick der Maschinen und Schläuche, in deren Mitte Winnies schmächtige, reglose Gestalt lag. Warum hatte ihm niemand gesagt, dass sie so aussehen würde – so fremd, so hoffnungslos zerbrechlich? Ein Schlauch führte in ihre Nase, ein weiterer in ihren Mund, und auf einem rasierten Streifen ihrer Kopfhaut waren die entzündeten, mit Klammern zusammengehaltenen Ränder einer Platzwunde zu sehen.

»Sie kommen Winifred besuchen, nicht wahr?«, fragte eine leise Stimme mit irischem Akzent an seiner Seite.

Jack drehte sich um; nur halb nahm er die Schwesternuniform, das freundliche Lächeln und das Namensschild wahr, auf dem »Maggie« zu lesen war. Er nickte, denn seiner Stimme traute er nicht.

»Sie sind ihr ›Freund‹, nehme ich an? Ihr Bruder ist vor einer

Weile gekommen. Hat einen Blick auf sie geworfen, ist grün angelaufen und hat die Beine in die Hand genommen, der Ärmste.«

»Tatsächlich?« Jacks Entschlossenheit, es ihm nicht gleichzutun, nahm zu – was, wie er vermutete, ihre Absicht gewesen war.

»Dieser ganze High-Tech-Kram ist den Leuten irgendwie unheimlich. Aber lassen Sie sich davon nicht abschrecken. Die Geräte sorgen nur dafür, dass sie sich wohl fühlt, und uns verraten sie, wie es ihr geht.«

»Wie – wie geht es ihr denn?«

»Wir haben's ihr jetzt mollig warm gemacht, und sie schläft ganz ruhig. Als wir sie hergebracht haben, war sie unterkühlt, und das Herz war auch ein wenig wacklig, aber inzwischen ist sie stabil –«

»Das Herz?« Wieder fuhr ihm der Schreck durch alle Glieder.

»Eine leichte Arrhythmie, verursacht durch das Aufwärmen. Alles völlig normal. Sie hat ganz schön Glück gehabt, Ihre Winifred. Wissen Sie, wo genau sie gefunden wurde?«

»Auf der Bulwarks Lane, unterhalb des Glastonbury Tor.«

»Mitten auf der Straße? Dann hat ihr das wahrscheinlich das Leben gerettet. Der Asphalt hatte wohl noch die Tageswärme gespeichert. Ein paar Meter weiter, im Gras oder im Straßengraben …« Maggie schüttelte viel sagend den Kopf.

Es war Suzanne Sanborne gewesen, die Jack in den frühen Morgenstunden angerufen hatte. Er hatte sich allmählich immer größere Sorgen um Winnie gemacht. Es war nicht ihre Art, ihn nicht wissen zu lassen, wo sie war, doch er sagte sich, sie müsse wohl zu einem Notfall gerufen worden sein. Er stellte sich sogar schon vor, wie sie am Bett eines kranken oder sterbenden Mitglieds ihrer Gemeinde saß. Eine Ironie, über die weiter nachzudenken jetzt zu schmerzhaft gewesen wäre.

Wie benommen war er die knapp fünfzig Kilometer zum

Krankenhaus in Taunton gefahren. Andrew Catesby hatte ihn mit einem grimmigen Nicken begrüßt, während Suzanne ihm berichtete, dass Winnie nach Ansicht der Polizei unterwegs zu ihrer Freundin Fiona Allen gewesen sein musste, als sie von einem Auto angefahren wurde, dessen Fahrer anschließend Fahrerflucht beging. Fiona hatte sie gefunden und die Polizei und den Rettungsdienst verständigt. Dann rief Fiona Andrew an, der wiederum Suzanne informierte. Wie typisch für Andrew, dass er sich nicht bei Jack gemeldet hatte.

Bei Tagesanbruch wollte man ihnen immer noch nicht gestatten, Winnie zu sehen, und Suzanne konnte nicht länger bleiben. Jack harrte allein mit Andrew Catesby aus, der ihn aus der anderen Ecke des Wartezimmers finster anstarrte, und so hatte er das Krankenhaus verlassen und war zum Polizeipräsidium in Yeovil gefahren. Dort traf er Detective Inspector Alfred Greely, der den Anruf wegen Winnies Unfall aufgenommen hatte. Greely, ein phlegmatischer Mann mit einem Bauerngesicht und dem gutturalen Akzent des West Country, machte ihm wenig Hoffnung, dass der Fahrer des Wagens gefasst werden könnte. Es gab keine Zeugen und nur wenige gerichtlich verwertbare Spuren an dem Fahrrad, wenn überhaupt irgendwelche – ihre einzige Chance war Winnie selbst, falls sie aufwachen und sich an irgendetwas Entscheidendes erinnern sollte.

Jetzt, als er dastand und auf ihr unbewegtes Gesicht herabblickte, ruhiger und stiller noch als im tiefsten Schlaf, wandte Jack sich an Maggie: »Kann ich mit ihr sprechen? Wird sie mich erkennen?«

»Sicher können Sie das, junger Mann, und je mehr Sie reden, umso besser. Ich könnte wetten, wenn sie aufwacht, weiß sie nicht bloß, dass Sie hier gewesen sind, sondern erinnert sich auch an jedes einzelne Wort, das Sie zu ihr gesagt haben.« Maggie holte einen Krankenhausstuhl, der aussah, als sei er viel zu klapprig, um Jacks kräftige Figur aushalten zu können, und stellte ihn ans Bett. »Sie wird Sie als Stütze brauchen, als Anhaltspunkt, damit sie sich orientieren kann. Sprechen Sie zu ihr, fassen Sie sie an, halten Sie ihre Hand. Sagen Sie ihr, was ihr zugestoßen ist.«

Jack umfasste Winnies Hand mit beiden Händen – sie fühlte sich kühl an, und er spürte keine Reaktion. »Winnie, ich bin's, Jack«, begann er unbeholfen. »Du hast ein bisschen was auf den Schädel bekommen, aber es wird alles wieder gut, Schatz.«

»Reden Sie nur immer weiter«, instruierte ihn Maggie, als er abbrach. »Ich lasse Sie noch ein paar Minuten mit ihr allein.« Mit unbewegtem Gesicht ging sie weg, um nach einem anderen Patienten zu sehen.

Jack kramte aus seiner Tasche das Gebetbuch hervor, das das Krankenhauspersonal in Winnies Handtasche gefunden hatte, und begann laut zu lesen in der Hoffnung, die vertrauten und tröstlichen Worte würden irgendwie zu ihr durchdringen. *»O Herr, unser himmlischer Vater, allmächtiger und ewiger Gott, der du uns sicher bis zum Beginn dieses Tages gebracht hast: Schütze uns weiter mit deiner Stärke, und lass uns an diesem Tage nicht in die Sünde verfallen, noch irgendeiner Gefahr begegnen; möge all unser Tun von Deinem Ratschluss geleitet sein …«* Seine Stimme versagte; er senkte den Kopf und schlug das kleine in Leder gebundene Buch mit den vergoldeten Seitenrändern zu. Es war Winnies Gebetbuch, ein Geschenk ihrer Eltern zu ihrer Konfirmation, wie sie ihm einmal erzählt hatte. Kurz darauf waren sie beide bei einem Bootsunglück ums Leben gekommen, und seither hütete sie das Buch wie einen Schatz.

Wie hatte sie es geschafft, einen solchen Schmerz zu überleben, ohne Schaden zu nehmen? Er redete flüsternd auf sie ein, rieb ihre Hand, sagte ihr, dass er sie liebte, dass sie stark sei und dass er nicht zulassen würde, dass irgendetwas – was es auch immer sei – sie ihm wegnähme.

Maggie erschien wieder an seiner Seite und berührte ihn sanft an der Schulter. »Sie müssen jetzt leider gehen, aber Sie können in ein paar Stunden wiederkommen.« Als Jack sich erhob und widerstrebend Winnies Hand losließ, fügte sie hinzu: »Habe ich nicht irgendjemand sagen hören, Winnie sei Pfarrerin?«

»Ihre Gemeinde ist St. Mary's in Compton Grenville.«

»Wenn sie Musik liebt, dann könnten Sie ihr vielleicht etwas mitbringen und es ihr vorspielen. Musik kann bei manchen Leuten sehr viel bewirken, besonders wenn sie ein wichtiger Bestandteil ihres täglichen Lebens ist.«

»Kann ich Ihnen das hier lassen?« Jack hielt ihr das Gebetbuch hin. »Vielleicht kommen Sie ja mal dazu, ihr daraus vorzulesen. Oder falls sie aufwacht...« Er hob den Kopf und blickte verzweifelt in Maggies haselnussbraune Augen. »Was ist, wenn sie aufwacht, während ich weg bin? Oder...«

Maggie fischte einen Zettel und einen Stift aus ihrer Kitteltasche. »Haben Sie ein Handy?« Jack nickte. »Geben Sie mir die Nummer, dann rufe ich Sie an, falls sich irgendetwas tut.«

Jack dankte ihr, warf Winnie noch einen letzten Blick zu und ging hinaus in die Wartezone. Dort ließ er sich auf irgendeinen Stuhl fallen, erschüttert von der Erkenntnis, dass er es nicht ertragen würde, sie zu verlieren, dass er es nicht ertragen würde, wieder in die einsame Wüste verbannt zu werden, die sein Leben nach Emilys Tod gewesen war.

Und er konnte es auch nicht ertragen, einfach nur dazusitzen und zu warten. Es gab zu viele unbeantwortete Fragen. Was würde Winnie ihnen erzählen, *wenn* sie aufwachte – dass es daran Zweifel geben könnte, weigerte er sich einzugestehen. Warum hatte sie ihre Freundin Fiona zu dieser späten Abendstunde besuchen wollen? Wo war sie vorher gewesen? Warum hatte sie ihn nicht angerufen? Und was hatte sie gesehen, bevor das Auto sie erfasste?

Es musste doch irgendetwas geben, was er tun konnte. Die Polizei hatte gewiss kein sehr großes Interesse an der Aufklärung des Falles erkennen lassen. Winnie war viel zu vernünftig, als dass sie blindlings mit dem Fahrrad den Weg eines herannahenden Fahrzeugs gekreuzt hätte. Aber wie hätte der Unfall anders passieren können? Es sei denn, jemand hätte sie absichtlich angefahren. Und das war unvorstellbar.

Er würde Fiona aufsuchen. Vielleicht hatte Winnie sie angerufen und ihr etwas gesagt, wodurch sich ihr rätselhaftes Auftauchen in der Bulwarks Lane aufklären würde.

Und es gab noch jemanden, den er anrufen konnte; jemanden, der ihm zuverlässig sagen würde, ob er vollkommen verrückt geworden war.

Kincaid legte gerade den Telefonhörer auf die Gabel zurück, als sein Sergeant mit einer Aktenmappe voller Papiere ins Büro kam.

»Der Bericht vom Labor«, sagte Douglas Cullen, legte die Mappe vor Kincaid auf den Tisch und zog sich einen Stuhl heran.

»Irgendetwas Brauchbares?«

Cullen schüttelte bedauernd den Kopf. »Nein, Sir. Nichts, null, nada.«

Kincaid hob eine Augenbraue. »Man merkt, dass Sie wieder mal amerikanische Serien geguckt haben.« Er hatte den Verdacht, dass Cullen sich gerne als harten Cop à la *NYPD Blue* gesehen hätte – ein durchaus harmloser Tagtraum, solange er seine Arbeit nicht beeinträchtigte. Aber sicherlich hätte man sich keinen ungeeigneteren Kandidaten vorstellen können. Mit seinem hellblonden Haar, seiner Brille und seinem rosigen Schulbubengesicht gab Cullen viel eher das perfekte Bild eines traditionellen englischen Bobbys ab.

Seit zwei Wochen arbeiteten sie nun an einem Fall, der auf beunruhigende Weise wie der erste Versuch eines Serienmörders aussah. Das Opfer, die Inhaberin eines Antiquitätenstandes in der Camden Passage, war in ihrem eigenen Laden aufgefunden worden, und bis jetzt hatten sie auch nicht die geringste brauchbare Spur zu Tage gefördert. Kincaid begann allmählich zu glauben, dass der Mörder einen hermetisch verschlossenen Anzug getragen hatte und obendrein noch unsichtbar war.

Während er die Mappe aufschlug, schweiften seine Gedanken wieder zu dem unerwarteten Anruf seines Cousins Jack Montford ab, den er soeben erhalten hatte – und zu dem Dilemma, vor das er ihn stellte.

Wie lange war es her, dass er Jack zuletzt gesehen hatte? Er war mit Ermittlungen in einem Fall beschäftigt gewesen, als Emily und das Baby gestorben waren… dann musste es wohl bei der Beerdigung seiner Tante gewesen sein, obwohl er damals kaum mehr getan hatte, als Jack die Hand zu schütteln und ihm sein Beileid auszusprechen, bevor er nach London zurückgeeilt war.

Wenn es einen Menschen gab, der mehr vom Unglück verfolgt worden war als die meisten, dann war es sein Cousin. Aber nun lag seine neue Freundin im Krankenhaus, und er schien äußerst besorgt, weil er fürchtete, dass der Unfall mit Fahrerflucht möglicherweise gar kein Unfall gewesen war. Jack hatte zögernd vorgeschlagen: »Du könntest doch übers Wochenende herkommen und dir die Sache einfach mal anschauen.«

»Aber das wäre doch außerhalb meines Zuständigkeitsbereichs«, lautete Kincaids Einwand.

»Das spielt keine Rolle. Ich dachte nur… Ich würde mich einfach nur freuen, dich zu sehen.«

Seine und Jacks Mutter hatten einander sehr nahe gestanden, und die beiden Familien hatten im Sommer immer viel Zeit miteinander verbracht, als die Kinder noch klein waren. Jack war ein ziemlich ernster, aber sympathischer Junge gewesen, immer bereit zu einem Abenteuer, und er war zu einem Mann von großmütigem und gewinnendem Wesen herangewachsen. Kincaids Erinnerungen an den Urlaub, den Jack ihm in seinem Ferienhaus in Yorkshire spendiert hatte, waren durch Emilys

Tod kurze Zeit später getrübt worden, doch die Aufmerksamkeit, die aus dem Angebot sprach, war typisch für Jack.

»Ich sage dir Bescheid, wenn ich es irgendwie arrangieren kann«, hatte Kincaid geantwortet, bevor er das Gespräch beendete. Sosehr er es bedauerte, Jack enttäuschen zu müssen, er hatte nicht wirklich die Absicht, übers Wochenende nach Somerset zu fahren.

Er konnte unmöglich aus London weg; vielleicht würde sich in ihrem Fall irgendetwas ergeben, und Doug Cullen war nicht erfahren genug, um allein damit fertig zu werden. Und er und Gemma hatten in letzter Zeit nicht eben viel voneinander gesehen – er plante die Tatsache, dass Kit das Wochenende bei Freunden verbringen wollte, weidlich auszunutzen.

Entschlossen, sich der vorliegenden Angelegenheit zu widmen, griff er nach dem Stoß Papiere auf seinem Schreibtisch. Doch während er den enttäuschend negativen Bericht überflog, wollte ihm die Verzweiflung, die er aus Jacks letzten Worten herausgehört hatte, nicht aus dem Sinn gehen. Sein Cousin brauchte seine Unterstützung, und Kincaid konnte sich denken, welche Überwindung es Jack gekostet haben musste, ihn darum zu bitten.

»Sir?«

»Oh, tut mir Leid, Cullen. Ich habe wohl geträumt.«

»Sie haben nicht ein Wort von dem gehört, was ich gesagt habe.« Cullen klang ein wenig verletzt.

Kincaid beäugte seinen Sergeant nachdenklich. Er war ein brauchbarer Kerl; vielleicht war es an der Zeit, dass er einmal ins kalte Wasser geworfen wurde. Und Gemma ... Wenn es irgendetwas zu bedeuten hatte, dass sie in den letzten paar Wochen so reizbar gewesen war, dann brauchte Gemma dringend Urlaub. Die Frage war nur, ob er sie davon überzeugen konnte, ihn zu nehmen.

Er lächelte Doug Cullen an. »Meinen Sie, Sie könnten hier ein paar Tage allein klarkommen, Sergeant?«

Als Jack ihn im Buchladen anrief, um ihn von Winnies Unfall zu unterrichten, war Nick beinahe erleichtert. Kälte, Hunger und gesunder Menschenverstand hatten ihn am Abend zuvor dazu bewegt, in seinen Wohnwagen zurückzukehren, doch das quälende Gefühl eines bevorstehenden Unheils hatte er nicht abschütteln können.

»Wie – wie geht es ihr?«, fragte Nick.

»Sie ist bewusstlos, aber ihr Zustand ist stabil. Sie werden mich bald wieder zu ihr reinlassen«, berichtete Jack.

»Kann ich irgendetwas tun?«

»Informieren Sie die anderen, wenn Sie können. Ich rufe Sie an, wenn sich irgendetwas... ändert.« Jacks Stimme schwankte, und Nick spürte, wie viel Beherrschung es ihn kostete, sie ruhig zu halten.

»Alles klar. Es – es tut mir Leid, Jack.« Da ihm weiter nichts Passendes einfallen wollte, legte Nick auf. Er stand auf, ging zur Ladentür und drehte das Schild um. Dann schloss er ab und machte sich auf den Weg. Er würde es Faith erzählen, aber nicht am Telefon.

Er fand sie damit beschäftigt, Kürbissuppe in Schüsseln umzufüllen. Der Duft von Zimt und anderen Gewürzen kämpfte gegen den ständigen Geruch von Feuchtigkeit an, der im Café herrschte. Nebenan im Laden stand Buddy und telefonierte; sein Murmeln bildete die gedämpfte Begleitmusik zu den gregorianischen Gesängen, die auf der Anlage liefen.

Nachdem Faith ihre Gäste bedient hatte, beugte sich Nick über die Theke und flüsterte eindringlich: »Hast du gehört, was mit Winnie passiert ist?«

Zum ersten Mal, seit er eingetreten war, sah ihm Faith in die Augen. Die Farbe wich aus ihrem ohnehin schon bleichen Gesicht. »Winnie?«

»Sie war gestern Abend mit ihrem Fahrrad in der Bulwarks Lane unterwegs. Jemand hat sie überfahren. Sie liegt im Krankenhaus und ist bewusstlos.«

»W-was?« Faith hielt sich mit beiden Händen an der Theke fest und schüttelte benommen den Kopf. »Das ist doch nicht möglich. Sie war hier – Oh!« Ihre Augen weiteten sich. »Wir haben sie danach noch gesehen! Ich hätte schwören können, dass sie auf dem Weg zu Jack war, aber sie hat ihr Rad die Straße *hoch* geschoben.«

»Du sagtest *wir?*«

»Garnet und ich. Auf dem Nachhauseweg. Winnie ist in die Lypatt Lane eingebogen –«

»Dann muss es kurz danach passiert sein. Du hast nicht vielleicht irgendetwas – oder irgendjemand sonst gesehen, oder doch?«

»Nein«, flüsterte Faith. »Aber Garnet – Garnet ist noch mal weggefahren, mit dem Lieferwagen. Vielleicht ist sie ... Als sie zurückkam ... da war sie ...«

»Was war sie?«

»Ich weiß nicht. Irgendwie komisch. Sie wollte nicht mit mir reden oder mir beim Lernen helfen. Sie ist in ihr Büro gegangen und hat die Tür zugemacht.«

Nicks Puls begann zu rasen. »Faith.« Er beugte sich noch weiter über die Theke, bis sein Gesicht nur noch Zentimeter von ihrem entfernt war. »Geh nach Hause, sobald du kannst, und sieh dir die Stoßstange des Lieferwagens an. Aber Garnet darf dich dabei nicht sehen.«

»Was redest du denn da? Warum sollte ich –« Sie starrte ihn an, und zwei flammend rote Flecke tauchten auf ihren blassen Wangen auf. »Du denkst doch nicht, dass Garnet irgendetwas mit Winnies Unfall zu tun hat? Du bist ja verrückt, Nick! Das werde ich nicht tun! Ich denke ja nicht mal daran!«

Der zunehmend hysterische Ton ihrer Stimme ließ mehrere Gäste von ihren Mahlzeiten aufblicken.

»Das sind nur ganz logische Vorsichtsmaßnahmen«, flüsterte er. »Das musst du doch einsehen. Was kann es denn –«

»Raus hier, Nick!«, schrie sie ihn an. »Ich will nichts mehr hören, also sieh verdammt noch mal zu, dass du verschwindest!«

Nick spürte, wie er unter den faszinierten Blicken der Cafégäste errötete. Es blieb ihm nichts anderes übrig, als zu gehen.

Garnet erfuhr von Winnies Unfall durch einen Kunden, den Pfarrer einer Kirche am Rande der Ebene von Salisbury. Die Welt des ländlichen Klerus war klein, und Neuigkeiten verbreiteten sich schnell. Sie hatte ihre Fliesen verlegt und war dann nach Glastonbury zurückgefahren, in die schützenden Wände ihrer Werkstatt, und die ganze Zeit über hatte ihr Gehirn hektisch gearbeitet.

Winnie lag im Krankenhaus, und wenn die Informationen des Pfarrers korrekt waren, dann war es eher unwahrscheinlich, dass sie durchkommen würde.

Trotz der Hitze, die der mit Holz befeuerte Brennofen ausstrahlte, zitterte Garnet vor Kälte, und die Strahlen der Mittagssonne, die in einem hellen Rechteck durch die Tür der Scheune fielen, waren zu verlockend. Sie nahm ihren Schemel, stellte ihn vor die Tür, setzte sich hin und genoss dankbar die Wärme.

Die Gedanken an all das, was sie in ihrem Leben versäumt und verloren hatte, lasteten schwer auf ihr. So vieles hatte sie tun wollen, so vieles hatte sie zu erreichen gehofft; jetzt sah sie mit einem Mal die Jahre, die ihr noch blieben, dahinschwinden, zur Größe eines Stecknadelkopfes schrumpfen und dann nutzlos verlöschen – so wie das Leben eines Kindes so viele Jahre zuvor verloschen war.

Doch Faith – und Faiths Kind – hatten ihr eine unerwartete Gelegenheit zur Wiedergutmachung eröffnet.

Nach ihren Berechnungen würde Faith an Samhain niederkommen, am einunddreißigsten Oktober, dem Abend vor Allerheiligen, an dem Tag, da der Schleier zwischen den Welten am dünnsten war. Der Tor hatte das Mädchen von Beginn an angezogen – deshalb war sie ins Café und später zu Garnet gekommen. Eine solche Geburt an einem solchen Ort würde einen Zugang öffnen, würde uralte Kräfte entfesseln, die unvorstellbare Verheerungen anrichten konnten. Früher einmal hatte Garnet geglaubt, diese Energien nutzen und lenken zu können, doch die grausame Erfahrung hatte sie eines Besseren belehrt. Die Alten waren noch nie sanfte Götter gewesen, und das Wohlergehen der Menschen hatte sie noch nie gekümmert.

Der Weg war vorgezeichnet, die Zeichen unverkennbar; Faith konnte sich dem ebenso wenig entziehen, wie sie sich zwingen konnte, das Atmen einzustellen.

Garnet wusste, dass sie als Einzige das Wissen besaß, mit dem der aufziehende Sturm sich noch aufhalten ließ. Und wenn sie vergangene Nacht bei der Aufgabe, die sie sich selbst gestellt hatte, versagt hatte, dann musste sie diese Last ebenfalls tragen.

Aber sie würde nicht noch einmal versagen.

9

Glastonbury ist ein Zugang zum Unsichtbaren… Die lange Straße von London her führt quer durch England von einer Welt in eine andere.

Dion Fortune, aus: *Glastonbury*

»Jack!« Mit einem fragenden Lächeln öffnete Fiona Allen die Haustür. »Geht es Winnie schon besser?«

»Sie ist immer noch nicht bei Bewusstsein. Aber ich durfte schon kurz zu ihr, und die Schwester sagt, es sei so weit alles in Ordnung.«

Fiona winkte ihn herein und sagte: »Nehmen Sie doch Platz, ich bringe Ihnen gleich etwas zu trinken.«

Jack ließ sich auf einen Stuhl sinken und rieb sich die Bartstoppeln. »Nein, danke, ich brauche nichts.« Er war einfach nur dankbar für eine kurze Ruhepause, und allein die Tatsache, dass Fiona Allen so normal war, empfand er schon als angenehm.

Auch das Haus wirkte einladend; die Inneneinrichtung hob sich deutlich von der bescheidenen Seitenfassade und dem adretten Vorgarten ab. Das geräumig wirkende, geschmackvoll eingerichtete Wohnzimmer war mit polierten Eichendielen ausgelegt, und die klar geschnittenen Möbel waren mit gebatiktem Baumwollstoff bezogen. Es gab Bücher und einige sorgsam platzierte Holzplastiken und Masken, aber weit und breit war kein Bild zu sehen.

Fiona, die auf einem Rattanhocker Platz genommen hatte, sagte: »Ich habe ein Dutzend Mal im Krankenhaus angerufen, aber sie wollen mir nicht viel verraten. *›Den Umständen entsprechend gut‹* ist ein schrecklicher Euphemismus.«

»Bei Kopfverletzungen sind offenbar keine sicheren Prognosen möglich.« Er versuchte das Bild von Winnie aus seinem Kopf zu verbannen, wie sie reglos in ihrem Krankenhausbett lag. »Ich wollte mit Ihnen sprechen, Fiona – ich wollte wissen, ob Sie mir vielleicht irgendetwas über den gestrigen Abend sagen können. Können Sie sich denken, was Winnie in Ihrer Straße wollte?«

»Das ist allerdings sonderbar, nicht wahr? Sie muss auf dem Weg zu mir gewesen sein. Hier wohnt sonst niemand.«

»Wenn Sie sie nicht gefunden hätten…« Jack brach ab, er schämte sich der Tränen, die ihm plötzlich in die Augen stiegen.

»Aber das ist auch seltsam«, meinte Fiona nachdenklich. »Normalerweise gehe ich so spätabends nicht mehr spazieren. Aber ich hatte gemalt, und ich brauchte die frische Luft.«

»Ein Zufall?«

»Wahrscheinlich. Aber –« Fiona starrte ihn an, doch dann schien sie das Thema wechseln zu wollen. »Ich möchte Ihnen etwas zeigen.« Sie stand auf und ging voraus in den hinteren Teil des Hauses.

Verblüfft folgte Jack ihr durch den offenen Wohnbereich in einen Flur, wo sie eine Tür öffnete und in ein Atelier mit gläsernen Wänden trat.

Hinter den Glasscheiben fiel das Gelände steil ab, sodass das Zimmer frei über der Talsenke zu schweben schien. Die weidenden Schafe zeichneten sich als weiße Flöckchen vor dem Hintergrund des Grases ab, wie Wolken an einem smaragdfarbenen Himmel auf einem Kindergemälde. An den Wänden lehnten Gemälde, sorgfältig hintereinander aufgestellt, jedoch stets mit der Rückseite zum Betrachter gedreht, ebenso wie das Bild auf der Staffelei. »Wollen Sie nicht, dass man Ihre Bilder sieht?«

»Ich brauche sie nicht zu sehen«, antwortete Fiona schroff.

»Aber dies hier … dieses hier war anders.« Sie drehte das Gemälde auf der Staffelei um.

Jack spürte, wie sein Mund plötzlich trocken wurde. Er hatte die Bilder in Zeitschriften gesehen, und gelegentlich auch im Fenster einer Galerie in Glastonbury, doch jetzt, da er einem von ihnen so direkt gegenüberstand, überwältigte es ihn mit seiner machtvollen Ausstrahlung. »Das sind doch …«

»Sagen Sie jetzt nicht das Wort mit ›F‹«, warf Fiona ein, als er stockte.

»Das Wort mit ›F‹?«

»Feen.« Sie blickte finster drein. »Wie Tinker Bell aus *Peter Pan*. Viktorianischer Kitsch. Alberne, wuschelige Dinger.«

Jack schüttelte den Kopf. »Nein. Sie … Ich wollte sagen, sie machen mir Angst. Sie erinnern mich an Blakes Visionen. Wunderschön. Und furchtbar.«

»Genau.« Fiona sah ihm in die Augen. »Aber dieses hier – seltsam, aber in den einundzwanzig Jahren, die ich schon in Glastonbury lebe, habe ich noch nie die Abtei gemalt. Warum sollte ich sie also jetzt malen, ausgerechnet an diesem Abend?«

Die Kreaturen, von denen einige Flügel hatten, andere wiederum nicht, drängten sich mit ihren ernsthaften, geschlechtslosen Gesichtern um die vertraute Silhouette der großen Kirchenruine, ihre Hände zu flehenden Gesten erhoben. Hinter ihnen reflektierte die unregelmäßig gesprenkelte Fläche des Himmels die untergehende Sonne, durchbrochen vom dunklen Umriss des Tor.

Fiona wandte sich wieder der Leinwand zu. »Und da war noch etwas anderes. Sie haben für mich gesungen. Ich kann es nicht beschreiben. Es war –« Sie zuckte mit den Achseln. »Es war das Schönste, was ich je gehört habe, und doch zugleich das Traurigste. Ich würde alles darum geben, wenn ich es wiedergeben oder wieder erschaffen könnte, und sei es nur in meinem Kopf – aber ich kann es nicht. Diese Gabe besitze ich nicht.« Aus ihrer Stimme klang tiefes Bedauern.

Jack sagte langsam: »Hat Winnie jemals mit Ihnen über unsere Treffen gesprochen und über das, was wir dort tun?«

»Über das automatische Schreiben? Ein wenig schon.«

»Kam Ihnen das nicht merkwürdig vor?«

Fiona lächelte. »Was bedeutet für mich schon ›merkwürdig‹? Ich habe mit Merkwürdigkeiten zu tun gehabt, seit ich ein Kind war. Ist die Stimme aus der Vergangenheit, die sich durch Sie ausdrückt, etwa sonderbarer als meine Fähigkeit, Dinge zu sehen, die andere Leute nicht sehen können?«

»Wohl nicht. Wir hatten die ganze Zeit vermutet, dass Edmund aus einem bestimmten Grund mit mir Kontakt aufgenommen hat, aber jetzt glauben wir, dass es etwas mit dem heiligen Choral zu tun haben könnte, der nach der normannischen Eroberung aus der Abtei verbannt wurde.« Er deutete auf ihr Bild. »Es scheint mehr als nur ein Zufall, dass Sie so etwas hier malen und solche Gesänge hören, und das an einem Abend, an dem Winnie Sie überraschend aufsuchen wollte.«

»Wenn sie mich nur vorher angerufen hätte …«

»Wissen Sie von irgendeiner Sache, die sie beschäftigt haben könnte?«

Fiona runzelte die Stirn und fuhr mit dem Finger über den Rand ihres Bildes. »Ich weiß, dass ihr Andrews Verhalten großen Kummer bereitet hat. Ich nehme an, ein Bruch war wohl unvermeidlich, nachdem Winnie eine so enge Bindung mit einem anderen Menschen eingegangen war – Andrew hatte sich schon zu viele Jahre lang allzu blindlings darauf verlassen, dass sie immer für ihn da sein würde. Ich hätte allerdings nicht erwartet, dass er sich so danebenbenehmen würde.«

»Können Sie sich vorstellen, dass er ihr wehtun würde?«

»Winnie wehtun? Das glaube ich eher nicht.« Fiona klang nicht vollkommen überzeugt. »Aber nach diesem Abend sollten *Sie* wohl besser die Augen offen halten.«

»Haben Sie gestern Abend irgendetwas Ungewöhnliches bemerkt – oder irgendjemand gesehen?«

»Ich habe gemalt. Ich hörte noch nicht einmal, wie Bram nach Hause kam. Aber … ich habe inzwischen darüber nachgedacht … Da war irgendetwas, kurz bevor ich Winnie gefunden habe … Der ganze Wald schien in Aufruhr … eine Unruhe, als ob eine Gewalttat in der Luft läge.« Sie warf ihm einen durchdringenden Blick zu, dann wandte sie sich ab und blickte in das Tal hinunter, wo die aufziehenden Wolken fliehende Schatten auf das Gras warfen. »*Wenn* jemand Winnie das angetan hat … haben Sie schon einmal daran gedacht, dass diese Person, nachdem es ihr missglückt ist, einen zweiten Versuch unternehmen könnte?«

Jack sagte sich, dass Winnie gewiss keine Gefahr drohte, solange sie noch im Krankenhaus war; dennoch trat sein Fuß wie von selbst fester auf das Gaspedal.

Er war auf dem Rückweg von Compton Grenville, wo er das Pfarrhaus nach Dingen durchstöbert hatte, mit denen er Winnie Trost zu spenden hoffte. Ihr Lieblingsnachthemd, ihre Haarbürste, ein kleiner CD-Player und CDs mit der Musik, die sie am liebsten hörte.

Im Nu war er wieder in der Ashwell Lane. Er würde sich nur schnell waschen und frische Sachen anziehen und gleich wieder auf dem Weg nach Taunton sein.

Er ließ den Wagen in der Einfahrt stehen, schob das Laub, das sich auf der Türschwelle angesammelt hatte, mit dem Fuß beiseite und schloss auf. Das Haus erschien ihm kalt, vernachlässigt; der einzige Willkommensgruß war das blinkende rote Lämpchen des Anrufbeantworters. Er schaltete das Licht in der Küche ein und drückte auf die Abspieltaste.

Faiths Stimme erfüllte den Raum. *»Jack, ich habe das mit Winnie gehört. Rufen Sie mich im Café an. Bitte.«* Sie klang verzweifelt, als hätte sie geweint.

Besorgt rief Jack das Café an, doch er erreichte nur Buddy, der sich gehetzt anhörte und sagte, er habe Faith nach dem

Mittagessen nach Hause geschickt, weil sie sich nicht gut gefühlt habe.

Kaum hatte Jack wieder aufgelegt, da klingelte das Telefon. Erschrocken riss er den Hörer von der Gabel. Schlechte Nachrichten? »Jack, Nick hat mich angerufen und mir von Winifred erzählt«, sagte Simon Fitzstephen. »Das ist ja furchtbar. Wie geht es ihr?«

»Unverändert, soviel ich weiß. Ich bin gerade wieder auf dem Sprung, ins Krankenhaus zu fahren. Simon, könnten Sie etwas für mich tun? Ich mache mir Gedanken um Faith. Sie hat mir eine Nachricht hinterlassen, aber im Bauernhaus kann ich sie nicht erreichen, und ich habe im Moment keine Zeit, selbst hinzufahren.«

»Verdammt, warum hat Garnet auch kein Telefon?«, erwiderte Simon. »Aber ich werde nach dem Mädchen schauen. Machen Sie sich keine Sorgen.«

Jack zögerte, hin und her gerissen zwischen dem Wunsch, selbst in Garnets Haus nachzusehen, und dem Bedürfnis, möglichst schnell in Taunton zu sein. Schließlich sagte er: »Einverstanden.« Er würde es Simon überlassen.

Nachdem er das Café verschlossen gefunden hatte, setzte sich Nick wieder auf sein Motorrad und legte den ersten Gang ein, um die steil ansteigende Wellhouse Lane hochzufahren. Wenn Faith sich die Stoßstange von Garnets Lieferwagen nicht ansehen wollte, dann würde er es eben selbst tun, und dann würde er ihr zeigen, was er entdeckt hatte. Er würde sie zwingen, der Wahrheit ins Auge zu blicken.

Aber als er das Bauernhaus erreichte, musste er frustriert feststellen, dass der Hof bereits ganz im Schatten lag. Der Lieferwagen war in Garnets schummriger Werkstatt untergestellt, und da sie vorwärts eingeparkt hatte, konnte er die vordere Stoßstange ohne Taschenlampe unmöglich untersuchen. Also gut, dann würde er eben noch einmal mit Faith reden. Er musste an ihre Vernunft appellieren, dann würde er sie sicher überzeugen können.

Als das Knattern des Motors verhallt war, lag der Hof vollkommen still da, bis auf das Zwitschern eines Schwarms Amseln, die darüber hinwegflogen. Eine buttergelbe Katze lag zusammengerollt an der Türschwelle, so als habe sie es aufgegeben, um Einlass zu bitten. Als Nick die Stufen hochging und an die Tür klopfte, warf ihm die Katze einen bösen Blick zu und schlich davon.

Es kam keine Antwort, doch durch den Vorhang des Küchenfensters konnte er den Schein einer Öllampe sehen. Er klopfte erneut.

Die Tür ging auf, und Garnet Todd starrte ihn wortlos an.

»Ich möchte zu Faith«, sagte Nick.

»Sie ist nicht hier.«

»Das glaube ich Ihnen nicht.«

»Ich sage Ihnen doch, sie ist nicht hier.« Garnet wollte die Tür wieder schließen.

Nick trat einen Schritt vor und stemmte sich mit der Schulter dagegen. »Wo soll sie denn sonst sein? Das Café ist geschlossen, und sonst geht sie doch nirgendwo hin, hab ich Recht? Sie können mich nicht daran hindern, sie zu sehen.«

»Sie haben kein Recht, hier einzudringen. Das hier ist mein Haus«, protestierte Garnet, doch sie wich einen Schritt zurück.

Sein kleiner Triumph ließ Nicks Zorn nur noch weiter anschwellen. Wieso hatte er es zugelassen, dass diese Hexe ihn – und auch Faith – so lange tyrannisierte? »Was wollen Sie denn tun, vielleicht die Polizei rufen? Sie haben ja gar kein Telefon.« Ein weiterer Schritt, und er war im Haus. Er warf die Tür hinter sich ins Schloss und sah sich in der Küche um. Als er keine Spur von Faith entdecken konnte, rief er ihren Namen.

»Ich habe Ihnen doch gesagt, sie ist nicht hier.«

»Wo ist sie denn?«

»Ich weiß es nicht!« In Garnets Stimme schwang ein Anflug von Panik. »Als ich sie von der Arbeit abholen wollte, war sie schon weg, und sie ist seitdem nicht nach Hause gekommen.«

»Sind Sie sicher, dass sie nicht hier im Haus ist?«

»Dann suchen Sie doch nach ihr, wenn Sie mir schon nicht glauben wollen.«

Ohne ein weiteres Wort drehte Nick sich um und verließ die Küche, aber kaum stand er im Flur, als ihm die Torheit seines Unterfangens klar wurde. Das Haus hatte keinen Strom, und die Dunkelheit war schon hereingebrochen. Nun, er würde den Teufel tun, Garnet um eine Kerze oder eine Laterne zu bitten – er musste sich eben so gut es ging in der Dunkelheit zurecht finden.

Zuerst das Erdgeschoss. Durch den dunklen Flur gelangte er in die vordere Wohnstube, einen muffig riechenden, wenig benutzten Raum, der mit abgenutzten Möbeln voll gestopft war. Es gab keinerlei Anzeichen dafür, dass hier vor kurzem noch jemand gewesen war.

Als Nächstes kam das Zimmer, das Garnet als Büro diente; es enthielt einen Rollschreibtisch und einige altmodische hölzerne Aktenschränke. In einer Glasvitrine an der gegenüberliegenden Wand war eine verstaubte Sammlung von Vogelnestern und Muscheln zu sehen.

Er kehrte in den Flur zurück und stieß unter der Treppe auf das ungeheizte, primitive Bad. Im Dämmerlicht konnte er auf dem Regal neben der Wanne eine Flasche Shampoo ausmachen – sie gehörte Faith. Er schraubte sie auf und roch daran, und der Birnenduft ließ ihn ihre Gegenwart so intensiv empfinden, als stünde sie direkt neben ihm.

Und wenn sie nun tatsächlich nach Hause gegangen war und Garnet wegen Winnies Unfall zur Rede gestellt hatte? Würde Garnet sie zum Schweigen gebracht haben?

Doch aus Garnets Beteuerung, dass Faith nicht ins Haus zurückgekommen sei, hatte er echte Angst herausgehört – und wenn sie die Wahrheit sagte, wo konnte Faith dann bloß hingegangen sein?

Heim zu ihren Eltern nach Street? Nicht sehr wahrscheinlich. Oder – und das war der Dorn, der Nick immer noch im Fleisch saß – war sie zu dem mysteriösen Vater des Kindes gegangen? So wenig hatte Faith in den vergangenen Monaten über ihn verraten, dass das Baby ebenso gut das Resultat einer unbefleckten Empfängnis hätte sein können. Aber war es möglich, dass Faith sich genötigt gesehen hatte, den Vater ausfindig zu machen?

Von den wildesten Vermutungen getrieben, eilte Nick die gerade Treppe zum Obergeschoss hinauf. Zuerst sah er in dem Schlafzimmer zur Linken nach, das unschwer als das von Garnet zu erkennen war. In einem offenen Schrank hingen ihre indischen Kleider, und auf einer Frisierkommode stand inmitten einer Ansammlung von Kämmen, Bürsten und Haarspangen eine hübsche Öllampe aus ziseliertem Glas. Mit einem der Streichhölzer, die er immer für die Kerzen in der Buchhandlung bei sich trug, zündete Nick die Lampe an. Schatten begannen über Wände und Decke zu tanzen, und das Licht fiel auf ein geschnitztes Himmelbett, das mit einer Spitzendecke bezogen war. Nick fragte sich unwillkürlich, ob Garnet es wohl je mit einem anderen Menschen geteilt hatte.

Mit der Lampe in der Hand ging er in das Schlafzimmer auf der rechten Seite. Dieser Raum enthielt wenig mehr als ein schmales eisernes Bettgestell, neben dem ein schlichter Kiefernholztisch stand. Faiths wenige Kleider hingen an Haken an der Wand. Ein weißes Nachthemd lag ordentlich gefaltet auf der Bettdecke, und am Kopfkissen lehnte ein zerschlissenes Plüschkaninchen. Auf dem Nachttisch lag das Buch, das er ihr geschenkt hatte, T. H. Whites *Der König auf Camelot*. Nichts in dem Raum verriet, wohin sie gegangen sein mochte.

Er stellte die Lampe in das andere Schlafzimmer zurück und ging wieder nach unten in die Küche. Garnet saß in dem

Lehnstuhl neben dem Holzofen und schaukelte langsam vor und zurück, doch ihre Fingerknöchel waren weiß, so fest hielt sie die Armlehnen umklammert.

»Zufrieden?«, wollte sie wissen.

»Ich werde sie finden. Und sollte ihr irgendetwas zugestoßen sein …«

Ohne die Drohung auszusprechen, öffnete Nick die Tür und verließ das Haus.

Die Kreaturen der Nacht begannen sich bereits zu regen und kamen aus ihren Höhlen hervorgekrochen, doch Faith lag reglos da, zusammengerollt in einem Nest aus Laub im Schutz der Hecke. Dann schrie ein Nachtvogel ganz in der Nähe, und sie wachte auf, ohne zunächst irgendetwas anderes wahrzunehmen als die Kälte und die Steifheit ihrer Glieder. Als sie eine Bewegung machte, kratzte ein Zweig sie im Gesicht, und die Erinnerung flutete zurück.

Auf Buddys Drängen hatte sie früher Feierabend gemacht. Ein Gast nahm sie im Auto mit und setzte sie am Eingang des Bauernhofs ab. Faith sah, dass Garnet zu Hause war – der Lieferwagen stand im Hof, mit schlammverkrusteten Reifen.

Sie hatte nicht nachsehen wollen. Aber auf dem Weg zum Haus musste sie an dem Wagen vorbeigehen, und bevor sie sich noch zurückhalten konnte, hatte sie sich schon umgedreht und hingeschaut. Der Kotflügel war ganz verschmiert, mit einem länglichen Schmutzfleck, der von der Kollision mit einem großen, massiven Gegenstand verursacht sein konnte – einem menschlichen Körper?

O Gott! Sie fühlte, wie eine Welle von Übelkeit in ihr aufstieg. Nick konnte doch nicht etwa Recht haben – das war einfach unmöglich. Aber warum hatte sich Garnet so merkwürdig benommen, als sie am Abend zuvor nach Hause gekommen war? Und die ganze Zeit über hatte Winnie dort draußen gelegen, schwer verletzt und bewusstlos …

Faith musste mit den Tränen kämpfen. Garnet hatte so viel für sie getan … Wie konnte sie auch nur denken, dass sie zu so etwas Furchtbarem fähig sein könnte? Aber wenn Nick – wenn er nun richtig lag? Sie wurde plötzlich von Angst gepackt. Sie konnte nicht ins Haus gehen – konnte Garnet nicht gegenübertreten. Noch nicht. Sie musste nachdenken.

Sie drehte sich um und trat wieder hinaus auf die Straße. Magisch angezogen vom Tor, begann sie bergauf zu gehen. Sie war noch nicht weit gekommen, als sie einen Schmerz verspürte, der vom Becken aus in ihre Bauchhöhle ausstrahlte. Doch sie ignorierte ihn und beschleunigte ihren Schritt. Die Sonne hing jetzt wie ein riesiger roter Ball über dem Horizont, und wenn sie sich nicht beeilte, würde sie den Anstieg im Dunkeln bewältigen müssen. Sie spürte, dass ihr die Zeit davonlief; sie wusste, dass sie den Gipfel des Tor erreichen musste, wenn sie auch den Grund nicht in Worte fassen konnte. Und dann, als sie schon den nördlichen Fußweg erblickte, erfasste ein Krampf ihren Körper, und von Schmerz und Überraschung überwältigt, krümmte sie sich zusammen.

Schwer atmend hielt sie inne, machte noch einen Schritt und blieb erneut stehen. Die Schmerzen wurden schlimmer, sie erdrückten sie fast. Sie konnte sich nicht mehr auf den Beinen halten – sie musste eine Pause machen, damit die Schmerzen nachließen. Dann würde sie weitergehen.

Dann hatte sie sich umgesehen und das Loch in der Hecke entdeckt. Es war gerade groß genug, um sie aufzunehmen, und kaum war sie hineingekrochen, da war sie auch schon in einen tiefen und traumlosen Schlaf gefallen.

Jetzt, da sie vollständig wach war, legte sie die Hände auf ihren Bauch und spürte die leisen, flatternden Bewegungen des Kindes, das sich in ihr drehte. Die Schmerzen waren verschwunden, und sie stellte fest, dass mit ihnen auch die Kraft, die sie angetrieben hatte, sich zerstreut hatte. Zwar nahm sie noch wahr, wie sie schwach an den Rändern ihres Bewusstseins zerrte, doch war sie nicht so stark wie ihr Wunsch, nach Hause zu gehen. Sie wusste jetzt, was sie zu tun hatte.

Sie konnte Garnet nicht verraten, ohne ihr eine Chance zu geben, sich zu rechtfertigen.

Vorsichtig kroch sie aus der Hecke hervor und blickte nach oben; ihre Augen brauchten einige Zeit, um sich an die Dunkelheit zu gewöhnen. Der Himmel war bedeckt, es waren keine Sterne zu sehen, und sie konnte sich nur an der tieferen Schwärze der Hecken orientieren. Langsam begann sie ihren Abstieg ins Tal und hielt dabei Ausschau nach dem Licht der Öllampen, das ihr die Position des Bauernhauses bezeichnen würde.

Aber es war der weiße Umriss der Pforte, den sie zuerst erblickte. Erst dann konnte sie das Haus als dunkleren Fleck vor dem Abhang des Tor ausmachen. Von Garnets Lieferwagen war im ganzen Hof nichts zu sehen, und als Faith durch die unverschlossene Hintertür ins Haus trat, kamen ihr nur die Katzen entgegen, um sie zu begrüßen.

Als Jack das Krankenhaus erreichte, war es schon völlig dunkel. Er eilte über den Parkplatz, den Kopf gesenkt, um sich vor dem feuchten, kalten Wind zu schützen. Dass er nichts von Maggie gehört hatte, so beruhigte er sich, bedeutete gewiss, dass Winnies Zustand weiterhin stabil war.

Doch der erste Mensch, den er sah, als er in den Wartebereich der Intensivstation eintrat, war Andrew Catesby. Er saß auf einem Stuhl und hatte den Kopf in die Hände gestützt.

»Andrew«, sagte Jack laut. »Was ist los? Wie geht es ihr?«

Andrew blickte auf und ließ offenbar widerstrebend die Hände sinken. »Ich weiß es nicht. Sie wollen mir nichts sagen.«

Jack schluckte – nur mit Anstrengung konnte er die aufsteigende Panik unterdrücken. »Haben Sie sie gesehen?«

»Nein. Ich –« Andrew schüttelte den Kopf. »Ich konnte es nicht ertragen.« Er stand auf, und als ihre Augen auf gleicher

Höhe waren, stellte Jack fest, dass Andrew sehr blass und mitgenommen aussah, so als sei er vollkommen erschöpft. Von dem jungenhaften Charme, den Jack in Gegenwart von Suzanne und Fiona an ihm bemerkt hatte, war nichts übrig geblieben.

»Ich bin schon seit Stunden hier«, fuhr Andrew fort. »Suzanne ist hier gewesen und Simon Fitzstephen und der Bischof. Sie haben alle nach Ihnen gefragt, als ob Winnies Leben von *Ihrer* Anwesenheit abhinge. Aber ich kenne die Wahrheit.« Er fuchtelte mit einem anklagenden Zeigefinger vor Jacks Gesicht herum. »Ohne Sie wäre sie überhaupt nicht hier. Sie mit Ihren durchgedrehten Ideen und Ihren durchgedrehten Freunden – Sie haben ihr das angetan. Wir waren glücklich und zufrieden, bevor Sie aufgekreuzt sind. Wir hatten ein schönes Leben. Und jetzt – jetzt wird nichts mehr so sein wie früher. Vielleicht wäre es besser für sie, wenn sie tot wäre.«

»Andrew! Das kann doch nicht Ihr Ernst sein!«

»Kann es nicht?« Andrew machte auf dem Absatz kehrt und verschwand durch die Pendeltür.

Jack starrte ihm hinterher. Der Mann war vollkommen verrückt.

Geschockt läutete er am Eingang der Intensivstation. Es war nicht Maggie, die auf sein Klingeln öffnete, sondern eine ältere, stämmige Krankenschwester, deren Namensschild sie als »Joan« identifizierte.

»Sind Sie wegen Winnie hier?«, fragte sie.

»Wie geht es ihr?«

»Ihr Herz macht immer noch ein paar Zicken, und dadurch ist ihr Blutdruck ziemlich abgefallen.«

»Aber sie wird doch wieder? Kann ich zu ihr?«

»Sieht so aus, als hätten wir sie vorläufig wieder stabil gekriegt.« Joan warf einen Blick auf ihre Armbanduhr, dann sagte sie freundlich: »Fünfzehn Minuten. Aber dann fliegen Sie raus.«

Jack ließ sich behutsam auf den Stuhl an Winnies Bett nieder und nahm ihre Hand. Er hatte den Eindruck, dass sie sich kälter anfühlte als am Morgen. Leise redete er auf Winnie ein, während er die zarte Haut an der Innenseite ihres Handgelenks streichelte; er erzählte ihr von seinem Tag und von seinem Besuch bei Fiona. »Du hast jede Menge Besuch gehabt«, fuhr er fort, »und Andrew war auch hier, als ich –«

Bildete er sich das nur ein, oder hatten ihre Finger sich wirklich bewegt? Er packte ihre Hand fester und starrte in ihr Gesicht. Da! Ganz gewiss hatten ihre Augenlider gezuckt, und ebenso unzweifelhaft hatte er eine minimale Veränderung in der Art bemerkt, wie sie atmete.

»Schwester!«, rief er, und Joan kam sofort hinter der Abtrennung hervor.

»Ich habe ihr etwas erzählt – und ich glaube, sie hat die Hand bewegt und mit den Lidern gezuckt.«

»Gut! Das ist sehr gut«, sagte Joan, während sie die Monitore beobachtete. »Sie weiß, dass Sie hier sind, und sie möchte antworten. Sie ist bloß noch nicht voll da.« Die Schwester musterte Jack mit fachmännischem Blick. »Und Sie sind ziemlich fertig, würde ich sagen. Warum gehen Sie nicht in die Kantine und sehen zu, dass Sie etwas in den Magen kriegen, und danach schauen Sie dann noch mal kurz vorbei. Sind das Winnies Sachen, die Sie da mitgebracht haben?« Mit einer Kopfbewegung deutete sie auf die Tasche, die neben Jacks Stuhl stand.

Joan half ihm, den kleinen CD-Player neben dem Bett aufzubauen, und als er ging, hörte er die Anfangsakkorde von Palestrinas *Agnus Dei*, das er ausgesucht hatte – eines von Winnies Lieblingsstücken.

In der Kantine verzehrte er mechanisch sein Sandwich. Andrew Catesbys Worte gingen ihm nicht aus dem Sinn. Warum sollte Andrew glauben, dass jemand, den Winnie durch Jack kennen gelernt hatte, ihr schaden wollte? Und wie konnte er nur behaupten, es sei besser für Winnie, tot zu sein als mit Jack zusammen? Waren Andrews Gefühle seiner Schwester gegenüber etwa noch verquerer, als er vermutet hatte?

Ein schrecklicher Gedanke schoss ihm durch den Kopf. War es vielleicht gar nicht seine Stimme gewesen, die vor wenigen Minuten Winnies schwache Reaktion ausgelöst hatte, sondern die Erwähnung von Andrews Namen?

Jack ... Jacks Stimme ... tief, sanft, ein Strom von Lauten ... Er sagte ihr – nein, sie hatte es wieder verloren. Sie versuchte zu sprechen, ihm zu sagen, dass sie ihn verstanden hatte, aber es war, als läge sie am Boden eines tiefen Brunnens ... Sie konnte die Oberfläche nicht erreichen. Ihre schweren Glieder gehorchten ihr nicht. Oder gehörten sie jemand anderem? Da war ein Licht ... Irgendwie wusste sie das. War sie tot?

Aber da waren auch Schmerzen. Ihre Schmerzen, da war sie sich sicher, wenn sie auch weit weg waren, als hätten sie gar nichts mit ihr zu tun. Also doch nicht tot.

Aber wo war sie? Und wie war sie hierher gekommen?

Andrew – es hatte etwas mit Andrew zu tun. Irgendetwas Schlimmes, das mit Andrew zusammenhing. Etwas Bestimmtes, das sie tun musste ...

Müde ... Zu müde ... Jacks Stimme wurde immer leiser, verlosch ganz, und sie trieb wieder davon, losgelöst ... nur dass sie noch, wie aus großer Entfernung, Stimmen hörte, die sangen.

Kaum hatte er die Lichter von Taunton hinter sich gelassen, da wurde Jack klar, dass er zu erschöpft war, um noch sicher fahren zu können. Er hätte sich in der Nähe des Krankenhauses ein Hotelzimmer nehmen und über Nacht dort bleiben sollen, doch die Energie zum Umkehren konnte er nicht aufbringen.

Alle seine Sinne schienen geschärft, extrem empfindlich, und die Scheinwerfer der entgegenkommenden Autos erschienen ihm unnatürlich hell. Er musste blinzeln – und einmal sogar die Augen zusammenkneifen, was ihm einen solchen Schrecken einjagte, dass er den Rest der Strecke mit weit aufgerissenen Augen fuhr und das Lenkrad fest umklammert hielt.

Als er in seine Einfahrt einbog, streifte der Lichtkegel seiner Scheinwerfer etwas Weißes unter dem Vordach. Es dauerte einen Augenblick, bis er registrierte, dass es ein menschliches Gesicht gewesen war. Nichts Gutes ahnend, stieg er aus und rief: »Hallo?«

Als Antwort vernahm er den Hauch eines Lautes, möglicherweise ein leises Wimmern. Mit wachsender Befremdung trat er näher. Er musste niederknien, bevor er das zusammengekauerte Bündel auf seiner Türschwelle sicher identifizieren konnte.

»Faith?«

»Ich habe nichts verraten«, flüsterte sie erregt; ihre Zähne klapperten. »Aber sie – sie hat mich allein gelassen … das hätte sie nicht tun sollen … Ich hätte doch nichts gesagt.«

Jack berührte ihre Wange. Das Mädchen glühte vor Fieber.

»Wer hat dich allein gelassen?«

»Sie geht sonst nie weg, nicht so spät am Abend, nicht mit dem Lieferwagen … Ich habe nichts verraten, oder?« Sie blickte flehend zu ihm auf.

Er half ihr auf die Beine und drückte das zitternde Mädchen an seine Brust. »Natürlich nicht. Jetzt müssen wir dich ins Haus schaffen und einen Arzt rufen –«

Faith machte einen schwachen Versuch, sich von ihm zu lösen. »Sie müssen sie finden, bevor es zu spät ist –«

»Wen denn, Faith?«

»Garnet. Sie haben sie geholt.«

»Wer hat sie geholt?«

Mit sichtlicher Anstrengung blickte sie um sich, als habe sie Angst, dass jemand mithören könnte. Dann schmiegte sie ihr Gesicht an seine Brust und flüsterte: »Die Alten. Aber eigentlich wollten sie *mich*.«

10

... für den großen Geist, die Quelle des Lebens, müssen alle Dinge, im Raum wie in der Zeit, stets präsent sein... eine einmal begonnene Handlung dauert immer fort... so ist die Vergangenheit immer gegenwärtig, obgleich unsere gewöhnlichen Sinne zum Zwecke der Anpassung an dieses irdische Leben so eingerichtet sind, dass sie für diese Phänomene nicht empfänglich sind.

Catherine Crowe, aus: *Die Nachtseite der Natur*

Unter einem bleifarbenen Himmel legten sie Kilometer um Kilometer zurück. Nachdem sie Reading hinter sich gelassen hatten, wurde der Verkehr auf der M4 schwächer, und Gemma konnte sich so weit entspannen, dass ihr das Fahren sogar Spaß machte. Kincaid war auf dem Beifahrersitz eingenickt, den Kopf an die Kopfstütze gelehnt. Sie waren vor sieben in London losgefahren in der Hoffnung, dem Höhepunkt des morgendlichen Berufsverkehrs zu entgehen.

Er hatte sie am Nachmittag zuvor angerufen und sie zu einem verlängerten Wochenende in Glastonbury eingeladen. Ihre erste Reaktion war ein kategorisches Nein; es hatte sich einfach zu viel Arbeit auf ihrem Schreibtisch angestaut. Kincaid blieb geduldig und erinnerte sie daran, dass sie befugt war, Aufgaben zu delegieren, und dass sie seit Beginn ihres neuen Jobs kein komplettes Wochenende mehr freigenommen hatte.

Innerlich vor Wut kochend, hatte sie eine dringende Besprechung vorgeschoben und den Hörer aufgelegt. Doch hinterher, während der kurzen Ruheperiode nach der Mittagspause, saß sie an ihrem Schreibtisch und fragte sich, ob Kincaid nicht Recht hatte. Als sie gerade frisch befördert war, hatte er sie gewarnt, die größte Gefahr für Leute in Führungspositionen bestehe darin, sich für unersetzlich zu halten. War sie, ohne es zu ahnen, dieser Täuschung erlegen? Sie hatte ein fähiges Team, und obwohl es diverse unaufgeklärte Fälle gab – eine Serie kleinerer Einbrüche in der Portobello Road, einen Vergewaltiger, der sich als guter Samariter ausgab –, war nichts darunter, womit ihre Kollegen nicht für einige Tage allein fertig geworden wären.

Und während sie in den Becher mit kaltem Kaffee starrte, der ihr ganzes Mittagessen darstellte, musste sie sich eingestehen, dass sie erschöpft war. In letzter Zeit hatte sie weder richtig gegessen noch geschlafen. Vielleicht würde ihr ein Wochenendausflug helfen, wieder auf den Damm zu kommen.

Sie hatte Kincaid zurückgerufen und seinen Vorschlag angenommen. Und bevor er antworten konnte, hatte sie hinzugefügt: »Aber ich fahre. Wenn du glaubst, ich tue mir die lange Fahrt nach Somerset in deiner ollen Klapperkiste an, dann hast du dich getäuscht.«

Jetzt, als sie sich nach ihm umdrehte, wie er vollkommen entspannt auf dem Sitz neben ihr saß, wurde ihr bewusst, dass ihr Arbeitseifer in den vergangenen Wochen vielleicht nicht nur reine Pflichterfüllung gewesen war – sie hatte es auch vermieden, Zeit mit Duncan zu verbringen.

Was war sie doch für ein Feigling! Um ihren Verdacht zu bestätigen, musste sie nur in die nächste Apotheke gehen und sich einen Test besorgen. Aber dann würde sie sich mit den Alternativen auseinander setzen müssen – und mit Kincaids Reaktion, falls sie sich entscheiden sollte, das Kind auszutragen.

Würde er erfreut sein? Entsetzt? Es war ihnen zwar gelungen, den Riss zu glätten, der durch ihren Weggang von Scotland Yard entstanden war, doch sie wusste, dass die Wunde noch nicht ausgeheilt war. Unter der Oberfläche schwärte sie weiter, und ihre Beziehung stand seither auf schwankendem Boden. Ganz zu schweigen von der Tatsache, dass er gerade erst begonnen hatte, sich auf einen zwölfjährigen Sohn einzustellen, der plötzlich in sein Leben getreten war. Wie würde er damit umgehen, wenn er plötzlich auch noch sie und Toby und obendrein noch ein ungeborenes Baby am Hals hätte? Es war ja nicht so, als könne sie nicht allein zurechtkommen, das hatte sie bereits bewiesen, aber im Augenblick war ihr der bloße Gedanke daran schon zu viel.

O Gott, wie hatte sie nur so unvorsichtig sein können, gerade jetzt, wo in ihrem Job so viel auf dem Spiel stand? Sie war an einem Punkt in ihrer Karriere angelangt, wo sie nichts weniger gebrauchen konnte als einen Mutterschaftsurlaub. Und wie würden ihre neuen Vorgesetzten auf einen schwangeren und unverheirateten Detective Inspector reagieren?

Sie blinzelte die aufsteigenden Tränen weg und konzentrierte sich darauf, einen LKW zu überholen, um den Escort anschließend wieder in die mittlere Spur zu lenken. Das passierte ihr in letzter Zeit viel zu oft: beim geringsten Anlass gleich loszuheulen. Ein schlechtes Zeichen. Außer Kontrolle geratene Hormone, gemischt mit einer gehörigen Dosis Selbstmitleid. Die Ironie der ganzen Situation ließ sie prustend auflachen, worauf Kincaid neben ihr blinzelte und sich in seinem Sitz zu räkeln begann.

»'tschuldigung. Hab ich geschnarcht?«

»Im Gegenteil, du hast ganz sanft geschlummert. Aber du könntest mal einen Blick auf die Karte werfen. Ich glaube, unsere Ausfahrt kommt bald.«

Er griff hinter sich und fischte den großformatigen Autoatlas von der Rückbank. Nachdem er einen Blick auf die aufgeschlagene Seite geworfen hatte, sagte er: »Ausfahrt 17 Richtung Chippenham, Bridgewater und Taunton.«

»An der 16 sind wir schon vor ein paar Kilometern vorbeigefahren.« Regentropfen begannen gegen die Windschutzscheibe zu klatschen, und Gemma schaltete die Scheibenwischer ein. »Es wird von Minute zu Minute dunkler.«

»Hoffentlich kein schlechtes Omen für das Wochenende«, meinte Kincaid grinsend. »Soll ich das letzte Stück fahren?«

»Es geht noch.«

»Du willst mir ja bloß nicht das Steuer überlassen.« Kincaid klopfte mit der flachen Hand auf das Armaturenbrett. »Na, bist du nicht froh, dass du endlich mal einen Grund hast, mit dem guten Stück über die Autobahn zu brausen?«

»Ich freue mich darauf, deinen Cousin kennen zu lernen«, gab sie zurück. »Weil er mich dann nämlich über all eure peinlichen Jungenstreiche aufklären kann. Aber im Ernst«, fuhr sie fort und warf ihm einen Seitenblick zu, »das klingt ja schon ein bisschen nach Verfolgungswahn, wenn er sagt, jemand hätte seine Freundin absichtlich überfahren. Ich hoffe, du reitest dich da nicht in irgendeine unangenehme Geschichte rein.«

»Jack ist wirklich der Letzte, den ich als übertrieben misstrauisch oder ängstlich bezeichnen würde. Aber ich habe ihn seit Emilys Tod nicht mehr gesehen. Vielleicht hat er sich ja verändert.«

Seine Frau *und* ihr neugeborenes Kind, hatte Kincaid ihr erzählt. Gemma überlief es eiskalt. Man durfte gar nicht daran denken. »Wie lange ist es jetzt her, dass sie gestorben ist?«, fragte sie.

»Zwei Jahre. Ungefähr zu der Zeit, als wir anfingen, zusammen zu arbeiten.«

Wie unerfahren sie damals gewesen war. Und wie wenig sie von dem geahnt hatte, was sich zwischen ihnen entwickeln sollte.

»Werden wir bei ihm übernachten?«, fragte sie.

»Er hat nichts gesagt. Soweit ich mich erinnere, ist das Haus so ein großer viktorianischer Klinkerbau. Es steht direkt am Fuß des Tor.«

»Des Tor?«

»Du wirst schon sehen«, antwortete er geheimnisvoll. »Als ich noch klein war, fand ich ihn immer ganz aufregend und auch ein bisschen gruselig, aber Jack schien das egal zu sein. Wahrscheinlich, weil er dort aufgewachsen ist.«

Fasziniert von diesem unbekannten Aspekt seiner Kindheit, fragte Gemma nach: »Hast du sie oft besucht?«

»Nur ein paar Mal. Gewöhnlich kamen sie uns besuchen. Ich glaube, meine Tante Olivia hat ihr Heimweh nach Cheshire nie so ganz überwunden.«

»Deine Mutter hat also den Familienbesitz geerbt?«

Er lachte. »Das klingt ja, als wäre es irgendein gewaltiges Landgut. Es ist bloß ein ziemlich weitläufiges altes Bauernhaus, und auch hier und da schon ein wenig undicht. Ich werde es dir irgendwann mal zeigen. Dir und Kit.«

»Das würde mich freuen«, antwortete Gemma unverbindlich, da sie das Thema nicht weiter verfolgen wollte. Stattdessen fragte sie: »Was hat Kit dazu gesagt, dass wir übers Wochenende weg sind?«

»Er hatte schon Pläne mit den Millers gemacht. Eine Hundeausstellung in Bedford.«

»Hat Ian sich mal wieder zu dem Job in Kanada geäußert?«

»Nein. Er will sich immer noch nicht festlegen. Warum, weiß ich nicht.«

»Vielleicht will er ja den Job, hat aber ein schlechtes Gewissen deswegen.«

»Er muss sich bis zum Beginn des Frühjahrssemesters entscheiden.« Kincaids Verärgerung war offensichtlich. »Ich will nicht, dass die Umstellung für Kit noch schwieriger wird, als sie ohnehin schon sein muss.«

»Nimmst du da nicht zu viel vorweg, wenn du davon ausgehst, dass Ian nicht darauf bestehen wird, Kit nach Kanada mitzunehmen? Das Recht dazu hat er schließlich.«

»Ja, aber ich kann mir nicht vorstellen, dass er es wirklich tut. Das würde ihn zu sehr in seiner Lebensart behindern. Momentan kommt er bei den Damen ganz gut an mit seiner Nummer vom trauernden Witwer mit Kind, aber in einer neuen Umgebung könnte sich Kit eher als Klotz am Bein für ihn erweisen.«

»Das ist aber ganz schön hart.«

»Aber wahr.«

Gemma musste ihm beipflichten. Im Laufe der Zeit hatte sie von Kit schon das eine oder andere über Ians »Tutorien« hinter der verschlossenen Tür von Vics ehemaligem Büro mitbekommen.

Als sie ihre Ausfahrt erreicht hatten, verfielen sie in Schweigen, und bald schon fuhren sie in südlicher Richtung, mit dem Flachland von Wiltshire zur Linken und den sanft ansteigenden Hügeln von Somerset zur Rechten. In Trowbridge nahmen sie die A 361 in Richtung Shepton Mallet und Glastonbury. Im Westen wurde es allmählich heller.

»Vielleicht verziehen sich die Wolken ja wieder«, meinte Kincaid hoffnungsvoll, und als sie durch das idyllisch am Hang gelegene Dorf Pilton fuhren, nur noch wenige Kilometer östlich von Glastonbury, erwies sich seine Vorhersage als korrekt. Die dichte Wolkendecke war aufgerissen und einem milchigblauen Himmel gewichen, an dem nur ein paar dünne Wolkenfetzen dahinzogen.

Gemma, die sich auf die Straße konzentrierte, erblickte plötzlich aus dem Augenwinkel einen seltsamen kegelförmigen Berg, der nach der nächsten Kurve bereits wieder verschwunden war. »Was in aller Welt war das?«

»Der Glastonbury Tor.«

Am Horizont wurde der Berg wieder sichtbar, und dieses Mal blieb er auch dort. Er sah künstlich aus, wie ein von Menschenhand errichteter Hügel, und auf dem Gipfel war der gedrungene Umriss eines Gebäudes zu sehen, das einem Papierhut von der Sorte glich, wie man sie in Knallbonbons findet. »Hat irgendjemand den künstlich errichtet?«, fragte Gemma.

»Nein. Der Berg selbst ist eine geologische Formation. Die

Form der Hänge könnte durchaus Menschenwerk sein, aber wenn das so ist, dann liegt es so lange zurück, dass niemand mehr weiß, wer es gemacht hat und warum.«

»Und das Bauwerk auf dem Gipfel?«

»Das ist der St.-Michaels-Turm. Der einzige Überrest einer Kirche aus dem zwölften Jahrhundert, die von einem Erdbeben zerstört wurde. Der Legende nach war es der letzte Rückzugsort der Christen im Kampf gegen die Heiden.«

»Das glaubst du doch wohl nicht?«

Er schüttelte den Kopf. »Ich bin dort oben gewesen. Der Wind bläst durch den Turm hindurch wie ein Messer, und die Steine sind kälter als das Grab. Ich bezweifle, dass irgendetwas Christliches sich auf diesem Gipfel lange Zeit halten konnte.«

»Bist du sicher, dass du nicht hineingehen und dich ein paar Minuten zu ihr setzen willst?«, fragte Suzanne Sanborne. »Ich glaube, es würde ihr helfen –«

»Nein!« Als er die erschrockenen Blicke der anderen Besucher bemerkte, senkte Andrew seine Stimme zu einem Fauchen. »Du verstehst das nicht. Unsere Eltern –« Er brach ab; selbst nach so vielen Jahren brachte er es immer noch nicht fertig, das Entsetzen in Worte zu fassen, das er damals empfunden hatte – damals, als man ihn gezwungen hatte, am Bett seiner bewusstlosen Mutter zu stehen. Sie war schon zu lange im Wasser gewesen, als man sie vor der Küste von Dorset aus dem Wrack ihres Segelbootes geborgen hatte. Und nun Winnie …

»Dann solltest du dir etwas Ruhe gönnen. Du tust Winnie keinen Gefallen, wenn du dich derart erregst.«

»Ich kann nicht schlafen.« Andrew verschränkte seine sichtlich zitternden Hände zwischen den Knien, um sie ruhig zu stellen. Sie saßen in der Besucherzone vor dem Eingang zur Intensivstation und warteten darauf, dass die Schwestern Suzanne einen weiteren zehnminütigen Aufenthalt an Winnies Bett einräumten.

»Dann gehst du eben noch in der Praxis vorbei und lässt dir von David Tabletten verschreiben. Ich bleibe hier und bei Winnie, bis Jack kommt. Es ist nicht nötig, dass du –«

»Was gibt *ihm* das Recht, hier zu sein?« Die Wut, die sich über Monate in ihm aufgestaut hatte, brannte wie Salzsäure in seiner Kehle. »Dir vorzuschreiben, wie du deine Zeit einzuteilen hast, das Pflegepersonal herumzukommandieren –«

»Jack ist hier, weil Winnie es so wünschen würde.« Wieder diese leichte Berührung von Suzannes Fingern an seinem Arm, wieder der unverwandte Blick, den er nicht erwidern konnte. »Andrew, wir sind schon so lange befreundet. Jack ist ein guter Mensch, und deine Schwester bedeutet ihm sehr viel. Was könntest du dir denn mehr für sie wünschen?«

»Jemanden, der kein Spinner ist«, entgegnete er verbittert. Er hatte die Aufzeichnungen gelesen, die sie offen im Pfarrhaus hatte herumliegen lassen, so als ob eine Korrespondenz mit einem toten Mönch nichts sei, wofür man sich schämen müsste. Ja, er wusste alles über ihre kleine esoterische Tafelrunde, und es machte ihn krank.

Aber das war nicht die volle Wahrheit. Er hatte nie sein Leben mit einer anderen Frau als seiner Schwester teilen wollen, und Jack Montfort hatte ihm das weggenommen. Der vertraute Rhythmus ihrer gemeinsam verbrachten Tage war für ihn wie ein Anker gewesen, ein ruhender Pol, und ohne sie trieb er hilflos dahin.

Und als ob das noch nicht genug wäre (so dachte er, als er sich von Suzanne verabschiedete), hatte er jetzt auch noch erfahren, dass Montfort Winnie gefährlich nahe an Dinge herangeführt hatte, die sie nie erfahren sollte … Dinge, die um jeden Preis vor ihr verborgen werden mussten.

Nachdem er einen ganzen Vormittag zu Hause verbracht und sich so lange wie möglich mit Kaffeetrinken und Zeitunglesen aufgehalten hatte, konnte Bram Allen sich nicht länger davor drücken, in die Galerie zu fahren – so ungern er Fiona allein lassen mochte.

Wäre er gestern Abend zu Hause gewesen, dann hätte er Jack Montfort vielleicht daran hindern können, die schreckliche Erinnerung an Winnie Catesbys Unfall wieder aufzuwühlen. Warum musste ausgerechnet Fiona Winnie auf der Straße finden? Und warum wollte Winnie Fiona aufsuchen – vorausgesetzt, das stimmte tatsächlich –, ohne eingeladen oder zumindest angekündigt zu sein?

Stirnrunzelnd knöpfte er sein sauber gebügeltes Hemd zu, wählte eine Krawatte aus und ging nach seiner Frau sehen.

Er fand sie im Atelier. Sie saß auf ihrem Hocker, doch zu seiner Erleichterung war die Staffelei leer, und sie hatte die Hände müßig in den Schoß gelegt.

»Alles in Ordnung, Schatz?«, fragte er und nahm sie in die Arme. Früher einmal hatte er geglaubt, er hätte das Zeug zum Künstler. Und dann begegnete er Fiona, sah die Leinwand unter ihrem Pinsel zu strahlendem Leben erwachen und wusste von da an, dass er diese Gabe nie besitzen würde. So förderte er also ihre Arbeit nach Kräften, schirmte sie von den Unbilden des Lebens ab und empfand mit ihr gemeinsam den Stolz auf ihren Erfolg – so lange, bis sie begann, das eine Motiv zu malen, dessen Anblick er nicht ertragen konnte.

Fiona ließ sich mit dem Rücken an seine Brust sinken. »Es ist nur ... da ist diese merkwürdige Spannung in den Dingen. Ich dachte, wenn ich anfinge zu malen, würde sie sich lösen; aber als ich dann Winnie fand, war ich mir sicher, dass meine Empfindung darauf vorausgedeutet hatte. So etwas wie Präkognition vielleicht. Aber das Gefühl ist immer noch da.«

»Es könnte einfach nur Stress sein, allgemeine Überlastung. Versuch dir nicht zu viele Gedanken zu machen, Schatz.«

»Sicher hast du Recht«, murmelte Fiona, aber er war keineswegs überzeugt, dass sie wirklich so dachte.

Er schloss sie fester in die Arme. »Ich liebe dich, Fi. Das weißt du doch, nicht wahr?«

»Natürlich weiß ich das. Wie kommst du nur darauf, dass es anders sein könnte?« Sie tätschelte seine Hand. »Geh nur. Um mich musst du dir keine Sorgen machen, das verspreche ich dir.«

Damit musste er sich zufrieden geben.

Vorsichtig öffnete Jack die Tür des Gästeschlafzimmers um einen Spalt und spähte hinein. Faith lag auf der Seite und hatte das Kinn auf die zu Fäusten geballten Hände gelegt. Der Anblick ihres unschuldigen, im Schlaf entspannten Gesichts gab ihm einen Stich. Das Mädchen dort im Bett hätte sein Kind sein können, dachte er, seine kleine Olivia – wenn sie nur überlebt hätte.

Er wandte sich ab, schloss lautlos die Tür und ging zurück in die Küche. Weil ihm niemand sonst mehr eingefallen war, den er hätte anrufen können, hatte er David Sanborne aus dem Bett geklingelt und ihn gebeten, nach Faith zu sehen. Erschöpfung, Stress und Unterkühlung, so hatte Davids Diagnose gelautet – nichts, was man mit einer Wärmflasche und reichlich Ruhe nicht hätte beheben können. Allerdings musste das Mädchen in Zukunft auf solche verrückten Eskapaden verzichten, wenn sie nicht riskieren wollte, dass die Wehen vorzeitig einsetzten.

Aber nachdem Jack ihr endlich eine einigermaßen schlüssige Geschichte entlockt hatte, ging Faith ihm mit ihrer Sorge um Garnet so lange auf die Nerven, bis er schließlich die Polizei anrief. Der Dienst habende Beamte in Yeovil erklärte ihm, sie könnten Garnet Todd vor Ablauf von vierundzwanzig Stunden nicht offiziell als vermisst melden. Jack hinterließ eine Nachricht für Detective Greely, und erst danach war Faith in einen unruhigen Schlaf gefallen.

Nachdem er selbst ein paar Stunden geschlafen hatte, verbrachte Jack den Vormittag damit, Anrufe entgegenzunehmen und selbst im Krankenhaus nachzufragen. Winnies Zustand war weiterhin stabil, und Suzanne Sanborne hatte sich erboten, den Vormittag über bei ihr zu bleiben.

Inzwischen wartete er auf die versprochene Ankunft seines Cousins. Duncan hatte am Abend zuvor angerufen und angekündigt, dass er übers Wochenende kommen würde. So erleichtert er auch war, begann Jack dennoch, sich Gedanken zu machen. Wie sollte er die Ereignisse der vergangenen Monate erklären? Würde Duncan ihn für ebenso verrückt halten, wie es die Polizei offensichtlich tat? Doch das spielte keine Rolle, sagte er sich. Er *musste* Duncan davon überzeugen, dass Winnie in Gefahr war. Und jetzt hatte er auch noch Angst um Faith.

Wie viel von dem wirren Zeug, das sie gestern Abend von sich gegeben hatte, waren Fieberfantasien gewesen? Nick hatte am Morgen angerufen und gesagt, er glaube, Garnet habe Winnie mit ihrem Lieferwagen angefahren. Aber warum sollte Garnet Todd so etwas tun? Und wenn es stimmte – wo war denn Garnet jetzt?

Jack füllte den Kessel mit Leitungswasser und löffelte dann lose Teeblätter in die alte Brown-Betty-Teekanne aus Terrakotta, die seiner Mutter gehört hatte. Hatte er nicht irgendwo gelesen, dass Tee das Denken stimulierte? Wenn das der Fall war, dann hätte er nach der nächsten Tasse Sherlock Holmes Konkurrenz machen können; doch in seiner Suche nach Antworten war er noch keinen Schritt weitergekommen.

Er hatte soeben das kochende Wasser in die Kanne gegossen, als es an der Haustür klingelte. Jack eilte hin und riss die Tür weit auf.

Während er seinem Cousin die Hand schüttelte, stellte er fest, dass der hohläugige Blick, der ihm beim letzten Treffen an Duncan aufgefallen war, verschwunden war. Aber wer war die hübsche Rothaarige an seiner Seite?

Mit einem herzlichen Lächeln streckte sie ihm die Hand hin. »Jack, ich bin Gemma James. Ich nehme an, Duncan hat Ihnen gesagt, dass ich mitkomme?« Der Blick, den sie seinem Cousin zuwarf, war zugleich liebevoll und vernichtend. »Deine Manieren lassen einiges zu wünschen übrig, mein Schatz.«

Sie hatten zuallererst die heikle Frage geklärt, wo sie übernachten würden. Jack entschuldigte sich vielmals und erklärte, dass er gerade jemanden im Gästezimmer untergebracht habe, er würde aber mit seinen Sachen in sein altes Zimmer umziehen und ihnen das große Schlafzimmer überlassen. Angespornt durch einen gezielten Tritt gegen den Knöchel, den Gemma ihm unter dem Küchentisch verpasste, zierte Kincaid sich und sagte, sie würden sich irgendwo eine Pension suchen, worauf Jack ein Haus in der Nähe der Abtei empfahl.

Gemma atmete innerlich auf. Sie fand das düstere alte Haus mit seinen hässlichen viktorianischen Möbeln deprimierend, und die dunkle Masse des Glastonbury Tor, die den Garten hinter dem Haus überschattete, erweckte in ihr unerwartete klaustrophobische Gefühle. Es schien, als könne der Berg jeden Moment nach vorne kippen und das Haus unter sich begraben.

Beim Tee berichtete Jack stockend von seinem Erlebnis mit dem automatischen Schreiben. Er erzählte, wie er Winnie Catesby kennen gelernt hatte und wie die anderen nach und nach zu der Gruppe gestoßen waren, und er schloss mit Garnet Todds plötzlichem Verschwinden am Tag zuvor.

Wenn Kincaid von Jacks Geschichte in irgendeiner Weise überrascht war, so ließ er es sich nicht anmerken. Seine Miene blieb neutral und drückte lediglich wohlwollendes Interesse aus – eine Demonstration seiner Kunst des Zuhörens, die Gemma bewusst machte, wie schmerzlich sie die Arbeit mit ihm vermisste.

»Kannst du es auf Kommando?«, fragte Kincaid, als Jack eine Pause machte. »Das automatische Schreiben meine ich?«

»Ich – ich weiß nicht. Ich habe es schon oft genug in Gegenwart von Nick oder Simon Fitzstephen gemacht, aber –«

Kincaid beugte sich vor; das Leuchten in seinen Augen verriet sein Interesse. »Was musst du dafür tun?«

»Ich brauche nur Stift und Papier, und dann muss ich zusehen, dass mein Kopf frei ist. Ich muss über irgendetwas Belangloses reden oder zuhören, wie jemand aus der Zeitung vorliest. Manchmal funktioniert es und manchmal nicht.«

»Dann versuchen wir es doch einmal. Ich werde dir assistieren.« Der Blick, den Kincaid seinem Cousin zuwarf, war herausfordernd. Gemma fragte sich, welchen Unfug die beiden wohl in den langen Sommern in Cheshire zusammen angestellt hatten.

Sie sah ihnen zu, wie sie sich gegenüber von ihr an den Tisch in Jacks mit Gerätschaften überladener Küche setzten, und hörte zu, wie Kincaid einen unverständlichen Artikel über irgendwelche Finanzdinge aus dem *Guardian* vorlas, während Jack entspannt dasaß und Stift und Papier bereithielt. Jack Montfort war kräftiger als sein Cousin, er hatte einen helleren Teint und gröbere Gesichtszüge, aber wenn man genau hinsah, erkannte man die Ähnlichkeit. Was noch offensichtlicher zu Tage trat, war die Ungezwungenheit ihres Umgangs, der Eindruck von erprobtem gegenseitigem Vertrauen und bewährter Kameradschaft. Und der Mann wirkte zweifellos vernünftig und ausgeglichen, trotz all seiner Sorgen und Probleme. Konnte diese bizarre Geschichte, die er ihnen erzählt hatte, denn tatsächlich wahr sein?

Kincaids Stimme und ihre eigenen abschweifenden Gedanken hatten sie eingelullt, und so fuhr Gemma heftig zusammen, als Jacks Kugelschreiber sich plötzlich über das Papier zu bewegen begann. Er schrieb ohne Pause und ohne auf das Blatt zu schauen. Seine halb geschlossenen Augen schienen irgendeinen fernen Punkt zu fixieren.

Nachdem er mehrere Seiten voll geschrieben hatte, legte er

den Stift nieder. »Es hat geklappt, wie ich sehe«, sagte er und blickte auf die verstreuten Blätter herab.

»Sie meinen, Sie wissen gar nicht, was Sie geschrieben haben?«, fragte Gemma.

»Ich denke, auf einer gewissen Ebene ist es mir bewusst, aber ich kann es nicht verarbeiten – es ist wie atmosphärisches Rauschen in einem Radio.«

Kincaid tippte auf eines der Blätter. »Was steht denn da nun?«

»Ich muss erst übersetzen, also habt bitte ein wenig Geduld...

»O Herr, vergib mir, denn ich habe mich schwer versündigt gegen Dich. Sind die Tage meiner Fleischeslust auch nicht mehr als eine ferne Erinnerung, so spüre ich doch noch immer ihre Haut, zart wie Gänsedaunen, und die runde Fülle ihrer Brüste...«

Jack brach stirnrunzelnd ab und räusperte sich. Gemma fand es sympathisch, dass er ein wenig rot geworden war.

»Alys war ihr Name, erst sechzehn und doch schon eine Frau; sie war die Tochter eines Steinmetzen, der gekommen war, die Schäden an der Kirche zu reparieren. Sie fand Gefallen an mir und wartete auf mich, wenn ich zum Brunnen ging. Der Worte wurden wenig gewechselt zwischen uns... wir kamen zusammen in Triebhaftigkeit und Lust, wie das Vieh es tut.

Die Arbeit war vollendet, da fand Alys, dass sie ein Kind unter ihrem Herzen trug. Sie bat mich flehentlich, ihr Kräuter zu geben... Zu meiner Schande tat ich ihr den Willen... um meiner Feigheit und meiner Lust willen habe ich uns alle ins Unglück gestürzt...

Bei Bruder Ambrosius, der sich meiner angenommen hatte, stahl ich das benötigte Elixier. Dazu gab ich ihr, was mir das Kostbarste war... ein Band zwischen uns, das stärker war als der Tod. Dann gingen Alys und ihr Vater fort von der Abtei. Solche Trauer hatte ich noch nie gekannt; sie fesselt mich noch immer an diesen Ort...

Jack starrte die anderen mit großen Augen an. »Diese Frau – Alys – sie wollte ihr Baby abtreiben. Glaubt ihr nicht auch, dass er darauf hinauswill?«

Gemma, die von der Geschichte des Mädchens und der Zwangslage, in die es geraten war, extrem bewegt war, sagte: »Es – es wäre durchaus möglich, denke ich. Sie waren damals sehr geschickt im Gebrauch von Kräutern, und die Position des Mädchens wäre schließlich unhaltbar gewesen, nicht wahr? Edmund hätte sie nicht heiraten können.«

»Ich vermute, man hätte es so interpretiert, dass sie sich auch gegen die Kirche versündigt hatte, indem sie Edmund verführte, und nicht etwa umgekehrt«, gab Kincaid zu bedenken.

»Aber wenn Alys es sich nun anders überlegte? Oder wenn die Kräuter vielleicht nicht wirkten?«, fragte Jack. »Wir haben monatelang nach einer verwandtschaftlichen Beziehung gesucht – vielleicht durch eine Nichte oder einen Neffen –, da wir vermuteten, die Beziehung zwischen Edmund und mir könnte eine genetische Komponente haben.«

»Ein uneheliches Kind?«, meine Kincaid sinnend. »In diesem Fall hätte es keinerlei Dokumente gegeben.«

»Das muss ich Simon sagen. Das lässt die Sache in einem neuen Licht erscheinen« – Jack schnitt eine Grimasse –, »obwohl ich mir nicht vorstellen kann, dass uns der Versuch, die Tochter eines fahrenden Steinmetzen aus dem elften Jahrhundert aufzuspüren, sehr viel weiter bringen wird.« Mit einem Blick auf seine Armbanduhr fügte er hinzu: »Und jetzt muss ich sowieso erst mal ins Krankenhaus. Als ich heute Morgen mit Nick telefonierte, meinte er, er würde um die Mittagszeit herkommen und sich um Faith kümmern. Ich wollte sie nicht gerne allein lassen, solange Garnet immer noch –«

»Ihr habt sie also noch nicht gefunden?«

Verblüfft drehten sie sich alle zur Tür um. Wie lange hatte das Mädchen schon da gestanden und alles mitgehört? Ihr kurzes Haar stand vom Kopf ab, als sei sie eben erst aus dem Bett gekrochen; auf ihrer Wange war noch der Abdruck des Kopfkissens zu sehen. Als sie ins Zimmer trat, sah Gemma, wie das

Gewicht das Kindes, das sie im Leib trug, ihren schlanken Körper plump und unbeholfen machte.

Jack war der Erste, der die Fassung wieder fand. »Nein, leider nicht. Faith, das hier sind mein Cousin Duncan und seine Freundin Gemma. Sie sind gekommen, um zu helfen.«

»Ich glaube nicht, dass das irgendjemand kann«, sagte Faith leise. In ihren dunklen Augen schimmerten Tränen.

»Setz dich«, sagte er in besänftigendem Ton, während er aufstand und ihr einen Stuhl zurechtrückte, »und trink erst mal eine Tasse Tee. Ich bin sicher, dass Garnet nichts fehlt –«

Es klingelte an der Tür. »Das muss Nick sein«, sagte Jack hastig und verschwand in Richtung Diele.

Doch die mit gedämpfter Stimme vorgebrachte Erwiderung auf Jacks Begrüßung hatte den unverkennbaren Unterton des Offiziellen, wenn auch Gemma nicht genau verstehen konnte, was gesagt wurde. Kincaid hatte es auch bemerkt – er war aufgestanden und eilte nun ebenfalls zur Tür. Gemma warf noch einen raschen Blick auf Faith, die sich auf den Stuhl niederließ, den Jack ihr hingestellt hatte, dann folgte sie Duncan.

Als sie an der Haustür ankam, zeigte Kincaid gerade einem kräftigen Mann mit Tweedjacke und schütterem rotem Haar seine Dienstmarke. »Duncan Kincaid von Scotland Yard«, sagte er und gab dem Mann die Hand. Zu Gemma gewandt, fügte er hinzu: »Inspector James.«

Sie bemerkte Jacks Verblüffung, während sie dem Ankömmling ebenfalls die Hand schüttelte – sie hatte sich zuvor nicht mit ihrem Dienstgrad vorgestellt.

»Alfred Greely, Kripo Somerset.« Greely hatte einen starken West-Country-Akzent, und sein Blick war unverhohlen abschätzend. »Könnten wir uns irgendwo in Ruhe unterhalten?«

»Wir gehen am besten in die Küche«, erwiderte Jack. »Ist es wegen Winnie – Miss Catesby?«

»Ich fürchte nein, Mr. Montfort. Sie sollen gestern Nacht

angerufen und eine gewisse Miss Garnet Todd als vermisst gemeldet haben.«

Als sie die Küche betraten, deutete Jack mit einer Kopfbewegung auf Faith. »Diese junge Dame wohnt bei Miss Todd. Sie kam gestern Abend zu mir, nachdem Garnet nicht nach Hause gekommen war.«

Als Greelys Blick auf sie fiel, schien Faith noch weiter in ihrem Stuhl zusammenzusinken. »Ich fürchte, wir haben Miss Todd gefunden«, sagte er. »Einem Herrn ist bei seinem Morgenspaziergang rund um den Tor aufgefallen, dass ein Weidegatter ein ungewöhnlicher Ort ist, um einen Lieferwagen abzustellen, worauf er etwas genauer hingeschaut hat.«

»Garnets Wagen?« Faith war erschreckend blass geworden.

»Ich fürchte ja, Miss. Und sie war drin.«

»Tot?«

»Ja. Es tut mir Leid.«

Faiths Augen wirkten in ihrem bleichen Gesicht riesig. »Dann hat sie sich also umgebracht«, sagte sie, und Gemma hätte schwören können, dass in ihrer Stimme Erleichterung schwang.

»O nein«, entgegnete Greely, ohne den Blick von ihr zu wenden. »Ich habe den dringenden Verdacht, dass Miss Todd ermordet wurde.«

11

So ist es auch, wie wir hören, bei der Gemeinschaft von Avalon, einer Gruppe von Seelen, die von demselben religiösen Ideal erfüllt sind, das von den Benediktinermönchen in alter Zeit in architektonische Symbolik umgesetzt wurde.

Frederick Bligh Bond, aus: *Die Gemeinschaft von Avalon*

Kincaid stand in dem dichten, mit Nesseln durchsetzten Gras am Rand der Basketfield Lane und sah zwei Beamten von der Spurensicherung zu, wie sie die Karosserie von Garnets Lieferwagen zur Sicherstellung von Fingerabdrücken einstäubten.

Als er DI Greely gefragt hatte, ob er sich den Tatort einmal ansehen dürfe, hatte dieser ihm einen strengen Blick zugeworfen und erwidert: »Sie kriegen wohl in London noch nicht genug Morde? Komische Art, seinen Urlaub zu verbringen, wenn Sie mich fragen.« Doch er hatte nichts dagegen einzuwenden gehabt, und Kincaid war ihm mit Gemmas Wagen gefolgt. Sie waren die Ashwell Lane bis zum Ende gefahren und dann rechts abgebogen. Zwar waren sie nur ein paar hundert Meter von Jacks Haus entfernt, doch die enge, von Hecken gesäumte Landstraße erschien ihm wie eine fremde Welt.

Durch das tief hängende Geäst der Bäume konnte Kincaid gerade eben den steilen Osthang des Tor ausmachen, mit der Schlange von Kletterern, die dem Zickzackpfad nach oben folgten. So still die Luft hier auf der Straße schien, konnte er doch sehen, wie der Wind an den Kleidern der Bergwanderer zerrte. Auf dem Gipfel würde es sehr kalt sein.

Greely, der ein paar Meter von ihm entfernt stand, steckte seine Hand wieder in die Jackentasche und kam dann auf Kincaid zu. »Der Doktor ist jetzt auf dem Weg hierher«, sagte er und fügte hinzu: »Der alte Doc Lamb hat eine gut gehende Praxis, da müssen wir manchmal eine Weile warten. Aber er ist der Beste, den es gibt – der hat das schon gemacht, als ich noch gar nicht bei der Truppe war.«

Der Transporter der Gerichtsmedizin war ebenfalls schon eingetroffen. Der Fahrer hatte ihn sauber in der nächstgelegenen Ausweichbucht geparkt; jetzt saßen er und der Assistent auf ihren Sitzen, aßen Sandwichs und teilten sich eine Zeitung.

»Schon merkwürdig, dass die junge Freundin Ihres Cousins annahm, die Frau hätte sich das Leben genommen.« Greely suchte sich einen trockenen Grashalm, knickte ihn ab und begann nachdenklich darauf herumzukauen.

Kincaid beobachtete ihn und fragte sich, ob Stadtkinder jemals lernen würden, Gras auf genau diese Art zu kauen. »Sind Sie hier aus der Gegend?«, fragte er.

»Geboren bin ich in Dorset, gerade auf der anderen Seite der Grenze. Aber ich habe nie weiter als zirka dreißig Kilometer vom Tor entfernt gewohnt, seit ich ein kleiner Junge war.«

»Sagen Sie mir doch, was Sie bisher herausgefunden haben, wenn es Ihnen nichts ausmacht.« Kincaid deutete auf den Lieferwagen. »Warum sind Sie sich so sicher, dass es *kein* Selbstmord war.«

»Der Lieferwagen war abgeschlossen, Schlüssel haben wir nicht gefunden. Klar, sie könnte sich eingeschlossen haben, das Fenster runtergekurbelt und sie weggeworfen haben, aber in dem Fall müsste sie einen Wurfarm wie ein Kricketprofi gehabt haben. Wir haben die Gegend gründlich abgesucht – keine Spur von irgendwelchen Schlüsseln. Ergibt sowieso keinen Sinn«, meinte er, indem er den Grashalm von einem

Mundwinkel in den anderen beförderte. »Ich kann mir vorstellen, dass sie sich einschließen würde, aber was würde es bringen, die Schlüssel wegzuschmeißen?«

»Und die Todesursache?«

»Wissen wir noch nicht genau. Nichts Offensichtliches. Keine aufgeschnittenen Pulsadern; keine Anzeichen für das übliche Erbrechen nach Einnahme von Tabletten; kein Schlauch, der vom Auspuff durch ein Fenster ins Wageninnere führt. Und sie war hinten im Laderaum – sieht aus, als ob jemand sie da abgeladen hatte. Sie hat jedenfalls nicht versucht, es sich für ihre letzten Minuten auf dieser Erde noch bequem zu machen.«

»Dürfte ich mal einen Blick reinwerfen?«, fragte Kincaid, dessen Neugier wuchs.

Greely ließ den Grashalm fallen und nickte phlegmatisch. »Bitte sehr.«

Kincaid ging auf den Lieferwagen zu, wobei er sorgfältig darauf achtete, denselben Weg zu nehmen wie die Männer von der Spurensicherung. Die Hecktüren standen offen. Im Laderaum des Wagens summten Fliegen, und der wohl bekannte Geruch des Todes schlug ihm entgegen. Die Leiche der Frau lag eingekeilt in einem freien Winkel an der Seitenwand, und ein paar verschmierte Stellen in dem Staub, der den Boden bedeckte, ließen ihn vermuten, dass jemand sie an diese Stelle geschoben hatte, zwischen dem Chaos aus Fliesen und Gerätschaften, die auf den schmutzigen Gummimatten verstreut lagen. Sie lag mit den Füßen zu ihm, die in altmodischen schwarzen Gummistiefeln steckten. Bekleidet war sie mit einem wollenen Cape, das zur Seite gerutscht war und den Blick auf einen bunt gemusterten Rock freigab. Ihr Zopf hatte sich gelöst, und das dichte schwarze Haar bedeckte ihr Gesicht wie ein Vorhang.

Kincaid ließ sich von einem der Beamten ein Paar Handschuhe geben und stieg vorsichtig in den Lieferwagen, um sich die Leiche genauer ansehen zu können. Die Totenflecke waren schon recht ausgeprägt, was darauf schließen ließ, dass sie schon einige Stunden tot war, und als er ihr Augenlid hob, sah er die roten Punkte auf der Lederhaut, die auf Erstickung hindeuteten. Allerdings wies ihr Hals keine erkennbaren Blutergüsse auf.

Mit der Fingerkuppe strich er ihr das dichte Haar aus dem Gesicht. Sie hatte lange Ohrgehänge getragen: das linke fehlte.

Garnet Todds exzentrische Art hatte sich nicht auf Kleidung und Schmuck beschränkt; das war jedenfalls der Tenor des kurzen Berichts, den Jack ihm geliefert hatte. Kincaid musste daran denken, als er aus dem Lieferwagen hinaus in die willkommene frische Luft kletterte. Aber welchen Grund hatte die Frau irgendjemand geliefert, sie zu ermorden? Wenn sie es gewesen war, die Winnie Catesby angefahren hatte – was dieses Mädchen, Faith, vermutete –, dann ergab ihr Tod noch weniger Sinn.

Greely hatte nicht viel aus dem Mädchen herausbekommen, nachdem er seinen Verdacht geäußert hatte, dass Garnet Todd ermordet worden sei. Sie fing an zu weinen – kein wildes Schluchzen, das einem vielleicht die Möglichkeit gelassen hätte, sie zu trösten, sondern langsame, verzweifelte Tränen, die ohne Unterlass über ihr Gesicht strömten. Dann protestierte Jack, und Gemma führte das Mädchen nach oben auf ihr Zimmer.

Gemma hatte sich erboten, bei ihr zu bleiben, damit Jack ins Krankenhaus fahren konnte, und er hatte den Vorschlag dankbar angenommen. Da er wusste, wie sehr es ihr normalerweise zuwider war, als Händchenhalterin abgestellt zu werden, hatte Kincaid ihr einen fragenden Blick zugeworfen, doch sie beruhigte ihn mit einem Nicken. Steckte da eine bestimmte Absicht dahinter – oder einfach nur Mitgefühl? Vielleicht ein wenig von beidem, dachte er.

Dem Geräusch eines Fahrzeugs, dass den steilen Weg hochgefahren kam, folgte das Knirschen von Reifen auf Schotter, und dann bog ein alter Morris Minor um die Kurve und rollte langsam aus. Ein Mann mit Brille und schütterem Haar, in der Hand eine Arzttasche, stieg aus. Anscheinend war der Polizeiarzt am Tatort eingetroffen.

»Sie haben es offenbar bewusst darauf angelegt, mich beim Mittagessen zu stören, Alf«, sagte er an Stelle einer Begrüßung zu Greely, allerdings in einem freundlichen Ton, der gut zu seinem rosigen Puttengesicht passte.

»Ich habe keinen Zweifel, dass Sie das noch gründlich nachholen werden, Doc«, meinte Greely mit einem viel sagenden Blick auf den Schmerbauch des Arztes, der deutliches Zeugnis von seiner Schwäche für leibliche Genüsse ablegte.

»Das ist leider wahr. Ich muss wirklich mal anfangen, auf meine Linie zu achten – wenn ich doch nur Carole dazu überreden könnte, das Kochen aufzugeben. Was liegt denn an, Alf?«

»Eine Frauenleiche wurde heute früh in ihrem abgeschlossenen Lieferwagen gefunden. Schlüssel fehlen. Wir hatten gehofft, Sie könnten uns ein bisschen mehr sagen. Das hier ist Superintendent Kincaid aus London, er ist zu *Besuch* hier.« Greelys ironische Betonung des Wortes »Besuch« war unüberhörbar.

Als Kincaid dem Doktor die Hand schüttelte und ihm dabei in die Augen blickte, erkannte er, dass man den Mann ungeachtet seiner fröhlich-koboldhaften Erscheinung nicht unterschätzen durfte.

»Also dann, sehen wir uns die Sache mal an.« Lamb zog seine Jacke aus und reichte sie Greely, dann zog er ein Paar Handschuhe aus der Hosentasche und streifte sie über.

Greely trat zur Seite, und Kincaid schloss sich ihm an, während der Arzt in den Lieferwagen kletterte. »Ist ganz schön auf Draht, der Alte«, meinte Greely. »Aber er wird leicht reizbar, wenn man ihm in die Quere kommt. Nicht dass es mir je sonderlich viel Vergnügen bereitet hätte, bei dem ganzen Herumgestochere zuzuschauen.«

Sie warteten schweigend, bis der Arzt seine Untersuchung abgeschlossen hatte. Erst jetzt begann Kincaid zu bemerken, wie lebhaft es in der Hecke am Straßenrand zuging, wo die Vögel beständig auf der Suche nach schmackhaften Beeren und Insekten waren, und zugleich fiel ihm das unpassende Knurren seines eigenen Magens auf. Das Mittagessen hatte er glatt vergessen.

»Eins ist allerdings sonderbar«, bemerkte Greely sinnend und lieferte damit Kincaid eine willkommene Ablenkung von seinem Hunger. »Der Spaziergänger, der die Leiche heute Morgen gefunden hat, ist ein Typ namens Bram Allen – der Ehemann der Dame, die Winifred Catesby auf der Straße gefunden hat.«

Kincaid hob eine Augenbraue. »Zufall?«

»Er sagt, er macht den Spaziergang um den Tor jeden Tag, und vielleicht hat ihn das Erlebnis seiner Frau wachsam gemacht – das und die Fliegen, die um den Lieferwagen herumschwirrten.«

»Kannte er das Opfer?«

»Laut Mr. Allen kannte jeder in Glastonbury Garnet Todd. Die Frau war anscheinend eine echte Exzentrikerin.«

Doktor Lamb tauchte wieder auf; mit dem Hinterteil voraus kletterte er aus dem Lieferwagen. Er zog die Handschuhe aus, klopfte sich den Staub von den Knien und krempelte die Hemdsärmel herunter, bevor er sich von Greely seine Jacke geben ließ.

»So, Doc, jetzt haben Sie uns aber lange genug auf die Folter gespannt«, meinte Greely. Kincaid vermutete, dass die beiden ein eingespieltes Team waren.

»Nun ja.« Lamb schnippte sich einen kleinen Zweig vom Revers. »Ich würde sagen, dass sie seit mindestens zwölf Stunden tot ist, vielleicht auch um einiges länger, wenn man den

Temperatursturz vergangene Nacht in Betracht zieht. Die Totenflecke sind deutlich ausgeprägt, aber es finden sich auch leichte Verfärbungen an anderen Stellen, die darauf hindeuten, dass sie möglicherweise nach ihrem Tod transportiert wurde. Ich kann keine Anzeichen für ein Sexualverbrechen erkennen.«

Anscheinend widerstrebend, als wisse er, dass es von ihm erwartet wurde, fragte Greely: »Todesursache?«

»Ja, das ist allerdings das Interessanteste bei der Sache. Es gibt Anzeichen einer Erstickung, aber keine Würgemale oder Striemen im Bereich von Kehle und Hals. Ich habe so meine Vermutungen, aber ich werde nichts weiter sagen. Sie werden die Autopsie abwarten müssen.«

Greely stöhnte. »Ich habe nicht den Eindruck, dass wir sehr viel weiter sind als vorher. Können wir die Leiche denn nun abtransportieren?«

»Mmh.« Der Doktor nickte. »Sagen Sie dem Pathologen, er soll mich mal anrufen, wenn er fertig ist, ja? Ich bin einfach nur neugierig.« Er wandte sich an Kincaid. »Bleiben Sie länger, Superintendent? Der Fall könnte interessant für Sie sein.«

»Bloß übers Wochenende«, antwortete Kincaid. Er schüttelte dem Arzt die Hand und sah zu, wie er wieder in seinen klapprigen Morris stieg und davontuckerte.

Greely gab den Assistenten des Gerichtsmediziners ein Zeichen, worauf diese die Leiche auf ein weißes Tuch legten, damit keine Spuren verloren gingen, und sie anschließend von einem Wagen zum anderen transportierten. Die Türen fielen mit metallischer Endgültigkeit ins Schloss, und der Leichenwagen fuhr ab. Die Spurensicherung war immer noch mit Garnets Lieferwagen beschäftigt, während zwei uniformierte Polizisten die Umgebung Zoll für Zoll durchkämmten.

Beiläufig wandte sich Kincaid an Greely: »Irgendwelche Spuren?«

»Nichts, gar nichts – bis auf die junge Dame, die Ihr Cousin Mr. Montfort offenbar bei sich aufgenommen hat. Wir müssen uns mit ihr unterhalten, je eher desto besser.«

»Haben Sie irgendwelche Anzeichen dafür entdeckt, dass Garnet Todds Fahrzeug in Miss Catesbys Unfall verwickelt war?«

»Einer der vorderen Kotflügel ist etwas verschmiert. Könnte sein, dass sie einer Hecke ein bisschen zu nahe gekommen ist. An Miss Catesbys Fahrrad waren nicht viele Kollisionsspuren zu finden, überwiegend Kratzer und Dellen vom Asphalt. Und Miss Catesby hatte keine blutenden Wunden –«

»Dann besteht also keine Hoffnung, am Fahrzeug Blutspuren zu finden«, meinte Kincaid grimmig. »Was ist mit Fasern?«

»Wir sehen gerade nach. Aber« – Greely zuckte mit den Achseln – »die Chancen sind gleich null, wenn Sie mich fragen. Und dann haben wir nichts in der Hand, was die beiden Vorfälle miteinander verbindet, bis auf die Geschichte des Mädchens.«

Kincaid fragte sich, ob es Gemma wohl gelungen war, Faith noch weitere Informationen zu entlocken, und dabei fiel ihm auf, wie schnell auch sie beide wieder in ihre gewohnte Routine verfallen waren.

So besorgt er um Winnie war, fühlte Jack sich dennoch verpflichtet, Simon Fitzstephen über Garnets Tod zu benachrichtigen – und zwar nicht am Telefon. Simon und Garnet waren so lange befreundet gewesen, dass eine unpersönliche Nachricht einfach unangemessen gewesen wäre.

Wenigstens konnte er sicher sein, dass er Faith in guten Händen gelassen hatte. Duncans Freundin Gemma strahlte eine gelassene Autorität aus, die Vertrauen erweckte, und ihr war es im Gegensatz zu ihm schließlich gelungen, Faith zu beruhigen.

Sie waren also nicht nur ein Paar, sondern auch Kollegen, dachte er, und er fragte sich, wie lange sie wohl schon zusammen waren und ob es Duncan endlich doch gelungen war, einen Schlussstrich unter seine schwierige Ehe zu ziehen. Es hatte Jack sehr Leid getan, von Vics Tod im vergangenen Frühjahr zu hören, doch er hatte Duncan lediglich einen kurzen Beileidsbrief geschickt – solche Dinge gingen ihm immer noch zu nahe.

Und jetzt hatte er plötzlich eine schwangere junge Frau in seiner Obhut, die jeden Augenblick niederkommen konnte. Die Aussicht jagte ihm Angst ein.

Bei Jacks Ankunft kniete Simon in der Rabatte vor seinem Haus und schnitt mit einer Schere die toten Zweige aus den verblühten Pflanzen heraus. »Trostlose Jahreszeit, was?« Er erhob sich mit verkniffenem Gesicht, und als er über den Rasen auf ihn zukam, sah Jack, dass er humpelte. »Und im Dreck herumzuwühlen ist vielleicht gut für die Seele, aber es ist Gift für mein schlimmes Knie.«

»Eine alte Verletzung?«, fragte Jack.

»Ein Bergunfall. Bin vor Jahren mal in einem Geröllfeld ausgerutscht und hab mir ein paar Bänder gerissen. Ich wasche mir nur rasch die Hände, und dann setze ich uns Teewasser auf.«

»Nein, ich kann wirklich nicht lange bleiben. Ich bin nur gekommen, um – Simon, ich fürchte, ich habe eine schlechte Nachricht.«

Simon verharrte regungslos. »Doch nicht Winifred?«

»Nein. Es geht um Garnet Todd. Sie ist tot. Ich dachte, Sie sollten es wissen.«

»Tot?« Simon tastete nach der verwitterten Bank neben seiner Haustür und sank darauf nieder. »Aber sie kann doch nicht – ich verstehe nicht… War es ein Unfall?«

»Nein. Die Polizei scheint zu glauben, dass sie ermordet wurde.«

»Aber – aber das ist doch absurd! Das ist ganz bestimmt ein Irrtum. Warum sollte irgendjemand Garnet umbringen wollen?« Simons Stimme zitterte, und seine Haut war unnatürlich blass geworden. »Ist jemand in ihr Haus eingebrochen?«

»Nein. Sie wurde in ihrem Lieferwagen gefunden, drüben auf der anderen Seite des Tor. Ich fürchte, das ist alles, was ich zu berichten weiß. Es tut mir Leid. Ich weiß, Sie waren alte Freunde.«

»Freunde … ja. Und eine Zeit lang auch mehr als das. Eine seltsame Frau, Garnet. Ich habe nie verstanden, wie sie zu dem wurde, was sie war, und das nach so gewöhnlichen Anfängen. … Und jetzt ist sie tot. Ich kann es nicht recht glauben.« Simon starrte in den Garten hinaus, als ob er Jacks Anwesenheit vergessen hätte.

»Simon, es tut mir Leid, aber ich fürchte, ich muss jetzt wirklich gehen. Ich wollte Ihnen allerdings noch etwas zeigen, falls es Ihnen im Moment nicht zu viel ist.« Jack zog die Seiten, die er am Morgen geschrieben hatte, aus der Tasche.

Simon nahm die Blätter abwesend entgegen, doch kaum hatte er zu lesen begonnen, konnte Jack schon beobachten, wie sein Interesse erwachte. »Das ist also die Verbindung. Ein uneheliches Kind. Darauf hätten wir auch kommen können.«

»Gibt es eine Chance, dass wir die Frau finden könnten – die Tochter eines Steinmetzen, der in der von Edmund angegebenen Zeit an der Kathedrale beschäftigt war?«

»Das dürfte ziemlich schwierig sein. Aber ich habe Zugang zu Quellen, die dabei vielleicht von Nutzen sind. Ich werde sehen, was ich tun kann.« Simons Stimme war jetzt fester, und Jack hatte den Eindruck, dass er wieder etwas Farbe bekommen hatte. »Hätten Sie etwas dagegen, wenn ich diese Blätter behalte? Es würde mir helfen, wenn ich die Details zur Hand hätte.«

»Selbstverständlich. Aber ich lasse Sie nur ungern allein –«

»Reden Sie doch keinen Unsinn, Mann. Ich komme schon zurecht. Winifred ist diejenige, die Ihre Zuwendung braucht. Aber das hier« – er tippte auf die Papiere, die er in der Hand hielt – »sollten wir nicht auf die lange Bank schieben. Irgendwie scheint die Sache dringend zu sein. Edmund hat wohl seine Gründe, wenn er von uns verlangt, dass wir den Choral jetzt finden. Wir dürfen nicht riskieren, dass die Energie nachlässt, dass die Verbindung abbricht – und jetzt, da Garnet tot ist… wird es vielleicht noch schwieriger. Sie hatte ungewöhnliche Kräfte.« Er brach ab und räusperte sich.

»Sind Sie sicher, dass ich nichts für Sie tun kann?«

»Ich komme schon zurecht.«

»Dann rufe ich Sie später an.« Jack wandte sich zum Gehen, doch am Gartentor blieb er noch einmal stehen und drehte sich um. Simon saß noch immer auf der Bank, er hatte die Augen geschlossen.

»Simon«, rief Jack. »Danke, dass Sie Winnie gestern besucht haben. Das war sehr freundlich von Ihnen.«

Simon öffnete die Augen und lächelte. »Sie wird schon wieder, glauben Sie mir. Sie ist eine Kämpfernatur, diese junge Frau.«

Sie hatte Faith wieder ins Bett gesteckt und bei ihr gesessen, bis die Tränen versiegt waren. Gemma sah sich im Schlafzimmer um und stellte fest, dass irgendjemand den Versuch unternommen hatte, der durch die Nordlage und die schweren, dunklen Möbel verursachten Düsterkeit entgegenzuwirken. Die Wände waren mit einem frühlingshaften gelb-grünen Zweigmuster tapeziert, und dasselbe blasse Gelb fand sich auch in der Tagesdecke auf dem Kirschholzbett. Aber die Landschaft in dem Gemälde über der Kommode wurde von der bedrückenden Präsenz des Tor beherrscht, und durch das Fenster konnte sie seinen mit Felsbrocken übersäten Abhang erblicken, der sich hinter dem verwilderten Garten erhob.

Faith putzte sich die Nase, dann beäugte sie Gemma über das zusammengeknüllte Taschentuch hinweg. »Was machen Sie eigentlich hier? Sind Sie gekommen, um Garnet zu verhaften?«

»Wir sind gekommen, weil Jack sich Sorgen um Winnie gemacht hat und weil Duncan ihm helfen wollte. Das ist alles.«

»Die beiden sind Cousins?«

»Ihre Mütter waren Schwestern.« Gemma musterte Faith mit kritischem Blick. »Wann hast du zuletzt etwas gegessen?«

»Ich erinnere mich nicht mehr.« Faiths Hände, die immer noch das Papiertaschentuch festhielten, zitterten. »Gestern Morgen im Café, glaube ich. Bevor ich das mit Winnie erfahren habe –« Ihre Augen wurden wieder feucht.

»Dann gibt's jetzt Mittagessen«, sagte Gemma forsch. »Du bleibst, wo du bist, ich bringe es dir dann hoch.«

Unten in der Küche besah sie sich mit wachsender Frustration den Inhalt des Kühlschranks und der Vorratsschränke. Eier, etwas Käse, ein halber Laib nicht besonders frischen Brots. Eine typische Männerküche – aber sie konnte immerhin ein Käseomelett mit Toast daraus zaubern. Dazu eine Kanne Tee, das musste genügen.

Nachdem das Omelett und der Toast fertig waren und der Tee lange genug gezogen hatte, stellte Gemma alles auf ein Tablett und trug das frugale Mahl nach oben. Vielleicht, so dachte sie, färbten ja Hazels häusliche Qualitäten allmählich ein wenig auf sie ab.

Als sie wieder in das Zimmer trat, saß Faith etwas aufrechter im Bett, ihre Augen waren trocken, und sie beobachtete Gemma mit wachem und neugierigem Blick. Das Mädchen machte sich mit voller Konzentration über das Essen her, und Gemma fragte sich, ob ihre emotionale Labilität nicht zum Teil schlicht und einfach auf Hunger zurückzuführen gewesen war.

Als sie beide fertig gegessen hatten, fragte Gemma: »Fühlst du dich jetzt besser?«

Faith lächelte. »Ja. Ich hatte gar nicht gemerkt, wie hungrig ich war.«

»Gut. Jetzt müssen wir uns unterhalten. Ich möchte, dass du mir etwas über deine Freundin Garnet erzählst.«

Faith presste die Lippen zusammen. »Ich weiß nicht, was Sie meinen.«

»Fang ganz von vorne an. Wie bist du ihr begegnet?«

»Sie kam ins Café – ach, du lieber Gott! Ich muss zur Arbeit. Ich hatte das ganz vergessen. Und Buddy weiß sicher noch nichts von Garnet –«

Gemma hielt sie mit einer beschwichtigenden Geste zurück. »Ich werde ihn anrufen – Buddy, nicht wahr? Ist er dein Chef?«

»Ja. Sie waren befreundet. Durch ihn hat Garnet von mir erfahren.«

»Sie hatte also schon von dir gehört, bevor ihr euch das erste Mal begegnet seid?«

»Ich hatte in der Abstellkammer über dem Café geschlafen. Ich dachte, Buddy wüsste nichts davon. Garnet hat mir ein Zimmer angeboten, für ganz wenig Miete. Und sie hatte Ahnung von Babys. Ich hatte solche Panik – es war niemand da, den ich hätte fragen können. Sie … so jemand wie sie hatte ich noch nie kennen gelernt. Sie schien so frei und unabhängig. Ganz anders als meine Eltern. Und sie verstand etwas von Magie. Von weiblicher Magie …«

»Das muss faszinierend gewesen sein – und gerade eben unheimlich genug, um unwiderstehlich zu sein.«

»Genau so war es.« Faith klang überrascht, und Gemma gab sich selbst hundert Punkte dafür, dass sie den richtigen Ton getroffen hatte. »Aber da wusste ich noch nicht …«

»Was wusstest du noch nicht, Faith?«, hakte Gemma nach.

»Alte Geschichten. Finstere Geschichten.« Faith schüttelte den Kopf. »Nach einer Weile war es nicht mehr lustig. Garnet sagte, ich müsse lernen, denn meine Unwissenheit würde mich nicht schützen. Und sie machte sich Sorgen um mich.«

»Woran hast du das gemerkt?«

»In den letzten zwei Monaten wollte sie mich nirgendwo mehr hingehen lassen, und ich sollte mich auch mit niemandem treffen. Vor allem nicht mit Nick.«

Die klassischen Anzeichen einer abusiven Beziehung, dachte

Gemma. Und Faith war ein so hilfloses und verletzliches Opfer gewesen: schwanger, ohne ein Dach über dem Kopf, ohne Freunde.

»Hatte Garnet etwas Bestimmtes gegen ihn einzuwenden?«

»Sie und Nick konnten einander von Anfang an nicht riechen. Sie dachte, er wolle mich gegen sie aufbringen.«

»Und das hat Garnet nicht gefallen.« Gemma ließ den Satz wie eine Feststellung klingen.

»Nein. Aber es steckte noch mehr dahinter – hinter ihren Befürchtungen, meine ich. Es war, als wüsste sie etwas, wovon sie mir nichts sagen wollte. Und die ganze Zeit wurde diese Anziehungskraft immer stärker ...«

»Welche Anziehungskraft?«

»Spüren Sie sie denn nicht?« Faith erschauerte. »Ich habe sie gespürt, schon bevor ich Garnet begegnet bin. Der Tor ...«

Gemma dachte an das sonderbare Gefühl, das sie am Morgen beschlichen hatte, als sie den Tor zum ersten Mal erblickt hatte. »Was ist mit dem Tor?«

»Gestern Abend ... war das Gefühl so stark. Ich konnte mich nicht beherrschen. Dann kamen die Schmerzen. Ich musste mich ausruhen, und als ich wieder aufgewacht bin, war es weg.« Faith schien Gemmas Verwirrung zu bemerken. »Die Kraft. Die Anziehungskraft.«

»Was will sie denn von dir, diese Kraft?«

»Es ist nicht so, als ob ich irgendwelche Worte höre. Ich muss einfach da hochgehen, ich kann nicht anders.« Sie zupfte erneut an der Bettdecke und sagte fast ein wenig ungehalten: »Wo ist Nick? Jack sagte, Nick würde kommen.«

»Es ist doch gerade erst Mittag. Reg dich nicht auf«, versuchte Gemma sie zu beruhigen. Sie fragte sich, welche Rolle Nick eigentlich bei der ganzen Geschichte spielte. War er vielleicht der Vater des Kindes?

Sie schenkte Faith noch eine Tasse Tee aus der alten braunen Kanne ein, die irgendjemand wohl sehr lieben musste, wenn man aus den angeschlagenen Stellen und den Rissen in der Glasur irgendwelche Schlüsse ziehen konnte. Dabei musste sie daran denken, dass sie damals, als sie mit Toby schwanger gewesen war, gänzlich auf Tee verzichtet hatte – und sie war sich alles andere als sicher, dass sie diese Disziplin noch einmal würde aufbringen können.

»Erzähl mir, was gestern passiert ist«, sagte sie. »Warum hast du dir solche Sorgen um Garnet gemacht?«

»Nick hat gesagt… Als ich ihm erzählte, dass Garnet noch einmal weggegangen war, nachdem wir Winnie mit ihrem Fahrrad auf der Straße gesehen hatten, da sagte er, er glaube, Garnet hätte Winnie mit dem Lieferwagen angefahren. Ich war so wütend… aber als ich wieder zu Hause war, hab ich mir den Lieferwagen angeschaut und gesehen, dass er vorne verschmiert war… Da habe ich Angst bekommen.«

»Und was ist dann passiert?« Gemma stellte die Frage mit sanfter Stimme.

»Ich – ich konnte ihr nicht unter die Augen treten. Ich habe mich so geschämt, weil ich so etwas auch nur gedacht hatte. Ich bin auf den Tor gegangen. Als ich zurückkam, war sie weg. Ich habe sie nie wieder gesehen. Wenn ich doch bloß ins Haus gegangen wäre –«

»Du kannst nicht wissen, was dann passiert wäre«, warf Gemma ein. »Niemand kann das wissen.«

»Aber wenn sie mich nun gesucht hat, und irgendjemand –«

»Ich bin sicher, es hatte nichts mit dir zu tun«, sagte Gemma, obwohl sie sich keineswegs sicher war. »Und es hat keinen Sinn, irgendwelche Vermutungen anzustellen. Jetzt ist es wichtig, dass wir uns um dich kümmern. Jack sagte, der Doktor wollte dich heute zur Vorsorgeuntersuchung in die Klinik schicken –«

»Nein!«

Faiths Reaktion war so heftig, dass Gemma überrascht zurückfuhr.

»Ich gehe da nicht hin«, beharrte das Mädchen. »Ich kann nicht. Garnet – Garnet hat mir versprochen, dass sie sich um mich kümmert … wie konnte sie mich nur so im Stich lassen?« Sie begann wieder zu weinen, ihre Schultern bebten.

Gemma legte die Arme um das Mädchen, drückte es an sich und murmelte: »Ist ja gut, ist ja schon gut«, genau wie sie es bei ihrem eigenen Sohn getan hätte. Faith war schließlich auch noch ein Kind, und sie hatte gerade die Frau verloren, die für sie in einem gewichtigen Sinne so etwas wie eine Ersatzmutter gewesen war.

Nach einer Weile ließ Faiths Schluchzen nach, doch sie vergrub ihr Gesicht weiterhin an Gemmas Schulter und schniefte hin und wieder. Gemma strich ihr die kurzen, feuchten Haare aus der Stirn.

Faith lächelte schläfrig und flüsterte: »Sie sind nett. Wie meine Mum«, während ihr die Augen allmählich schon zufielen. Wenige Augenblicke darauf schlief sie bereits, und nicht einmal das laute Summen der Türklingel konnte sie aufwecken.

Jack war verblüfft, wie bald es ihm schon ganz normal vorkam, an Winnies Bett zu sitzen, ihre Hand zu streicheln und mit ihr zu sprechen, als könne sie ihn verstehen. Er erzählte ihr, dass sein Cousin zu Besuch gekommen sei und dass Faith für eine Weile bei ihnen wohnen würde. Von Garnets Tod sagte er nichts.

Seine Gedanken schweiften zu Duncan ab. Was hatte er herausgefunden, als er Detective Greely begleitet hatte? Wie war Garnet zu Tode gekommen? Und wie hatte sein Cousin – dieser Junge, der jedes Mal vor Kummer ganz blass geworden war, wenn sie einen verletzten Fuchs oder einen toten Vogel auf der Straße gefunden hatten –, wie hatte er sich in einen Mann verwandeln können, an dem die Begegnung mit dem Tod so spurlos vorüberzugehen schien?

Als Maggie, die heute wieder Dienst hatte, ihm zu verstehen gab, dass es Zeit für eine Pause sei, ging er widerstrebend in die Krankenhauskantine und bestellte sich ein Sandwich. Suzanne Sanborne hatte ihm erzählt, Andrew sei fast den ganzen Vormittag dort gewesen, sei aber nicht zu seiner Schwester hineingegangen.

Sie hatte hinzugefügt: »Ich will Sie ja nicht beunruhigen, aber Andrew benimmt sich wirklich merkwürdig. Er wirkt so unberechenbar… Passen Sie nur gut auf sich auf, ja?«

Auf dem Rückweg zur Intensivstation ließ Jack sich die Sache durch den Kopf gehen. Er hatte sich wegen Andrews Verhalten Sorgen um Winnie gemacht – an sich selbst hatte er dabei nicht gedacht. Andrew war Lehrer, sagte er sich – ein Akademiker, der vermutlich noch nicht einmal als Schüler hin und wieder einem Kameraden eins auf die Nase gegeben hatte. Sollte er sich doch mit ihm anlegen, wenn er unbedingt wollte.

»Sie ist sehr unruhig gewesen, während Sie fort waren«, ließ ihn Maggie wissen, als er in der Station ankam. »Sie sollten sie ermuntern, aufzuwachen und mit Ihnen zu reden oder sie zumindest wissen zu lassen, ob sie verstehen kann, was Sie sagen.«

Jack rückte seinen Stuhl so dicht wie möglich an das Bett heran, und als er die Hand ausstreckte, um Winnies Wange zu streicheln, bemerkte er, dass seine Finger zitterten. »Wie ich höre, hast du mich vermisst«, begann er, bemüht, einen leichten Ton anzuschlagen. »Ich habe immer schon gewusst, dass ich unwiderstehlich bin.« Er nahm ihre Hand und küsste sie. »Ich lasse dich nicht allein, wenn ich nicht unbedingt muss – das weißt du. Aber du musst aufwachen und mit mir reden – du musst es für mich tun. Du fehlst mir, Winnie, und ich muss einfach wissen, dass du mich hören kannst. Wach auf, Liebling, bitte! Sprich mit mir.«

Hat er gespürt, wie sich ihre Hand bewegte? Winnies Augenlider hatten gezuckt, da war er sich sicher. Und dann blinzelte sie einmal, zweimal und schlug die Augen auf. Er sah, wie die bewusste Wahrnehmung allmählich in ihren Blick zurückkehrte. Dann richteten sich ihre Augen auf sein Gesicht, und er wusste, dass sie ihn erkannte.

So intensiv war das Gefühl der Erleichterung, das ihn durchströmte, dass es ihm fast die Kehle zuschnürte und seine Augen in Tränen schwammen. Er senkte den Kopf, und im selben Moment spürte er, wie ihre Hand die seine krampfhaft umklammerte.

Als er aufblickte, sah er, dass ihre Augen von Panik geweitet waren. Sie warf den Kopf hin und her und tastete mit der freien Hand unbeholfen nach den Schläuchen.

Maggie war augenblicklich zur Stelle, um sie zurückzuhalten und beruhigend auf sie einzureden. »Wir werden Ihnen gleich den Sauerstoffschlauch rausziehen, Winnie. Jetzt, wo Sie wach sind, brauchen Sie den nicht mehr. Jetzt holen Sie mal tief Luft, und atmen Sie aus, wenn ich es Ihnen sage.«

Jack drückte Winnies Hand fester, während die Schwester den Schlauch herauszog, sobald Winnie ausatmete.

»Ich weiß, dass es wehtut«, sagte Maggie. »Ich gebe Ihnen einen Schluck Wasser, das hilft garantiert.« Sie holte einen Becher und hielt Winnie den Strohhalm an die Lippen. »Nicht zu viel auf einmal, ja? Sobald wir sehen, dass Sie keine Probleme mit dem Trinken haben, entfernen wir die Magensonde auch.«

Winnie ließ den Strohhalm aus ihrem Mund gleiten, sank auf das Kissen zurück und schloss die Augen.

»Ruh dich schön aus, Liebling«, sagte Jack. Seine Stimme war immer noch unstet. »Bald bist du wieder gesund.«

Doch einen Moment später öffnete sie wieder die Augen und versuchte zu sprechen. Da sie keinen Laut hervorbrachte, fasste sie sich an den Hals und versuchte es erneut. »Was … ist passiert?« Ihre Stimme war ein kaum hörbares Flüstern. »Wie viel Uhr ist es?«

Jack sah Maggie an. Sie nickte. Mit sanfter Stimme sagte er:

»Du hattest einen Unfall. Mit deinem Fahrrad. Du liegst jetzt seit zwei Tagen im Krankenhaus.«

»Tagen?«

»Du hast dir den Kopf aufgeschlagen, aber das wird schon wieder.«

»Ich kann mich nicht erinnern … Ich wollte irgendwohin – da war etwas, was ich tun musste …«

»Mach dir keine Gedanken. Es wird dir schon wieder einfallen. Aber jetzt musst du erst einmal ruhen.«

Mit einer Folgsamkeit, die ihn tief berührte, schloss Winnie die Augen. Bald schon wurde ihre Atmung langsamer und regelmäßiger.

»Sie ist doch nicht –« In Panik wandte Jack sich an Maggie. »Sie hat doch nicht wieder das Bewusstsein verloren, oder?«

Maggie lächelte. »Das ist nur ein ganz gewöhnliches Nickerchen. Ein gutes Zeichen. Sie wird anfangs noch sehr schwach sein. Aber sie ist über den Berg.«

»Aber wird sie sich an den Unfall erinnern können, oder an das Geschehen davor?«

»Das menschliche Gehirn ist ein merkwürdiges Ding. Manchmal lassen sich die Lücken nicht mehr schließen. Wir müssen ganz einfach abwarten.«

»Jack?«

Winnie hatte die Augen geöffnet.

»Ja, Liebling. Ich bin hier.«

»Du bist zum Essen gekommen … Andrew war dort … Da war etwas, was ich dir über Andrew sagen wollte. Warum kann ich mich nicht erinnern?«

Maggie warf einen raschen Blick auf den Herzmonitor und unterbrach sie. »Das ist genug für den Moment. Sie müssen sich ausruhen, Winnie. Ihr Jack wird gleich draußen vor der Tür warten, bis Sie wieder aufwachen.«

Jack folgte ihrer indirekten Aufforderung. Er küsste Winnie zärtlich auf die Wange und verließ die Intensivstation. Im Wartebereich ließ er sich auf den erstbesten Stuhl fallen und gab sich dem Gefühl tiefer Erleichterung und Dankbarkeit hin, das ihn überkam.

Doch einen Augenblick später erstarrte er plötzlich und runzelte die Stirn. Wie konnten sie denn herauszufinden hoffen, was genau passiert war und warum, da doch Winnie ganz offensichtlich einen kompletten Tag verloren hatte?

12

So versank Glastonbury in der Dunkelheit des Mittelalters, doch Avalon lebte in den Herzen der Menschen weiter, und die Artussagen verwoben sich mit seiner alten Geschichte. Hierher kamen die Ritter, die den Gral suchten. Sie überquerten den Fluss Brue bei Pons Perilis, der »Brücke der Gefahren«, und wachten die ganze Nacht in der Kapelle am Fuße des Wearyall Hill, von wo sie das Wasser überblickten, und wo dunkle Versuchungen auf sie einstürmten, die Seele auf die Probe zu stellen.

Dion Fortune, aus: *Glastonbury*

Der junge Mann sah aus wie eine zum Leben erwachte griechische Statue. Hoch gewachsen und schlank, mit breiten Schultern, auf denen ein graziler Hals ruhte, hatte er klassisch geschnittene Gesichtszüge und einen vollkommen geformten Kopf, der von dichten dunklen Locken umhüllt war.

Gemma entschied augenblicklich, dass kein Mensch so schön und zugleich ganz und gar vertrauenswürdig sein konnte. »Hallo«, sagte sie. »Sie müssen Nick sein.«

Er nickte. »Und wer sind Sie?«

»Ich bin Gemma. Mein … äh, mein Freund … ist Jacks Cousin. Wir sind hergekommen, um zu helfen.«

»Wo ist Jack?« Er drängte sich an ihr vorbei.

Während Gemma ihm in die Küche folgte, antwortete sie: »Er ist zu Winnie ins Krankenhaus gefahren. Er hat so lange auf Sie gewartet, wie er konnte.«

»Faith –«

»Ist oben. Sie ist gerade eingeschlafen. Bitte wecken Sie sie nicht auf.«

Nick war bereits auf dem Weg ins Treppenhaus, doch Gemmas bestimmter Ton ließ ihn auf der Stelle innehalten. Zum ersten Mal schien er sie wirklich anzuschauen, und indem er das tat, büßte er ein wenig von seinem anfänglichen Schwung ein.

»Sie hatte einen sehr anstrengenden Vormittag, und sie ist völlig erschöpft«, sagte Gemma, die seine Schwäche voll ausnutzte. »Wollen Sie sich nicht setzen?«

Widerstrebend kam er zum Tisch zurück und zog sich einen Stuhl heran. »Es tut mir Leid. Ich wollte nicht unhöflich sein. Aber ich hatte einen unheimlich hektischen Tag.«

»Faith hat sich Sorgen um Sie gemacht.«

»Sobald ich von der Arbeit wegkonnte, habe ich mich auf die Suche nach Garnet gemacht. Ich bin zum Bauernhof gefahren, aber da war von ihrem Lieferwagen nichts zu sehen. Dann habe ich in ganz Glastonbury nach ihr gesucht. Ich dachte, wenn ich Faith sagen könnte, dass mit Garnet alles in Ordnung ist –«

»Das dürfte leider unmöglich sein«, unterbrach ihn Gemma.

»Was? Wieso denn?«

»Garnet wurde heute Morgen in ihrem Lieferwagen gefunden. Sie ist tot.«

Nick starrte sie mit offenem Mund an. »Aber – dann hat sie sich wohl das Leben genommen?«

Damit seid ihr schon zu zweit, dachte Gemma. »Wie kommen Sie darauf?«, fragte sie ruhig.

»Na, das ist doch wohl offensichtlich, oder? Wenn sie versucht hat, Winnie umzubringen und sich danach schuldig gefühlt hat … oder vielleicht hatte sie auch Angst, Faith könnte herausfinden, was sie getan hatte …«

»Hätte ihr das denn so viel ausgemacht?«

»Sie scheint von Faith besessen –«

»Meinen Sie sexuell?«

»Ich – ich weiß nicht. Ich glaube nicht. Aber sie ist wahnsinnig eifersüchtig, was Faith betrifft.« Er warf Gemma einen finsteren Blick zu und trommelte dabei mit den Fingern auf die Tischplatte. »Sie stellen eine Menge Fragen, wenn ich mir die Bemerkung erlauben darf.«

»Tut mir Leid. Ist eine schlechte Angewohnheit.« Er würde noch früh genug herausfinden, dass sie Polizistin war, aber bis dahin konnte sie immerhin noch das Beste aus ihrer vorübergehenden Anonymität herausholen. »Darf ich davon ausgehen, dass Garnet Sie nicht sehr mochte?«

»Nein, nicht besonders.« Er schien nicht erpicht darauf, das Thema weiter zu verfolgen. »Wie hat Faith die Nachricht aufgenommen?«

»Es hat sie sehr mitgenommen, aber inzwischen hat sie sich wieder gefangen. Wir müssen aber unbedingt mit ihr zur Vorsorgeuntersuchung, und sie lässt einfach nicht mit sich reden. Sie haben nicht vielleicht einen gewissen Einfluss ...«

»Wohl eher nicht.« Nick klang verbittert.

»Haben Sie eine Ahnung, warum sie sich so dagegen sträubt?«

»Ich habe immer angenommen, es läge daran, dass Garnet sie dagegen aufgebracht hat. Das hatte etwas mit Macht zu tun.«

Wenn es Garnets Absicht gewesen war, Faith von ihrer Fürsorge abhängig zu machen, dann schien sie damit Erfolg gehabt zu haben, dachte Gemma. »Faith sagte mir, Sie glaubten, Garnet habe Winnie mit ihrem Lieferwagen angefahren. Wieso waren Sie sich da so sicher?«

Nick rutschte nervös auf seinem Stuhl hin und her. »Faith erzählte mir, Garnet sei ungefähr um die Zeit weggegangen, als Winnie ihren Unfall hatte, und als sie zurückgekommen sei, habe sie sich merkwürdig benommen.«

»Das sind nicht gerade handfeste Beweise, meinen Sie nicht auch? Warum sollte Garnet so etwas tun?«

»Vielleicht glaubte sie, Winnie würde Faith dazu überreden, zu ihren Eltern zurückzugehen. Oder vielleicht – vielleicht hat Winnie etwas herausgefunden, von dem Garnet nicht wollte, dass es ans Licht käme.« Diese Hypothese schien dem Jungen zu gefallen. »Winnie kann gut mit Leuten reden. Vielleicht hat Faith ihr etwas erzählt …«

»Etwas über Garnet? Aber was?«

»Ich weiß es nicht.« Nicks Antwort kam etwas zu prompt. »Jetzt, wo Garnet … nicht mehr da ist – hat Faith gesagt, was sie jetzt vorhat?«

»Nein. Ich bin einfach davon ausgegangen, dass sie vorerst hier bleiben wird. Es geht jedenfalls nicht an, dass sie auf sich allein gestellt ist.«

»Dann wird sie ein paar von ihren Sachen brauchen.« Anscheinend erleichtert schob er seinen Stuhl vom Tisch zurück. »Ich fahr dann mal schnell hoch zum Bauernhaus –«

»Nein«, unterbrach ihn Gemma. »Ich mache das. Faith wird Sie sehen wollen, wenn sie aufwacht, und die Bewegung wird mir gut tun. Sagen Sie mir nur, wie ich hinkomme.« Sie verschwieg, dass es in dem Haus inzwischen von Polizisten wimmeln würde und dass sie sich zumindest auf ihren offiziellen Status berufen konnte. Außerdem musste sie zugeben, dass Garnet Todd sie mehr und mehr zu interessieren begann.

»Okay«, sagte Nick schließlich und beschrieb ihr mit knappen Worten den Weg. Mit einem kritischen Blick auf ihre Schuhe warnte er sie: »Es ist allerdings ein ziemlicher Weg da hoch.«

»Ich komme schon klar, keine Sorge«, erwiderte sie amüsiert. Ihre neuen Schuhe hatten etwas höhere Absätze als die, die sie normalerweise während der Arbeit trug, aber ihre Füße waren dergleichen Misshandlungen längst gewöhnt. Während sie nach ihrer Handtasche und ihrer Jacke griff, fiel ihr das Versprechen ein, das sie Faith gegeben hatte. »Übrigens, das Café, in dem Faith arbeitet – ist das hier in der Nähe?«

»Auf halbem Weg an der Straße zu Garnets Bauernhof. Sie können es nicht verfehlen.«

An der Tür drehte Gemma sich noch einmal um und wandte sich mit einer letzten Bitte an Nick. »Sie werden doch versuchen, Faith zu diesem Arztbesuch zu überreden, nicht wahr?«

Er schnaubte verächtlich. »Wenn Faith sich einmal etwas in den Kopf gesetzt hat, kann man eher den verdammten Tor von der Stelle rücken, als sie davon abbringen. Ich verstehe nicht, wie Garnet es geschafft hat, sie so gefügig zu machen.«

»Vielleicht mit Hypnose?«, meinte Gemma leichthin.

»Oder mit etwas Schlimmerem«, murmelte Nick düster, doch als sie fragend die Augenbrauen hob, schüttelte er nur den Kopf und sagte: »Ist ja auch egal.«

Erst als Gemma Jacks Haus wieder verlassen hatte, merkte sie, wie bedrückend seine Düsterheit auf sie gewirkt hatte. Die meisten Häuser, an denen sie vorüberging, waren wuchtige viktorianische Bauten wie das von Jack, doch nicht wenige wiesen deutliche Anzeichen von Modernisierungs- und Renovierungsmaßnahmen auf. Merkwürdig, dass Jacks Mutter so wenig getan hatte, um ihr Heim wohnlicher zu gestalten.

Zur Rechten erhob sich gleich hinter den Gärten die Flanke des Tor, während jenseits der linken Häuserreihe das Land steil zu einer vollkommen horizontalen Ebene hin abfiel.

Bald schon erreichte sie die spitze Kehre, von der Nick gesprochen hatte, und begann die Wellhouse Lane hochzugehen. Gleich darauf erblickte sie den von Zweigen umkränzten Eingang zu dem Fußweg, der zum Gipfel des Tor führte. Sie fand die Aussicht sonderbar verlockend, trotz des unguten Gefühls, das der Berg in ihr auslöste, doch sie beschloss, den Aufstieg auf ein andermal zu verschieben.

Als sie beim Dream Café anlangte, war sie schon etwas außer Atem, und so blieb sie stehen, um den mit Talismanen und Bändchen behangenen Baum im Vorhof zu betrachten. Ihr kam der Gedanke, dass Winnie wohl mit dem Rad zum Café gefahren war; vielleicht hatte sie es ja an eben diesen Baum angelehnt.

Im Inneren des Cafés war es düster und feucht. Van Morrisons *Moondance* erklang aus einer billigen Stereoanlage, und an den Holztischen saßen einige wenige Gäste beim Essen. Hinter der Theke erblickte sie eine kleine Küche, in der ein schlaksiger Mann mit einem leicht ergrauten Pferdeschwanz arbeitete.

»Sind Sie Buddy?«, fragte Gemma, als sie an der Theke angelangt war.

»Genau der.« Sein Lächeln war freundlich, und er hatte einen leichten amerikanischen Akzent. »Was kann ich für Sie tun?«

»Ich heiße Gemma. Ich bin eine Bekannte von Jack Montfort und zu Besuch aus London –«

»Geht es um Winnie? Sie ist doch nicht –«

»Nein. Winnies Zustand ist unverändert. Faith bat mich, Sie aufzusuchen; sie wohnt zurzeit bei Jack.«

Buddy schien erleichtert. »Ich wusste nicht, was ich davon halten sollte, als sie heute Morgen nicht zur Arbeit erschienen ist. Ich dachte, das Baby …« Dann runzelte er plötzlich die Stirn, als ihm klar wurde, dass noch mehr dahinter stecken musste. »Warum ist Faith denn nicht bei Garnet? Ist mit Faith alles in Ordnung?«

»Faith ist wohlauf. Es geht um Garnet. Es tut mir sehr Leid, es Ihnen sagen zu müssen – sie ist tot.«

»Tot?« Buddy starrte sie entgeistert an. »Sie machen doch Witze, oder?«

»Es tut mir Leid«, wiederholte Gemma leise. »Ich weiß, Sie waren befreundet.«

»Aber – sie kann doch nicht tot sein! Garnet doch nicht! Das muss ein Irrtum sein.«

»Faith machte sich Sorgen, als Garnet gestern Abend nicht nach Hause kam. Sie ging zu Jack, und er rief die Polizei an. Sie fanden sie heute Morgen in ihrem Lieferwagen.«

»In ihrem Lieferwagen? Aber … ich verstehe nicht.« Er schien vollkommen ratlos; von seiner fröhlichen, leutseligen Art war nichts mehr zu spüren. »War es ein Unfall? War sie vielleicht krank?«

»Das kann noch niemand mit Sicherheit sagen. Aber Faith wollte, dass ich Ihnen Bescheid sage.«

»Faith …« Nur mit Mühe schien Buddy den Blick auf Gemma richten zu können. »Wer wird sich jetzt um Faith kümmern? Ich habe versprochen – ich habe Garnet versprochen, auf sie aufzupassen. … Hören Sie, ich weiß Ihre Hilfe zu schätzen. Aber wenn Sie nichts dagegen haben …« Er sah krank aus, und seine Augen hatten sich mit Tränen gefüllt.

»Selbstverständlich. Es dürfte immer jemand bei Jack zu Hause sein, falls Sie später anrufen möchten.«

Buddy nickte, und Gemma ließ ihn mit seinem Kummer allein.

Während sie ihren Aufstieg fortsetzte, fragte sie sich, welche anderen Biografien sich wohl noch mit der von Garnet Todd überschnitten hatten. Die Frau hatte mit Sicherheit starke Gefühle in den Menschen ausgelöst, mit denen sie zu tun gehabt hatte – gewiss nicht der schlechteste Nachruf, oder?

Der Weg wurde immer steiler, und Gemmas Wadenmuskeln begannen zu schmerzen. Sie bewegte sich jetzt parallel zum nördlichen Abhang des Tor und kam der Kirchenruine auf dem Gipfel immer näher. Die Wanderer, die sich um das Bauwerk herum bewegten, waren immer deutlicher zu erkennen, wenn sie auch immer noch wie Ameisen wirkten.

Endlich erblickte sie den Orientierungspunkt, den Nick ihr genannt hatte, nämlich die Abzweigung der Stonedown Lane zur Linken, und knapp fünfzig Meter weiter das einzeln stehende, baufällig wirkende Bauernhaus. Zu ihrer großen Überraschung waren keine Polizeiautos zu sehen. Nur eine VW-Limousine parkte vor dem geschlossenen Hoftor.

Als Gemma näher kam, sah sie einen Mann auf dem Hof, dessen Bewegungen ihr irgendwie verdächtig vorkamen. Er spähte in die Scheune und ging dann zur Hintertür des Hauses. Kurz vor den Stufen blieb er stehen, als sei er sich nicht sicher, was er als Nächstes tun sollte.

Am Tor angekommen rief Gemma ihn an: »Hallo, Sie da! Kann ich Ihnen helfen?«

Der Mann wirbelte herum, und für einen Moment hatte sie den Eindruck, dass er davonrennen würde. Aber sie stand zwischen ihm und seinem Wagen, und nachdem sie durch das Tor eingetreten und über den Hof auf ihn zugegangen war, schien er es sich anders überlegt zu haben.

»Ich suche Garnet Todd«, entgegnete er, indem er sich vor ihr aufpflanzte, als sei es sein gutes Recht, sich hier aufzuhalten. »Ich wollte sie wegen Fliesenarbeiten um Rat fragen. Hier bin ich doch richtig, oder?«, fügte er lächelnd hinzu, und Gemma fiel auf, dass er recht attraktiv war.

»Ja, hier sind Sie richtig. Aber ich fürchte, Miss Todd wird Ihnen nicht helfen können.«

»Aber ich habe gehört, sie sei die beste –«

»Es tut mir Leid. Ich hätte Ihnen das gleich erklären sollen. Miss Todd wird niemandem mehr helfen. Sie ist irgendwann letzte Nacht gestorben.«

»Gestorben?«, echote er verständnislos. »Aber – o Gott, das ist ja furchtbar! Was war es denn, ist sie plötzlich krank geworden?«

»Ich glaube nicht. Die Polizei hat die Ermittlungen aufgenommen.«

Der Mann wurde blass, und Gemma hätte schwören können, dass sie für einen Sekundenbruchteil an seinen Augen ablesen konnte, wie er eilig Berechnungen anstellte. Dann zogen sich seine Augenbrauen zu einer kummervollen Miene zusammen, und er sagte: »Das tut mir Leid. Das ist ja noch viel schlimmer. Sind Sie eine Verwandte von Miss Todd?«

»Nicht direkt«, antwortete Gemma ausweichend. »Kannten Sie sie gut?«

»O nein, keineswegs. Wir sind uns nie begegnet.« Der Mann warf einen Blick auf seine Uhr. »Hören Sie, ich muss los. Tut mir Leid, Sie aufgehalten zu haben.« Er warf ihr ein entschuldigendes Lächeln zu und ging dann eiligen Schritts über den Hof und zum Tor hinaus. Gemma sah ihm neugierig nach und merkte sich das Kennzeichen des Wagens, bevor er zurücksetzte und davonfuhr.

Das ist ja ausgesprochen merkwürdig, dachte sie und wandte dann ihre Aufmerksamkeit dem Haus zu. Zuerst schaute sie sich in der Scheune um – offensichtlich hatte sie Garnet als Werkstatt gedient. Alles war ordentlich aufgeräumt, das Werkzeug und das Material, und nichts deutete darauf hin, dass ein Kampf oder ein Einbruch stattgefunden hatte.

Sie ging wieder über den Hof und öffnete vorsichtig die Hintertür des Hauses, wobei sie ein Taschentuch benutzte. Drinnen wurde sie von mehrstimmigem, kläglichem Miauen begrüßt. Im Tageslicht, das durch den Schmutzfilm auf den Fensterscheiben drang, konnte sie drei haarige, zeternde Knäuel auf dem Küchentisch ausmachen. Offenbar hatte niemand daran gedacht, Garnets Katzen zu füttern.

Obwohl sie ungern den Zorn von DI Greely auf sich ziehen wollte, indem sie an dem möglichen Schauplatz eines Verbrechens Spuren verwischte, konnte Gemma dennoch nicht umhin, die primitive Küche so lange zu durchsuchen, bis sie eine Blechdose mit getrocknetem Fertigfutter gefunden hatte. Garnets Ablehnung aller modernen Konsumartikel hatte sich offensichtlich nicht auf Katzennahrung erstreckt. Gemma füllte eine irdene Schüssel mit Futter und stellte auch ein

Schüsselchen mit frischem Wasser hin. Befriedigt sah sie zu, wie die Katzen dinierten, doch kurze Zeit später begann sie zu zittern, als die Kälte allmählich durch ihre Kleider drang. Der Holzofen war schon vor längerer Zeit ausgegangen, und die Luft war von dem klammen Geruch kalter Asche erfüllt.

Sie versuchte sich ein Leben vorzustellen, wie Garnet Todd es geführt hatte, doch es gelang ihr nicht. Wie schwierig musste es erst für ein verwöhntes Vorstadtkind wie Faith gewesen sein, das in der Welt des Fernsehens und der sofortigen Bedürfnisbefriedigung aufgewachsen war? Der Gedanke nötigte ihr wieder einmal Respekt vor dem Durchhaltevermögen des Mädchens ab.

Sie knöpfte ihre leichte Jacke zu und sah sich mit unverhohlener Neugier in der Küche um. Die offenen Regale waren gut bestückt mit Grundnahrungsmitteln, aber bis auf Milch, Käse, Butter und Eier konnte sie keine frischen Lebensmittel entdecken. Garnet war zweifellos Vegetarierin gewesen und hatte wohl täglich eingekauft. Auf dem Tisch stand ein sorgfältig mit Alufolie verschlossener Topf. Gemma zog ein Stückchen von der Folie ab, schaute in den Topf und schnüffelte daran. Irgendein überbackener Gemüseauflauf, und er war noch frisch.

In der tiefen, altmodischen Spüle war kein schmutziges Geschirr, und das saubere war zum Trocknen ordentlich auf einem Geschirrtuch abgestellt. Es hatte den Anschein, als habe Garnet wie üblich ihr Abendessen zubereitet – aber was dann? War sie ausgegangen und hatte damit gerechnet, dass sie zurückkommen und den Auflauf mit Faith teilen würde?

Das Motorengeräusch eines Autos, das sich dem Haus näherte, riss sie aus ihrer Grübelei. Sie zog den verschlissenen Vorhang ein Stück zur Seite, gerade rechtzeitig, um zu sehen, wie Kincaid mit ihrem Escort in den Hof einfuhr. Als er ausstieg, hatte Gemma für einen Moment das Vergnügen, ihn unbemerkt beobachten zu können. Er wirkte entspannt in seinen Jeans und der alten Fliegerjacke, der Wind zerzauste sein kastanienbraunes Haar, und er bewegte sich mit einer Grazie, die man bei so groß gewachsenen Männern selten findet.

Er schloss das Tor und ging auf das Haus zu, blieb dann aber unvermittelt stehen und heftete den Blick auf den Boden. Neugierig ging Gemma zu ihm hinaus.

Als Kincaid die Tür hörte, blickte er auf und ließ sein charmantes Grinsen aufblitzen. »Hier bist du also. Gut. Aber wie ich sehe, waren Greelys Leute noch nicht hier.«

»Du bist doch sicher noch mal im Haus gewesen.«

»Mm-hmm. Und habe Jacks jungen Freund Carlisle kennen gelernt. Ist dir vielleicht sein Motorrad aufgefallen?«

»Ich habe es bemerkt, ja. Wieso?«

»Ich hatte mal genau so ein Motorrad, bevor ich nach London gezogen bin. Ich war der Schrecken der ganzen Gegend, und meine Eltern waren sicher, dass ich mal an einem Baum enden würde. Jedenfalls« – er kniete nieder und berührte den zerfurchten Boden des Hofs – »würde ich diese Spuren überall wiedererkennen.«

Gemma betrachtete den Boden genauer. Natürlich, er hatte Recht. Die Reifenspuren waren zu schmal für ein Auto, geschweige denn einen Lieferwagen, und sie waren noch frisch. Sie hätte sie nicht übersehen dürfen. »Verdammt. Von wann sind die, was meinst du?«

»Wir müssen herausfinden, wann es zuletzt geregnet hat, aber ich würde sagen, dass diese Spuren wahrscheinlich heute Morgen oder gestern entstanden sind.«

Ihre Blicke trafen sich. »Als ich mich mit Nick unterhielt, sagte er, er sei heute Morgen hier vorbeigefahren. Er erwähnte aber nicht, dass er auf den Hof gefahren ist.«

»Ich würde sagen, damit ist er ein Kandidat für den Mord an Garnet.«

Gemma führte seine Gedanken weiter. »In diesem Fall war es vielleicht keine so gute Idee, Faith mit ihm allein zu lassen. Wir sollten zurückfahren. Ich wollte aber noch ein paar von

Faiths Sachen mitnehmen, falls das möglich ist, ohne Spuren zu vernichten.« Sie wandte sich zurück zum Haus, und Kincaid folgte ihr. Als er durch die Tür trat, hörte sie, wie er überrascht auflachte.

»Na, Garnet hat sich wohl keine Gedanken um den Jahr-Zweitausend-Virus machen müssen. Das nenne ich autark!«

Die Katzen, deren Hunger jetzt gestillt war, strichen wie wild um Gemmas Beine herum und schnurrten so lange, bis ihre Erretterin sie endlich hinausließ. »Ich schaue nur mal eben, was ich oben noch finden kann.«

Sie ließ ihn in der Küche zurück und ging durch den düsteren Korridor zur Treppe und nach oben. Als Erstes stieß sie auf Faiths Zimmer. Einen trostloseren Zufluchtsort hatte sie noch nie gesehen. Der Anblick ihres gefalteten Nachthemds und des Plüschkaninchens auf dem Kopfkissen rührte sie fast zu Tränen.

Plötzlich überkam sie der dringende Wunsch, ihren Sohn an sich zu drücken, seinen kleinen warmen Körper zu spüren und ihre Nase in seinen seidigen Haaren zu reiben. Sie sammelte ein paar bescheidene Sachen für Faith zusammen und ging schnell wieder aus dem Zimmer.

Doch sie konnte der Versuchung nicht widerstehen, einen Blick in das Schlafzimmer auf der anderen Seite des Flurs zu werfen. An der Schwelle hielt sie überrascht inne. Das Zimmer wirkte unerwartet weiblich im Vergleich zum Rest des Hauses. Das hohe Himmelbett war ordentlich gemacht, und der Raum war ebenso unberührt wie die Küche. Hier hatte kein Kampf stattgefunden.

Als Kincaid mit dem Escort in Jacks Einfahrt einbog, stand Jacks blauer Volvo an seinem gewohnten Platz, während von Nick Carlisles Motorrad nichts zu sehen war. »Eine unerwartete Wachablösung?«, fragte Kincaid. »Sehen wir mal nach, was los ist.«

Sie fanden Jack in der Küche. Er war am Telefon und sagte

eben: »Gut, ich rufe dann noch mal an. Tschüss!« Über das ganze Gesicht strahlend, winkte er sie hinein, während er den Hörer auflegte.

»Gute Nachrichten?«, fragte Kincaid.

»Sie ist wach. Winnie ist wieder bei Bewusstsein! Ich habe gerade mit der Erzdiakonin telefoniert, und mit Fiona Allen.«

»Das ist ja fantastisch, Jack!« Kincaid klopfte seinem Cousin auf die Schulter. »Warst du bei ihr?«

»Ich war da, als sie die Augen aufschlug. Sie hat mich gleich erkannt.« Jack wandte sich ab und begann etwas umständlich mit dem Wasserkessel und der Teekanne zu hantieren; Kincaid vermutete, dass er Mühe hatte, seine Emotionen zu beherrschen.

»Die schlechte Nachricht ist, dass sie sich an nichts zu erinnern scheint, was nach dem Abend vor ihrem Unfall gewesen ist. Die Schwestern haben mir gesagt, sie würde die Gedächtnislücke wahrscheinlich wieder schließen können, aber sicher ist das nicht.«

»Hat sie irgendetwas gesagt, was uns einen Anhaltspunkt liefern könnte?«

»Sie schien sich Sorgen wegen ihres Bruders zu machen. Aber das könnte daher rühren, dass das Letzte, woran sie sich deutlich erinnert, Andrews abscheuliches Verhalten bei ihrer Abendgesellschaft ist.«

»Wie lange werden sie sie noch auf der Intensivstation behalten?«, fragte Kincaid.

»Sobald sie allein trinken kann, wird sie in ein Zimmer verlegt.«

»Wenn es so weit ist, sorgst du vielleicht besser dafür, dass immer jemand bei ihr ist, dem du vertraust.«

Jack wurde blass und wandte sich dem kochenden Kessel zu. Er trug das Teegeschirr zum Tisch und setzte sich schwerfällig hin. »Irgendwie hatte ich mir eingeredet, wir hätten das Schlimmste jetzt hinter uns.«

»Es *ist* ja auch eine wunderbare Neuigkeit«, beruhigte Gemma ihn. »Und ein Grund zum Feiern. Darauf wollen wir anstoßen.« Sie hob ihre Tasse hoch.

»Moment.« Jack stand auf und brachte drei Gläser sowie eine Flasche zwölf Jahre alten Macallan. Er schenkte für jeden einen Schuss Whisky ein und schob den anderen ihre Gläser hin. »Wenn schon, dann richtig. Auf Winnie!«

Alle hoben ihre Gläser, doch während die beiden Männer die ihren in einem Zug leerten, bemerkte Kincaid, dass Gemma nur einen winzigen Schluck nahm. In letzter Zeit hatte sie im Pub immer Orangensaft bestellt und ihr Glas Wein nach Feierabend kaum angerührt. Wollte sie abnehmen und hatte sich nicht die Mühe gemacht, es ihm zu sagen?

Jetzt nippte sie ein wenig geziert an ihrem Tee und fragte: »Wie geht es Faith?«

»Sie schläft noch«, antwortete Jack. »Nick sagt, sie hat die ganze Zeit keinen Mucks gemacht.«

»Hast du mal nach ihr gesehen?« Kincaid merkte, dass seine Stimme unabsichtlich streng klang, und Jack sah ihn verdutzt an.

»Ja, kurz bevor Nick gegangen ist. Sie hat geschlafen wie ein Baby. Wieso?«

»Hat es hier vor kurzem geregnet?«

Jack starrte ihn an. »Gestern Morgen. Ein kurzer, aber heftiger Schauer. Duncan, worauf willst du eigentlich hinaus?«

»Würdest du sagen, dass man Nick trauen kann?«

»Natürlich! Was soll denn das Ganze?«

»Nick ist innerhalb der vergangenen vierundzwanzig Stunden auf Garnets Bauernhof gewesen – ein Umstand, den er Gemma und mir geflissentlich verschwiegen hat.«

»Ich bin sicher, dass er gestern Abend nur auf der Suche nach Faith war«, protestierte Jack. »Er sagte, er habe sie überall gesucht. Es ist doch nur normal, dass er es zuerst im Bauernhaus versucht hat.«

»Warum sollte er uns das denn nicht sagen?«

Es vergingen einige Sekunden unbehaglichen Schweigens, während Jack langsam klar wurde, was daraus folgte. Schließlich sagte er: »Also, ich bin mir sicher, dass es sich da um ein einfaches Missverständnis handelt. Nick ist ein guter Bursche, und für Faith würde er alles tun –« Zu spät schien er zu begreifen, wohin diese Argumentation führen würde.

»Wir werden Inspector Greely informieren müssen. Das siehst du doch ein.«

»Duncan, ich verstehe, in was für eine schwierige Situation ich dich gebracht habe, indem ich dich in diese Sache hineingezogen habe. Aber ich habe auch meine Verpflichtungen, und Nick ist nun einmal mein Freund. Rede zuerst mit ihm, bevor du Greely einschaltest. Das kann doch gewiss nicht schaden.«

Kincaid dachte eine Weile darüber nach und sah dann Gemma an. Sie nickte. »Na schön. Wo können wir ihn finden?«

»Als er hier wegging, sagte er, er wolle nach Hause. Ich weiß, dass er in einem Wohnwagen in Compton Dundon wohnt, aber ich war selbst noch nie dort. Du könntest in dem Buchladen fragen, wo er arbeitet. Das ist in der Magdalene Street, gleich gegenüber vom Eingang der Abtei. Aber ihr wollt sicher zuerst mal in eure Pension.«

»Es wäre nicht schlecht, wenn wir unsere Sachen auspacken und uns ein wenig frisch machen könnten. Es ist so viel passiert, dass es mir vorkommt, als wären wir schon seit Tagen hier und nicht erst seit ein paar Stunden.« Gemma griff nach ihrer Handtasche und brachte ihre Tasse zum Spülbecken. »Ach, da fällt mir ein, als ich zu Garnets Haus gefahren bin, hat da so ein Mann rumgeschnüffelt. Er sagte, er wollte sie wegen irgendwelcher Fliesenarbeiten sprechen, aber das klang irgendwie nicht ganz koscher.«

»Wie sah er denn aus?«, fragte Jack.

»Groß, schlank, dunkle Haare. Mitte dreißig. Sah ganz nett

aus, eher der intellektuelle Typ. Er fuhr eine silberfarbene VW-Limousine.«

Jack hatte während ihrer Rede mit halb zum Mund erhobenem Glas innegehalten. »Wirklich sehr merkwürdig. Das hört sich ganz nach Andrew Catesby an, aber ich kann mir überhaupt nicht vorstellen, was der bei Garnet Todd wollte.«

»Armer Jack«, sagte Gemma, während sie sich hinter das Steuer ihres Wagens setzte. »Ich glaube, er war nicht darauf vorbereitet, dass jemand, den er kennt und mag, in Winnies Unfall verwickelt sein könnte – oder in den Mord an Garnet Todd.«

Kincaid schnallte sich an und schlug einen Führer von Glastonbury auf, den Jack ihnen gegeben hatte. »Fahr Richtung Westen und ordne dich am ersten Kreisel links ein«, instruierte er sie. Dann fügte er hinzu: »Und er war sich wohl auch nicht bewusst, dass Faith kein Alibi hat von dem Zeitpunkt an, als sie gestern Feierabend machte. Was hat sie dir erzählt?«

»Sie sagte, sie habe nicht umhin gekonnt, einen Blick auf den Kotflügel des Lieferwagens zu werfen, und danach habe sie sich wegen ihres Misstrauens so geschämt, dass sie Garnet nicht gegenübertreten konnte. Sie versuchte auf den Tor zu steigen, aber als sie Schmerzen bekam, hat sie sich in einer Hecke zusammengerollt und ist eingeschlafen.«

Kincaids erhobene Augenbrauen machten seine Skepsis überdeutlich. Gereizt fuhr Gemma fort: »Was wäre denn bitte deine Version? Dass dieses im neunten Monat schwangere Mädchen nach Hause ging, eine Auseinandersetzung mit Garnet hatte, sie irgendwie tötete und ihre Leiche anschließend zum Lieferwagen schleifte?«

»Erstickt, wie es aussieht«, sagte Kincaid gelassen. »Obwohl der Doktor nicht so recht mit der Sprache rausrücken wollte, was die Methode betrifft.«

»Selbst wenn Faith körperlich in der Lage gewesen wäre, Garnet zu erwürgen oder zu ersticken, warum hätte sie so etwas tun sollen? Vielleicht hat jemand Garnet getötet, um zu verhindern, dass sie *Faith* etwas antut?«

»Nick vielleicht?« Kincaid sah wieder auf den Plan und wies Gemma an: »Am nächsten Kreisel rechts ab. Die Pension müsste gleich dort in der Magdalene Street sein.«

Gemma bog ab und verlangsamte das Tempo, während sie nach dem Schild der Pension Ausschau hielt. »Ich wüsste gerne, was Winnie Catesbys Bruder veranlasst hat, sich auf Garnet Todds Hof herumzutreiben.«

»Wir könnten uns ja auch mal mit Mr. Catesby unterhalten. Hier ist es!«

Gemma bog etwas zu scharf in die mit Kies bedeckte Einfahrt eines wuchtigen, gepflegt aussehenden georgianischen Hauses ein. Es war aus rotem Backstein mit weißen Einfassungen erbaut. Kincaid stieg aus und läutete. Kurz darauf kam er mit einem freundlichen jungen Mann zurück, der ihnen das Tor öffnete und Gemma anwies, wo sie parken sollte.

Daraufhin sagte er ihnen, dass sich ihr Zimmer in der Remise befinde, und während die Männer die Taschen aus dem Kofferraum nahmen, sah Gemma sich angenehm überrascht um. Die Remise lag am Ende der Einfahrt, vom Haupthaus durch einen formal angelegten Garten getrennt und abgeschottet vom Verkehrslärm der belebten Straße.

Wie sich bald zeigte, war die Inneneinrichtung ebenso entzückend wie das Äußere, und während Gemma hinter den Männern eine elegante Treppe hochging, schätzte sie sich glücklich, die Nacht nicht in Jacks düsterem Haus am Fuß des Tor verbringen zu müssen. »Das Akazienzimmer«, verkündete der junge Mann, als sie in ihrem Zimmer angelangt waren. Gemmas erster Gedanke war, dass »Rosenzimmer« der angemessenere Name gewesen wäre, denn der ganze Raum war in zarten Rosatönen gehalten. Ein Erkerfenster in der Vorderfront ging auf die Einfahrt hinaus.

Während Kincaid dem jungen Mann dankte und die Tür schloss, ging Gemma zum Nordfenster und zog die Spitzengardine zur Seite. Unten erblickte sie einen quadratischen Teich mit einem Springbrunnen, der im Schatten eines Baumes lag – eines Baumes mit der schönsten Rinde, die sie je gesehen hatte. Sie war in vielfältigen Schattierungen vom blassesten Grün bis hin zum tiefsten Rotbraun gemustert. Gemma fühlte sich an ein abstraktes Gemälde erinnert.

»Was ist das da für ein Baum?«

»Eine Akazie. Wunderschön, nicht wahr?« Er legte ihr die Hände auf die Schultern, und sie ließ sich an seine Brust sinken. Ihr Blick wanderte nach oben, über die Gartenmauer hinaus, und unwillkürlich stieß sie einen kleinen Schrei der Überraschung aus. »Was ist denn das?« Sie zeigte auf die sanft gewellten Rasenflächen, die im Mittelgrund zu sehen waren, und ein rundes Bauwerk aus Stein, das durch die Bäume hindurch gerade eben zu erkennen war.

»Das ist die Abtei«, antwortete er ein wenig amüsiert. »Wusstest du das nicht?«

»Mitten in der Stadt?«

»Genau. Die Abtei war zuerst da, und die Stadt ist um sie herum entstanden.«

»Und das Gebäude dort?«

»Das ist Abbot's Kitchen, die Küche des Abts, das einzige komplett erhaltene Gebäude im gesamten Klosterkomplex. Es blieb unversehrt – wenn ich mich recht entsinne –, weil es nach der Auflösung der Klöster von den Quäkern als Versammlungshaus benutzt wurde. Siehst du die vier Schornsteine? Sie sind so gewaltig, dass der Abt ganze Schweine oder Ochsen für seine Gäste braten konnte.«

»Klingt nicht gerade nach einem sehr frommen Leben – ständig Partys schmeißen und so.«

»Und dazu haben sie jede Menge Wein getrunken. Es war ein sehr politisches Leben. Wenn ein Abt wollte, dass sein Unternehmen florierte, musste er den richtigen Leuten Brei ums Maul schmieren.«

Gemma lachte. »Deine Metaphern sind ein wenig schief, fürchte ich. Wie kommt es, dass du das alles weißt?«

»Ich war ein schrecklich neugieriges Kind. Nur gut, dass ich als Erwachsener ein Ventil dafür gefunden habe, sonst hätte ich wohl ein schlimmes Ende genommen.« Er nahm sie in die Arme, ließ sie aber gleich darauf wieder los. »Ich muss noch ein paar Anrufe erledigen, bevor wir wieder losgehen; vielleicht willst du ja inzwischen auspacken.«

»Nicks Buchladen ist nur ein paar Häuser weiter, nicht wahr? Ich könnte doch mal versuchen, seine Adresse herauszubekommen und anschließend wieder hierher kommen. So sparen wir ein bisschen Zeit.«

Sie begann die Magdalene Street entlangzugehen. Gerne hätte sie mehr von der Abtei gesehen, doch nach einem verlockenden Blick durch die Stäbe eines schmiedeeisernen Zauns hindurch wurde ihr die Sicht zunächst durch die öffentlichen Toiletten versperrt, dann durch einen hässlichen Parkplatz. Dahinter erblickte sie den tunnelartigen Eingang der Abtei, und auf der anderen Straßenseite Nicks Buchladen.

Es dauerte nicht lange, bis sie die gewünschte Information eingeholt hatte. Die Inhaberin der Buchhandlung erklärte ihr, dass Nick kein Telefon habe, beschrieb ihr jedoch, wie sie seinen Wohnwagen in Compton Dundon finden konnte.

Gemma bedankte sich und trat wieder hinaus auf die Straße. Sie überquerte den gepflasterten Platz mit dem Marktkreuz in der Mitte, wo die Magdalene Street die High Street kreuzte. Von dort warf sie einen Blick in die High Street, um sich ein Bild von der Stadt zu verschaffen. Nett, aber nicht außergewöhnlich, war ihr Eindruck – abgesehen von der hohen Dichte von New-Age-Läden, die Kerzen, Kunsthandwerk, Kristall, Kleider und alle erdenklichen Mittelchen und Pülverchen feilboten.

Schließlich ging sie den Weg zurück, den sie gekommen war. Wieder kam sie am Eingang der Abtei vorbei, und diesmal ging sie hinein. Am Ende des blumengesäumten Durchgangs stieß sie auf einen Souvenirladen und den Eingang zum Museum und zum eigentlichen Abteigelände. Hinweisschilder wiesen ihr den Weg vorbei an den Ausstellungsstücken und dem »Brass Rubbing Centre«, wo die Touristen sich Abdrücke von den Messinggrabplatten anfertigen konnten, bis sie endlich durch die Tür trat, die zu den Ruinen der Abtei führte.

Über die ausgedehnte Rasenfläche hinweg blickte sie direkt auf die Abtsküche; etwas näher zu ihr stand ein halb verfallenes Gemäuer, dessen Form sie an einen Blumenkohl erinnerte. Doch es zog sie nach links, vorbei an der kleineren, besser erhaltenen Kirche mit dem dezenten Schild, das sie als Marienkapelle auswies, und auf die Zwillingstürme zu, deren Silhouette ihr so vertraut erschien wie ihre eigene Hand. Das Gras wirkte grüner, der Himmel blauer als alles, was sie bisher gesehen hatte, und die Luft war von einer Stille, wie sie sie noch nie erlebt hatte.

Langsam schritt sie über das federnde Gras an der einzigen verbliebenen Wand des Kirchenschiffs vorbei, bis sie ihr Ziel erreicht hatte. *Nördliches Querschiff* und *Südliches Querschiff* stand auf den Schildern. Dies war also der große Mittelgang der Kirche gewesen, nicht etwa der Eingang, wie sie anfänglich geglaubt hatte. Sie blickte nach oben, voller Staunen über dieses Wunderwerk menschlicher Gestaltungskraft.

Sie hatte jedes Zeitgefühl verloren, nahm nur noch den Augenblick wahr. Es schien, als könne nichts die friedliche Ruhe innerhalb der Klostermauern stören – und mit neuem, von der Erfahrung geprägtem Entsetzen dachte sie an Jacks Geschichte von den Mönchen, die von ihrem eigenen Abt ermordet worden waren.

Erst als sie die Hand ausstreckte, um die Steinplatte zu berühren, die einst der Hochaltar gewesen war, fiel ihr Blick auf ihre Armbanduhr. Eine Stunde war vergangen, seit sie durch das Tor der Abtei getreten war. Ihr selbst war es wie wenige Minuten vorgekommen. Kincaid musste glauben, sie habe sich verlaufen oder sei gekidnappt worden.

Während sie zum Ausgang eilte, kam ihr der Gedanke, dass diese Alternativen vielleicht nicht abwegiger waren als die Wahrheit – aber wie sollte sie ihm beibringen, dass ein Zauber sie gebannt hatte?

Kincaid hatte seine Telefonate längst erledigt und es aufgegeben, aus dem Fenster zu starren. Obwohl er versucht war, hinauszugehen und nach Gemma zu suchen, hielt er sich an seine Grundregel, an Ort und Stelle zu bleiben, falls man getrennt wurde. Vielleicht hatte sie Nick Carlisle doch im Buchladen angetroffen und den jungen Mann zu einer Tasse Kaffee eingeladen.

So streckte er sich stattdessen auf dem Bett aus und sann über die unvorhergesehenen Ereignisse seit ihrer Ankunft in Glastonbury nach. Er hatte erwartet, ein paar Tage damit zu verbringen, seinen Cousin wegen der Sache mit dem Unfall seiner Freundin zu beruhigen. Jetzt hatte er es mit einem Mord zu tun, mit einem mutmaßlichen Mordversuch, mit der Möglichkeit, dass Jacks Freund Nick der Hauptverdächtige in dem Mordfall war, und obendrein noch mit dem bizarren Phänomen, dass Jack Botschaften eines Mönchs zu Papier brachte, der seit achthundert Jahren tot war. Die Komplikationen, die sich aus jedem einzelnen dieser Umstände ergaben, waren Schwindel erregend.

Er hätte sich nicht darauf einlassen sollen. Wenn sich herausstellte, dass Nick Carlisle des Mordes schuldig war, und wenn Kincaid dazu beitrug, dass er zur Rechenschaft gezogen wurde, dann würde seine Beziehung zu seinem Cousin vielleicht dauerhaft Schaden erleiden. Er hatte dergleichen Situationen schon zu oft erlebt. Der Job vertrug sich nicht mit privaten und familiären Rücksichten.

Und dazu kam noch, dass Gemma sich augenscheinlich ausnehmend gut mit diesem jungen Mädchen verstand. Bereits jetzt schien sie geneigt, Faith in Schutz zu nehmen, und Kincaid befürchtete, dass diese – falls Carlisle tatsächlich der Mörder von Garnet war – sich zu einem gewissen Grad der Mittäterschaft schuldig gemacht hatte. Gemma war in letzter Zeit ohnehin schon sehr empfindlich gewesen, auch ohne dass sie sich in einer rein dienstlichen Angelegenheit emotional engagierte.

Aber er konnte schwerlich jetzt noch einen Rückzieher machen und nach London zurückkehren, zumal solange auch nur die geringste Wahrscheinlichkeit bestand, dass Winnie Catesby noch in Gefahr schwebte.

Blieb noch Jack. Sein Cousin hatte noch nie eine allzu überbordende Fantasie besessen, und auch jetzt schien er im Grunde ganz normal – bis auf das automatische Schreiben eben. Und da Kincaid keine logische Erklärung für das fand, was er mit eigenen Augen beobachtet hatte, würde er wohl oder übel die Mitteilungen des Edmund von Glastonbury für bare Münze nehmen müssen.

Kincaid sah nervös auf seine Uhr. Falls Gemma nicht tatsächlich Carlisle angetroffen hatte, dachte er, dann würden sie seinen Wohnwagen im Dunkeln suchen müssen. Er hatte gerade die Füße über die Bettkante geschwungen, um aufzustehen, als er eilige Schritte auf der Treppe hörte.

»Was war denn los, um Himmels willen?«, fragte er, als Gemma ins Zimmer trat. Ihre Wangen waren gerötet und ihr Haar zerzaust; es sah aus, als sei sie gerannt.

»Ach – ich war nur … Ich hab mir unterwegs kurz die Abtei angeschaut.« Sie ging zur Frisierkommode, löste ihr Haar und begann es auszubürsten. »Ich weiß jetzt, wie wir hinkommen. Gib mir noch eine Sekunde, dann können wir los.« Mit einer Geschwindigkeit, die ihn immer aufs Neue verblüffte, flocht sie ihre Haare wieder zusammen. Dann drehte sie sich lachend zu ihm um. »Fertig?«

»Das da ist Wearyall.« Kincaid zeigte auf den lang gezogenen, buckligen Hügel, der zu ihrer Linken aufgetaucht war, nachdem sie Glastonbury hinter sich gelassen hatten. »Nach der Legende war es das erste Land, das Joseph von Arimathia nach seiner Abreise aus dem Heiligen Land zu Gesicht bekam.«

»Das hier lag also alles unter Wasser?«, fragte Gemma überrascht. Sie mussten zunächst in westlicher Richtung fahren, bis zu dem nur drei Kilometer entfernten Städtchen Street, und von dort weiter nach Süden bis zu dem Dorf Compton Dundon.

»Fast die ganze Gegend. Deshalb spricht man auch von der Insel Avalon. Damals muss der Glastonbury Tor das einzige Land gewesen sein, das im Umkreis von vielen Kilometern aus dem Meer herausragte. Und das«, fuhr er fort, als sie einen träge dahinfließenden Bach überquerten, »ist der Brue. Als Kind war ich ganz erschüttert, als ich erfuhr, dass hier der Pons Perilis gestanden haben soll, die Brücke, auf der König Artus seine Marienerscheinung hatte.«

»Sieht nicht sehr beeindruckend aus, was?«, pflichtete Gemma bei. Sie erreichten den Ortseingang von Street. Das Städtchen wirkte wohlhabender und moderner als Glastonbury, wenn auch weniger reizvoll. Sie ließen es zügig hinter sich und erblickten nun zur Linken eine Hügelkette, die von der Abendsonne beschienen war.

»Eine schöne Gegend ist das hier«, meinte Gemma ein wenig versonnen.

Kincaid warf ihr einen amüsierten Blick zu. »Erzähl mir nicht, dass du plötzlich das Landleben für dich entdeckst. Das hätte ich ja nie von dir erwartet.«

»So weit würde ich auch nicht gehen. Es ist bloß –« Sie brach ab, denn sie wusste einfach nicht, wie sie die plötzliche Sehnsucht erklären sollte, die sie beim Anblick dieser friedlichen Landschaft mit ihren sanften Hügeln überkam. Stattdessen zuckte sie mit den Schultern. »Vielleicht war ich einfach nur mal urlaubsreif, weiter nichts.« Aber zum ersten Mal fragte sie sich, wie sehr Kincaid wohl seine Heimat Cheshire vermisst hatte.

»Aufgepasst jetzt«, sagte er, nachdem er einen Blick auf die Karte geworfen hatte. »Es ist an diesem Ende von Compton Dundon.«

Sie nickte, verlangsamte die Fahrt und kam schon bald an die richtige Abzweigung; und nachdem sie zwei oder drei Kilometer weitergefahren waren, entdeckten sie auch den Wohnwagen, der etwas abseits der Straße stand. Er hatte schon bessere Zeiten gesehen und wirkte verloren auf der Wiese, wo nur ein paar zottelige Schafe weideten. Nick Carlisles Motorrad stand neben der Tür des Wohnwagens.

»Wir lassen das Auto wohl besser an der Straße stehen und gehen zu Fuß, was meinst du?«, schlug Kincaid vor. »Diese Wiese kommt mir ein bisschen tückisch vor.«

Gemma fand eine breitere Stelle am Straßenrand, wo sie den Wagen parkte, und sie bahnten sich ihren Weg über den zerklüfteten, aufgeweichten Boden. »Hier muss es heftiger geregnet haben«, sagte sie leise und verstummte, als sie sich dem Wohnwagen näherten. Es waren keine Fernseh- oder Radiogeräusche zu hören, und als Kincaid an die Tür klopfte, hallte es wie ein Gewehrschuss in der stillen Luft.

Nick erschien augenblicklich an der Tür; er wurde blass, als er die beiden erblickte. »Was gibt es? Was ist passiert? Ist Faith –?«

»Nein, ihr geht es gut«, beruhigte Gemma ihn hastig.

»Und was –«

»Wir wollten Sie nur kurz sprechen. Können wir reinkommen?«

»Oh. Entschuldigung.« Er trat zur Seite und hielt ihnen die Tür auf. »Meine bescheidene Hütte. Bescheiden im wahrsten Sinne des Wortes.«

Nicht nur bescheiden, auch unordentlich, dachte Gemma, als sie sich drinnen umsah. Es war im Grunde nur ein einziger

Raum, mit einer Kochecke auf der einen Seite und einem Schlafbereich auf der anderen und einer Trennwand am hinteren Ende, hinter der sich Dusche und Toilette befinden mussten. Auf dem Abtropfbrett stapelte sich Geschirr, Kleidungsstücke lagen am Boden verstreut, doch zum größten Teil bestand das Chaos aus Büchern. Sie nahmen allen verfügbaren Raum ein. Ein paar Stapel schienen gar ihren festen Platz auf dem Bett zu haben, als ob sich Nick beim Schlafen um sie herum arrangierte.

Nick sah müde und zerknittert aus. Er starrte sie an und blickte sich dann verwirrt um, als wisse er nicht, was er mit seinen Besuchern anfangen solle.

Kincaid deutete auf den kleinen Tisch. »Vielleicht können wir uns ja hinsetzen?«

»Oh. Sicher.« Nick räumte hastig die beiden Stühle frei, indem er kurzerhand sämtliche Bücher und Papiere auf den Boden legte. Dann rückte er mit triumphierender Geste die Stühle zurecht. »Tee?«

Gemma wandte den Blick von der Kochecke ab. »Nein danke, machen Sie sich keine Mühe. Wir wollten uns nur kurz über gestern unterhalten.«

Nick drehte den dritten Stuhl um und setzte sich rittlings darauf, während er die beiden misstrauisch beäugte. »Also gut. Unterhalten wir uns.«

»Sie sagten, Sie hätten Faith gestern Nachmittag und gestern Abend überall gesucht«, sagte Kincaid in entspanntem Ton. Als Carlisle bestätigend nickte, fuhr er fort. »Aber Sie sind nicht im Bauernhaus gewesen?«

Dieses Mal wirkte das Kopfschütteln des jungen Mannes nicht so bestimmt.

»Ist das nicht ein wenig merkwürdig?«, fragte Gemma. »Da würde man doch normalerweise zuerst nachsehen.«

»Ich – ich hatte Faith versprochen, nicht mehr dorthin zu gehen. Garnet hatte etwas dagegen.«

»Aber Sie machten sich doch offenbar Sorgen um Faith«, sagte Kincaid. »Und Sie hatten ihr aufgetragen, sie solle sich Garnets Lieferwagen anschauen. Wäre ich an Ihrer Stelle gewesen und hätte geglaubt, dass Garnet für Winnies Unfall verantwortlich sein könnte, ich hätte das ganze Haus auf den Kopf gestellt, um sie zu finden.«

»Ich –« Nick zögerte. Dann schien er seine Entschlossenheit wiedergefunden zu haben. »Hören Sie, ich weiß, dass Sie Jacks Cousin sind, aber ich kann mir nicht vorstellen, dass Sie das irgendetwas angeht. Warum stellen Sie mir all diese Fragen?«

»Weil eine Frau tot ist, vor deren Haus jede Menge Spuren von Ihrem Motorrad zu finden sind«, entgegnete Kincaid scharf. »Und weil Jack uns gebeten hat, mit Ihnen zu reden, bevor wir diese Tatsache Inspector Greely unterbreiten. Jack war sicher, dass Sie uns eine plausible Erklärung liefern würden.«

Nick sah bestürzt von Kincaid zu Gemma. »Oh, Mist! Daran hatte ich nicht gedacht.«

»Sie waren dort.« Gemma sprach den Satz als Feststellung aus.

»Ich hatte mir Sorgen wegen Faith gemacht. Ich bin zum Bauernhaus gefahren, um mit ihr zu reden, obwohl ich wusste, dass sie sauer auf mich sein würde.«

»Haben Sie Garnet gesehen?«

Er nickte. »Sie sagte, Faith sei nicht da, aber ich wollte ihr nicht glauben. Ich habe das Haus durchsucht.«

»Und dann?«

Er schien entrüstet. »Und dann habe ich weitergesucht. Ich bin sogar nach Street gefahren, zum Haus ihrer Eltern, nur für den Fall, dass sie vielleicht verzweifelt genug gewesen wäre, um zu ihnen zurückzugehen; und ich war auch beim Pfarrhaus, um zu sehen, ob sie eventuell dorthin gegangen war.«

»Wenn Ms. Todd noch gesund und munter war, als Sie sie zuletzt sahen, warum haben Sie dann nicht gleich die Wahrheit gesagt?«

Nick zuckte mit den Achseln. »Als ich hörte, dass Garnet tot sei, da dachte ich mir … na ja, dass es wohl nicht gut aussehen würde. Und wie hätte sonst irgendjemand wissen können, dass ich dort war? War wohl ziemlich blöd von mir.«

»Ziemlich«, bestätigte Kincaid trocken. »Sie werden das der Polizei erzählen müssen, und ich rate Ihnen, es zu tun, bevor die Polizei zu Ihnen kommt. Ihnen ist doch klar, dass Sie vielleicht der Letzte sind, der Ms. Todd lebend gesehen hat?«

Das Blut schoss Nick in die Wangen. »Nein. Das war mir nicht …«

»Wie sind Sie mit ihr verblieben?«

»Ich komme mir jetzt wie der letzte Trottel vor …« Als Kincaid lediglich eine Augenbraue hob, fuhr Nick stockend fort. »Ich sagte zu ihr, wenn Faith irgendetwas zugestoßen wäre, würde es ihr noch Leid tun. Aber ich wollte doch nicht – Sie werden doch nicht glauben – mein Gott, ich habe ihr niemals den *Tod* gewünscht!«

»Das behauptet auch niemand«, warf Gemma ein. »Haben Sie irgendeinen Hinweis darauf entdeckt, dass sie jemanden erwartete? Oder dass sie im Begriff war auszugehen?«

»Nein, nicht dass ich wüsste. Aber … etwas war da … sie wirkte irgendwie verändert. Es hat mich schon überrascht, dass sie mich überhaupt ins Haus gelassen hat. Und sie schien ehrlich besorgt um Faith. Ich glaube, das hat mich schließlich davon überzeugt, dass sie ihr nicht irgendwas Schreckliches angetan hatte.«

»Sie haben niemand ums Haus herumschleichen sehen?«

»Nein. Wäre wohl besser für mich, wenn ich die Frage mit Ja beantworten könnte.«

»Und Sie wussten nicht, was mit Faith los war, bis Jack es Ihnen erzählte?«

»Er hat mich gleich heute Morgen im Laden angerufen. Sobald ich wegkonnte, habe ich mich auf die Suche nach Garnet gemacht. Und ich bin tatsächlich auch noch mal zum Bauernhof gefahren, um nachzusehen, ob sie wieder nach Hause gekommen war.«

»Sind Sie hineingegangen?«

Nick wirkte beklommen. Er nickte und sagte: »Die Tür war nicht verschlossen. Ich habe das Haus allerdings nicht durchsucht. Ich bin nur in die Küche gegangen und habe gerufen.«

»War irgendetwas verändert im Vergleich zum Vorabend?«

»Soweit ich das feststellen konnte, nein.«

Kincaid stand auf. »Also, wenn ich Ihnen einen Rat geben darf, Nick: Je eher Sie mit DI Greely reden, desto besser ist es für Sie.« Er gab ihm Greelys Karte. »Schreiben Sie sich am besten diese Nummer auf.«

Während Nick nach Stift und Papier kramte, nutzte Gemma die Gelegenheit, um einen Blick auf einige der Bücher zu werfen, die er zur Seite geräumt hatte, um Kincaid und ihr Platz zu machen. Es waren überwiegend Werke über Druiden, Göttinnenverehrung und alte Magie. Sie hob eines davon auf und sagte: »Nick, was meinten Sie eigentlich, als Sie sagten, Garnet habe vielleicht noch Schlimmeres getan als Faith zu hypnotisieren?«

»Habe ich das gesagt? Na, das war wohl nur so dahergeredet. Ich habe keine Ahnung.« Nick raffte die Bücher zusammen und lud sie auf dem Tisch ab, außerhalb ihrer Reichweite.

»Garnet Todd scheint ein beträchtliches Wissen über solche Dinge gehabt zu haben.« Gemma deutete auf die Bücher. »Hat sie Faith als ihre Schülerin betrachtet?«

»Wenn es so gewesen wäre, hätte sie mir das nicht anvertraut«, antwortete Nick verbittert.

»Etwas ist mir dabei nicht ganz klar. Warum war Garnet so entschlossen, Sie aus Faiths Leben herauszuhalten? Ich meine, als Vater des Kindes hatten Sie doch sicherlich –«

»Ich bin nicht der Vater des Kindes!«

»Aber ich dachte –«

»Nein. Faith war schon schwanger, als ich sie kennen lernte.«

»Aber wer ist dann –«

»Faith verrät es nicht. Niemand hat auch nur die leiseste Ahnung. Es sei denn …« Nick runzelte die Stirn.

»Es sei denn, Garnet wusste es«, beendete Gemma den Satz für ihn. »Wenn Faith sich jemandem anvertraut hat, dann wohl Garnet. Ich frage mich … Wenn nun irgendjemand dafür gesorgt hat, dass Garnet das Geheimnis des Vaters nicht mehr ausplaudern konnte?«

13

Glastonbury ist nicht nur tief in der Vergangenheit verwurzelt; die Vergangenheit lebt auch weiter in Glastonbury. Überall um uns herum regt sie sich und atmet, still, aber dennoch wach und lebendig.

Dion Fortune, aus: *Glastonbury*

»Was denn«, fragte Kincaid. »Hab ich vielleicht Marmelade im Gesicht?«

»Nein.« Gemma lächelte. »Du siehst richtig attraktiv aus.«

Er legte sein Croissant hin, wischte sich den Mund mit seiner Serviette ab und schenkte ihr und sich Kaffee nach. Sie genossen ein ausgedehntes Frühstück im Speisesaal ihrer Pension. Der Raum war elegant und gemütlich, das Essen war köstlich, und er hatte darauf bestanden, dass sie sich Zeit ließen. Immerhin hatten sie Urlaub, zumindest offiziell.

Gemma wirkte so entspannt, wie er sie seit Monaten nicht mehr erlebt hatte. Sie hatte sich für diesen Tag leger gekleidet – eine rotbraune Leinenhose, einen blassgelben Pullover, dazu Stiefel.

Und dennoch war er überzeugt, dass irgendetwas sie bedrückte. In der Nacht hatte sie sich ruhelos hin und her gewälzt und im Schlaf gemurmelt, und in letzter Zeit hatte er sie des Öfteren dabei ertappt – so auch gerade vorhin –, wie sie ihn mit einem nachdenklichen Blick betrachtete, den er nicht ergründen konnte. Jedes Mal, wenn er sie fragte, was sie beschäftigte, tat sie seine Frage mit einer belanglosen Antwort ab.

»Was steht denn als Erstes auf der Tagesordnung?« Gemma lehnte sich zurück. »Ich wüsste gerne, wie es Faith heute Morgen geht.«

»Ich rufe Jack mal an, vielleicht erwische ich ihn ja, bevor er ins Krankenhaus fährt.« Er hatte sein Handy eben aus der Tasche gezogen, als es klingelte, was ihm einen missbilligenden Blick vom Nebentisch eintrug. »Ich sollte das verdammte Ding immer auf Vibrationsalarm schalten«, murmelte er, bevor er sich meldete.

»Duncan?«

»Wenn man vom Teufel –«

»Die Polizei hat Nick heute Morgen abgeholt, um ihn zu verhören«, unterbrach ihn sein Cousin. »Um ihnen ›bei ihren Ermittlungen zu helfen‹, wie Greely es genannt hat. Du hast gesagt, Nick müsse nichts weiter tun als die Wahrheit sagen.« Es klang, als ob er sich verraten fühlte.

»Jack, es bringt einfach nichts, die Polizei anzulügen. Ich kann mir zwar nicht vorstellen, dass sie genug gegen ihn vorliegen haben, um ihn länger als ein paar Stunden festzuhalten, aber ich rufe Greely trotzdem an. Ich melde mich dann bei dir.«

»Sie haben Nick mitgenommen«, rief Gemma, als er das Gespräch beendet hatte.

»Und Jack glaubt, ich hätte sie beide an der Nase herumgeführt.« Kincaid verzog das Gesicht. »Verdammter Mist. Ich sollte wohl besser herausfinden, ob Greely irgendwas weiß, was wir nicht wissen.«

Er tippte die Handynummer ein, die Greely ihm gegeben hatte, und nannte seinen Namen, als der Inspector sich meldete. »Wie ich höre, haben Sie Nick Carlisle einkassiert.«

»Dachte ich's mir doch, dass Mr. Montfort Sie anrufen würde«, antwortete Greely. Er klang amüsiert. »Die Fingerabdrücke des Jungen sind registriert, und wir haben bei der gestrigen Überprüfung jede Menge davon in dem Bauernhaus gefunden.«

»Das ist ja auch kein Wunder, wenn er das getan hat, was er behauptet«, bemerkte Kincaid ruhig. »Haben Sie an dem Lieferwagen irgendetwas gefunden?«

»Keine Fingerabdrücke außer denen von Garnet und dem Mädchen.«

»Irgendwelche Wischspuren?«

»Nein. Unser Mörder muss Handschuhe getragen haben. Es gibt einige verschmierte Stellen am Lenkrad und an den Türgriffen.«

»Irgendwie scheint mir unser Junge nicht der berechnende Typ zu sein.«

»Mag sein«, sagte Greely, »aber was Besseres haben wir im Moment nicht.«

»Sie müssen ihn ja nicht unter Anklage stellen.«

»Nein. Aber es kann nie schaden, ein bisschen im Ameisenhaufen herumzustochern. Wir werden ihn heute Nachmittag laufen lassen, wenn sich nicht noch etwas ergibt; wir behalten ihn aber im Auge. Vielleicht hat das Mädchen ihm ja geholfen, und sie ist diejenige gewesen, die daran gedacht hat, Handschuhe zu tragen.«

Keine schlechte Hypothese, dachte Kincaid, und selbstverständlich würde er an Greelys Stelle genau das Gleiche denken – und tun. »Wie kommt es, dass der Junge registriert ist?«

»Irgendein Tumult an der Uni in Durham. Ich schätze, es war zu viel Bier im Spiel, und dann gab's eine Schlägerei. Ach, und vielen Dank übrigens, dass Sie Carlisle dazu gebracht haben, sich zu stellen. Hat uns einiges an Arbeit erspart.« Greely klang sehr zufrieden mit sich selbst.

Kincaid blickte auf und bemerkte, dass das Paar am Nebentisch nunmehr mit unverhohlener Neugier lauschte.

»Sie halten mich doch auf dem Laufenden?«, fragte er Greely, da er ungern mehr sagen wollte.

»Geht klar. Ach, da fällt mir noch was ein. Wir haben den Pathologen so lange beackert, bis er bereit war, die Obduktion heute Morgen durchzuführen. Das wird Ihnen gefallen.« Greely genoss es offenbar, Kincaid auf die Folter zu spannen.

»Und?«

»Sieht so aus, als sei Todd ertrunken. Süßwasser, unbehandelt. Es kam also nicht aus der Leitung.« Und damit legte Greely auf.

»Was hat er –«, begann Gemma, doch Kincaid unterbrach sie mit einer Kopfbewegung in Richtung der lauschenden Tischnachbarn. Sie verstummte und begann mit den Gebäckkrümeln auf ihrem Teller zu spielen, während Kincaid einen Schluck von seinem Kaffee nahm und angestrengt nachdachte.

Nach einigen Minuten fruchtlosen Wartens gab das Paar auf und verließ den Speisesaal. Kincaid grinste. »Kurze Aufmerksamkeitsspanne.« Dann berichtete er, was Greely gesagt hatte.

»Ich glaube nicht, dass Faith geholfen hat, Garnet zu ermorden, und auch nicht, dass sie berechnend ist«, sagte Gemma trotzig, als er geendet hatte. »Mein Gott, sie ist doch noch ein Kind.«

»Du weißt sehr wohl, dass das keine Garantie ist. Und sie ist nun einmal um die Mordzeit herum in aufgelöstem Zustand bei Jack aufgetaucht, ohne überzeugend erklären zu können, wo sie gewesen war.«

»Ich akzeptiere das immer noch nicht. Greely sagt, Garnet sei ertrunken? Was sollen Nick und Faith denn mit ihr gemacht haben – vielleicht ihren Kopf in der Badewanne unter Wasser gehalten? Das ist doch lächerlich. Und ich halte es auch nicht für wahrscheinlicher, dass sie sie an einen anderen Ort gelockt haben, wo sie die Tat leichter durchführen konnten.«

»Wenn es dir ein Trost ist – Greely würde es nicht wagen, Nick zu diesem Zeitpunkt unter Anklage zu stellen, es sei denn, er hätte ein Geständnis. Und er sagt, Garnet Todd sei in Süßwasser ertrunken.«

»Hat der Pathologe einen ungefähren Todeszeitpunkt ermittelt?«

»Ich bin nicht dazu gekommen, danach zu fragen. Aber wenn Nick die Wahrheit sagt, dann muss es nach fünf Uhr gewesen sein.«

»Das verschafft Jack ein wasserdichtes Alibi, würde ich sagen.«

Kincaid starrte sie entgeistert an. Er war nie auf die Idee gekommen, dass die örtliche Polizei seinen Cousin verdächtigen könnte, den Mord an Garnet begangen zu haben. Und dabei war es offensichtlich – wenn Jack geglaubt hatte, Garnet stecke hinter Winnies Begegnung mit dem Tod, wer hätte dann ein besseres Motiv gehabt als er?

»Das ist richtig, wenn man Faith als verlässliche Zeugin für die Zeit nach Jacks Ankunft in Glastonbury ansieht«, meinte er, während er über die Sache nachsann.

Mit einer entschlossenen Geste schob Gemma ihre Kaffeetasse von sich. »Also, was machen wir jetzt?«

»Ich würde sagen, wir liefern Greely einen weiteren Verdächtigen.«

Schriftliche Quellen brachten die »Insel« Beckery schon seit dem Jahre 670 mit der Abtei von Glastonbury in Verbindung; eine so datierte Urkunde von zweifelhafter Echtheit vermerkte ihre Übertragung an den Abt Berthwald. Doch nach der mündlichen Überlieferung gab es in Beckery bereits seit 488 eine religiöse Gemeinschaft, als angeblich die irische Heilige Brigida den Ort besucht hatte.

Andrew war nicht geneigt, derartige Geschichten für bare Münze zu nehmen, doch es gab Ausgrabungen, die darauf hindeuteten, dass dieser Ort spätestens seit der frühen angelsächsischen Periode besiedelt gewesen war.

Zwischen Beckery und dem Massiv von Wirral Hill lag kaum einen Kilometer weiter südlich das Gebiet des ehemaligen Wirral Park, des alten Hirschjagdreviers der Äbte von Glastonbury – heute ein scheußlicher Komplex von Supermärkten und Parkplätzen.

Von der höchsten Erhebung Beckerys aus überblickte Andrew dieses moderne Krebsgeschwür mit einem Abscheu, der an Hass grenzte. Sie machten alles kaputt, diese geldgierigen Narren, die weder Weitblick noch Verständnis für die Vergangenheit besaßen.

Er war mit seinem Spaniel von Hillhead her gekommen, entlang den spärlichen Resten des trägen Flüsschens. Oft machten sie am Samstagmorgen diese Wanderung, und normalerweise gelang es ihm, seinen Zorn für eine Weile zu vergessen, wenn er in den Ausgrabungsstätten herumstöberte. Aber an diesem Tag schien seine Wut unbezähmbar; wie Galle breitete sie sich in jedem Winkel seines Denkens und Fühlens aus.

Er konnte nicht sagen, wer von beiden schlimmer war – die Immobilienhaie oder die Spinner. Selbst hier in Beckery, das nie mehr als eine bescheidene und unbedeutende Gemeinde gewesen war, hatten die Spinner ihr Unwesen getrieben. Es hatte hier eine Quelle gegeben, höchstwahrscheinlich einer der Hauptgründe für die Ansiedlung eines Klosters an dieser Stelle. Um die Mitte des neunzehnten Jahrhunderts war davon wenig mehr als ein schlammiger Tümpel übrig geblieben, der in der Gegend als Bride's Well oder Brunnen der heiligen Brigida bekannt war. Und dann brachte im Jahre 1895 ein Arzt namens Goodchild aus Italien eine Schale mit, die er in einem Antiquitätenladen erstanden hatte, und versteckte sie – geleitet von einer Vision – im Bride's Well.

Goodchild ließ sodann Andeutungen fallen, die von empfänglichen Ohren vernommen wurden, und endlich fanden zwei ebenso junge wie jungfräuliche Damen – ebenfalls Anweisungen folgend, die sie in Visionen erhalten hatten – die Schale wieder. Anschließend wurde in erlauchten Kreisen heftig über die Frage diskutiert, ob diese Schale der Heilige Gral sei, wenn auch Goodchild selbst später darauf bestand, er habe dergleichen niemals behauptet.

Dieser Vorfall hatte in Andrews Augen die ganze spirituelle Erneuerungsbewegung von Glastonbury erst ausgelöst, einschließlich der absurden Behauptungen dieses Scharlatans Frederick Bligh Bond.

Andrew schlug mit seinem Spazierstock so heftig auf einen Grashügel ein, das Phoebe erschrocken zusammenfuhr und vorwurfsvoll zu ihm aufschaute.

»Tut mir Leid, Mädchen«, murmelte er, und doch versetzte er dem nächsten Büschel einen nicht minder kräftigen Schlag. Tote Mönche, du liebe Zeit! Wer glaubte denn noch an so einen Quatsch? Und jetzt verhalf Montfort diesem Unsinn zu neuem Leben. Und was noch schlimmer war, er zog Andrews Schwester mit hinein.

Es mussten die geschickten Anspielungen auf die Musik gewesen sein, durch die sich Winnie so leicht hatte einfangen lassen. Die Liebe zur Musik teilten Winnie und er seit ihrer Kindheit, sie war Teil der geschwisterlichen Bande, die ihnen nach dem Tod ihrer Eltern die notwendige Kraft gegeben hatten. Und jetzt war ihm auch dies genommen worden.

Hatte er das Unglück durch seine eigenen Taten über sich gebracht, in einer erbärmlichen Parodie irgendeines griechischen Tragödienhelden?

Grübelnd setzte Andrew seinen Rundgang durch die Grabungsstätte fort, während Phoebe ihm auf Schritt und Tritt folgte. Im Lauf der Jahrhunderte waren auf dem höchsten Punkt der Halbinsel nacheinander drei der heiligen Brigida geweihte Kapellen erbaut worden, jede auf dem Grundriss der vorhergehenden. Mittelalterlichen Quellen zufolge befand sich in der Südwand der frühesten Kapelle einst ein Loch, und alle, die dort hindurchkrochen, erlangten Vergebung ihrer Sünden. Was für ein Pech, dachte Andrew verbittert, dass es diese Möglichkeit heute nicht mehr gab.

Oder hätte man ihn mit dem Gesicht nach unten auf dem Friedhof am Nordende der Kapelle begraben, wie man es mit sechs der dreiundzwanzig Leichen gemacht hatte, die dort gefunden wurden? Das war die Stellung, in der die Heiden gewöhnlich Verbrecher und Übeltäter beerdigten, und die ersten christlichen Siedler hatten den Brauch höchstwahrscheinlich übernommen. Damit ließ man keinen Zweifel daran, wer oder was der betreffende Mensch in seinem Leben gewesen war.

Andrew wandte den Blick wieder nach Osten, vorbei an der Stadt mit der Abtei in ihrer Mitte, zum Gipfel des Tor, der in eine graue Wolkenbank hineinragte. Würde er eine solche Bloßstellung verkraften können? Den Ruin? Den Verlust all dessen, was ihm teuer war? Er hatte nie etwas anderes tun wollen als unterrichten, und das würde danach nicht mehr möglich sein.

Schlimmer noch, seine Schwester würde ihn verachten. Und diese Vorstellung konnte er am allerwenigsten ertragen.

Nach Jacks Besuch am gestrigen Nachmittag hatte Simon gewissenhaft Kopien von Rechnungsbüchern der Abtei durchforstet. Aufzeichnungen über die Erträge der vielen zur Abtei gehörenden Ländereien waren ein wichtiger Teil des Klosterlebens gewesen, und die jährlichen Eintragungen enthielten Angaben wie »7000 Aale von der Fischerei zu Martinsey«, »Honig von der Metbrauerei zu Northload« oder »30 Lachse vom Cellerar für das Fest der Mönche«.

Aber auch die Ausgaben der Abtei waren vermerkt worden, und in einer dieser Aufzeichnungen, irgendwo in der winzigen, verblassten Handschrift auf einem der Pergamente, machte Simon eine Entdeckung. Er setzte sich auf, rieb sich die Augen und las die Stelle noch einmal.

Im Sommer des Jahres 1082 hatte Abt Thurstan einen Steinmetz namens Hamlyn für Reparaturarbeiten an der Kirche von St. Dunstan bezahlt.

Es konnte kein Irrtum vorliegen. Er hatte diese spezielle Eintragung in den vergangenen Monaten wohl ein Dutzend Mal gelesen, ohne ihr besondere Aufmerksamkeit zu schenken – doch da besaß er auch noch nicht das nötige Wissen, um die Verbindung herzustellen.

Er ging natürlich von einer Reihe von Vermutungen aus: dass Edmund noch keine zwanzig gewesen war, als er Alys' Reizen erlegen war; dass nur ein einziger Steinmetz während dieser Zeit zu Reparaturarbeiten angestellt worden war; und dass Hamlyn eine Tochter mit Namen Alys gehabt haben könnte.

Er versuchte, seine Erregung im Zaum zu halten, während er seine Quellen nach irgendeiner Erwähnung ihres Namens zu durchkämmen begann. Es war schon fast Mittag, als er sie endlich fand, und es verblüffte ihn, dass sie ihm noch nicht vorher aufgefallen war, als er nach Hinweisen auf Jacks Vorfahren gesucht hatte. Herluin, der Thurstan im Jahre 1100 als Abt abgelöst hatte, war entschlossen gewesen, die Ländereien zurückzugewinnen, die der Abtei im Zuge der normannischen Eroberung verloren gegangen waren, und er wollte ihren Reichtum mehren. So hatte der Abt eine ausführliche Aufstellung aller Besitztümer der Abtei in Auftrag gegeben, und in einem dieser Dokumente war vermerkt, dass Alys Montfort, geborene Hamlyn, der Abtei eine bestimmte Menge feinen Tuchs zum Geschenk gemacht hatte, mit der Auflage, dass sie als Spenderin namentlich vermerkt würde.

Alys hatte also geheiratet, und es schien sogar eine gute Partie gewesen zu sein. Aber was war aus dem Kind geworden? Wenn es entgegen Edmunds Erwartungen überlebt hatte, dann konnte Jack sehr wohl ein direkter Nachfahre von Alys Montfort sein. Der Vorname ihres Mannes wurde nirgendwo erwähnt, aber gewiss konnte es während jener Zeitspanne nicht sehr viele Männer mit dem Namen Montfort gegeben haben, zumal solche, deren Stellung es ihren Ehefrauen erlaubt hätte, der Kirche ein so großzügiges Geschenk zu machen.

Vielleicht würde Edmund diese Fragen beantworten können, doch abgesehen davon, dass Jack zurzeit ganz von Winnies Genesung in Anspruch genommen war, konnte Edmund recht eigenwillig sein, was seine Informationen betraf. Und da es den Anschein hatte, dass die vergangenen Ereignisse in Edmund noch starke Gefühle auslösen konnten, war es denkbar, dass das Thema der Heirat seiner Geliebten für ihn immer noch ein schmerzliches war.

War es das Schuldbewusstsein, das Edmund dazu brachte, über die Jahrhunderte hinweg mit ihnen zu kommunizieren? Der Mönch schien das Gefühl zu haben, dass er durch seine Tändelei mit Alys Hamlyn und seine Mithilfe bei dem Versuch, ihr Kind abzutreiben, in irgendeiner Weise für den Verlust des Chorals verantwortlich sei und dass nur die Wiedergewinnung dieser Musik seine Sünden sühnen würde.

Simon las Edmunds letzte Mitteilung noch einmal sorgfältig durch. Was meinte er damit, wenn er sagte, er habe Alys gegeben, »was ihm das Kostbarste war«? Wenn man nun annähme, einfach nur annähme, Edmund habe ihr, als sie das Kloster verließ, eine Abschrift des Chorals zur sicheren Verwahrung übergeben?

Edmund war sowohl musikalisch als auch gebildet gewesen – ein Gelehrter, wie er selbst eingestanden hatte. War es da so weit hergeholt zu glauben, dass der Mönch eine Kopie seines geliebten Chorals angefertigt haben könnte?

Und wenn dies der Fall war, könnte Alys sie dann an ihr Kind weitergegeben haben? War sie vielleicht über acht Jahrhunderte hinweg von Generation zu Generation weitergereicht worden, ohne dass es jemand bemerkt hatte?

Gemma und Kincaid hatten beschlossen, die kurze Strecke von ihrer Pension bis zu Andrew Catesbys Haus in der Hillhead

Lane zu Fuß zu gehen. Doch als sie sich der Adresse näherten, die Jack ihnen genannt hatte – auf halber Höhe am östlichen Abhang des Wearyall Hill –, war Gemma schon ganz außer Atem. Sie sah sich nach dem Tor um, der hinter ihnen aufragte. »Von hier sieht er nicht ganz so abschreckend aus, nicht wahr?«

»Das scheint nur so wegen der Entfernung und des Höhenunterschieds. Dieser Berg hier bringt einen schon ordentlich ins Schwitzen, aber er ist ein Klacks im Vergleich mit dem dort drüben.«

Sie hatte zwar nicht unbedingt den Anstieg gemeint, doch sie ging weiter, ohne das Missverständnis aufzuklären.

»Das da scheint es zu sein«, sagte Kincaid nach wenigen Metern und deutete mit dem Kopf auf das Haus, das direkt vor ihnen lag. Es war in einem hübschen, blassen Pfirsichton verputzt und besaß einen Rundbogeneingang, der dem Ganzen irgendwie eine spanische Note verlieh. »Bist du so weit?«

Ein Hund bellte laut, als Gemma klopfte, und einen Augenblick später öffnete Andrew Catesby die Tür. Sie sah, wie sein neutral-fragender Ausdruck rasch dem des Wiedererkennens wich, und sagte lächelnd: »Mr. Catesby? Wir sind uns gestern vor Garnet Todds Haus begegnet. Mein Name ist Gemma James.« Sie ließ ihn kurz ihre Dienstmarke sehen. »Wir würden uns gerne mit Ihnen unterhalten, wenn Sie nichts dagegen haben.«

Bevor Catesby irgendwelche Einwände vorbringen konnte, stellte Kincaid sich vor, und Catesby machte Platz, um die beiden eintreten zu lassen.

»Dann kommen Sie wohl besser mal rein«, sagte er und warf Gemma das flüchtige Lächeln zu, das sie bereits von gestern kannte.

Der Hund, ein rotbraun und weiß gefleckter Spaniel, schnüffelte übermütig an Gemmas Beinen. Sie ging in die Hocke und kraulte zärtlich seine seidigen Ohren. »Du bist ja ein Prachtstück. Was für eine Art Spaniel ist das denn?«

»Ein Springer«, antwortete Catesby. »Phoebe, lass das!«, schalt er liebevoll. Die Hündin schlich resigniert zu einem Kissen neben der Eingangstür, wo sie sich mit einem Seufzer zusammenrollte und den Kopf auf die Vorderpfoten legte.

Gemma wandte ihre Aufmerksamkeit dem Haus zu. Von der Diele zweigte eine schlichte Küche ab, und geradeaus gelangte man in einen Wohnbereich mit einem Panoramafenster, das einen Ausblick nach Süden gewährte. Hierher führte sie Catesby und wies auf das Ledersofa.

»Wunderbare Aussicht über die Levels«, bemerkte Kincaid, während er den angebotenen Platz einnahm. »Die genießen Sie doch sicherlich.«

»Ja, gewiss«, antwortete Catesby freundlich, doch Gemma witterte seine Angst, und ihr Puls beschleunigte sich.

»Als ich Sie gestern bei Ms. Todds Bauernhaus traf, sagten Sie doch, Sie wollten bei ihr Fliesenarbeiten in Auftrag geben. Aber Sie sagten auch, Sie seien ihr noch nie begegnet. Ist sie Ihnen empfohlen worden?«

Catesby stand nervös neben einem Sessel, schien aber nicht den Nerv zu haben, sich zu setzen. »Ich bin Archäologe – das ist mein Hobby, wissen Sie, im Sommer und an freien Tagen –, und jeder weiß, dass sie die Beste ist, wenn es um die Restaurierung von Kacheln und Fliesen geht. War, wollte ich sagen. Sie war die Beste.«

»Sie waren daran interessiert, sie für Arbeiten an einem archäologischen Projekt zu gewinnen?«

»Sie hat auch private Aufträge angenommen. Es ging um meine Küche. Sie muss neu gemacht werden. Ich dachte, vielleicht könnte man etwas mit Kacheln ...«

»Verstehe.« Kincaids Nicken war von so gut gespielter Arglosigkeit, dass Gemma fast lächeln musste. »Sie sind also zu ihrem Haus gefahren. Sind Sie vielleicht auch hineingegangen?«

»Nein. Nein, das natürlich nicht. Ich klopfte, aber niemand machte mir auf. Ich war betroffen, als ich vom Tod dieser Frau hörte, aber ich verstehe nicht recht, warum Sie mir all diese Fragen stellen.«

»Es hätte ja sein können, dass Sie jemanden ums Haus haben herumschleichen sehen«, meinte Kincaid. »Mörder zieht es manchmal zum Ort ihrer Tat zurück.«

»Mörder? Garnet Todd wurde ermordet? Aber Sie sagten doch – Sie sagten, sie sei *tot.*« Catesby schien ehrlich geschockt. »Und ich dachte – ein Herzinfarkt. Oder ein Unfall.«

»Ja, wir glauben, dass sie ermordet wurde«, teilte Kincaid ihm gelassen mit. »Und das zwingt uns dazu, eine Möglichkeit nach der anderen auszuschließen, um uns der Wahrheit zu nähern. Wenn wir zum Beispiel wissen, dass Sie nichts angefasst haben, dann müssen wir uns nicht die Mühe machen, Ihre Fingerabdrücke zu überprüfen.«

»Aber ich sagte Ihnen doch, ich bin der Frau nie begegnet, und ich bin nie in ihrem Haus gewesen.«

»Dann haben Sie wohl auch nichts dagegen, uns zu erzählen, wo Sie am Donnerstagabend waren«, sagte Gemma.

Catesby holte tief Luft, wie um erneut zu protestieren, doch dann zuckte er mit den Achseln und sagte: »Ich war den ganzen Abend zu Hause und habe Klausuren korrigiert. Und damit Sie es gleich wissen, es gibt niemanden, der das bezeugen kann.«

»Und was ist mit dem Abend, an dem Ihre Schwester verunglückte?«

»Meine Schwester? Was zum Teufel hat meine Schwester mit all dem zu tun?«

»Ein Unfall und ein Mord an zwei aufeinander folgenden Tagen und in derselben Gegend; die Opfer zwei Frauen, die einander kannten … Da scheint es nur logisch, anzunehmen, dass es eine Verbindung geben könnte.«

»Aber Winnie –« Zum ersten Mal setzte Catesby sich hin. »Aber das war schließlich ein Unfall. Herrgott noch mal, sie wurde von einem Auto angefahren!«

»Von einem Auto, dessen Fahrer nicht anhielt, um Erste Hilfe zu leisten; an einer Stelle, die es notwendig machte, gezielt zu beschleunigen, wenn man irgendwelchen Schaden anrichten wollte – und zudem ist Ihre Schwester, Mr. Catesby, meines Wissens eine viel zu vernünftige Frau, als dass sie einem Fahrzeug in die Quere gekommen wäre, wenn sie es hätte kommen hören.«

»Aber … es ist abwegig zu glauben, dass irgendjemand Winnie absichtlich etwas antun würde – ausgerechnet ihr!«

»Dennoch könnte es eine Verbindung geben«, sagte Gemma.

Kincaid kam auf seine ursprüngliche Frage zurück. »An dem Abend des Unfalls Ihrer Schwester – wo waren Sie da, Mr. Catesby?«

»Sie denken doch nicht etwa … Sie können doch nicht wirklich glauben, dass *ich* irgendetwas mit Winnies Unfall zu tun hatte?« Catesby starrte sie entgeistert an.

»Nein, selbstverständlich nicht«, beruhigte ihn Gemma. »Es ist reine Routine. Wir müssen Sie das fragen.«

»Ich hatte Elternsprechtag in der Schule. Den Rest des Abends war ich zu Hause – allein.«

»Um wie viel Uhr war der Elternsprechtag zu Ende, Mr. Catesby?«

»So gegen halb sieben, glaube ich –«

»Können die Eltern, mit denen Sie gesprochen haben, das bestätigen?«

»Das ist doch wohl nicht Ihr Ernst? Sie können doch nicht die Eltern meiner Schüler in diese Sache hineinziehen! Ist Ihnen überhaupt klar, was das bedeuten würde? Wenn Sie an einer Privatschule unterrichten, können Sie sich auch nicht den Hauch eines Skandals leisten. So etwas würde sich wie ein Lauffeuer im Elternbeirat herumsprechen. Ich wäre erledigt!«

»Niemand wirft Ihnen irgendetwas vor –«

»Schon die Möglichkeit einer Verwicklung ist genug. Bitte, das müssen Sie verstehen.«

»Mr. Catesby –«

»Ich werde Ihnen die Namen nicht sagen.«

»Aber –« Gemma brach den Satz ab. Es hatte keinen Zweck, ihn zu bedrängen. Wenn sie die Angaben brauchten, konnten sie auch leicht über andere Quellen an sie kommen. Sie versuchte es jetzt mit einer anderen Methode. »Wie ich höre, hat Ihre Schwester das Bewusstsein wiedererlangt, Mr. Catesby. Das ist ja sehr erfreulich.«

»Ich – ja, nicht wahr?«

»Sie haben sie also schon besucht?«

Er starrte sie verständnislos an. »Nein. Nein, das habe ich nicht. Ich wollte heute Nachmittag ins Krankenhaus fahren.«

»Vielleicht erinnert sie sich an etwas, das uns hilft, die schuldige Person ausfindig zu machen.«

»Ja, ich denke, die Möglichkeit besteht.«

»Haben Sie Ihre Schwester an dem bewussten Tag überhaupt gesehen?«

»Nein, nicht mehr seit ihrer Dinnerparty am Abend zuvor.«

»Und Sie können sich nicht erklären, was sie in der Bulwarks Lane wollte?«

»Zweifellos wollte sie Fiona Allen besuchen, aber ich habe keine Ahnung, warum.«

Kincaid stand auf und reichte Catesby seine Karte. »Sie haben uns sehr geholfen. Wenn Ihnen noch irgendetwas einfallen sollte, rufen Sie mich einfach auf dem Handy an.«

Er begann in Richtung Haustür zu gehen, blieb dann aber stehen und warf einen Blick in die Küche. »Ich habe meine Küche vor kurzem auch renoviert. Das war eine Heidenarbeit, ich beneide Sie nicht. Was hatten Sie sich denn vorgestellt?«

Catesby sah zuerst Kincaid an und dann in die Küche, als versuche er, einer fremden Sprache zu folgen. »Ach – ich – alles Mögliche. Ich wollte einfach alles von Grund auf erneuern. Ich hatte an gekachelte Arbeitsflächen gedacht, aber jetzt …«

Gut aus der Affäre gezogen, dachte Gemma, während sie zum Abschied noch einmal Phoebes Kopf tätschelte.

Als sie wieder auf der Straße waren, nahm Kincaid ihren Arm. »Sollen wir vielleicht noch bis ganz oben gehen, wo wir schon einmal hier sind?«

Gemma nickte, und nachdem sie ein paar Meter weiter die Straße hochgegangen waren, sagte sie leise: »Was würdest du wetten, dass Andrew Catesby bis heute Morgen noch keinen Gedanken an seine Küche verschwendet hat?«

Kincaid grinste. »Die Wette könnte ich wohl kaum verlieren. Aber wenn es so ist, wie wir vermuten, was hat er dann bei Garnet Todd gesucht?«

Sie erreichten den Zaunüberstieg, über den man auf den Fußweg zum Wearyall Hill gelangte, und er half ihr hinüber. Der Westwind zerrte an ihren Haaren und Kleidern und ließ das saftig grüne Gras des Abhangs wie Meereswellen wogen.

»Ist das der berühmte Dornbusch?«, fragte Gemma, als sie einen kleinen, verkrümmten Baum erspähte, der von einem Zaun aus Hühnerdraht umschlossen war. »Er sieht so trostlos und verloren aus.«

»Das würdest du auch, wenn du auf diesem Hügel festsitzen würdest und dir tagaus, tagein dieser verdammte Wind um die Ohren bläst.«

Als sie den Gipfel erreicht hatten, stellten sie fest, dass sie sich gegen den mit voller Kraft wehenden Wind lehnen konnten wie gegen eine Wand.

»Alles in Ordnung?«, fragte Kincaid, der wusste, wie sehr ihr große Höhen zuwider waren.

»Es geht schon, solange ich nicht zu nahe an den Abhang komme – im Gegenteil, es gefällt mir sogar. Ich fühle mich wirklich, als ob ich über allem schwebe!«

Kincaid zeigte nach Westen. »Schau mal – siehst du diese Delle dort hinten im Horizont? Das muss der Kanal von Bristol sein.«

Gemma spähte blinzelnd in die graublaue Ferne, während der Wind ihr ins Gesicht wehte, doch sie konnte nichts ausmachen, was nach Meer ausgesehen hätte. Dann drehte sie sich langsam um die eigene Achse und erblickte eine flache Tiefebene, die von einem Gitternetz aus silbrig glänzenden Linien überzogen war. »Was ist das denn?«

»Das sind die so genannten *rhynes* – Entwässerungsgräben, die dafür sorgen, dass dieser Landstrich nicht wieder zu Marschland wird. Aber wenn es heftig regnet, kommt es immer noch zu Überschwemmungen.«

Gemma drehte sich noch ein Stück weiter, und sie wusste, was sie nun sehen würde. Im Osten waren die südlichen Ausläufer der Stadt zu erkennen, eingebettet in das Tal zwischen Wearyall und Tor. Der Tor schien über den roten Ziegeldächern zu schweben; seine bucklige Gestalt mit den markanten Konturen ließen ihn wie ein fremdartiges Ungeheuer erscheinen. Kincaid folgte ihrem Blick.

»Ist schon ein sonderbares Ding, was?«

»Diese Terrassen sind doch ganz bestimmt von Menschenhand errichtet –«

»Wenn sie es sind, dann ist das so lange her, dass es nicht einmal eine mündliche Überlieferung gibt, die ihre Entstehung erklären würde. Einige Leute behaupten zwar, es sei eine Art Labyrinth gewesen, das rituellen Zwecken gedient habe, aber ich wüsste nicht, dass das irgendwie historisch belegt wäre.«

Gemma dachte daran, wie Faith erzählt hatte, irgendeine Kraft habe sie gezwungen, den Tor zu erklimmen. So absurd es sich auch angehört hatte, war sie doch überzeugt gewesen, dass das Mädchen die Wahrheit gesagt hatte – oder zumindest das, was sie für die Wahrheit hielt. Ein ahnungsvoller Schauer überlief sie, und sie schüttelte sich.

»Lass uns zurückgehen«, sagte sie zu Kincaid.

Er warf ihr einen besorgten Blick zu. »Du hast zu viel gearbeitet und dich nicht genug um dich selbst gekümmert.«

Gemma, die das Thema nicht weiter verfolgen wollte, begann hinabzusteigen. »Was machen wir als Nächstes?«

Kincaid ging ein paar Minuten lang schweigend neben ihr her; offenbar grübelte er über den Stand ihrer Ermittlungen nach. »Ist dir aufgefallen, wie alles sich um Winnie Catesby zu drehen scheint?«, sagte er schließlich. »Ich denke, es wird Zeit, dass wir mal im Krankenhaus vorbeischauen.«

Jack hatte protestiert, als Kincaid ihn auf dem Handy angerufen und ihm die Idee mit dem Besuch unterbreitet hatte. »Ich will nicht, dass sie sich aufregt«, hatte er gesagt. »Sie ist immer noch schwach –«

»Sie muss diese Dinge irgendwann erfahren – dass jemand möglicherweise versucht hat, sie umzubringen, und dass Garnet Todd tot ist«, hatte Kincaid ihn unterbrochen. »Und zu ihrer eigenen Sicherheit musst du es ihr so bald wie möglich sagen.«

Daraufhin hatte Jack eingelenkt, wenn er auch alles andere als glücklich schien. Als sie im Krankenhaus angekommen waren und die richtige Station gefunden hatten, kam Jack ihnen im Korridor mit besorgter Miene entgegen. »Sie ist wieder eingenickt.«

»Wie geht es ihr heute?«, fragte Gemma.

»Sie wirkt klarer im Kopf, aber anfällig. … Meinst du wirklich, dass das notwendig ist?«

»Ja, wenn wir in dieser Sache irgendwie weiterkommen wollen. Übrigens, ich habe noch einmal mit Inspector Greely telefoniert. Sie mussten Nick Carlisle auf freien Fuß setzen, aber wenn es ihnen gelingt, auch nur den kleinsten konkreten Beweis aufzutreiben, werden sie im Handumdrehen Anklage erheben.«

»Ich bin überzeugt, dass Nick nichts mit der Sache zu tun hat.« Jacks Ton war so heftig, dass Kincaid sich fragte, ob er sich vielleicht selbst zu überzeugen suchte.

»Dann sollten wir besser herausfinden, wer etwas damit zu tun hat«, war seine einleuchtende Antwort. »Lass uns beide doch hier draußen warten, und du sagst uns Bescheid, sobald Winnie sich regt. Ist ihr Bruder eigentlich mal aufgetaucht?«

»Nein. Er hat sich nicht mehr blicken lassen, seit ich hier bin, und soviel ich weiß, hat er auch nicht angerufen, um sich nach ihr zu erkundigen.«

Sie waren eben mit der Stationsschwester ins Gespräch gekommen, als Jack eine Viertelstunde später wieder herauskam. Während Jack sie ins Zimmer führte, wurde Kincaid bewusst, dass er der Begegnung mit Winnie Catesby mit einiger Neugier entgegensah.

Nachdem sie eingetreten waren, war sein erster Gedanke, dass die Frau in dem Krankenhausbett nicht sehr attraktiv war. Gewiss, sie war krank, aber selbst wenn man die Umstände in Betracht zog, wirkte sie eher gewöhnlich; jedenfalls hatte sie nicht die feinen, ebenmäßigen Züge ihres gut aussehenden Bruders.

Dann sah sie zu ihm auf und lächelte, und alle Vorstellungen von konventioneller Schönheit, die er im Kopf gehabt haben mochte, waren wie weggeblasen. Es war auf der Stelle ersichtlich, weshalb sich Jack in Winnie Catesby verliebt hatte.

»Jack hat mir alles über Sie erzählt«, sagte sie zu Kincaid. Sie schien ganz vergessen zu haben, dass ihr Kopf eine unschöne rasierte Stelle aufwies, mit einer Wunde, deren Ränder von einer Klammer zusammengehalten wurden.

»Hat er erwähnt, wie oft ich ihn in Schwierigkeiten gebrachte habe, als wir noch klein waren?«

»Mehr als einmal. Aber ich glaube nicht, dass er so unschuldig war, wie er vorgibt«, erwiderte Winnie mit einem schelmischen Lächeln in Jacks Richtung.

Sie begrüßte Gemma, und nachdem sie ein Weilchen geplaudert hatten, nahm sich Kincaid einen Stuhl und rückte ihn dicht ans Bett.

»Winnie, hat Jack Ihnen gesagt, warum er uns gebeten hat zu kommen?«

Sie konzentrierte ihre ganze Aufmerksamkeit auf ihn, und ihr Gesicht wurde ernst. »Nein. Ich hatte einfach angenommen, dass er ein wenig moralische Unterstützung brauchte.«

»Konnten Sie sich inzwischen an irgendwelche Einzelheiten Ihres Unfalls erinnern?«

»Manchmal … blitzt so etwas auf. Ist es Ihnen schon einmal so gegangen, dass Sie irgendetwas für einen kurzen Moment aus dem Augenwinkel gesehen haben – eine so flüchtige Wahrnehmung, dass Sie nicht nur nicht sagen konnten, was es war, sondern nicht einmal sicher sein konnten, dass Sie überhaupt etwas gesehen hatten?«

Kincaid nickte aufmunternd.

»Das hier ist genauso. Ich weiß, dass da etwas ist, aber ich kann es nicht lange genug festhalten, um es in Worte zu fassen. Es tut mir Leid.«

»Machen Sie sich keine Sorgen«, beruhigte er sie. »Ich bin sicher, mit der Zeit wird es Ihnen wieder einfallen. Sie wissen aber doch, dass jemand Sie mit dem Auto angefahren hat, als Sie mit dem Rad unterwegs waren?« Sie nickte. »Jack fand es merkwürdig, dass die Person nicht angehalten hat, um Ihnen zu helfen, und die Begleitumstände des Unfalls waren auch etwas sonderbar. Also hat er mich angerufen und gebeten, herzukommen, nur für den Fall, dass an der Sache vielleicht etwas faul wäre.«

»Und ist etwas faul daran?« Winnie runzelte die Stirn.

»Wir halten es für möglich. Sie sind am Mittwochabend verunglückt, ganz in der Nähe von Ms. Todds Haus. Als Faith am Donnerstag erfuhr, was Ihnen zugestoßen war, fürchtete sie, Ms. Todd könne dafür verantwortlich sein.«

»Garnet?« Winnie schien bass erstaunt. »Das ist unmöglich! Warum sollte Faith auf so eine absurde Idee kommen?«

»Faith sagte, du seiest im Café gewesen«, erklärte Jack. »Als

Garnet sie wenige Minuten später nach Hause fuhr, sahen sie dich dein Fahrrad den Berg hochschieben. Dann ist Garnet noch einmal allein weggefahren, und als sie wiederkam, schien sie Faith zufolge sehr erregt. Das muss etwa um die Zeit gewesen sein, als du angefahren wurdest.«

»Nun, ich bin sicher, sie hatte einen sehr guten Grund dafür, der nichts mit mir zu tun hatte. Was hat sie denn auf Ihre Fragen geantwortet?« In dem Schweigen, das ihrer Frage folgte, wechselte Winnies Gesichtsausdruck rasch von leichter Verärgerung zu höchster Beunruhigung. »Was verschweigt ihr mir?«

»Liebling.« Jack nahm ihre Hand. »Ich muss dir etwas sagen … Garnet ist tot.«

»Tot?«

»Es tut mir Leid«, sagte Kincaid leise. »Ms. Todd wurde am Abend nach Ihrem Unfall ermordet.«

»O nein …« Sie sank auf ihr Kissen zurück, als habe dieser Schlag ihre wenigen Kraftreserven gänzlich aufgezehrt. Unter ihren geschlossenen Lidern sickerten Tränen hervor.

»Das dürfte jetzt wohl reichen«, protestierte Jack. »Lasst sie –«

Winnie riss die Augen auf. »Faith! Was ist mit Faith? Ist sie –«

»Ihr geht's gut«, versicherte ihr Jack. »Wir haben sie bei mir im Gästeschlafzimmer untergebracht.«

»Und habt ihr irgendeine Ahnung, wer Garnet das angetan haben könnte?«

»Die Polizei hat Nick vernommen«, antwortete Jack widerstrebend.

»Nick! Nick könnte keiner Fliege etwas zu Leide tun! Das glaube ich keine Sekunde!«

»Alles nur Routine«, warf Kincaid rasch ein. »Die Polizei muss solche Fragen stellen. Allerdings hat Carlisle sich tatsächlich an dem Nachmittag, bevor Ms. Todd ermordet wurde, auf deren Bauernhof aufgehalten. Möglicherweise hat er dort jemanden gesehen oder etwas bemerkt, was sich als hilfreich erweisen könnte.«

»Winnie«, sagte Gemma, »als ich gestern zum Bauernhaus fuhr, um Faiths Sachen zu holen, bin ich dort Ihrem Bruder begegnet. Ist Ihnen irgendetwas von einer Verbindung zwischen ihm und Garnet bekannt?«

»Andrew?« Winnie atmete plötzlich tief ein, sodass sich die Bettdecke über ihrer Brust hob. »Nein. Nein, gar nichts.«

»Hat Andrew Ihnen gegenüber erwähnt, dass er vorhatte, seine Küche zu renovieren?«

»Andrew?«, wiederholte Winnie, diesmal mit einem verächtlichen Schnauben. »Er würde gar nicht erst auf die Idee kommen – der arme Mann kann doch kaum Wasser für seinen Tee kochen.«

»Und war Andrew bewusst, dass *Sie* mit Ms. Todd bekannt waren?«

»Ich – ich weiß nicht.« Winnie schien sich plötzlich unwohl zu fühlen. »Kann sein, dass ich sie einmal erwähnt habe. Wieso?«

»Wieder nur Routine«, beruhigte Kincaid sie. »Ich weiß, dass das nicht leicht für Sie ist. Nur noch eine Frage, dann dürfen Sie sich wieder ausruhen. Jack sagte uns, Sie hätten Faiths Eltern besucht. Mir ist der Gedanke gekommen, dass sie durchaus gute Gründe hatten, auf Garnet wütend zu sein –«

»Aber ich habe ihnen nie gesagt, wo Faith ist!«

»Nein, natürlich nicht. Aber es ist möglich, dass sie es auf andere Weise herausgefunden haben. Wir sollten mit ihnen reden, und sei es nur, um diese Möglichkeit auszuschließen. Wenn Sie uns einfach nur Faiths Nachnamen und ihre Adresse geben könnten –«

»Tut mir Leid.« Winnies Stimme war felsenfest. »Das sind Dinge, die Faith mir unter dem Siegel der Verschwiegenheit anvertraut hat, und ohne ihre Zustimmung kann ich sie einfach nicht preisgeben. Da werden Sie sich schon irgendwie anders behelfen müssen.«

14

Prüfe alle Dinge, und halte fest an dem, was wahr ist.

Frederick Bligh Bond, aus: *Das Tor der Erinnerung*

Faith bestand darauf, dass es ihr nichts ausmache, allein zu bleiben. Jack hatte angeboten, sie zu Winnie mitzunehmen, doch es gab zu viele Dinge, über die sie noch nicht sprechen konnte. Jedenfalls nicht mit Winnie – solange sie sich nicht sicher war, wie viel Winnie wusste und ob Garnet für ihren Unfall verantwortlich war. Und jetzt war Garnet tot.

Tot. Allein in Jacks Haus sagte sich Faith das Wort immer wieder vor in dem verzweifelten Bemühen, ihm einen Sinn abzugewinnen. Garnet hatte gelebt – morgens hatte sie den Katzen vorgesungen, wenn sie glaubte, dass niemand sie hörte; sie hatte in alles, was sie kochte, Zucchini getan, obwohl sie wusste, dass Faith sie verabscheute; sie hatte auf dem Klo zerfledderte alte Exemplare der *National Geographic* gelesen; sie hatte eine Puppensammlung besessen, die sie, in Seidenpapier eingeschlagen, in einem Karton in ihrem Schlafzimmerschrank aufbewahrte.

Und jetzt lebte sie nicht mehr.

Faith verbrachte die erste Stunde nach Jacks Abfahrt damit, sich auf dem alten Fernseher im Wohnzimmer eine stumpfsinnige Komödie anzuschauen, doch sie gab es auf, als sie von dem Schnee auf der Mattscheibe Kopfschmerzen bekam. Einmal hatte sie Jack gefragt, warum er nichts von seinen Sachen behalten hatte, als er wieder nach Glastonbury gezogen war, und er hatte geantwortet, sie hätten zu viele Erinnerungen absorbiert, wie die Emulsion auf einem Film. Er hatte alles verramscht.

Würden Garnets Habseligkeiten die Erinnerung an sie bewahren? Faith hatte sie in ihrer Werkstatt beobachtet, hatte gesehen, wie behutsam sie mit ihrem Werkzeug umgegangen war. Sie hatte diese Sachen geliebt, und sie hatte ihre Bücher geliebt und ihren Umhang und ihre farbenfrohen Kleider.

Faith ging im Haus auf und ab, fuhr mit der Fingerspitze über die mit einer Staubschicht bedeckten Möbel, und ihre Gedanken flatterten rastlos hin und her. Sie fühlte sich, als habe jemand sie auseinander genommen und die Einzelteile falsch wieder zusammengesetzt.

Ohne einen bewussten Entschluss gefasst zu haben, ging sie die Treppe hoch, ganz langsam, mit einer Hand das Gewicht ihres Bauchs abstützend. Sie war noch in keinem der oberen Zimmer gewesen, bis auf das, welches Jack ihr zugewiesen hatte. Jetzt öffnete sie nacheinander alle Türen, die vom Flur abgingen, und schaute in die Zimmer. Zuerst kam ihres, dann ein winziges Zimmer, dem man noch ansah, dass ein kleiner Junge darin gewohnt hatte. Das große Zimmer neben ihrem enthielt ein hohes Himmelbett und roch nach Jack und auch ein wenig nach Winnie. Die beiden übrigen Zimmer waren mit Kisten, Bücherstapeln, Papieren und diversen Möbelstücken voll gestopft.

Sie fragte sich, wie es wohl gewesen sein mochte, in diesem Haus groß zu werden, und rief sich die helle, moderne Doppelhaushälfte ihrer Eltern ins Gedächtnis. Dabei überkam sie plötzlich ein intensives Gefühl des Heimwehs, das sie jedoch augenblicklich unterdrückte; stattdessen dachte sie darüber nach, was sie wohl tun würde, wenn ihr Baby da war. Wie konnte sie über diesen Tag hinausdenken?

Sie schloss alle Türen und ging nach unten. Sie würde sich irgendwie nützlich machen, würde ihnen etwas zu essen machen, um es ihnen zu servieren, sobald sie nach Hause kämen. Sie kramte in den Regalen und fand eine Dose mit Hühnerbrühe, eine Packung getrocknete Erbsen, Reis und ein paar Gewürze; alles wahrscheinlich nicht mehr taufrisch, doch sie würde wohl eine ganz passable Suppe daraus zaubern können.

Gerade hatte sie die Erbsen zum Einweichen in einen Topf mit Wasser geschüttet, als es an der Tür klingelte. Das musste Nick sein, dachte sie, und watschelte – von Gehen konnte kaum noch die Rede sein – so schnell sie konnte in die Diele. Gespannt riss sie die Tür auf – doch da stand nicht etwa Nick, sondern Inspector Greely, und neben ihm eine Frau in Zivilkleidung.

»Wir hatten gehofft, Sie vielleicht zu Hause anzutreffen, Miss.«

»Jack ist nicht da.« Faith wollte die Tür wieder zumachen.

»Nein, nein, wir sind wegen Ihnen hier. Dürfen wir hereinkommen?«

Als Faith zögerte, weil sie sich nicht sicher war, ob sie sich weigern konnte, fügte Greely hinzu: »Natürlich nur, wenn Sie es nicht vorziehen, dass wir Sie im Beisein Ihrer Eltern befragen.«

»Ich bin siebzehn«, gab sie gereizt zurück. »Ich kann schon für mich selbst sprechen.«

»Dann wollen wir uns doch gleich hier ein wenig unterhalten.« Der Inspector trat ein, und Faith wurde schmerzlich bewusst, dass sie sich selbst in eine Zwickmühle manövriert hatte.

Sie führte die Besucher ins Wohnzimmer und ließ sie auf den Polstermöbeln mit den verschlissenen Samtbezügen Platz nehmen, inmitten der Fotos von Jacks Verwandtschaft in ihren silbernen Rahmen.

»Das ist Detective Constable O'Toole.« Greely deutete mit dem Kopf auf die Frau, die strahlend lächelte, ohne Faith dabei in die Augen zu sehen. Sie hatte blondes Haar mit viel

Haarspray drin und reichlich Schminke im Gesicht, die gut zu ihrem falschen Lächeln passte.

»Und Sie sind?«, fuhr Greely fort. »Wir können Sie ja nicht immer nur *Miss* nennen.« Seine Begleiterin zog unauffällig ein Notizbuch und einen Stift aus ihrer Handtasche.

»Faith.«

»Wir brauchen auch Ihren Nachnamen, für die Akten. Es sei denn, Sie würden diese kleine Unterhaltung lieber auf dem Polizeirevier führen.«

»Wills. Der Name ist Wills.«

»Und Ihr angemeldeter Wohnsitz? Das ist die Adresse, mit der Sie bei der Sozialversicherung und so weiter registriert sind.«

Nachdem Faith ihnen widerstrebend die Adresse ihrer Eltern genannt hatte, lehnte Greely sich bequem auf dem Sofa zurück und verschränkte die Finger über dem Bauch. »So, nachdem das nun erledigt ist, würden wir gerne mit Ihnen über Ihren Freund Nick Carlisle reden. Er sagt, er sei am Nachmittag des Tages, an dem Miss Todd starb, zu deren Haus gefahren, um Sie, Miss Wills, zu suchen; er habe Sie aber nicht angetroffen. Ist das korrekt?«

Faith nickte vorsichtig.

»Nun, das ist ja alles schön und gut, bis auf ein kleines Detail. Niemand scheint eine befriedigende Erklärung dafür geliefert zu haben, wo Sie sich aufgehalten haben in der Zeit zwischen, na, sagen wir fünf Uhr und kurz vor Mitternacht, als Sie vor Mr. Montforts Haustür auftauchten.«

»Ich – ich bin spazieren gegangen. Die Wellhouse Lane hoch in Richtung Gipfel.« Faith sah ihre offen ungläubigen Mienen, doch sie ließ sich nicht einschüchtern. »Dann habe ich mich unwohl gefühlt und habe mir einen Platz zum Ausruhen gesucht. Ich weiß nicht, wie lange ich geschlafen habe, aber als ich aufwachte, war es dunkel.«

»Und dann?«

»Ich bin zurückgegangen. Garnets Lieferwagen war weg, und das Haus war leer. Ich dachte, sie müsste sich aufgemacht haben, um nach mir zu suchen. Also habe ich gewartet. Sie kam aber nicht.«

»Wieso haben Sie sich dann entschlossen, nicht weiter zu warten?«

»Ich… Es war schon spät… und ich… hatte Angst.«

»Also haben Sie sich schließlich Hilfe suchend an Mr. Montfort gewandt.« Irgendwie ließ Greely es so klingen, als ob das etwas Unanständiges sei.

»Er ist mein Freund, und ich dachte, er würde wissen, was zu tun wäre. Daran ist doch nichts Falsches.«

»Nein, Miss Wills, daran nicht. Wenn es denn so gewesen ist.« Greely bleckte die Zähne und lächelte kalt.

»Was meinen Sie damit?« Faith spürte, wie ihr die Zornesröte ins Gesicht stieg.

»Damit meine ich, dass Sie ein paar Dinge ausgelassen haben. Ich glaube, Sie waren dort, als Nick kam. Ich glaube, dass Sie und Nick sich mit Miss Todd gestritten haben und es zu einem Handgemenge kam. Vielleicht wollten Sie ihr nicht wirklich wehtun, aber Unfälle lassen sich nicht immer vermeiden, das wissen wir alle.«

Faith konnte ihn nur entgeistert anstarren.

»Und dann, als Sie merkten, dass sie tot war, gerieten Sie in Panik. Sie halfen Carlisle, die Leiche zum Lieferwagen zu tragen, und legten sie hinten auf die Ladefläche. Dann fuhr er den Wagen auf die andere Seite des Tor, stellte ihn dort ab und kam zurück, um sein Motorrad zu holen.

Ach ja, und dann beschlossen Sie gemeinsam, dass nur Sie zu Mr. Montfort gehen und so tun würden, als seien Sie schon ganz außer sich vor Sorge, weil Miss Todd nicht nach Hause gekommen sei, obwohl Sie die ganze Zeit haargenau wussten, wo sie war.«

Faiths Hände und Füße waren taub vor Kälte, und ihre

Zunge fühlte sich wie gelähmt an. »Nein. Das ist nicht wahr. Nichts von alledem ist wahr. Das ist verrückt –«

»Haben Sie und Carlisle Miss Todd wegen Reverend Catesbys Unfall zur Rede gestellt? Oder war es etwas anderes? Miss Todd war eifersüchtig auf Sie und Carlisle, nicht wahr? Vielleicht wollten Sie dem ein Ende setzen.«

»Nein! Ich habe Nick an dem Tag überhaupt nicht gesehen! Und selbst wenn Nick dort gewesen *wäre* – Nick würde *niemals* irgendjemand wehtun!«

»Nicht einmal, um Sie zu schützen? Und wenn *Sie* nun Miss Todd wegen Reverend Catesby zur Rede gestellt hatten und diese Sie angegriffen hatte, um Sie zum Schweigen zu bringen? Und dann kam Nick zufällig vorbei und rettete Sie.«

»Ich habe überhaupt nicht mit Garnet gesprochen! Und ich habe Nick nicht gesehen!«, beharrte Faith.

Greely betrachtete sie eingehend; seine Miene schien plötzlich Mitgefühl auszudrücken. »Wissen Ihre Eltern, wo Sie sind, Miss Wills?«

»Nein.«

»Na, das ist aber doch wirklich zu schade, finden Sie nicht? Ein junges Mädchen in Ihrem Zustand« – sein Blick streifte ihren Bauch – »braucht nun mal die Unterstützung seiner Eltern. Aber vielleicht sind sie ja mit Mr. Carlisle nicht einverstanden, ist es das?«

»Ich … er – Das geht Sie nichts an.«

»Nein? Nun, mein Rat an Sie, Miss Wills, ist, dass Sie sich bei Ihren Eltern melden sollten. Ich fürchte, Sie werden nicht ohne Rechtsbeistand auskommen. Und wenn ich Ihr Vater wäre, würde ich Ihnen sagen, dass es die Sache nicht wert ist, wenn Sie Ihr Leben – und das Ihres Kindes – ruinieren, indem Sie Carlisle decken. Ich bin sicher, wir könnten da zusammen mit dem Staatsanwalt eine Lösung finden.« Er stand auf. »Wir werden uns bald wieder sprechen. Bleiben Sie ruhig sitzen, wir finden schon nach draußen.«

Faith blieb sitzen, nachdem sie gegangen waren. Das Baby bewegte sich, versetzte ihr Tritte unmittelbar oberhalb des Beckens, aggressive kleine Stöße. Faith legte die Hände auf den Bauch, flüsterte »Schsch, schsch, ist ja schon gut« und schaukelte stumpfsinnig vor und zurück. Allmählich ließen die Tritte nach und hörten schließlich ganz auf. »Es wird schon alles gut«, sagte Faith leise, um das Baby wie auch sich selbst zu beruhigen. Aber wie?

Greely war fest entschlossen, ihr und Nick den Mord an Garnet anzuhängen, und er würde weiter nach Beweisen suchen, die seine Theorie stützten. Es war ihre Schuld, dass Nick in diese Sache hineingezogen worden war, und es lag in ihrer Verantwortung, einen Weg zu finden, seine Unschuld zu beweisen.

Wenn sie doch nur Garnets Sachen durchsuchen könnte, und ihre Papiere. Sicherlich hatte Garnet irgendetwas hinterlassen, irgendeinen Hinweis darauf, wer ihren Tod gewollt hatte.

Morgen würde sie darauf bestehen, wieder zur Arbeit zu gehen, und dann würde sie irgendeine Möglichkeit finden, wieder in das Bauernhaus hineinzugelangen. Und sie würde sich nicht erlauben, darüber nachzudenken, wozu Nick vielleicht fähig gewesen wäre, wenn er vergeblich nach ihr gesucht und geglaubt hätte, dass Garnet dahinter steckte.

Nick stand vor der Polizeiwache in Yeovil und wusste nicht, wie er nach Hause kommen sollte ohne Motorrad oder Mitfahrgelegenheit.

Als er an diesem Morgen vor dem Buchladen angekommen war, hatte Inspector Greely mit einer Polizistin in einem neutralen Wagen auf ihn gewartet. »Lassen Sie uns doch eine kleine Spazierfahrt machen, während wir uns unterhalten«, hatte Greely gesagt. »Es sei denn, Sie möchten lieber im Laden mit uns reden.«

Nick war zu ihnen in den Wagen gestiegen. Aber dann hatten sie ihn von Glastonbury zum Polizeirevier in Yeovil gefahren, und auf Nicks Proteste hatte Greely listig entgegnet, dass sie nur in seinem eigenen Interesse handelten, wenn sie alles vorschriftsmäßig abwickelten, mit Kassettenrekorder und allem Drum und Dran.

Er hatte vor Wut gekocht, als sie ihn in das Vernehmungszimmer geführt hatten. In diesem kahlen, hässlichen Raum hatten sie ihm vier Stunden lang immer wieder dieselben Fragen gestellt und ihn dann endlich gehen lassen. Mit diesem Lächeln, das Nick mehr und mehr hasste, hatte Greely ihm versichert, dass sie bald etwas finden würden, was ihn mit dem Mord an Garnet Todd in Verbindung bringen würde. »Ach, und verlassen Sie nicht die Stadt«, hatte Greely mit munterer Stimme hinzugefügt, als sei es ihm gerade noch eingefallen.

Immer noch randvoll mit Wut und Adrenalin, steckte Nick die Hände in die Hosentaschen und marschierte los. Als er an der A37 in Richtung Norden ankam, verließen ihn allmählich die Kräfte. Es fiel ihm ein, dass er den ganzen Tag noch nichts gegessen hatte.

Ein Lastwagen nahm ihn schließlich bis Glastonbury mit und setzte ihn am Kreisverkehr an der Straße nach Street ab. Aus purer Gewohnheit ging er die Magdalene Street entlang, doch als er sich dem Buchladen näherte, wurde ihm plötzlich klar, dass er keine Ahnung hatte, was er seiner Chefin erzählen würde.

»Ach, ich bin nur ein bisschen von der Polizei in die Mangel genommen worden, irgend so ein Mord. Kein Grund zur Sorge.« Na prima.

Hastig überquerte er die Straße, bog um die Ecke in die High Street ein und flüchtete sich in das Café Galatea.

Jetzt, da er etwas zu essen bekommen konnte, musste er feststellen, dass er keinen Appetit mehr hatte. Stattdessen löffelte er nur reichlich Zucker in seinen Kaffee und nippte dankbar daran, während er sich die Hände an der Tasse wärmte. Es war ein normaler Samstagnachmittag in dem Café: ein halbes Dutzend Gäste entspannten sich beim Tee in den ruhigen Stunden zwischen Mittag- und Abendessen; ein in die Jahre gekommener Hippie in Batikklamotten und Sandalen saß, über die Computertastatur gebeugt, hinter der Theke; Melissa, die Bedienung, die auf Nick stand, warf ihm Schlafzimmerblicke zu.

Aber innerhalb von nur vier Tagen war sein Leben zu einem Albtraum geworden, und niemand konnte ihm garantieren, dass für ihn je wieder so etwas wie Normalität einkehren würde.

Wie zum Teufel hatte er sich in diesen Schlamassel hineinmanövriert? Und was wollte er jetzt tun? Wäre er besser gefahren, wenn er Superintendent Kincaids Rat ignoriert hätte – wenn er weiterhin geleugnet hätte, zum Haus gefahren zu sein? Aber Greely hatte ihm gesagt, sie hätten seine Fingerabdrücke gefunden, und die Spurensicherung würde seine Motorradreifen mit den Reifenspuren auf Garnets Hof vergleichen. Wenn das Ergebnis vorlag, würde er verdammt alt aussehen.

Er hätte Greely von seinen Mutmaßungen über Garnet erzählen können, aber das hätte sein Motiv nur noch klarer erscheinen lassen.

Es musste aber doch noch andere geben, die dasselbe über Garnet gedacht hatten wie er – es musste jemanden geben, der ihren Tod gewollt hatte. Und wenn er herausfinden konnte, wer es war, durfte er vielleicht noch hoffen, seine Haut zu retten.

Kincaid und Gemma bogen in Jacks Einfahrt ein, als dieser gerade aus seinem Volvo stieg. In der Küche wartete Faith auf sie, die Hände in die Hüften gestemmt, zornig rote Flecken auf den Wangen.

»Mmh, das riecht aber gut.« Jack schnupperte anerkennend. »Ist schon eine ganze Weile her, dass wir etwas Vernünftiges –«

Faith stürzte sich auf Kincaid und fuhr ihn an: »Wie konnten Sie nur? Sie haben Nick gesagt, er soll mit der Polizei reden, es könne ihm nichts passieren! Und das hat er auch getan, und jetzt halten sie ihn für einen Mörder!«

»Faith, ich sagte zu ihm, es sei das Beste für ihn, und das glaube ich immer noch. Sie haben Nicks Fingerabdrücke im Haus gefunden und seine Reifenspuren im Hof. Mit Leugnen würde er alles nur noch schlimmer machen.«

»Aber Sie sind Polizist. Können Sie Greely nicht sagen, dass es nicht stimmt, dass Nick niemals –«

»Ich bin hier außerhalb meines Zuständigkeitsbereichs. Ich kann dem Inspector meine Meinung sagen, aber ich kann ihm nicht vorschreiben, wie er seine Ermittlungen zu führen hat.« Kincaid hob die Hand, bevor sie ihn erneut unterbrechen konnte. »Ich sage Ihnen so viel: Ich glaube nicht, dass er irgendwelche handfesten Beweise hat, also kann er im Moment nicht mehr tun, als zu versuchen, Nick zu einer Aussage zu bewegen.«

»Er glaubt, ich hätte ihm dabei geholfen. Wussten Sie das?«

»Faith –«

»Er sagte, ich würde einen Rechtsbeistand brauchen.«

»Greely war hier?«

Faith nickte.

»Er hat Sie vernommen, ohne dass sonst noch jemand anwesend war?«

»Er hatte eine Polizistin dabei.«

Kincaid zögerte. Es war eine haarige Situation, da Faith dem Gesetz nach erwachsen war, aber Greely hätte einen besseren Weg finden können, damit umzugehen. »Sollte er wiederkommen, dann sagen Sie ihm, dass Sie sich nur mit ihm unterhalten, wenn Jack oder einer von uns dabei ist. Wenn er das ablehnt, sagen Sie ihm, dass Sie auf einer Rechtsvertretung bestehen. Das bedeutet, dass er Sie nur in Gegenwart Ihres Anwalts vernehmen darf. Verstanden?«

»Aber ich habe keinen Anwalt!«

Kincaid wandte sich an Jack. »Hast du jemanden, den du anrufen könntest?«

»Eine alte Schulfreundin. Sie ist eine der besten Anwältinnen in ganz Somerset.«

»Dann tu das doch einfach. Erkläre ihr die Situation.«

Während Jack hinausging, um zu telefonieren, führte Gemma Faith zum Herd, auf dem die Suppe vor sich hin köchelte, und im Nu hatte sie das Mädchen dazu gebracht, ihr die Zutaten aufzulisten.

Die Krise hätten wir fürs Erste entschärft, dachte Kincaid erleichtert. Aber hatte er da nicht gerade eine Riesendummheit begangen? Noch während er seine Unterstützung angeboten hatte, war ihm bewusst geworden, dass er sich durch seine Voreingenommenheit in eine äußerst heikle Lage brachte. Aber dieses Mädchen hatte offenbar etwas an sich, das in jedem, der mit ihr zu tun hatte, sämtliche Beschützerinstinkte zum Vorschein brachte. Mit Ausnahme von Greely, wie es schien.

Es klingelte an der Haustür. Aus dem Nebenzimmer war gedämpft Jacks Stimme zu hören, also ging Kincaid zur Tür, gerüstet für einen diskreten Schlagabtausch mit DCI Greely.

Doch es war ein Mann in mittleren Jahren, den er noch nie gesehen hatte, mit Strickjacke und Tweedhosen und einer ziemlich wirren grauen Mähne.

»Jack? Oh, entschuldigen Sie. Ist Jack zu Hause?«

»Ich bin sein Cousin, Duncan Kincaid. Jack telefoniert gerade, aber kommen Sie nur herein, er wird jeden Moment Zeit für Sie haben.

»Simon Fitzstephen.«

Kincaid schüttelte ihm ehrlich erfreut die Hand. »Jack spricht in den höchsten Tönen von Ihnen«, sagte er, während er Fitzstephen in die Küche führte.

Faith sah von ihrer Arbeit auf und lächelte. »Simon! Ich habe Suppe gekocht, falls Sie zum Essen bleiben können.«

»Ja, das wäre nett«, erwiderte Fitzstephen und gab ihr einen Kuss auf die Wange. Dann begrüßte er Gemma, die Kincaid ihm vorstellte. »Ich habe Neuigkeiten für Sie alle, sobald Jack Zeit hat. Kommt Nick auch?«

»Er hat nicht angerufen.« Faiths Stimme zitterte.

»Die Polizei hat Nick vernommen«, erklärte Kincaid Fitzstephen.

Fitzstephen sah Faith an. »Wegen Garnet?«

»Ja, leider«, antwortete Kincaid. »Aber man hat ihn heute Nachmittag auf freien Fuß gesetzt. Die Beweise reichten nicht für eine Anklage aus.«

»Simon! Ich dachte doch, ich hätte Ihre Stimme gehört. Freut mich, Sie zu sehen.« Jack blickte forschend in das Gesicht seines Freundes. »Alles in Ordnung?«

»Ein wenig Gesellschaft könnte nicht schaden.« Fitzstephens Lächeln wirkte gequält. »Faith hat mich gebeten, zum Essen zu bleiben. Aber das ist nicht der Hauptgrund, weshalb ich gekommen bin. Ich habe Ihnen etwas zu sagen. Ich wollte, dass wir alle dabei sind, aber ich denke, wir werden nicht auf Nick warten, da wir keine Möglichkeit haben, ihn zu erreichen. Und Garnet –« Er schüttelte den Kopf. »Ich habe heute bei meinen Nachforschungen erstaunliche Fortschritte gemacht. Offenbar hat der Abt Thurstan im Jahre 1082 einen Steinmetz namens Hamlyn mit Reparaturarbeiten an der Abteikirche beauftragt.« Er hatte ihre volle Aufmerksamkeit. »Ziemlich vage, was? Kaum mehr als die Möglichkeit einer Verbindung. Aber zwanzig Jahre später machte eine gewisse Alys Montfort der Abtei ein wertvolles Geschenk, mit der Auflage, dass es in den Klosterakten vermerkt werden sollte, und zwar auch unter ihrem Mädchennamen, welcher Hamlyn lautete.«

»Edmunds Alys?«, hauchte Jack.

»Das ist meine Vermutung.«

»Es gab also tatsächlich eine Verbindung zu meiner Familie – es handelt sich doch wohl um meine Familie?«

»Ich denke, davon dürfen wir getrost ausgehen«, pflichtete Simon bei, »obwohl es mir noch nicht gelungen ist, alle Glieder der Kette zu identifizieren. Und ich finde, wir dürfen ebenfalls davon ausgehen, dass Alys Montfort wollte, dass irgendjemand in der Abtei sich an das Mädchen erinnerte, das sie einst gewesen war. Was, wenn wir nun auch noch annähmen, dass Edmund eine Abschrift seines kostbaren Chorals angefertigt und sie Alys zur sicheren Aufbewahrung übergeben hat?«

»Sie glauben, dass der Choral in meiner Familie von Generation zu Generation weitergegeben wurde«, sagte Jack leise.

»Ich glaube«, antwortete Simon ernst, »dass der Choral sich hier in diesem Haus befinden könnte.«

Als Winnie aufwachte, sah sie, dass Fiona an ihrem Bett saß und sie intensiv beobachtete.

»Fiona!«

»Du kannst dir nicht vorstellen, wie gut es tut, deine Stimme zu hören. Ich wollte es Jack einfach nicht glauben.«

»Wenn du nicht gewesen wärst ...«

»Was ich getan habe, war doch selbstverständlich. Kein Grund, mir übertrieben dankbar zu sein.« Augenzwinkernd fügte Fiona hinzu: »Vielleicht hatte ja *dein* Gott die Hand im Spiel.«

»Wie kam es denn eigentlich, dass du mich gefunden hast?«

»Ich hatte gemalt. Als ich an einen Punkt kam, wo ich eine Pause einlegen musste, habe ich einen Spaziergang gemacht. Und dann lagst du da auf der Straße.« Fiona zuckte mit den Achseln. »Klingt ganz einfach, wenn man es so betrachtet. Aber um ehrlich zu sein, es war ein ganz merkwürdiger Abend. Ich hatte die Abtei gemalt, was in all den Jahren, seit ich in Glastonbury bin, noch nie vorgekommen war. Und als ich dann aus dem Haus ging, hatte ich so ein Gefühl, als ob irgendwo etwas auf Messers Schneide stünde.«

Winnie betrachtete ihre Freundin aufmerksam. »Fiona – da war doch noch etwas anderes, habe ich Recht?«

»Ich habe das Kind gemalt. Wieder einmal. Aber diesmal war etwas anders. Das Mädchen schien geschützt, geborgen im Schoß der Abtei. Und«, fuhr Fiona fort, »ich hörte Singen. Du weißt ja, was für ein Augenmensch ich bin – ich höre die Dinge nicht, ich *sehe* sie. Aber das hier – es ist so frustrierend, weil ich nun mal nicht musikalisch bin –, ich kann es nicht beschreiben. Schlimmer noch, ich kann es auch nicht in meinem Kopf hören. Ich weiß nur, dass es das Schönste war, was ich je erfahren habe.«

»Aber Jack und ich – wir –«

»Ich weiß. Jack hat mir von eurem Choral erzählt. Was ich nicht verstehe ist, welche Rolle ich dabei spiele – oder warum du mich an diesem Abend besuchen wolltest.«

»Ich wünschte, ich könnte mich erinnern!«

»Winnie ...« Fiona runzelte die Stirn. »Das mit Garnet tut mir so Leid. Ich weiß, dass ihr Freundinnen wart.«

»Ich verstehe, dass manche Leute sie vielleicht für schwierig gehalten haben. Sie hatte ...«

»Sehr dezidierte Ansichten.«

»Ja. Sie hatte etwas Elementares an sich. Aber du und Bram, ihr habt sie ja auch gekannt. Das hatte ich vergessen.«

»Garnet hat schon damals ihre Ansichten sehr leidenschaftlich vertreten. Aber zu der Zeit war es natürlich noch ›in‹, radikal zu sein. Ich finde, wir sollten es ihr hoch anrechnen, dass sie ihren Überzeugungen treu geblieben ist, anders als die meisten von uns. Bram und ich haben unser Engagement gegen bürgerliche Annehmlichkeiten eingetauscht.«

»Ich habe sie an diesem Nachmittag gesehen. Im Café – aber das weiß ich nur, weil man es mir gesagt hat. Ich komme mir vor, als wäre ich beraubt worden ...«

»Eine letzte Erinnerung?«

Winnie konnte nur nicken.

»Lass uns mal etwas ausprobieren«, schlug Fiona lebhaft vor. »Was ist deine letzte deutliche Erinnerung vor dem Unfall?«

Winnie spürte, wie sie errötete.

»Den Teil darfst du überspringen«, meinte Fiona lachend. »Hat Jack bei dir übernachtet?«

»Ich – ich weiß es nicht.«

»Ist er gewöhnlich über Nacht geblieben?«

»Nein. Nicht im Pfarrhaus. Ich dachte, ich müsste ein gewisses Maß von Anstand wahren. Aber inzwischen … wäre es mir vollkommen schnuppe.«

»Wir können ihn ja fragen. Er wird sich daran erinnern. Wie steht es mit dem Morgen danach? War er verregnet oder sonnig?«

»Sonnig«, antwortete Winnie wie aus der Pistole geschossen und starrte Fiona daraufhin verblüfft an. »Woher habe ich –«

»Was hast du nach dem Aufstehen gemacht?«

»Mein Morgengebet gesprochen. Das ist einfach.«

»Okay. Und was hattest du zum Frühstück?«

»Toast und Tee.«

»Dann hast du dich angezogen. Warum hast du das Fahrrad genommen und nicht den Wagen?«

»Weil ich – weil es so ein schöner Tag war.«

»Also, du hast dich aufs Rad geschwungen und bist losgefahren. Es war noch kühl, und die Morgensonne war angenehm. Wohin bist du gefahren?«

»Nach Glastonbury.« Winnie lachte. »Das ist ja erstaunlich! Das wusste ich, ohne nachzudenken.«

»Vom Pfarrhaus aus musst du zuerst zu dem Kreisel am Fuß von Wearyall Hill gekommen sein. Bist du rechts abgebogen, in Richtung Tor? Oder bist du geradeaus gefahren, in die Stadt rein?«

»Ich bin geradeaus gefahren, in die Magdalene Street. Die Abtei! Ich bin zur Abtei gefahren! Ich – ich – ich kann mich verdammt noch mal nicht erinnern! Danach ist einfach alles weg.«

»Schsch! Versuch nicht, es zu erzwingen. Wir sind ja schon ein Stück weitergekommen.«

Winnie sank auf ihr Kissen zurück. »Warum sollte ich zur Abtei gefahren sein?«

»Vielleicht sollten wir noch einmal ein Stück zurückgehen. Was ist mit dem Abendessen –«

»Andrew! Du weißt doch, wie gemein Andrew zu Jack war!« Winnie hatte das Gefühl, als ob ein kaltes Gewicht auf ihrer Magengrube lastete, als die Erinnerung an die Szene sie überwältigte. »Er hat sich in letzter Zeit so merkwürdig benommen. Er ist noch nicht ein einziges Mal bei mir gewesen, seit ich nicht mehr auf der Intensivstation liege. Und als ich noch bewusstlos war, wollte er sowieso nicht zu mir reinkommen. Das haben die Schwestern mir erzählt. Er hat sich verändert, Fi.«

»Wirklich? Oder könnte es sein, dass du jetzt einfach Dinge erkennst, die du bisher erfolgreich ignoriert hast?«

»Ich – ich weiß nicht. Er hat wohl schon immer ein bisschen zu sehr an mir gehangen und war schnell gekränkt… Nach dem Tod unserer Eltern sind wir zu den Eltern meines Vaters gezogen. Aber sie waren schon ziemlich alt – mein Vater war ein spätes Einzelkind –, und sie waren so sehr mit ihrer eigenen Trauer beschäftigt, dass für uns in ihren Gefühlen kein Platz war. Ich musste Andrew Mutter *und* Schwester sein. Er war so hilflos.« Wie er sich an sie geklammert und verzweifelt bei ihr Trost gesucht hatte, wenn er aus den Albträumen erwacht war, die ihn über Jahre gequält hatten –

»Wie alt warst du da?«

»Dreizehn. Andrew war elf. Danach hatte er eine so schreckliche Angst davor, irgendetwas zu verlieren, was ihm etwas bedeutete – ich nehme an, sein Interesse an der Vergangenheit rührt daher. Das war etwas, was ihm niemand wegnehmen konnte.«

»Ihr hattet eine ganz spezielle Beziehung«, sagte Fiona nachdenklich. »Und ihr habt beide nie geheiratet.«

»Ich dachte nie – wir waren so gute Freunde, da hatte ich nie das Bedürfnis. Ich wusste nicht – ich hätte doch nie damit gerechnet, dass Jack in mein Leben treten würde. Oh, Fi, ich war so mit mir selbst beschäftigt in den letzten Monaten, mit meinen eigenen Gefühlen! Und wenn ich überhaupt einmal ernsthaft über Andrew nachgedacht habe, dann war es so etwas in der Richtung: ›Er wird schon damit zurechtkommen.‹ Aber es sitzt sehr viel tiefer, und das hätte ich wissen müssen.«

»Winnie, du kannst dir doch nicht Andrews Fehler zum Vorwurf machen!«

»Ich glaubte ihn zu kennen, aber allmählich beginne ich sogar daran zu zweifeln. Er ist zu Garnets Haus gefahren, am Tag nach ihrem Tod. Warum sollte er so etwas tun?«

»Sie war bekannt für ihre archäologischen Arbeiten –«

»Er sagte, er habe sie wegen Fliesenarbeiten in seiner Küche aufgesucht. Ausgerechnet Andrew!« Winnie schüttelte den Kopf. »Das gibt mir zu denken …«

»Was denn?«, hakte Fiona nach, als ihre Freundin nicht weiterredete.

»Mir sind da in den letzten paar Monaten im Pfarrhaus einige Dinge aufgefallen. Papiere waren durchwühlt, Sachen sind verschwunden. Wenn – wenn Andrew … mir nun nachspioniert hat?« Winnie zwang sich, Fiona in die Augen zu sehen. »Ach, Fi. Welche Gewissheit bleibt uns denn überhaupt noch, wenn wir nicht einmal den Menschen trauen können, die wir am meisten lieben?«

Der Regen, der sich den ganzen Tag über angekündigt hatte, war ausgeblieben, doch nachdem die Nacht hereingebrochen war, wurde die Luft trüber und feuchter, fast schon an der Grenze zum Nebel. Zu der Zeit, als Gemma und Kincaid wieder bei ihrer Pension ankamen, waren Straßenlampen und Autoscheinwerfer von einem dunstigen Schimmer umgeben.

Als Gemma aus dem Wagen stieg, wurde sie von einer plötzlichen Unruhe erfasst. »Gehen wir noch nicht gleich rein. Es ist so ein schöner Abend.«

»Sollen wir einen Spaziergang machen? Uns die Sehenswürdigkeiten von Glastonbury bei Sternenlicht anschauen?«, schlug Kincaid vor. »Oder würdest du lieber noch auf ein Bier in den Pub gehen?«

Sie lachte. »Du bist ja so romantisch. Ein Spaziergang wäre nicht schlecht, und dann können wir ja weitersehen.«

Sie gingen durch das Tor hinaus, und als sie auf die Magdalene Street traten, hakte Gemma sich bei ihm ein. »Ich versuche mir die ganze Zeit vorzustellen, wie das wohl gewesen sein muss vor achthundert Jahren. Es scheint so furchtbar lange her, und trotzdem hat sich an den Gefühlen der Menschen gar nicht so viel geändert.«

»Alys und Edmund?«

»Ja. Und wir wissen noch nicht einmal, ob sie wirklich existiert haben.«

»Mit so einer Aussage könntest du in allerhand philosophische Schwierigkeiten geraten. Da gibt es den subjektiven Ansatz: ›Existieren sie wirklich, wenn wir nur an sie glauben?‹ Aber das ist nur die Spitze des Eisbergs. Darunter lauern noch größere Gefahren. ›Besitzen wir eine Seele? Gibt es ein Leben nach dem Tod?‹«

»Wie kannst du nur so leichtfertig daherreden?«, schalt Gemma und kniff ihn in den Arm.

»Ein Abwehrmechanismus, Schatz. Das sind Gefilde, die ich lieber meide, trotz meiner soliden anglikanischen Erziehung.«

Sie sah zu ihm auf, unsicher, ob er noch immer im Scherz redete. Er sprach nur wenig über solche Dinge, aber als sie ihn einmal ganz direkt gefragt hatte, woran er glaube, da hatte er geantwortet, er könne sich keinen Gott vorstellen, der all das zuließe, was er tagtäglich bei der Arbeit zu sehen bekam.

»Was ist denn nun mit diesem Mord? Hast du deine Meinung über Nick geändert, nachdem Greely sich seiner Sache offenbar so sicher ist?«

Kincaid ging eine Weile schweigend weiter, dann antwortete er: »Ich kann mir einfach nicht so recht vorstellen, dass Nick – oder Nick und Faith – einen vorsätzlichen Mord begehen würden. Und in diesem speziellen Fall wäre es, denke ich, ein bisschen schwierig gewesen, Garnet in einem Moment der Angst oder der Erregung zu ertränken.« Sie hatten inzwischen den Parkplatz der Abtei erreicht. »Ist das da Nicks Buchladen?«, fragte Kincaid und deutete auf die andere Straßenseite. »Jack erwähnte, dass sein Büro im Eckhaus im ersten Stock sei.«

»Dann ist es direkt am Marktplatz. Lass uns doch mal drüber gehen. Ich erinnere mich, dass ich da einen großen Second-Hand-Buchladen gesehen habe.« Gemma nahm den Faden ihrer Unterhaltung wieder auf und fragte: »Und was ist mit Andrew Catesby?«

Kincaid runzelte die Stirn. »Kein Motiv. Welchen denkbaren Grund könnte er gehabt haben, Todd zu ermorden – eine Frau, die er anscheinend kaum kannte –«

»Es sei denn, er wäre irgendwie auf die Idee gekommen, dass sie für die Verletzungen seiner Schwester verantwortlich sei. Aber er schien eher geschockt von der Vorstellung, dass irgendjemand Winnie absichtlich wehgetan haben könnte.«

»Vielleicht ist er ein besserer Schauspieler, als wir glauben, und vielleicht ist er derjenige, der Winnie angefahren hat, aus einer Art abartiger Eifersucht heraus. Dann kam Garnet irgendwie dahinter, und er hat sie getötet, um sie zum Schweigen zu bringen.«

»Jetzt verlegst du dich aber aufs Raten«, meinte Gemma, um dann in nachdenklicherem Ton fortzufahren: »Als du Winnie heute nach Faiths Eltern fragtest, hast du eine Möglichkeit nicht erwähnt. Ist dir schon mal der Gedanke gekommen, dass Faith deshalb nicht verraten will, wer der Vater ihres Kindes ist, weil – «

»Weil sie von ihrem eigenen Vater missbraucht wurde? Das würde sicherlich erklären, weshalb sie sich weigert, nach Hause zurückzugehen.«

»Und es könnte erklären, warum sie es so beharrlich ablehnt, sich von einem Arzt untersuchen zu lassen. Vielleicht fürchtet sie, ihr Baby könnte einen genetischen Defekt haben.«

»Es könnte nicht schaden, wenn wir uns einmal mit den Eltern unterhalten würden«, stimmte Kincaid zu. »Ich werde Greely einbeziehen, um sicherzugehen, dass er keine Einwände hat, und mir Namen und Adresse besorgen. Du kannst davon ausgehen, dass er diese Information Faith heute entlockt hat.«

»Aber wenn Faith so ein Geheimnis um ihre Familie gemacht hat, wie ist Nick dann an ihre Adresse gekommen? Vergiss nicht, er sagte, er sei sogar nach Street gefahren, um sich das Haus ihrer Eltern anzusehen.« Dann setzte Gemma enttäuscht hinzu: »Oh, die Buchhandlung hat geschlossen.«

»Das ist auch gut so. In deiner Wohnung ist gar kein Platz für noch mehr Bücher. Aber was Nick betrifft, hast du Recht. Da frage ich mich allmählich, was er uns noch alles verschwiegen hat.« Er blieb stehen und schnupperte übertrieben. »Rieche ich da etwa Fisch und Chips?«

»Erzähl mir nicht, dass du schon wieder hungrig bist.«

»Es war doch nur eine Suppe, und außerdem ist das schon Stunden her.«

»Zwei, höchstens drei«, verbesserte Gemma lächelnd. Faith hatte das Beste aus Jacks mageren Vorräten gemacht, aber ihre Suppe ergab keine sehr üppige Mahlzeit für fünf Personen.

Sie hatten Jack mit seinen Grübeleien über die Folgerungen aus Simons Hypothese allein gelassen. Wenn auch nur die

Möglichkeit bestand, dass eine Abschrift des alten Manuskripts über Jahrhunderte im Besitz von Jacks Familie geblieben war, dann sah sich Jack mit der enormen Aufgabe konfrontiert, das ganze Gerümpel, das sich in seinem Elternhaus angesammelt hatte, zu durchwühlen.

Der Imbiss war ein Stück weiter, dort, wo der Marktplatz in die Fußgängerzone überging. Die Tür des Ladens stand offen, als zusätzlicher Anreiz für potenzielle Gäste. Es war ein sauberes, hell erleuchtetes Lokal mit einem richtigen Restaurant im hinteren Teil.

»Willst du dich setzen?«, fragte Gemma.

»Nein. Lass uns weitergehen. Irgendwie schmeckt Fisch mit Chips nicht richtig, wenn man es nicht aus Zeitungspapier isst.«

Als sie das Lokal mit ihren dampfenden Papiertüten wieder verlassen hatten, wandte sich Kincaid in die Richtung, aus der sie gekommen waren. »Lass uns die High Street entlanggehen.«

Sie spähten durch die Bleifenster des alten Gasthauses George & Pilgrims. Die Gaststube war voll, und das Stimmengewirr war sogar durch die geschlossenen Fenster zu hören. Das Gebäude sah in der Tat sehr alt aus, mit seiner echten Fachwerkfassade und den verwitterten, geschwärzten Balken.

»Ob Edmund dieses Lokal gekannt hat?«, fragte Gemma.

»Ein gutes Jahrhundert nach seiner Zeit, schätzungsweise. Nicht, dass es ihm erlaubt gewesen wäre, ein Gasthaus zu besuchen. Es wurde für die Unterbringung der Pilger und der hochrangigen Gäste des Abts erbaut, für die im Kloster selbst kein Platz war.«

Sie gingen weiter, vorbei am Café Galatea und den New-Age-Läden, bis Gemma plötzlich wie angewurzelt vor dem Schaufenster einer Galerie stehen blieb. Vor einem Hintergrund aus schwarzem Samt stand ein einzelnes Gemälde im weichen Lichtkegel eines Strahlers. Leuchtende, geflügelte Wesen schwebten über einer Stadt, die im Mondlicht dalag und in der winzige Menschenwesen ahnungslos ihren Geschäften nachgingen. Die Vision war von atemberaubender Schönheit, die Farben glühten wie lebende Juwelen, doch die Gesichter der Wesen waren wild und wirkten wie aus einer anderen Welt. Es erfüllte sie mit leichtem Unbehagen. »Schützen diese Kreaturen die Menschen«, fragte sie leise, »oder haben sie anderes im Sinn?«

»Fiona Finn Allen.« Kincaid hatte ihr über die Schulter gesehen, um die Signatur der Künstlerin lesen zu können. »Das ist Winnies Freundin, die Frau, die sie nach dem Unfall gefunden hat.« Er trat einen Schritt zurück, um die Schrift über dem Schaufenster lesen zu können. »Galerie Allen.« Sie gingen weiter, und er bemerkte: »Ich denke, es zeigt nur, wie sehr wir mit uns selbst beschäftigt sind, wenn wir auch nur vermuten, dass wir für diese Geistwesen eine Rolle spielen könnten. Und wenn es nun Wirklichkeitsebenen gibt, die wir nicht wahrnehmen können und die nichts mit menschlichen Bedürfnissen und Wünschen zu tun haben?«

Gemma warf ihm einen überraschten Blick zu. »Ich glaube, allmählich beginnt dir Glastonbury auch zu Kopf zu steigen. Oh, schau mal«, fügte sie hinzu und blieb erneut stehen, diesmal, um durch das Fenster einer Bäckerei zu spähen, wo die leeren Bleche darauf warteten, mit frühmorgendlichen Backwaren gefüllt zu werden. Sie wurde plötzlich von einer heftigen Sehnsucht nach Toby erfasst, der das Wochenende bei Gemmas Eltern verbrachte, um in ihrer Bäckerei »auszuhelfen«, wie er es nannte. Zu Kincaid gewandt, sagte sie: »Du weißt ja, dass ich morgen zurückfahren muss.«

»Und ich kann mir nicht vorstellen, Jack ausgerechnet jetzt im Stich zu lassen. Ich hoffe, Doug Cullen kommt noch eine Weile alleine klar.«

»Was wird der Chef dazu sagen?«, fragte Gemma. Sie meinte Chief Superintendent Denis Childs.

»Ich werde ihn morgen zu Hause anrufen und ihm die Situation erklären. Ich könnte bis Bath mit dir fahren und mir dann ein Auto mieten.«

»Nein«, sagte Gemma, nachdem sie die Sache durchdacht hatte. »Ich brauche das Auto in den nächsten Tagen nicht. Wenn wir Faiths Eltern einen Besuch abgestattet haben, kannst du mich nach Bath fahren, mich in den Zug setzen und das Auto behalten.«

Als er protestieren wollte, wehrte sie ab. »Nein, wirklich. Ich will mit dem Zug fahren. Dann habe ich nichts mit den Wochenendurlaubern am Hut, die sonntags die Straßen nach London verstopfen.« Das entsprach der Wahrheit und war als Argument stichhaltig genug, um Kincaid zum Schweigen zu bringen, doch was für sie tatsächlich den Ausschlag gegeben hatte, war die Aussicht auf die paar Stunden im Zug, in denen sie von sämtlichen Verpflichtungen und Forderungen frei sein würde.

»Du könntest ja ein paar Hintergrundinformationen sammeln.«

»Neben den dreitausend anderen Dingen, die am Montagmorgen zu erledigen sind. Aber mach mir ruhig heute Abend eine Liste.«

In vertrautem Schweigen gingen sie weiter die High Street entlang. Die New-Age-Läden wichen allmählich prosaischeren Geschäften: einem Waschsalon, einem Lebensmittelladen, einer Apotheke und diversen Maklerbüros.

Als sie am oberen Ende anlangten, drehten sie sich um und blickten über die Straße hinweg, die zu ihren Füßen sanft abfiel. »Das Alltägliche und das Erhabene Seite an Seite«, bemerkte Kincaid.

»Du wirst mir fehlen«, sagte Gemma spontan, getrieben von einem Impuls, der sich dem rationalen Denken entzog.

Kincaid legte ihr die Hand auf die Schulter, als sie Seite an Seite die Straße hinunterzugehen begannen. »Glastonbury hat offenbar eine heilsame Wirkung auf dich. Ich muss dich öfter hierhin mitnehmen.«

Jetzt, dachte Gemma. Jetzt bot sich ihr die perfekte Gelegenheit. Nur ein, zwei Sätze, und sie würde alles hinter sich haben.

Aber sie war sich immer noch nicht hundertprozentig sicher, solange sie noch keinen Test gemacht hatte, und sie würde sich unbedingt einen in der Apotheke besorgen, sobald sie wieder in London war.

Sie hatten an diesem Wochenende so gut harmoniert – weit weg von ihren beruflichen und privaten Anforderungen in London, vereint durch die gemeinsame Arbeit an einem Fall, wenn auch inoffiziell. Warum sollte sie den Zauber zerstören?

Zumal, da sie noch eine gemeinsame Nacht vor sich hatten unter dem rosafarbenen Baldachin im Akazienzimmer.

15

Die Abtei siechte nicht dahin oder verfiel aus innerer Zerrüttung; sie sank wie ein großes Schiff, in einem Moment noch in voller Fahrt, im nächsten bereits mit Mann und Maus in die Tiefe gerissen... Das ist der Grund, weshalb wir in der Abtei unsere spirituelle Vergangenheit so deutlich spüren, rein und unberührt vom Verfall. Der Geist der Abtei lebt weiter, so wie man auch sagt, dass die Seele eines Menschen weiterlebt, der vor seiner Zeit gewaltsam zu Tode gekommen ist.

Dion Fortune, aus: *Glastonbury*

Gemma betrachtete den Mann, der ihnen in dem ordentlich aufgeräumten Wohnzimmer gegenübersaß. Gary Wills war dem Aussehen nach Anfang vierzig, von gepflegtem Äußerem, ein leitender Angestellter einer Elektronikfirma in Street. Dazu kamen eine beruflich ebenfalls erfolgreiche Ehefrau, begabte Kinder, ein Haus in bester Vorstadtlage – alles schien den Stempel des Erfolgs zu tragen. Warum nur war diese Familie plötzlich so vollkommen auseinander gebrochen?

Maureen Wills saß neben ihrem Mann, ohne ihn zu berühren. Als sie seine Hand nach ihm ausgestreckt hatte – sei es, um zu trösten oder um getröstet zu werden, das konnte Gemma nicht entscheiden –, war er ihr mit einer unwilligen Bewegung ausgewichen.

»Wir haben doch alles für sie getan«, sagte er. »Die Schulgebühren haben wir bezahlt, die Sportstunden, den Gesangsunterricht, die Klavierstunden.« Das Klavier stand am anderen Ende des Wohnzimmers, der Deckel war geschlossen. »Wie konnte sie nur so ein undankbares kleines Flittchen sein –«

»Gary, bitte!«, ermahnte ihn seine Frau mit einem ostentativen Blick auf die kleineren Kinder, die mit verängstigten Gesichtern um die Ecke lugten.

»Ihr beiden da!« Wills zeigte mit dem Finger auf sie. »Ab in eure Zimmer, aber sofort!«

Der Junge und das Mädchen verschwanden, aber Gemma vermutete, dass sie in der Nähe blieben.

»Sie hätte die Wahl zwischen den besten Universitäten gehabt«, fuhr ihr Vater fort. »Eine Abtreibung wäre die vernünftigste Lösung gewesen – aber nein, sie wollte ja nichts davon wissen. Also habe ich ihr gesagt, der Junge und seine Eltern müssten ihren Teil übernehmen – warum sollten wir die ganze Verantwortung für den kleinen Bastard tragen? Aber sie wollte uns nicht sagen, wer es war!«

»Und deshalb haben Sie ihr nahe gelegt, auszuziehen?«, fragte Kincaid, als ob das ein ganz und gar vernünftiges Vorgehen sei.

»Ich wollte nur, dass sie zur Vernunft kommt. Ich hätte nie gedacht, dass sie tatsächlich gehen würde ...«

»Das hättest du aber besser getan«, sagte seine Frau, als habe die Gegenwart der beiden Besucher ihr den Mut gegeben, den Mund aufzumachen. »Du hättest besser mal nachgedacht. Du weißt, wie dickköpfig Faith ist –« Maureen wandte sich an Gemma und Kincaid. »Sie war schon als kleines Kind so. Und sie war eine schwere Geburt. Ich habe immer zu ihr gesagt, sie ist damals schon so dickköpfig gewesen ... entschlossen, erst dann auf die Welt zu kommen, wenn es ihr passte.«

»Aber sie werden doch wohl irgendeine Ahnung gehabt haben, wer der Junge war«, regte Gemma an. »Ein fester Freund – oder vielleicht gab es ja Gerüchte unter ihren Schulkameradinnen.«

»Sie ist nicht mit Jungs ausgegangen«, sagte Maureen mit fester Stimme. »Faith verachtete all die Mädchen, die ständig kichernd zusammenhockten und in irgendwen verschossen waren; dazu war sie viel zu ernsthaft. Und ihre Freundinnen –«

»Sie wollten nicht mit uns reden«, unterbrach sie Wills heftig. »Man hätte glauben können, wir hätten ihr etwas ganz Furchtbares angetan. Und warum sollten wir um Auskünfte betteln, die unsere eigene Tochter uns nicht geben will? Wenn Faith so fest entschlossen ist, ohne unsere Hilfe durchs Leben zu gehen, dann soll sie doch verdammt noch mal sehen, wo sie bleibt.«

»Du –« Wütend fuhr Maureen Wills ihren Mann an. »Warum willst du denn nicht erzählen, wie du stundenlang mit dem Auto herumgefahren bist und sie gesucht hast? Oder wie du all die Nächte bis zum Morgengrauen in der Küche gesessen hast? Ich habe dich doch gesehen – du kannst es nicht leugnen!«

Gary Wills starrte sie entgeistert an.

Maureen wandte sich wieder den beiden zu; die Tränen liefen ihr über die Wangen, doch ihre Miene war entschlossen. »Ich würde alles tun, um Faith zurückzubekommen. Es ist mir egal, wer der Vater ist, solange unsere Faith nur gesund und in Sicherheit ist. Sie sagen uns doch, wo sie ist, nicht wahr?«

»Mrs. Wills«, sagte Kincaid mit sanfter Stimme, »Faith hat uns nicht ihre Einwilligung dazu gegeben. Sie –«

»Aber sie muss doch kurz vor der Entbindung stehen! Sie sagen, die Frau, die sich um sie gekümmert habe, sei tot – irgendjemand muss doch für sie sorgen. Bitte –«

Gary Wills mischte sich wieder ein. »Maureen hat wohl Recht. Faith muss wieder nach Hause zurückkommen. Vergessen wir alles, was gewesen ist.«

»Wir werden mit Faith reden«, versprach Gemma. »Wenn sie nur weiß, dass Sie bereit sind, sie ohne Fragen und Vorbedingungen aufzunehmen, wird sie vielleicht einwilligen.«

»Sie werden uns doch wenigstens sagen, was mit dem Baby ist?«, drängte Maureen, und Kincaid versicherte ihr, dass sie das tun würden.

An der Haustür wandte sich Gemma noch einmal an das Ehepaar. »Ich weiß, dass es sehr schwer sein muss, ein Kind gehen zu lassen – sie scheinen immer erwachsen zu sein, bevor man selbst darauf vorbereitet ist –, aber Faith hat schon bewiesen, dass sie Mut und Entschlossenheit besitzt. Sie sollten sehr stolz auf sie sein.«

Als sie am Wagen ankamen, sagte Gemma: »Glaubst du, dass die Kapitulation ihres Vaters von Dauer sein wird, wenn sie nach Hause zurückgeht?«

Kincaid zuckte mit den Achseln. »In Anbetracht der menschlichen Natur würde ich das eher anzweifeln. Aber ich bezweifle auch, dass er darauf bestanden hätte, zu erfahren, wer der Vater des Kindes ist, wenn er selbst derjenige wäre. Ich hoffe nur, dass ich als Vater einen besseren Job abliefern werde.«

Gemma sah ihn nur an und sagte kein Wort.

»Haben wir Zeit, noch mal anzuhalten, bevor dein Zug geht?«, fragte Kincaid, als sie nach Glastonbury zurückfuhren. »Ich würde mir gerne die Stelle ansehen, wo Winnie ihren Unfall hatte.«

Gemma warf einen Blick auf ihre Uhr. »Das dürfte kein Problem sein. Lassen wir doch das Auto beim Café stehen, ja? Ich möchte denselben Weg gehen, den Winnie an dem Abend genommen hat.«

Gemeinsam gingen sie die steile und rutschige Wellhouse Lane hoch, die offensichtlich nur für die teuersten Mountainbikes geeignet war; Jack hatte ihnen aber erzählt, dass Winnies Rad ein alter Drahtesel gewesen sei. »Faith sagte, Winnie habe ihr Rad geschoben – ich kann jetzt verstehen, wieso«, schnaufte Kincaid, als sie die Abzweigung der Lypatt Lane erreichten.

Selbst jetzt am hellen Mittag konnte man auf dem schmalen Weg Platzangst bekommen, und diese Wirkung verstärkte sich sicherlich noch in der Abenddämmerung. Aber Winnie hätte sich bei der Gefahr eines herannahenden Autos leicht mit ihrem Rad gegen die Hecke drücken können.

Bald hatten sie die Einbuchtung erreicht, wo der Fußpfad auf die Straße stieß. »Wenn jemand Winnie absichtlich angefahren hat, wird er ihr hier aufgelauert haben«, grübelte Gemma. »Aber woher hätte irgendjemand wissen können, dass sie um diese Zeit an diesem Ort sein würde – es sei denn, sie war mit jemandem verabredet!«

»Aber damit stehen wir wieder ganz am Anfang«, wandte Kincaid ein. »Wenn Winnie sich hier mit jemandem verabredet hat, dann kann sie sich jedenfalls nicht daran erinnern. Und ein Stelldichein auf einer dunklen Straße gehört wohl leider nicht zu den Dingen, die sie in ihren Terminkalender eintragen würde –«

»Hallo!« Eine Frau war auf der Straße aufgetaucht und sah sie neugierig an. »Entschuldigen Sie, aber Sie sehen aus, als hätten Sie sich verlaufen«, fügte sie hinzu.

Die zierliche Frau mit braunen Augen und zerzausten braunen Haaren betrachtete Kincaid mit gerunzelter Stirn. »Sie erinnern mich ein bisschen an jemanden, den ich kenne.«

»Jack Montfort vielleicht? Ich bin sein Cousin Duncan Kincaid. Und das ist Gemma James.«

»Fiona Allen.« Ihr Lächeln verschwand, als ihr klar wurde, was die beiden da offenbar taten. »Sie sehen sich die Stelle an, wo Winnie verunglückt ist, nicht wahr?«

»Sie haben sie gefunden, wie ich höre? Und Sie wohnen nicht weit von hier an dieser Straße?«

»Dort am oberen Ende. Kommen Sie doch einfach mit auf eine Tasse Kaffee!«

Sie folgten ihr, und Kincaid blickte hinunter in das Tal von Bushy Coombe. »Das kenne ich noch von meiner Kindheit her. Jack und ich sind oft ins Tal heruntergestiegen und haben Mönche gespielt – oder Cowboys.«

»Interessante Kombination«, bemerkte Fiona lachend.

»Weil beide ungewaschen sind und sich mit Vieh auskennen?«, murmelte Gemma.

Er warf ihr einen Blick zu, der sie zum Schweigen bringen sollte. »Wir taten so, als würden wir Wasser von der Quelle holen, obwohl es wahrscheinlich logischer gewesen wäre, von der Abtei aus den Weg über die Chilkwell Street zu nehmen.«

»Dann muss sich Jack also schon als Kind für die Abtei interessiert haben«, sagte Fiona, als sie an einem unscheinbaren Steinhaus mit einem hervorragend gepflegten Garten anlangten. Das Haus war sauber und spartanisch eingerichtet, und Kincaid konnte sich vorstellen, dass es im Sommer einen ruhevollen Kontrast zu der verschwenderischen Fülle des Gartens bilden musste. Das Wohnzimmer besaß einen Kamin, in dem ein kleines Feuer brannte.

»Ich liebe diese Jahreszeit«, erklärte Fiona. »Mir ist jeder Grund recht, um ein Feuer im Kamin zu machen.«

Sie ließ die beiden auf dem Sofa Platz nehmen, ging hinaus und kam wenig später mit Kaffeetassen auf einem Tablett zurück. »Wie geht es Winnie heute? Wissen Sie etwas Neues?«

Gemma nahm eine Tasse. »Jack ist heute Morgen hingefahren, um sie nach Hause zu holen.«

»Sie geht doch nicht allein ins Pfarrhaus zurück, oder?«

»Nein, sie hat sich einverstanden erklärt, für ein paar Tage bei Jack zu wohnen. Sie klingen so, als machten Sie sich Sorgen um sie?«

»Ein wenig schon, das stimmt«, gab Fiona zu. »Obwohl ich nicht recht weiß, ob ich Ihnen erklären kann, warum.«

»Vielleicht wegen irgendetwas, das Sie gesehen oder gehört haben?«, fragte Kincaid.

Fiona runzelte die Stirn. »Nein, es ist nichts Konkretes. Aber was ich weiß, ist, dass Winnie wegen ihres Bruders mehr beunruhigt ist, als sie vielleicht zugibt.«

»Wissen Sie von irgendeiner Verbindung zwischen Andrew Catesby und Garnet Todd?«

»Nein. Es ist allerdings sonderbar, dass … dass zwei Menschen, die sich so sehr der Bewahrung der Vergangenheit verschrieben haben, so himmelweit verschieden sein können. Ich kann mir nicht vorstellen, dass sie einander gemocht haben.«

»Gemma ertappte Catesby dabei, wie er am Tag nach Ms. Todds Tod auf deren Grundstück herumschlich.«

»Das hat Winnie erwähnt. Es wäre für Andrew nicht schwierig gewesen, etwas über die Verbindung zwischen Garnet und Winnie in Erfahrung zu bringen, obwohl Winnie ihm nicht sehr viel erzählt hat über ihre Beteiligung an Jacks …«

»Experiment?«, ergänzte Kincaid hilfsbereit. »Aber selbst wenn das der Fall gewesen wäre, was könnte Andrew in Ms. Todds Haus zu finden gehofft haben? Es würde uns vielleicht helfen, wenn Winnie sich daran erinnern könnte, was sie am Tag ihres Unfalls gemacht hat oder weshalb sie zu Ihnen wollte.«

»Ach ja!« Fionas Miene hellte sich auf. »Als ich gestern bei Winnie war, fiel ihr ein, dass sie an dem Morgen zur Abtei gefahren ist. Aber weiter sind wir nicht gekommen, fürchte ich.«

»Jack sagte, Sie hätten an dem Abend, als Winnie angefahren wurde, die Abtei gemalt«, sagte Gemma. »War das etwas Ungewöhnliches? Ich könnte mir vorstellen, dass Sie ohnehin oft Ansichten von Glastonbury malen.«

»Aber ich suche mir die Motive nicht aus, die ich male. Ich denke, man könnte sagen, dass die Motive *mich* aussuchen. Ich sehe sie bloß, und dann male ich sie, und es war das allererste Mal, dass ich die Abtei gemalt habe.«

»Wir haben in der Stadt eine Ihrer Arbeiten gesehen, wunderschön arrangiert übrigens. Galerie Allen – ist das die Galerie Ihres Mannes?«

Fiona nickte und erklärte: »Bram ist heute dort, um ein paar neue Stücke aufzuhängen. Es ist schwierig, die Exponate auszuwechseln, wenn die Galerie geöffnet ist.«

»Was sind das eigentlich für Wesen, die Sie malen?«

»Ich weiß es selbst nicht. Es ist dasselbe wie mit den Landschaften – ich male sie einfach nur. Ich denke, es ist etwas Ähnliches wie das, was mit Jack geschieht, wenn er seine Botschaften von Edmund empfängt.«

»Dürften wir das Bild sehen, das Sie am Abend von Winnies Unfall gemalt haben?«, fragte Kincaid.

»Selbstverständlich.«

Fiona führte sie einen Flur entlang und in ihr Atelier mit den gläsernen Wänden. Dort griff sie nach einem der Gemälde, die an der Wand lehnten, und stellte es auf eine Staffelei. Auf diesem Bild drängten sich die Kreaturen um ein Kind, das von einer Art leuchtendem Kelch umschlossen war; darüber spannten sich in großem Bogen die Ruinen der Abteikirche. Anders als auf dem Gemälde, das sie in der Galerie gesehen hatten, schien das Kind hier die volle Aufmerksamkeit der Wesen zu genießen, vielleicht gar ihr Mitgefühl.

»Das Kind von Edmund und Alys?«, murmelte Kincaid.

»Von Edmund?«

Noch ehe Kincaid seine Bemerkung erklären konnte, rief eine männliche Stimme: »Schatz?«

»Ich bin hier«, antwortete Fiona. Als ihr Mann ins Zimmer trat, sagte sie: »Bram, das ist Duncan Kincaid, Jacks Cousin, und das ist seine Freundin Gemma James.«

»Und wie geht es Winnie?«

»Jack holt sie heute aus dem Krankenhaus ab.«

»Dann wollen wir sie in ein oder zwei Tagen mal besuchen, wenn sie ein bisschen Zeit gehabt hat, sich zu erholen.« Allen legte seiner Frau den Arm um die Schultern und führte sie ins Wohnzimmer zurück. »Fiona hat in letzter Zeit zu viel gearbeitet«, sagte er zu Gemma und Kincaid. »Sie hatte strikte Anweisungen, heute Nachmittag vor dem Kamin sitzen zu bleiben.«

»Ich bin doch nur spazieren gegangen«, verteidigte sich Fiona, »und dabei habe ich unsere Gäste gesehen, wie sie unschlüssig auf der Straße umherwanderten. Ich schwöre, ich habe keinen Pinsel angerührt.«

Zwar schien Fionas Mann nicht unfreundlich zu sein, aber dennoch spürte Kincaid bei ihm eine gewisse Unruhe, und seine Neugier wuchs. »Mr. Allen, wie ich höre, waren Sie es, der Garnet Todds Leiche entdeckt hat.«

Mit einem besorgten Blick in Richtung seiner Frau erwiderte Allen: »Ich bin nur froh, dass ich es war und nicht Fiona. Ihr Erlebnis mit Winnie war schon ziemlich furchtbar – aber das wissen Sie ja wohl selbst.«

»Aber das war doch ein ziemlich merkwürdiger Zufall, oder? Dass Mrs. Allen Winnie gefunden hat und Sie Ms. Todds Leiche?«

»Winnie lag nur ein paar hundert Meter von unserem Haus entfernt, und ich mache jeden Morgen diesen Spaziergang um den Tor herum«, antwortete Allen wie jemand, der seinen Unmut im Zaum zu halten suchte. »Ein unglücklicher Zufall vielleicht, aber *merkwürdig* würde ich das nicht nennen.«

»Erkannten Sie Ms. Todds Lieferwagen?«

»Nein. Um ehrlich zu sein, ich hatte ein bisschen zu viel Kaffee getrunken … Ich dachte, der Lieferwagen würde einen guten Sichtschutz abgeben, falls jemand vorbeikäme … Ich vermutete, dass wohl irgendwer eine Panne gehabt hat und den Wagen hat stehen lassen, um ihn später abschleppen zu lassen – bis ich dann hineingeschaut habe.«

»Sie haben Ms. Todd also erkannt?«

Allen erbleichte. »Nein, ich fürchte, ich … habe in dem Moment nicht sehr logisch gedacht.«

Kincaid erinnert sich, dass sie nur Garnets und Faiths Fingerabdrücke an der Außenseite des Lieferwagens gefunden hatten. »Sie haben nicht versucht, hineinzugelangen? Um zu sehen, ob sie vielleicht Hilfe brauchte?«

»Es war deutlich zu erkennen, dass ihr nicht mehr zu helfen war.« Wieder warf Allen seiner Frau einen besorgten Blick zu. »Ich bin nach Hause gegangen und habe die Polizei angerufen.«

»Aber Sie kannten Ms. Todd?«, bedrängte ihn Kincaid.

»Sie war einmalig... eine der wahren Exzentrikerinnen, die Glastonbury hatte. Die Stadt wird ohne sie nicht mehr dieselbe sein. Ich – Fiona?«

Fiona war aufgestanden und ging auf die Tür zu, die zum Atelier führte. »Es tut mir Leid.« Auf ihren Wangen waren fiebrige Flecken aufgetaucht, und es schien ihr Mühe zu bereiten, sie direkt anzuschauen. »Es tut mir Leid – ich muss jetzt malen. Es ist –«

»Ist ja schon gut, mein Schatz«, beruhigte ihr Mann sie. »Geh nur schon vor. Ich bringe Mr. Kincaid und Miss James zur Tür.«

Mit einem letzten bedauernden Blick verschwand Fiona im Flur.

»Ist es immer so?«, fragte Gemma, als sie zur Tür gingen. »Es sah fast so aus, als hätte sie keine Wahl.«

»Sie hat auch keine«, erwiderte Bram knapp. »Sie wird krank, wenn man sie am Malen hindert. Und jetzt kümmere ich mich besser um sie, wenn es Ihnen nichts ausmacht.«

Sie verabschiedeten sich, und als sie durch den Garten zum Wagen gingen, überlief Gemma ein Schauer. »Ist dir das auch aufgefallen? Jack muss schreiben, ob er will oder nicht; Fiona muss malen; und Faith sagt, sie habe keine Wahl gehabt, sie habe ganz einfach auf den Tor steigen müssen. Was hat dieser Ort nur an sich?« Sie blickte auf. Der Tor schien über den Wipfeln der Bäume zu schweben, eine gewaltige Masse, die alles um sie herum winzig erscheinen ließ. »Und zu welchen Taten könnte man sich hier sonst noch getrieben fühlen?«

»Bist du dir wirklich ganz sicher?«, fragte Kincaid, als er vor dem Bahnhof von Bath Gemmas Reisetasche aus dem Kofferraum nahm.

»Absolut.« Sie küsste ihn und setzte hinzu: »Du wirst doch mit Faith über ein Treffen mit ihren Eltern reden, nicht wahr? Ich ruf dich morgen an.« Sie winkte ihm zu und ging davon.

Er sah ihr nach, bis sie im Bahnhofsgebäude verschwunden war, dann stieg er wieder in den Wagen und machte sich daran, ihn aus der Stadt hinauszumanövrieren. Als Kind hatte er sich immer gefreut, wenn sie im Sommer nach Bath gefahren waren, aber heutzutage war die Stadt derart voll gestopft mit Touristen, dass man kaum vom Fleck kam.

Endlich hatte er zur A37 Richtung Süden zurückgefunden, die nach Glastonbury führte. Er ließ sich Zeit und genoss die Fahrt durch die östlichen Ausläufer der Mendips. Gemma hatte Recht, es war eine wunderschöne Landschaft, und er musste lächeln, als er daran dachte, wie wenig sie in der ersten Zeit ihrer Zusammenarbeit von ihren Ausflügen aufs Land gehalten hatte.

Geboren und aufgewachsen im geschäftigen Norden Londons, hatte Gemma mehr als nur ein bisschen unter Angst vor freien Plätzen gelitten. Aber sie hatte sich geändert, passte sich an neue Gegebenheiten und Umgebungen an. Diese Fähigkeit gehörte zu den Eigenschaften, die aus ihr eine gute Polizistin machten, und sie würde ihr sehr dabei helfen, in ihrem neuen Job erfolgreich zu sein. Trotzdem war es eine schwere Umstellung, und er wünschte sich, dass er irgendetwas hätte tun können, um es für sie leichter zu machen.

Gewiss, wenn er ganz ehrlich war, musste er zugeben, dass er mehr damit beschäftigt gewesen war, sich an die Arbeit ohne sie zu gewöhnen, als dass er sich Gedanken darum gemacht hätte, wie sie mit ihrer Versetzung zurechtkam. Selbst ohne die persönliche Komponente ihrer Beziehung wäre es ihm schwer gefallen, einen Ersatz für sie zu finden.

Aber er hatte gut daran getan, Gemma zu dem Wochenendtrip zu überreden. Sie war so entspannt gewesen, wie er sie seit Monaten nicht mehr erlebt hatte, und er merkte, wie sehr ihm diese Lockerheit in ihrem Umgang miteinander gefehlt hatte. Er würde sich überlegen müssen, wie er dafür sorgen konnte, dass es in Zukunft ebenso gut lief, aber im Augenblick war es wichtiger, dass er sich wieder Jacks Problemen zuwandte.

Sie schienen keine großen Fortschritte zu machen, weder bei der Aufklärung von Winnies Unfall noch im Fall des Mordes an Garnet Todd. Nicht, dass er gewöhnlich damit rechnete, so rasch zu einem Ergebnis zu kommen; es frustrierte ihn jedoch, dass seine Zeit so begrenzt war und dass er so wenig Einfluss auf den Fortgang der Ermittlungen hatte. Greelys Taktik war gar nicht so ungewöhnlich – man schnappte sich den aussichtsreichsten Verdächtigen und bearbeitete ihn so lange, bis man ein Geständnis hatte –, aber auf diese Weise blieb sicherlich einiges an fruchtbarem Boden unbearbeitet.

Und als ob die Sache nicht schon kompliziert genug gewesen wäre, brachte Jack heute auch noch Winnie aus dem Krankenhaus nach Hause. Wenn sie immer noch in Gefahr schwebte, um wie viel verwundbarer würde sie denn von nun an sein?

Er stellte sich immer wieder dieselben Fragen, ohne dass er von der Stelle gekommen wäre. Warum hatte Andrew Catesby Garnet Todd aufsuchen wollen? Warum hätte jemand anderes als Garnet Winnie Catesby verletzen – oder umbringen – wollen? Wenn es nicht Garnet gewesen war, die Winnie angefahren hatte, wohin war sie dann an jenem Abend mit dem Lieferwagen gefahren? Und was hatte Winnie in den Stunden getan, an die sie sich nicht mehr erinnern konnte?

Einige der Antworten waren zweifellos in Winnies Gedächtnis verschlossen, aus dem man sie nicht mit Gewalt befreien konnte. Und einige der Fragen waren ohne Zweifel miteinander verknüpft – wenn er nur irgendeinen Hinweis darauf gehabt hätte, um welche es sich handeln könnte.

Als Kincaid wieder bei Jack eintraf, fand er Winnie im Wohnzimmer; sie hatte es sich mit einem Haufen Papiere auf dem Schoß auf dem Sofa bequem gemacht.

»Das sieht mir nicht gerade nach einem geeigneten Rekonvaleszenzprojekt aus«, bemerkte Kincaid.

Winnie sah lächelnd zu ihm auf. »Ich habe Jack dazu überredet, sich auf die Suche nach dem Manuskript zu machen.«

»Er hat dir von Simons Theorie erzählt?«

Sie nickte und sagte: »Ja, und ich glaube in diesem Punkt sollten wir auf Simons Urteil vertrauen. Leider bin ich zurzeit noch keine große Hilfe.« Sie deutete auf die Papiere auf ihrem Schoß. »Mehr als das kann ich nicht tun. Aber es wäre leichter, wenn ich genau wüsste, wonach wir eigentlich suchen.«

»Wie wäre es mit einem prächtig illuminierten Notenblatt aus Pergament mit einer lateinischen Überschrift *Der verlorene Choral*?«

»Und da wir schon dabei sind, warum sollte es nicht auch zusammengerollt und mit einem roten Band zusammengebunden sein? Aber im Ernst, angenommen, wir sind nicht alle vollkommen verrückt, und angenommen, Edmund hat tatsächlich eine Abschrift von diesem Ding angefertigt, dann hätte er wohl auf Pergament geschrieben. Und wie wahrscheinlich ist es, dass etwas Derartiges ohne spezielle Sorgfalt und Pflege all diese Jahrhunderte überstanden haben könnte?«

»Simon schien das für möglich zu halten, und er ist der Experte. Wo ist eigentlich Jack?«

»Oben auf dem Dachboden, von Kopf bis Fuß mit Staub und Spinnweben bedeckt. Und wahrscheinlich flucht er sich gerade die Seele aus dem Leib.«

Kincaid grinste. »Da dürftest du Recht haben. Warum ruhst du dich nicht mal ein bisschen aus? Ich bringe dir dann später ein Tässchen Tee. Wie geht es Faith?«

»Sie hält sich tapfer, aber sie macht sich schreckliche Sorgen um Nick. Niemand hat irgendetwas von ihm gehört.«

»Ich werde mal mit ihr reden.«

Er fand Faith in der Küche.

»Wie ich sehe, ist es Ihnen gelungen, etwas zu zaubern, um alle hungrigen Mäuler zu stopfen«, sagte er und wurde mit einem Lächeln belohnt.

»Ich habe Jack heute Morgen in den Supermarkt geschickt, bevor er Winnie abholen fuhr. Es gibt frisches Brot und Roastbeef, falls Sie Lust auf ein Sandwich haben.«

»Danke, ich habe auf dem Rückweg von Bath schon Rast gemacht.« Er nahm sich einen Stuhl. »Machen Sie nicht bei der großen Schatzsuche mit?«

»Ich gehe ins Café und bleibe dort, bis sie zumachen. Buddy hat angerufen – er braucht dringend Hilfe. Sonntags ist immer schwer was los, mit den ganzen Wochenendausflüglern.« Sie blickte ihn mit trotzig vorgeschobenem Kinn an, als bereite sie sich darauf vor, eine negative Reaktion abzuwehren.

»Sind Sie sicher, dass Sie sich dazu in der Lage fühlen?«, fragte Kincaid behutsam.

»Ich fühle mich prima. Und es ist ja nur für ein paar Stunden.«

»Dann fahre ich Sie ins Café und hole Sie wieder ab, wenn –«

»Ich kann zu Fuß gehen«, entgegnete sie scharf. »Ich bin schwanger, aber nicht behindert.«

»Faith, es ist Ihre Sicherheit, über die ich mir Gedanken mache. Solange wir nicht genauer wissen, was mit Garnet passiert ist – und mit Winnie –, wäre es mir lieber, Sie würden nicht allein ausgehen, wenn es sich irgendwie vermeiden lässt.«

»Jetzt sagen Sie nicht, Sie glauben, dass Nick –«

»Ich habe Nick mit keinem Wort erwähnt, und da Sie ihn schon ansprechen: Nein, ich halte es nicht für wahrscheinlich, dass Nick irgendetwas mit Garnets Tod zu tun hat. Aber was glauben Sie, warum er nicht ein Mal angerufen hat oder hier vorbeigekommen ist?«

Faith ergriff die Rückenlehne eines Stuhls. »Ich weiß es

nicht. An diesem Tag, als er ins Café kam und mir sagte, ich solle mir Garnets Lieferwagen ansehen… da war ich so wütend auf ihn. Ich habe ihn rausgeschmissen. Aber wir haben uns früher schon gestritten…«

»Sie glauben nicht, dass er Ihnen noch böse ist –«

»Und jetzt bin ich schuld daran, dass die Polizei glaubt, er hätte… Ich würde sagen, er hat allen Grund, sauer auf mich zu sein.«

»Ich bin mir sicher, dass es nicht so ist. Aber wenn Sie möchten, werde ich mich auf die Suche nach ihm machen, nachdem ich Sie beim Café abgesetzt habe.«

»Könnten Sie das tun?«

»Haben Sie irgendeine Ahnung, wo ich ihn suchen könnte, außer im Wohnwagen?«

»Er geht gerne ins Galatea, in der High Street. Und ins Assembly Rooms Café.«

»Wissen Sie irgendetwas über Nick – wo er herkommt, zum Beispiel?«

»Aus Northumberland irgendwo. Er hat an der Uni Durham ein Einserexamen in Philosophie gemacht oder so was Ähnliches. Und seine Mum hat, glaube ich, ziemlich viel Geld.«

»Warum arbeitet er dann als kleiner Angestellter in einem Buchladen?«

»Weiß ich nicht. Er redet immer auf mich ein, ich soll doch zusehen, dass ich einen Abschluss mache, aber ich kann nicht erkennen, dass ihm das sehr viel gebracht hätte.«

»Was ist mit Garnet? Wissen Sie irgendetwas über ihre Vorgeschichte?«

»Nicht viel«, antwortete Faith. »Ihre Eltern sind gestorben, als sie noch ziemlich klein war, und andere Verwandte hatte sie nicht. Sie ist einundsiebzig zum ersten Pilton Festival nach Glastonbury gekommen und gleich hier geblieben. Was denken Sie, was mit ihrem Haus passieren wird?«

»Hat sie ein Testament hinterlassen?«

»Sie hat nie davon gesprochen.«

»Wenn sie ohne Testament verstorben ist, dürfte es ziemlich kompliziert werden, aber ich kann mir vorstellen, dass der Besitz letztendlich an die Grafschaft fallen wird. Natürlich nur, wenn nicht noch plötzlich ein längst verschollen geglaubtes Familienmitglied aus der Versenkung auftaucht.« Es war eher unwahrscheinlich, dass irgendein Cousin zweiten oder dritten Grades auf die Idee gekommen war, es würde sich lohnen, Garnet wegen ihres Besitzes zu ermorden, aber immerhin war es eine Möglichkeit, der sie nachgehen sollten. »Wissen Sie etwas über Garnets Freunde?«

»Sie kannte ein paar Leute bei der Archäologischen Gesellschaft, durch ihre Restaurationsarbeiten. Und dann ist da natürlich Buddy. Sie sind schon tierisch lange befreundet.«

»Buddy ist Ihr Chef?«

»Ja. Und er wird fix und fertig sein, wenn ich nicht bald auftauche.«

Kincaid kramte seine Autoschlüssel hervor. »Faith, an dem Abend, als Winnie ihren Unfall hatte, was hat Garnet da genau gesagt, bevor sie das Haus verließ?«

Im Vorbeigehen schnappte sich Faith eine ausgeleierte Strickweste von dem Haken an der Küchentür. »Sie sagte ... ›Ich muss jetzt gehen. Ich komme sonst zu spät zu meiner Verabredung.‹«

»Und Sie nahmen an, dass es sich um eine Auslieferung handelte?«

»Das hatte sie im Café gesagt, als Winnie uns zu Jack eingeladen hatte.«

Ein Blick ins Wohnzimmer verriet, dass Winnie nicht auf den Tee wartete, den er ihr versprochen hatte, sondern auf dem Sofa fest eingeschlafen war.

Als sie in den Escort einstiegen, sagte Faith: »Ihr Auto gefällt mir. Purpurrot.«

»Wilde Orchidee, um genau zu sein. Aber es gehört nicht mir, sondern Gemma.«

Faith sah ihn flüchtig von der Seite an, während sie den Sicherheitsgurt über ihren Bauch spannte. »Sie ist nett.«

»Sehr nett«, pflichtete Kincaid ihr bei.

»Sie sagt, sie hat einen kleinen Jungen, den sie von seiner Geburt an allein großgezogen hat.«

»Das stimmt«, antwortete Kincaid vorsichtig. Er fragte sich, worauf diese Unterhaltung wohl hinauslaufen würde. »Es war nicht immer einfach, aber sie hat ihre Sache ganz prima gemacht.«

»Was ist mit dem Vater des Jungen?«

»Er und Gemma haben sich kurz nach Tobys Geburt scheiden lassen, und wenig später ist er verschwunden. Hatte keine Lust, Unterhalt zu zahlen.«

Faith verdaute die Information schweigend, während sie zum Café fuhren.

»Nicht alle Männer sind so«, meinte Kincaid nach einer Weile. »Überlegen Sie vielleicht, ob der Vater Ihres Kindes Sie unterstützen wird?«

»Ich brauche seine Unterstützung nicht.« Ihre Stimme war jetzt wie Stahl.

»Faith, Gemma und ich sind heute Morgen bei Ihren Eltern gewesen.«

»Aber ich – Sie haben Ihnen doch nicht gesagt –«

»Nein, wir haben ihnen nicht gesagt, wo Sie sind. Aber wir haben ihnen versprochen, Ihnen zu sagen, wie sehr sie sich wünschen, dass Sie wieder nach Hause kommen.«

»Das ist das Letzte, was mein Vater sich wünschen würde!«

»Ich glaube, dass Ihr Vater Sie vermisst. Es fällt ihm nur schwer, das zu sagen. Manchmal geraten Gefühle wie Liebe und Zorn und Sorge derart durcheinander, dass am Ende etwas herauskommt, was man gar nicht so gewollt hat.«

Faith hatte sich schon losgeschnallt, bevor er den Wagen vor dem Café zum Stehen gebracht hatte, doch sie war nicht schnell genug, um die Tränen in ihren Augen vor ihm zu verbergen.

»Ich muss los. Wenn Sie wollen, können Sie mich um fünf abholen.«

»Ich glaube, ich komme auf eine Tasse Tee mit rein«, beschloss Kincaid spontan. »Ich würde Buddy gerne mal kennen lernen.«

»Charles Barnes«, sagte der Inhaber des Cafés und schüttelte Kincaid kräftig die Hand. »Die meisten Leute sagen allerdings Buddy zu mir. Was kann ich für Sie tun?«

»Wenn Sie ein paar Minuten für mich erübrigen könnten, wäre ich Ihnen dankbar.«

»Klar, kein Problem. Ein Freund von Jack Montfort ist immer auch mein Freund.« Buddy bedeutete Kincaid, an einem Tisch in der Nähe Platz zu nehmen. »Er hat sich sehr um Faith gekümmert. Garnet hätte« – er räusperte sich – »Garnet hätte das zu schätzen gewusst.«

»Ich habe den Eindruck, dass Garnet Faith sehr gemocht hat.«

»Mehr als nur gemocht«, erwiderte Buddy. Er sah zu Faith hinüber, die in der Küche beschäftigt war, und senkte die Stimme. »Es hat Zeiten gegeben, da hätte ich mir gewünscht, ich hätte Garnet nie von ihr erzählt, nur weil ich geglaubt hatte, beiden damit einen Gefallen zu tun. Garnet hat sich solche Sorgen um sie gemacht, man hätte glauben können, sie hätte das Mädchen eigenhändig zur Welt gebracht. Und was wird jetzt aus Faith, wo Garnet nicht mehr da ist? Ich werde sie weiter hier beschäftigen, wenn das Kleine auf der Welt ist, aber sie hat doch kein Dach über dem Kopf.«

»Haben Sie eine Ahnung, weshalb Garnet so um Faiths Wohlergehen besorgt war?«

»Sie hat vom Tor gesprochen und davon, dass Faith ein Magnet für die alten Mächte sei, aber es war nichts Konkretes darunter. Garnet war schon immer ein bisschen spinnert, was diese Sachen betraf.«

»Faith sagte, Sie hätten sie schon lange gekannt.«

Sein wettergegerbtes Gesicht verzog sich zu einem Lächeln. »Wir wollten mal die Welt verändern, wissen Sie? Wer hätte gedacht, dass wir mal als Althippies enden würden, die wie Kletten am Glastonbury Tor kleben? Na ja, man könnte sagen, dass Bram und Fiona was aus ihrem Leben gemacht haben, aber von Glastonbury weggekommen sind die auch nicht.«

»Sie waren alle miteinander bekannt?«

»Ach, wir haben immer zusammengesteckt, wir vier. Fiona, ich, Bram und Garnet. Aber dann wurde alles anders. So geht das doch immer, oder? Bram hat sich in Fiona verguckt, und Garnet und ich … Na ja, wir haben das Beste draus gemacht. Garnet hat die alte Kinnersley-Farm für 'nen Appel und 'n Ei gekauft, und wir haben wohl geglaubt, dass es ewig so weitergehen würde …« Er verfiel in Schweigen.

»Warum hat Garnet den alten Bauernhof nie modernisieren lassen?«

»Größtenteils aus Gewohnheit«, sagte Buddy mit Wärme. »Zuerst konnte sie es sich nicht leisten, und dann hat sie sich einfach dran gewöhnt, schätze ich. Und ich glaube, ihr gefiel der Ruf, den sie sich dadurch erworben hat.«

»Es kann nicht einfach für sie gewesen sein, dort ganz allein zu leben.«

»Nicht so schwierig, wie Sie glauben. Sie hatte eigene sanitäre Anlagen, die mit Wasser aus der Quelle hinter dem Haus versorgt wurden. Und mit dem Holzofen konnte sie das Wasser heizen. Ich glaube nicht, dass ihr solche Sachen wie Fernsehen allzu sehr gefehlt haben. Garnet hat nie ein Problem damit gehabt, sich selbst zu beschäftigen.«

Garnet könnte also in dem Wasser ertrunken sein, das aus ihren eigenen Leitungen kam, dachte Kincaid, doch er sagte lediglich: »Aber ich vermute, dass sie einsam war bis zu dem Moment, als Faith auftauchte.«

»Das war sie wohl.« Buddy sagte es mit leiser Stimme. Sein Blick in Faiths Richtung machte deutlich, dass das Mädchen mit seiner Anwesenheit mehr als nur eine Lücke gefüllt hatte.

Von Nicks Motorrad war in der Nähe seines Wohnwagens nichts zu sehen, und auf Kincaids Klopfen öffnete niemand.

Kincaid fuhr nach Glastonbury zurück und fand einen Parkplatz in der High Street. Er hatte am Tag zuvor mit Gemma im Café Galatea zu Mittag gegessen; die hübsche dunkelhaarige Bedienung erkannte ihn, als er eintrat, und lächelte ihm zu.

Er wartete, bis sie mit dem nächsten Tisch fertig war, dann fragte er sie leise, ob sie Nick Carlisle kenne.

»Den Nick, der in dem Buchladen in der Magdalene Street arbeitet? Ja, klar.«

»Ist er heute hier gewesen?«

»Nein. Aber gestern. Ziemlich spät. Hat da vor seinem Kaffee gesessen und Trübsal geblasen, als hätte er gerade seinen besten Freund verloren«, meinte sie mit einem Anflug von Enttäuschung in der Stimme.

Kincaid dankte ihr und ging hinaus. Er überquerte die Straße und schlüpfte in den niedrigen, gemauerten Durchgang, der zu den Glastonbury Assembly Rooms führte. Die Tür war offen, und er erklomm die Stufen zu dem Café im ersten Stock. Es war nur teilweise vom Korridor und dem Versammlungsraum abgetrennt, wirkte aber dennoch einladend und gemütlich, wenn auch ein klein wenig gammelig. Aus den Lautsprechern kam Ella Fitzgeralds Stimme, die Cole Porter sang, und an mehreren Tischen saßen Gäste, über Bücher und Zeitungen gebeugt, und genossen den ruhigen Sonntagnachmittag. Er stellte sich in die Schlange an der Selbstbedienungstheke, und als er die Kasse erreicht hatte, knüpfte er eine Unterhaltung mit der Kassiererin an, einer freundlichen Dame mit einer Baseballmütze. Nachdem sie genug über den Kuchen und das Wetter geredet hatten, fragte er sie, ob sie Nick kenne. »Großer, schlanker Bursche mit schwarzen Locken?«

»Wie könnte man Nick vergessen?«, meinte sie lachend. »Der kommt doch ständig hierher.«

»Ist er heute schon hier gewesen?«

»Ja, allerdings.«

Kincaid war ihr leichtes Zögern nicht entgangen. »War heute irgendetwas anders oder ungewöhnlich?«

»Nick kommt normalerweise alleine her, um was zu essen oder einen Kaffee zu trinken – hält immer einen kleinen Schwatz mit mir –, aber heute war er mit so einem merkwürdigen Haufen zusammen und hat sich für nichts anderes interessiert. Dort drüben an dem Ecktisch haben sie gesessen.« Sie deutete mit dem Kopf auf einen Tisch mit einem abgewetzten Sofa.

»Was meinen Sie mit merkwürdig?«

Die Frau zuckte mit den Achseln. »Na, Sie wissen ja, in Glastonbury treibt sich so allerhand rum. Ich bin jetzt zwanzig Jahre hier, und mich überrascht nichts mehr. Aber diese Typen, das sind wirklich *richtige* Heiden. Rituale auf dem Tor im Mondlicht und all solcher Kram. Das ist mir nicht geheuer, und ich hätte auch nicht gedacht, dass das Nicks Stil ist.« Sie beäugte ihn etwas kritischer. »Gibt es einen besonderen Grund, weshalb Sie ihn suchen?«

»Ich bin bloß ein Freund von ihm und auf der Durchreise, wollte mich nur mal bei ihm melden. Er hat kein Telefon, das macht es manchmal verdammt schwierig, ihn zu fassen zu kriegen.« Mit einem charmanten Lächeln nahm er seinen Kaffee und seinen Pfefferkuchen und trug beides zu einem Tisch neben dem unbenutzten Kamin, um ein wenig über diese neuesten Informationen nachzugrübeln. Wer waren diese Leute? Druiden? Hexen? Und was hatte der hübsche junge Nick wohl jetzt schon wieder vor?

»Na, irgendwas gefunden?«, fragte Kincaid und nahm auf einem Polsterhocker mit Quasten Platz.

Winnie sah von einem dicken Stoß Papiere auf. »Nein, aber es ist eine interessante Lektüre. Das hier sind Grundstückspapiere. Offenbar haben die Montforts in dieser Gegend schon seit ewigen Zeiten Land besessen.«

»Das kann ich mir denken. Aber Onkel John hat nie sehr viel über seine Familie gesprochen.«

»Was war er für ein Mensch?« Winnie deutete auf die silbergerahmten Fotografien auf dem Bücherschrank. »Ich erkenne die Ähnlichkeit mit Jack.»

»Ja, was das Äußere betrifft, aber vom Wesen her schlägt Jack viel mehr nach seiner Mutter. Onkel John war extrem reserviert« – er zog ein langes Gesicht –, »und ich habe mich immer gefragt, wie er und Tante Olivia sich wohl gefunden haben. Wenn wir in den Ferien zusammen waren, hat er nie bei unseren Unternehmungen mitgemacht. Immer hatte er Wichtigeres zu tun.«

»Dann wart ihr also nur zu viert – du und Jack und eure Mütter?«

»Und meine Schwester, die Nervensäge. Und manchmal auch mein Vater, wenn er sich von der Arbeit losreißen konnte.«

»Das klingt traumhaft«, meinte Winnie ein wenig wehmütig; dann sah sie wieder auf die Papiere in ihrer Hand. »Glaubst du, dass Jacks Vater Ahnenforschung und Familiengeschichte für etwas Unseriöses gehalten hat?«

»Für ihn war das wohl eine Verschwendung von kostbarer Zeit. Onkel John hat an jedem einzelnen Tag seines Lebens die *Times* von der ersten bis zur letzten Seite gelesen.« Als Winnie lachte, fügte er hinzu: »Ich möchte nicht, dass du einen falschen Eindruck bekommst. Mein Onkel war ein guter Mann, er hatte Charakter, und ich bin sicher, dass er sehr angesehen war – obwohl ich als Kind nie über diese Dinge nachgedacht habe. Aber er war nicht der Typ, der im Garten Bühnenbilder aufbaut und bei Aufführungen von *Peter Pan* mithilft.«

»Aber dein Vater war so ein Typ?«

»Immer zu Abenteuern bereit, mein alter Herr. Und da wir gerade von Abenteuern reden – ich glaube, es wird Zeit, dass ich mal nachsehe, was Jack auf dem Dachboden so anstellt. Kann ich dir noch was bringen?«

Winnie lehnte ab und war bereits wieder in ihre Papiere vertieft, als er das Wohnzimmer verließ.

Während er die Treppe zum ersten Stock hochging, dachte er über seine Familie nach, die für ihn in seiner Kindheit etwas so Selbstverständliches gewesen war. Er hatte angenommen, dass alle Eltern sich dafür interessierten, was ihre Kinder machten, und dass alle Väter am Leben ihrer Kinder teilnahmen.

Einen so kreativen und engagierten Vater zu haben, hatte allerdings auch Nachteile; so hatte sein Dad zuweilen vergessen, sich um so prosaische Dinge wie die Stromrechnung zu kümmern, und Kincaid erinnerte sich an mehr als eine Gelegenheit, als sie bei Kerzenlicht gehaust hatten, bis alles wieder in Ordnung gebracht werden konnte. Zum Glück hatte seine Mutter eine praktische Ader besessen, die seine Tante Olivia, wie er vermutete, nicht geerbt hatte, und sie trug dafür Sorge, dass die meiste Zeit über alles problemlos funktionierte.

Es war schon eine Weile her, dass er zuletzt zu Hause gewesen war; er sollte Kit endlich einmal zu den Großeltern mitnehmen, nachdem der Junge inzwischen genug Zeit gehabt hatte, sich an die Vorstellung zu gewöhnen. Und er würde Gemma und Toby auch fragen. Dann könnten sie zusammen mal länger Urlaub machen.

Jack hatte die Falltreppe am Ende des Flurs heruntergelassen. Das Quietschen der Federn beim Hinaufsteigen rief in Kincaid Erinnerungen an die Stunden wach, die sie als Kinder auf dem weitläufigen, dunklen Dachboden zugebracht hatten.

Als er den Kopf durch die Luke steckte, sah er, dass Jack eine Arbeitslampe an einem Kabel montiert hatte, die den Raum zwischen den grau angelaufenen Fenstern an beiden Enden erhellte.

Jack kniete in Jeans und einem sehr schmutzigen Sweatshirt vor einem Schrankkoffer aus Blech und wühlte darin herum. Er drehte sich nach Kincaid um, wobei er sich mit der Hand über die Stirn wischte und einen großen Schmutzfleck hinterließ. »Das ist ein regelrechter Albtraum hier. Ich kann nichts übergehen, weil ich keine Ahnung habe, was vielleicht wichtig sein könnte.«

Kincaid ging in die Hocke und warf einen Blick in die Truhe. »Großtante Sophies Unterröcke wohl eher nicht.«

»Hatten wir eine Großtante Sophie?«

»Ganz bestimmt.«

Jack grinste, während er das letzte Stück altmodischer Damenunterwäsche ausschüttelte. »Bist du gekommen, um dich nützlich zu machen?«

»Für eine Stunde. Ich habe Faith versprochen, dass ich sie dann vom Café abhole.«

»Warum fängst du nicht einfach da drüben an?« Jack dirigierte ihn zur Ostseite des Dachbodens, gerade außerhalb des Lichtkegels der Lampe.

Ein wenig entmutigt angesichts dessen, was ihm bevorstand, meinte Kincaid: »Haben wir irgendein System, um die Sachen, die schon überprüft sind, von den anderen zu trennen?«

»Da drüben.« Jack zeigte auf eine Ansammlung von Kisten und Gerümpel, die etwas abseits stand.

»Gut.« Vorsichtig arbeitete Kincaid sich entlang der Gasse vor, die Jack freigeräumt hatte, und stieß dann einen beeindruckten Pfiff aus, als er genauer erkennen konnte, welch eine Herkulesaufgabe ihn erwartete. »Ich glaube, hier wäre eher ein Bulldozer angesagt«, brummte er, machte sich aber dennoch an die Arbeit.

Zuerst trug er die größeren Teile – eine hölzerne Wiege, ein uraltes, verrostetes Fahrrad, einen Picknickkorb mit Geschirr und allem Zubehör, eine Krocketausrüstung – in den Bereich, den Jack dafür vorgesehen hatte. »Die Sachen hier sehen alle aus, als ob sie aus dem neunzehnten Jahrhundert stammen – sind bestimmt ein Vermögen wert.«

»Dann sollte ich sie vielleicht mal schätzen lassen«, witzelte Jack, ohne von dem Haufen Krimskrams aufzusehen, den er gerade sortierte.

Kincaid stellte die gerahmten Bilder zur Seite und nahm sich dann die Kisten vor. Zu seiner großen Freude enthielten sie Bücher. Die Bände waren verstaubt und verschimmelt, manche hatten Wasserflecken oder beschädigte Einbände, aber dennoch war es eine wahre Fundgrube. Nach einer halben Stunde hatte er ein paar richtige Volltreffer gelandet.

»Ich bin ja kein Experte, aber ich glaube, die hier solltest du ruhig mal meinem Dad zeigen.« Er reichte Jack einen Stapel Bücher: *Der Monddiamant, Krieg der Welten, Mrs. Dalloway* und *Peter Ackroyd und sein Mörder.* Alle waren in gutem Zustand und – soweit er das beurteilen konnte – Erstausgaben.

Jack nahm die Bücher mit einem frustrierten Seufzer. »Und ich habe drei potthässliche Lampen gefunden, eine Sammlung von Rezepten aus den Zwanzigerjahren, ein paar mottenzerfressene Blumengestecke und eine Kiste mit Damenhüten.«

Das erste Dutzend gerahmter Bilder war offensichtlich Sperrmüll: Reproduktionen berühmter Gemälde auf Pappe in billigen Rahmen. Aber es waren auch drei kleine Öllandschaften darunter, von denen Kincaid vermutete, dass sie vielleicht wertvoll waren, sowie ein hübsches Aquarell, das die Abteiruinen zeigte, und ein größeres Ölgemälde eines Jagdspaniels, von dem er glaubte, dass er Gemma gefallen könnte – er erinnerte sich an ihr Interesse an Andrew Catesbys Hund.

»Nimm's nur mit«, sagte Jack, als Kincaid ihm seine neuesten Fundstücke, darunter das Spaniel-Porträt, präsentierte.

»Schenk es Gemma, mit meinen besten Empfehlungen.« Er ließ sich auf die Fersen nieder und stöhnte. »Das Licht wird schwächer. Wir werden es für heute aufgeben müssen. Ich habe ja nicht erwartet, dass das Ding mich gleich anspringen und in die Nase beißen würde, aber das hier ist wirklich wie die sprichwörtliche Suche nach der Nadel im Heuhaufen.«

»Was ist denn mit Edmund?«, fragte Kincaid, während er sich die staubigen Hände an seiner Jeanshose abwischte.

»Ist auch keine Hilfe. Ich hab's versucht.«

»Dann bin ich für eine Runde Sherry im Wohnzimmer, sobald ich Faith abgeholt habe. Vielleicht fällt uns ja etwas ein, wenn wir alle die Köpfe zusammenstecken.«

Faith stand schon vor dem Café und hielt nach ihm Ausschau, die Hände tief in den Taschen ihrer Strickweste vergraben. Sie wartete, bis sie fast bei Jack angelangt waren, bevor sie Kincaid fragte: »Und, war Ihre Suche erfolgreich?«

»Wir haben ein paar interessante Sachen entdeckt, aber nicht das, was wir suchen.«

»Nein, ich meinte Nick. Haben Sie ihn gefunden?«

»Ich habe es im Wohnwagen versucht und in den Cafés, die Sie mir genannt haben. Kein Glück, aber die Frau im Assembly Rooms Café sagte mir, er sei vor kurzem dort gewesen. Wenn er bis heute Abend nicht auftaucht, fahre ich noch mal –« Der Anblick des Wagens in Jacks Einfahrt brachte ihn augenblicklich auf andere Gedanken. Ein etwas verbeulter weißer Vauxhall, nicht gekennzeichnet. Greelys Wagen.

»Hm… vielleicht schauen wir besser mal nach, was es gibt, bevor wir irgendwelche Pläne machen. Sieht aus, als ob Inspector Greely zu Besuch gekommen ist.«

»Sie werden mich doch nicht ins Gefängnis stecken?«

»Nicht, wenn ich es irgendwie verhindern kann.«

Greely stand vor dem kalten Kamin, die Hände wie zum Wärmen hinter dem Rücken verschränkt. Als sie eintraten, nickte er und sagte: »Superintendent – Miss Wills.«

Winnie hatte immer noch das Sofa mit Beschlag belegt, Jack stand schützend in ihrer Nähe.

»Inspector Greely«, entgegnete Kincaid freundlich, doch indessen kam ihm der Gedanke, dass er in diesen Tagen einiges davon mitbekam, wie man sich als Verdächtiger fühlen musste. »Was können wir heute für Sie tun?«

»Ich wollte nur ein paar Dinge mit Mr. Montfort klären.« Greelys Lächeln wirkte alles andere als beruhigend. Kincaid hob die Augenbrauen. »Zum Beispiel?«

Greely wandte sich ostentativ zu Jack, wie um deutlich zu machen, dass er nicht beabsichtigte, Kincaid dieses Mal den Mittler spielen zu lassen. »Mr. Montfort, wann, sagten Sie, haben Sie am vergangenen Donnerstagabend das Krankenhaus verlassen?«

»Ich glaube, es war gegen halb elf, aber ich habe wirklich nicht darauf geachtet. Wieso?«

»Das Personal der Intensivstation schätzt die Zeit eher auf zehn Uhr. Und Sie sagten mir doch, es sei fast Mitternacht gewesen, als Sie zu Hause ankamen und Miss Wills vor Ihrer Haustür antrafen. Ist das korrekt?«

»Soweit ich mich erinnern kann, ja. Sagen Sie mal, worauf wollen Sie eigentlich hinaus?«

»Nun ja«, sagte Greely gedehnt, »mir ist eben aufgefallen, dass zwei Stunden für die Fahrt von Taunton nach Glastonbury äußerst großzügig bemessen sind, wenn man bedenkt, dass es spät am Abend war und kaum Verkehr herrschte. Und ich habe mir auch gesagt, dass es nur sehr wenig Zeit braucht, einen Menschen zu ertränken – vielleicht drei oder vier Minuten.«

Jack starrte ihn mit offenem Mund an. »Sie werden doch nicht mich des Mordes an Garnet beschuldigen? Warum um alles in der Welt sollte ich so etwas tun?«

Winnie ergriff Jacks Hand.

»Vielleicht hat Miss Wills Ihnen ihre Befürchtungen hinsichtlich des Unfalls von Miss Catesby mitgeteilt. Zu der Zeit war Miss Catesby, soviel ich weiß, noch nicht wieder bei Bewusstsein, und ihre Genesung war recht ungewiss. Unter den gegebenen Umständen müssen Sie äußerst erpicht darauf gewesen sein, Antworten auf gewisse Fragen zu bekommen. Vielleicht wollten Sie einfach nur mit Miss Todd reden, und die Situation eskalierte irgendwie – bis hin zum Mord, um genau zu sein. Und in diesem Fall wäre Miss Wills Geschichte, wonach sie von ihrem ›Spaziergang‹ zurückgekommen sei und das Haus verlassen gefunden habe, reiner Blödsinn; entweder war sie unmittelbar an dem Verbrechen beteiligt oder sie hat sich zumindest der Beihilfe schuldig gemacht.«

Kincaid versuchte mit Jack Blickkontakt aufzunehmen, um ihn zu ermahnen, nur ja nichts zu sagen, doch Jack fixierte weiterhin Greely.

»Erstens«, schleuderte er dem Inspector aufgebracht entgegen, »habe ich von Faiths Verdacht erst in dem Moment erfahren, als sie gegen Mitternacht an meiner Haustür auftauchte. Zweitens, der Grund, weshalb ich für die Fahrt von Taunton länger als gewöhnlich gebraucht habe, ist der, dass ich erschöpft war und mehrere Pausen einlegen musste, um wach–«

»Geben Sie es auf, Inspector«, warf Kincaid ein. »Sie tappen doch im Dunkeln, Beweise haben Sie nicht. Und ich habe meinem Cousin geraten, einen Anwalt einzuschalten.«

Greely wippte auf den Fußsohlen vor und zurück und blickte seelenruhig in die Runde. »Ich dachte, Sie seien vielleicht daran interessiert, sich meine Überlegungen anzuhören, aber da das nicht der Fall zu sein scheint, möchte ich Ihnen nicht länger den Abend verderben. Ach, übrigens, Miss Catesby – es freut mich zu sehen, dass Sie sich so rasch erholt haben.«

»Vielen Dank, Inspector.« Sie lächelte gezwungen.

Kincaid deutete auf die Tür. »Ich geleite Sie hinaus, ja?«

Greely nickte ihnen zum Abschied zu und folgte Kincaid in die Diele.

»Darf ich davon ausgehen, dass keine neuen Beweise aufgetaucht sind, Inspector? Wenden Sie deshalb die Ameisenhaufen-Taktik an?«

Greelys Lächeln wirkte ausnahmsweise echt. »Na ja, wissen Sie, Superintendent, wenn man mit einem Stock in einem Ameisenhaufen herumstochert, kommt im Allgemeinen irgendetwas dabei heraus.«

Kincaid erwiderte das Lächeln, während er die Haustür öffnete. »Ja, Inspector, das stimmt. Aber manchmal wird man dabei auch gebissen.«

Andrew hatte im Krankenhaus angerufen, war jedoch von einer hochnäsig klingenden Telefonistin mit der Mitteilung abgefertigt worden, Winifred Catesby sei dort nicht mehr Patientin. Danach rief er im Pfarrhaus an, immer und immer wieder, und legte auf, sobald der Anrufbeantworter sich eingeschaltet hatte. Er konnte es nicht ertragen, ihre Stimme zu hören, und doch hatte er jedes Mal das Gefühl, dass er sie hören *musste.*

Nach einer Weile setzte er sich ins Auto und fuhr los, doch das Haus an der Butleigh Road war dunkel und ohne Leben.

Sie war also bei Montfort.

Er kannte natürlich Montforts Haus, er hatte die Adresse schon vor Monaten im Telefonbuch nachgeschlagen. Inzwischen hätte er es im Schlaf gefunden, so oft war er im Schritttempo daran vorbeigefahren. Nun, er würde warten – im Warten war er gut, und im Beobachten –, bis der Zeitpunkt günstig war.

Als sein eigenes Telefon klingelte, saß er nur da und starrte es an, bis das Läuten aufhörte.

16

Der Tor ist wahrhaftig der Hügel der Vision für jeden, der auch nur die geringste Neigung besitzt, sich einer anderen Welt zu öffnen. … Manche sind bei ihrem ersten Besuch erstaunt, dass sie einen Hügel der Träume vor sich sehen, der ihnen schon im Schlaf erschienen ist. … Oft erzählen Menschen, sie hätten den Turm von Licht umrahmt erblickt. Ein warmes Glühen, wie von einem Ofen, entsteigt dem Untergrund in rauen Winternächten, und man hört Gesang aus den Tiefen des Hügels.

Dion Fortune, aus: *Glastonbury*

Im Zug von Bath nach London fiel Gemma augenblicklich in einen tiefen Schlaf, in dem sie wirre, unzusammenhängende Träume hatte, durchzogen vom beständigen Rattern und Ruckeln des Zuges. Als sie erwachte, war sie benommen, und sie hatte das Gefühl, als sei da irgendetwas gewesen, was sie tun musste, doch es wollte ihr nicht wieder einfallen.

Die Erinnerung daran ließ ihr keine Ruhe, während sie mit der U-Bahn vom Bahnhof Paddington nach Islington fuhr und von dort ihre Eltern anrief, um sie zu bitten, Toby mit ihrem Wagen vorbeizubringen.

Als ihre Eltern eine Stunde später eintrafen, kletterte Toby mit einem nagelneuen Paar leuchtend grüner Gummistiefel aus dem Wagen und rief: »Mami, Mami! Ich hab Würstchen im Schlafrock gemacht! Und wir haben Kuchen für Halloween gebacken!«

Gemma hob ihn hoch und drückte ihn ungestüm an sich. »Du willst wohl in die Fußstapfen deines Opas treten, was?«

»Ich bin Bäcker«, verkündete er stolz und zappelte so lange, bis sie ihn wieder herunterließ. »Darf ich Holly meine Stiefel zeigen?«

»Also gut. Aber zuerst anklopfen, okay?« Sie sah ihm nach, bis er das Tor zu Hazels und Tims Garten hinter sich geschlossen hatte, und führte dann ihre Eltern in die Wohnung.

»War er das ganze Wochenende so aufgedreht?«

»Mehr oder weniger«, antwortete ihre Mutter lachend. »Cyn hat ihre beiden heute auch vorbeigebracht, deshalb hat er sich bis jetzt noch nicht richtig beruhigt.«

Gemma verdrehte die Augen. Die Kinder ihrer Schwester waren extrem ungezogene kleine Monster, aber wenn sie etwas sagte, würde ihre Mutter ihr gewiss all die Sachen vorhalten, die Cyn und sie in dem Alter angestellt hatten. »Bleibt ihr zum Abendessen?«, fragte sie stattdessen.

»Wir fahren lieber gleich zurück. Ich hatte unser Abendessen so gut wie fertig, als du anriefst. Du siehst besser aus. Solltest öfter mal wegfahren. Wie geht's Duncan?«

Die Frage war alles andere als harmlos. Ihre Eltern hielten gar nichts davon, dass Gemma nicht wieder geheiratet hatte – oder von ihrer »Sturheit«, wie sie es nannten. Einmal war Gemma der Geduldsfaden gerissen, und sie hatte ihnen entgegengeschleudert, es wäre ihnen wohl egal, wenn sie einen Massenmörder heiraten würde, solange sie nur ihren Freunden erzählen könnten, dass ihre Tochter »unter der Haube« sei.

»Käme nur darauf an, ob er gut aussieht oder nicht«, hatte ihre Mutter prompt erwidert.

Jetzt lächelte Gemma und antwortete: »Duncan geht's gut. Und sein Cousin ist sehr nett.« Sie hatte ihnen nur erzählt, es handle sich um einen privaten Besuch, und sie wollte nicht weiter ins Detail gehen.

»Na, bring Duncan doch mal zu uns mit. Und sag uns Bescheid, wenn wir auf Toby aufpassen sollen.«

Nachdem sie sich mit einem Kuss von ihr verabschiedet und sich auf den Weg gemacht hatten, schlenderte Gemma zu Hazels Wohnung hinüber, um noch ein wenig Klavier zu üben, solange die Kinder spielten. Sie erzählte Hazel und Tim von ihrem Wochenende und ließ sich eine Tasse Tee servieren, dann setzte sie sich ans Klavier, seufzte und versuchte sich auf ihre Musik zu konzentrieren. Doch während sie sich durch Pachelbels *Kanon in D* hindurcharbeitete, wurde ihr klar, dass sich die ersehnte Versenkung nicht einstellen wollte.

Stattdessen ging ihr das Bild der verwitterten Steine der Abtei nicht aus dem Sinn, wie sie sich aus dem smaragdgrünen Gras erhoben … und das Bild der felsigen Flanke des Tor hinter Garnet Todds Haus in der Wellhouse Lane, mit dem verfallenen Turm auf dem Gipfel, der sich wie ein riesiger Finger himmelwärts reckte.

Gemma versank in der gewohnten Routine des Montagvormittags wie ein Stein in einem Teich, und doch hatte das Ganze etwas Unwirkliches, als ob die Hektik und das geschäftige Treiben ihrer Londoner Existenz lediglich ein oberflächlicher Geräuschteppich sei. Während sie sich durch die Berichte und Akten kämpfte, die sich über das Wochenende auf ihrem Schreibtisch angehäuft hatten, vergaß sie nie, dass sie Kincaid versprochen hatte, Erkundigungen über die an dem Fall Beteiligten einzuziehen. Sobald sie eine freie Minute hatte, setzte sie die entsprechenden Hebel in Bewegung.

Am Spätnachmittag trafen die ersten Informationen ein.

Garnet Todd hatte eine Vorstrafe, wenn auch nur eine unbedeutende. Sie hatte sich in den Sechzigerjahren während einer Protestveranstaltung gegen den Vietnamkrieg in London der Verhaftung widersetzt und war des Besitzes von Halluzinogenen überführt worden. Daran war nichts Überraschendes.

Garnet hatte schon immer den unkonventionellen Weg gewählt.

Nick Carlisle war, wie Greely erwähnt hatte, vor vier Jahren nach einer Schlägerei in einem Pub verhaftet worden, wobei man seine Fingerabdrücke registriert hatte – eine typische Jugendsünde. Was sie überraschte, war die Tatsache, dass Nicks Mutter, deren Aufsicht er nach seiner Entlassung unterstellt worden war, die berühmte nordenglische Romanautorin Elizabeth Carlisle war. Warum sollte Elizabeth Carlisles Sohn sich für ein Leben in vergleichsweise erbärmlichen Verhältnissen in irgendeinem Nest in Somerset entscheiden, wenn ihm seine Beziehungen doch einen aussichtsreichen Start in einem angesehenen Beruf hätten verschaffen können? Aus Prinzip? Oder weil es irgendwelchen Ärger mit der Familie gab?

Sie ließ sich mit der Kripo in Durham verbinden und bat um die Nummer der Polizeistation in dem kleinen Dorf, wo Elizabeth Carlisle lebte. Es meldete sich niemand, als sie dort anrief, doch sie hinterließ ihren Namen und ihre Telefonnummer auf dem Anrufbeantworter des Dorfpolizisten.

Kincaid hatte sie am Abend zuvor angerufen und ihr von dem negativen Ergebnis der Suche nach dem Manuskript berichtet wie auch von Nicks Verschwinden und von DCI Greelys plötzlichem Interesse an Jack.

»Was hat denn der Chef gesagt, als du ihn angerufen hast?«, hatte sie gefragt.

»Offiziell, dass ich mir nicht die Finger schmutzig machen und mich darauf einstellen soll, mich augenblicklich wieder nach London zu beamen, sobald sich in diesem Borough-Market-Mordfall irgendetwas ergibt. Inoffiziell hat er vom Polizeipräsidenten Dampf bekommen und wird mir die Leviten lesen, wenn Greely sich darüber beschwert, dass ich mich in seinen Fall einmische.«

»Aua!«

»Genau. Ich hoffe nur, dass ich das hier nicht verbocke.«

Und dann, kurz bevor er aufgelegt hatte: »Ach, übrigens, du fehlst mir.«

Gemma lächelte, als sie an das Gespräch zurückdachte; dann ließ sie sich noch einmal durch den Kopf gehen, was er ihr erzählt hatte. Ihr fiel auf, dass Faith von Garnets Kenntnissen über Göttinnenverehrung gesprochen hatte, und nun traf Nick sich mit Freunden der Verstorbenen, die sich für die gleichen Dinge interessierten. War es denkbar, dass der Mord an Garnet mit irgendeiner Kultreligion zusammenhing, der sie angehangen hatte? War es möglich, dass ihr Tod gar nichts mit Winnie oder Jack zu tun hatte?

Sie gab das Stichwort »Göttinnenverehrung« in die Suchmaschine ihres Computers ein. Die Anzahl der Treffer war überwältigend, doch sie machte sich entschlossen daran, sie zu sichten, überflog die Artikel und Internetseiten über heidnische Kulte. Ein Name sprang ihr ins Auge. Sie ging mit dem Cursor ein Stück zurück und markierte den Titel einer Monografie über *Die Geschichte der Göttin in der keltischen Mythologie* von einer gewissen Dr. Erika Rosenthal.

Sie hatte einige Wochen zuvor im Zuge einer Ermittlung eine Erika Rosenthal kennen gelernt – der Name war doch gewiss nicht so häufig. Bei einer älteren Dame in Arundel Gardens war eingebrochen worden, und da die professionelle Durchführung des Einbruchs Gemma Sorgen bereitet hatte, war sie selbst hingefahren, um sich vor Ort umzusehen und mit dem Opfer zu sprechen.

Wie sich herausgestellt hatte, war Erika Rosenthal eine hellwache Neunzigerin und äußerst erzürnt über den Diebstahl einiger wertvoller Antiquitäten. Gemma war sie auf Anhieb sympathisch gewesen, ebenso wie ihr entzückendes Haus voller Bücher und wunderbarer Gemälde; ganz besonders hatte es ihr der Salonflügel angetan.

Gemma konnte nur einen Teil von Dr. Rosenthals Artikel überfliegen, bevor sie unterbrochen wurde, und als sie endlich das Tagespensum auf ihrem Schreibtisch abgearbeitet hatte, war es halb sechs. Einer spontanen Eingebung folgend, stopfte sie den Artikel in ihre Aktentasche und rief Hazel an, um ihr zu sagen, dass sie vielleicht etwas später kommen würde.

Ein feiner Dunst hing in der windstillen Luft, und der nasse Asphalt glänzte. Sie liebte dieses Wetter, so wie sie den Herbst in all seinen Erscheinungsformen liebte. Begierig sog sie die kühle, feuchte Luft ein, während sie zu Fuß in Richtung Arundel Gardens ging.

Erika Rosenthals Haus war in Würde gealtert. Sein hellgrauer Putz war ein wenig verblasst, was einen eher heimeligen Effekt hatte, und weder Satellitenschüssel noch Alarmanlage zierten Wände und Dach. Allerdings hatte das Fehlen einer solchen Anlage wahrscheinlich zu Mrs. Rosenthals Verlust beigetragen.

Gemma klingelte, und die alte Dame erschien an der Tür. Ihre Miene hellte sich auf, als sie das Gesicht erkannte.

»Inspector James! Sie haben meine Sachen gefunden.« Sie war eine winzige Frau mit weißem Haar, das zu einem glatten Knoten gebunden war, und leuchtenden schwarzen Knopfaugen, die aus einem von feinen Fältchen überzogenen Gesicht hervorlugten.

»Nein, das ist uns leider noch nicht gelungen. Ich bin aus einem ganz anderen Grund gekommen, Mrs. Rosenthal – wenn Sie einen Moment Zeit hätten.«

»Selbstverständlich. Kommen Sie nur herein und wärmen Sie sich ein bisschen auf.«

Gemma stellte sich vor den elektrischen Kamin und blickte sich mit Wohlgefallen um. Sie widerstand der Versuchung, zu dem Flügel hinüberzugehen, doch für einen Moment gab sie sich der Vorstellung hin, selbst in einem Haus wie diesem zu wohnen. Dann schalt sie sich für ihre unrealistischen Fantasien und sagte nur »Danke sehr, das ist sehr nett von Ihnen«, als ihr ein Glas Sherry angeboten wurde.

»Also, was kann ich für Sie tun?«, fragte Mrs. Rosenthal, indem sie sich auf einen Sessel niederließ. Auf dem Tischchen neben ihrem Platz lag ein aufgeschlagenes Buch, ein Bericht über Mallorys und Irvines verhängnisvolle Everest-Expedition. Sie bemerkte Gemmas Interesse und fügte hinzu: »Seit ich mich nicht mehr schuldig fühlen muss, weil ich mich selbst nicht an solche Dinge heranwage, genieße ich meine Abenteuer ganz entspannt vom Wohnzimmersessel aus.«

»Sind Sie die Dr. Erika Rosenthal, die eine Monografie über heidnische Göttinnenverehrung verfasst hat?«

Mrs. Rosenthal kicherte. »Die bin ich. Aber warum in aller Welt interessieren Sie sich dafür?«

Wie bereits bei ihrem ersten Besuch fiel Gemma auf, dass Dr. Rosenthal einen ganz leichten Akzent hatte – deutsch oder osteuropäisch. »Ich habe – hm ... ich habe bei Ermittlungen in einem Mordfall in Glastonbury mitgearbeitet. Das Opfer scheint gewisse Kenntnisse im Bereich der Göttinnenverehrung besessen zu haben, und wir sind nicht sicher, ob das für den Fall irgendwie relevant ist.«

»Und da haben Sie recherchiert und sind auf meinen Namen gestoßen. Kluges Mädchen – oder junge Frau, besser gesagt«, entschuldigte sie sich mit einem Augenzwinkern. »Aber von meiner Warte aus gesehen ist jede Frau unter siebzig ein Mädchen.«

»Aus Ihrem Artikel habe ich geschlossen, dass Sie eine ziemlich angesehene Autorität auf dem Gebiet heidnischer Kulte sind.«

»Ich bin Historikerin, meine Liebe, und ich bin nicht sicher, ob in akademischen Kreisen jemals irgendeine Autorität uneingeschränktes Ansehen genießt. Aber es stimmt schon – ich habe einen Großteil meines beruflichen Lebens diesem Thema gewidmet.«

»Aus dem, was ich heute Nachmittag gelesen habe, habe ich den Eindruck gewonnen, dass die Göttinnenverehrung eine überwiegend harmlose, wenn nicht gar positive Sache ist. Zurück zur Mutter Erde und all solche Sachen. Und ich kann auch nicht eben behaupten, dass die Männer sich beim Regieren der Welt allzu sehr mit Ruhm bekleckert hätten, also ist das Matriarchat vielleicht auch keine so schlechte Idee.« Gemma verließ ihren Platz am Kamin und setzte sich gegenüber von Dr. Rosenthal auf einen kleinen Stuhl. »Was ich nicht begreife, ist, wie derartige Überzeugungen jemanden dazu gebracht haben könnten, diese Frau zu ermorden.«

»Ach, wissen Sie, selbst die harmlosesten Aspekte würden schon genügend Motive liefern. Dieses ›Zurück zur Mutter Erde‹, wie Sie es nennen, entwickelt sich meist zu einem aktiven Widerstand gegen diejenigen, die unsere natürlichen Ressourcen für ihre eigenen Zwecke ausbeuten, und da ist immer eine gehörige Portion Habgier im Spiel. Und dann gibt es Männer – und auch ein paar Frauen –, denen die Vorstellung von Frauen in Machtpositionen zuwider ist. Aber das wissen Sie sicherlich aus eigener Erfahrung.« Dr. Rosenthal sah sie durchdringend an. »Wie jedes System der Welterklärung kann auch der Paganismus sehr leicht zu fanatischen Auswüchsen führen. Sie könnten sagen, dass das Christentum im Grunde eine harmlose und friedfertige Religion ist, und doch ist es jahrhundertelang für unendliches Leid in der ganzen Welt verantwortlich gewesen.

Aber die Verehrung der alten Gottheiten kann noch weiter gehen. Sie hat eine dunkle Seite, ein Element des Chaos, und es gibt Menschen, die danach streben, diese Kräfte auszunutzen und sie wieder auf die Menschheit loszulassen. Und dann gibt es solche, die sich darin verstricken, ohne es zu wollen. Sie sagten, dieser Mord habe sich in Glastonbury ereignet?«

»Ja, ganz in der Nähe des Tor.«

Dr. Rosenthal runzelte die Stirn. »Glastonbury ist schon immer ein Angelpunkt gewesen, ein Energieherd. Dion Fortune hat das begriffen – haben Sie ihre Bücher gelesen? Das sollten

Sie tun. Dion Fortune war eine praktisch veranlagte Frau mit dem Herzen einer Dichterin, und sie wusste, dass das Gleichgewicht zwischen den alten und den neuen Kräften ein sehr empfindliches ist. Manche glauben, dass die alten Mächte der Erde ihre Lebenskraft geben, dass diese Mächte aber gebändigt werden müssen, damit wir nicht vom Chaos überwältigt werden.«

»Aber wenn dem so wäre, wieso sollte dann irgendjemand das Gleichgewicht stören wollen?«

»So wie es Kinder gibt, die die Finger nicht vom heißen Ofen lassen können, so gibt es auch immer Menschen, die mit dem Feuer spielen. Vielleicht gehörte Ihr Opfer ja zu ihnen.«

Gemma dachte daran, was Faith ihr über Garnet erzählt hatte – und an die geheimnisvolle Kraft des Tor, die sie selbst verspürt hatte. »Halten Sie solche Dinge denn für möglich?«

»Ich bin Jüdin, meine Liebe. Im letzten Krieg habe ich meine gesamte Familie in den Konzentrationslagern verloren. Wenn Sie mich fragen, was ich glaube, kann ich Ihnen nur sagen, dass diese Gräueltaten ein unwiderlegbares Beispiel für die Macht des Chaos sind, der ganz normalen Schlechtigkeit der Menschen Vorschub zu leisten und sie ins Ungeheure zu vergrößern.«

Am Montagmorgen stand Kincaid schon eine halbe Stunde vor Ladenöffnung vor der Buchhandlung und wartete. Auf dem Weg dorthin hatte er Faith am Café abgesetzt.

Nachdem er zehn Minuten lang die Passanten beobachtet hatte, sah er Nick mit seinem Motorrad vorbeifahren und in die Benedict Street einbiegen. Einige Augenblicke später kam Nick zu Fuß um die Ecke. Er ging schnell, doch als er Kincaid erblickte, kam er für einen Moment aus dem Tritt. Dann fing er sich wieder und ging mit einem entschlossenen Ausdruck auf seinem hübschen Gesicht weiter.

Als Nick auf seiner Höhe war, stieß Kincaid sich von der Hauswand ab. »Wir müssen uns unterhalten.«

»Ich muss den Laden aufschließen.«

»Dann komme ich eben mit Ihnen.«

Nick zögerte, dann zuckte er mit den Achseln und schloss auf. Kincaid folgte ihm in den Laden, und Nick drehte das Schild mit der Aufschrift *Geöffnet* nach außen.

»Jack und Faith haben sich Sorgen um Sie gemacht.« Kincaid nahm ein Buch über den Tierkreis von Glastonbury von dem vorderen Tisch.

»Ich konnte doch nicht... nachdem die Polizei... ich hab mich tierisch geschämt, wenn Sie's genau wissen wollen.«

»Nun ja, es hat den Anschein, als hätten Sie den ersten Platz auf der Verdächtigenliste eingebüßt, falls das Ihnen ein Trost ist. DCI Greely hat inzwischen Jack in die Spitzenposition befördert, aber die Idee von Faith als Helfershelferin gefällt ihm immer noch gut.«

»Sie machen Witze!«

»Mache ich nicht. Wenn wir alle zusammenarbeiten würden, anstatt uns gegenseitig Steine in den Weg zu legen, könnten wir vielleicht der Antwort auf die Frage, wer Garnet tatsächlich auf dem Gewissen hat, ein Stück näher kommen. Wenn Sie mir zum Beispiel verraten, was Sie gestern über Garnet herausgefunden haben, könnte ich diese Information eventuell mit anderen Daten verknüpfen.«

»Wie haben Sie –«

»Faith hat mich auf die Suche nach Ihnen geschickt. Ich hatte einen Plausch mit der netten Kassiererin im Assembly Rooms Café.«

»Ach... mit Janet. Ich hätte nie gedacht...«

»Mir scheint, dass Sie Ihre Kontakte und Ihre Kenntnis der Stadt erstaunlich gut zu nutzen wissen.«

»Ich dachte, das könnte nicht schaden.«

»Wieso? Erklären Sie mir das.«

Nick ging um den Tisch herum und rückte geistesabwesend Bücher zurecht. »Ich hatte schon seit einiger Zeit befürchtet, dass Garnets Absichten mit Faith vielleicht nicht so altruistisch waren, wie alle glaubten. Aber ich wusste, dass alles, was ich sagen würde – ganz besonders zu Faith –, schlicht als Eifersucht abgetan werden würde.«

»Also haben Sie den Mund gehalten und die Augen offen gehalten.«

»Oder vielmehr die Ohren. Hier bekomme ich so einiges zu hören.« Nick machte eine Handbewegung, die den Laden einschloss. »Klatsch. Gerüchte. Gesprächsfetzen. Alles deutet in ein und dieselbe Richtung: dass dieses Jahr besondere Energien freisetzt; dass es eine Zeit ist, in der die Mächte der alten Religion ganz nahe an der Oberfläche sind.«

»Millenniumshysterie?«

»Vielleicht. Aber ich glaube, dass Garnet Faith irgendwie benutzen wollte.«

»Und die Leute, mit denen Sie sich gestern unterhalten haben – haben die das bestätigt?«

»So weit wollten sie nicht gehen, nein. Sie haben allerdings hinter vorgehaltener Hand etwas von Samhain gemurmelt.« Als Kincaid fragend die Augenbrauen hob, erklärte Nick: »Das ist der keltische Name für die Allerheiligennacht, für Halloween.«

»Und bis dahin sind es nur noch ein paar Tage«, meinte Kincaid nachdenklich. »Wenn Sie sagen, Sie glauben, Miss Todd wollte Faith ›benutzen‹, meinen Sie damit so etwas wie ein Opfer?«

»Ich – ich weiß nicht. Aber das kann doch jetzt keine Rolle mehr spielen, oder?«

»Ich wüsste nicht, welche. Aber ich würde diese Theorien an Ihrer Stelle nicht unbedingt Inspector Greely unter die Nase reiben.«

»Weil er mich für verrückt halten wird?«

»Weil es Ihnen ein stärkeres Motiv für den Mord an Garnet

gibt. Sie müssen zugeben, dass Sie aus Ihrem Wunsch, Faith zu beschützen, keinen Hehl gemacht haben. Wer sonst würde sich so mit aller Kraft dafür einsetzen –« Kincaid brach abrupt ab, als ihm klar wurde, dass er die Antwort wusste.

»Die Erzdiakonin kommt zum Mittagessen«, teilte ihm Winnie mit, als er wieder bei Jack eintraf. »Sie sagt, das Pfarrhaus würde vor lauter Töpfen mit Essen aus allen Nähten platzen, wenn wir nicht etwas davon essen. Aber ich dachte, ich könnte wenigstens schon mal den Tisch decken.« Sie deutete auf das Durcheinander auf dem Eichentisch.

»Du gibst die Anweisungen, und ich räume die Sachen weg«, schlug Kincaid vor. »Wo ist Jack?«

»Er musste sich auch mal wieder um sein Büro kümmern, der Ärmste. Er hat seit fast einer Woche nichts anderes getan, als zwischen hier und dem Krankenhaus hin und her zu fahren und mich zu bedienen.«

»Die Suche auf dem Dachboden heute Morgen hat wohl nichts ergeben?«

»Nein, aber Simon hat hereingeschaut, um zu sehen, wie wir vorankommen. Was ist mit dir? Hast du Nick gefunden?«

»Ja. Es ist alles in Ordnung mit ihm, er ermittelt nur ein wenig auf eigene Faust.« Er hatte nicht die Absicht, etwas von Nicks Verdachtsgründen gegen Garnet zu erzählen.

Er sah, wie Winnie Halt suchend nach einer Stuhllehne griff und schloss daraus, dass sie immer noch ziemlich wacklig auf den Beinen war, wenn sie es auch nicht zugeben mochte.

»Okay, jetzt setz dich mal hin«, befahl er. »So, wo ist das Besteck?«

Suzanne Sanborne war eine attraktive, intelligent aussehende Frau, schlank, mit silbernen Strähnen in ihrem lockigen Haar. »Sie sind also der berühmte Cousin von Scotland Yard«, sagte sie, nachdem sie Winnie mit einer Umarmung begrüßt hatte.

»Hochwürden.«

»Nennen Sie mich doch bitte Suzanne. Und helfen Sie mir mit diesen Töpfen.«

Bald saßen sie alle beim Mahl um den Tisch herum. Eine Flasche Bordeaux, die Kincaid in Jacks Vorratskammer entdeckt hatte, trug ihr Teil zu der geselligen Stimmung bei. Winnie machte sich Gedanken wegen ihrer seelsorgerischen Verpflichtungen, doch die Erzdiakonin beeilte sich, sie zu beruhigen.

»Das Letzte, was du jetzt gebrauchen kannst, ist, dass du dir Sorgen machst. Ich habe Miles Fleming gebeten, einzuspringen, wann immer er kann, und ich selbst werde auch einige deiner Aufgaben übernehmen.«

»Aber ich könnte doch wenigstens –«

»Nächste Woche reden wir darüber, ob du die Gottesdienste übernehmen kannst«, unterbrach Suzanne sie in einem Ton, der keine Widerrede zuließ. »Aber du wirst Geduld mit dir haben müssen.«

»Suzanne«, sagte Winnie zögernd. »Ich weiß, die Frage klingt dumm, aber hast du vielleicht irgendeine Ahnung, was ich letzten Mittwoch getan habe? Ich habe Jack gestern gebeten, mir meinen Terminkalender aus dem Pfarrhaus mitzubringen: für Mittwochnachmittag hatte ich zwei Krankenbesuche eingetragen und nach der Mittagspause eine Kapitelsitzung. Heute Morgen habe ich überall angerufen, und es sieht so aus, als hätte ich die beiden Vormittagstermine wahrgenommen, aber die Sitzung versäumt.«

»Natürlich weiß ich, was du getan hast!«, antwortete Suzanne lachend. »Warum hast du mich das nicht eher gefragt? Ich hatte dich gebeten, einen Kondolenzbesuch zu machen.«

»Tatsächlich?«, fragte Winnie verständnislos.

»In Pilton. Du weißt doch, der Pfarrer hatte letzte Woche Urlaub.« An Kincaid gewandt, erklärte sie: »Ich wäre selbst hingegangen, aber ich hatte Diözesansitzung, also habe ich Winnie bei ihrer Party gebeten, den Besuch für mich zu übernehmen.«

Winnie stöhnte. »Das ist ja fürchterlich! Warum kann ich mich nicht daran erinnern?«

»Das wirst du bestimmt noch«, beruhigte Suzanne sie. »Ich verschreibe dir eine Ruhepause. Ich habe den Eindruck, dass du heute schon viel zu viel gearbeitet hast.« Sie sah auf die Uhr. »Ich habe noch einen Termin, aber ich kann dir noch helfen, es dir bequem zu machen, und dann kann Duncan mich hinausbegleiten.«

Geschickt eingefädelt, dachte Kincaid, als sie Winnie ins Wohnzimmer eskortierten. Nachdem sie es sich auf dem Sofa gemütlich gemacht hatte, ermahnte Suzanne sie noch ein letztes Mal: »Also, mach dir nur keine Gedanken. Deine Gemeinde wird auch noch ein paar Tage länger ohne dich funktionieren.«

»Aber ich habe eine Hochzeit –«

»Darüber reden wir morgen. Ruh dich ein bisschen aus.«

»Aber …« Winnies Proteste ebbten ab, während ihre Augenlider schwerer wurden. Der Wein und die Pasta hatten gute Arbeit geleistet.

Kincaid und Suzanne schlichen auf Zehenspitzen hinaus, und er begleitete sie zu ihrem Wagen.

»Sie macht wirklich erstaunliche Fortschritte«, sagte Suzanne.

»Ja, aber das war es nicht, worüber Sie mit mir reden wollten.«

»Ihnen entgeht aber auch gar nichts, Superintendent.« Sie warf ihm ein flüchtiges Lächeln zu und seufzte dann. »Ich will ja keine Panik verbreiten, aber ich mache mir große Sorgen wegen Winnies Bruder Andrew. Er hat Winnie noch nicht besucht, seit sie aus dem Krankenhaus entlassen wurde, oder?«

»Soviel ich weiß, war er nicht mehr bei ihr, seit sie das Bewusstsein wiedererlangt hat.«

»Er weigerte sich, die Intensivstation zu betreten – wussten Sie das? Und wenn ich ihm im Wartebereich begegnet bin, kam er mir zunehmend erschöpft und überreizt vor. Ich fürchte, sein Schweigen ist kein gutes Zeichen.«

»Sie könnten Recht haben. Können Sie mit ihm sprechen? Haben Sie irgendeinen Einfluss?«

»Als ich im Krankenhaus mit ihm zu reden versuchte, wurde er nur noch aufgebrachter. Aber wir sind schon sehr lange befreundet. Vielleicht sollten David und ich gemeinsam mit ihm reden.«

»Ich nehme an, dass Sie nicht nur um Catesbys Geisteszustand besorgt sind. Glauben Sie, er könnte Winnie etwas antun?«

»Andrew liebt Winnie so sehr, deshalb fällt es mir schwer, so etwas zu denken. Andererseits kann Liebe manchmal krankhafte Formen annehmen.« Suzanne sah Kincaid in die Augen. »Ich finde, solange wir die Sache mit Andrew nicht geklärt haben, sollten wir Winnie *und* Jack besser nicht aus den Augen lassen.«

Kaum hatte Fiona ein Gemälde vollendet, da formte sich auch schon das nächste Bild in ihrem Kopf und ließ ihr keine Ruhe, bis sie es auf der Leinwand zum Leben erweckt hatte.

Sie war überzeugt, noch nie so gut gearbeitet zu haben, mit einer solchen Farbfülle und solcher Feinheit der Details – und zum ersten Mal seit Monaten war das Kind nirgendwo aufgetaucht. Doch sie war todmüde, und nachdem sie letzte Hand an ihr neuestes Werk gelegt hatte, wusch sie ihre Pinsel aus und verließ das Atelier.

Bram sah von dem Buch auf, in dem er las. Seine Erleichterung war unübersehbar. »Fertig, Schatz?«

Fiona streckte sich neben ihm auf dem Sofa aus. »Fix und fertig.«

»Ich wünschte, ich könnte dir helfen.« Er strich ihr mit dem Daumen über die Stirn.

»Das tust du schon, indem du mich verstehst.« Als Kind

hatte sie die Wände bemalt, wenn der Drang sie überkam und kein Papier zur Hand war, und sie hatte nicht begriffen, wieso sie dafür bestraft wurde. Einmal unternahmen ihre ratlosen Eltern den Versuch, sie ganz am Malen zu hindern, worauf sie in eine so tiefe Depression verfiel, dass es bereits an Katatonie grenzte.

»Aber heute Abend fühle ich mich leer«, fügte sie hinzu. Sie gähnte und kuschelte sich noch etwas enger an ihn. »Vielleicht war's das ja fürs Erste.«

»Sind sie gut?«

»Fantastisch. Sie werden dir gefallen.« Sie sah lächelnd zu ihm auf. »Ich denke, ich werde morgen mal bei Winnie vorbeischauen, falls sie ein bisschen Gesellschaft gebrauchen kann.«

»Soll ich dir vorlesen?«

»Was liest du denn gerade?«

»William von Malmesburys Bericht über seinen Besuch in der Abtei um das Jahr 1120. Hör dir das mal an. Er schreibt über die alten Kirchen: ›... auf dem Fußboden finden sich überall Steine, kunstvoll ineinander verschränkt in Form von Dreiecken und Quadraten und mit Blei versiegelt; ich versündige mich nicht gegen die Religion, wenn ich glaube, dass sich darunter irgendein heiliges Geheimnis verbirgt...‹«

War es das gewesen, was Garnet gewusst hatte? Fiona wollte Bram fragen, doch die Worte reihten sich aneinander wie schimmernde Perlen an einer Schnur, bis nur noch ein schwächer werdender Schimmer übrig blieb.

Sie erwachte im Dunkeln auf dem Sofa, eingehüllt in eine Decke, den Kopf sorgfältig auf ein Kissen gebettet. Es war spät – oder sehr früh; das erkannte sie an der Qualität des Lichts, das durch die Ritzen der Jalousien schimmerte. Sie setzte sich auf, um sich für den Rest der Nacht noch ins Bett zu legen, und plötzlich war der Traum wieder da.

Die Musik – sie hatte das Singen wieder gehört. Jetzt zerfloss es, glitt ihr wieder durch die Finger.

Und sie hatte die Abtei gesehen, gebadet in ein reines, fahles Licht. Doch die von wilder Vegetation überwucherten Ruinen standen in einer weitläufigen ländlichen Gegend, nicht in ihrem von Mauern umschlossenen modernen Areal. Im Vordergrund grasten ein paar magere Kühe, bewacht von einem Mann in altertümlicher Kleidung, der, malerisch auf einen Hirtenstab gelehnt, dastand.

Fiona legte sich wieder hin und zog sich die Decke bis zum Kinn, während sie versuchte, das Chaos, das in ihrem Kopf umherwirbelte, zu ordnen: die Musik, Garnet, die wunderschönen farbigen Fliesen in der alten Kirche, die seltsame Erscheinung der Abtei …

Ihr letzter Gedanke, bevor sie erneut in Schlaf sank, war, dass der Mann mit dem Hirtenstab eine bemerkenswerte Ähnlichkeit mit Jack Montfort gehabt hatte.

17

Doch selbst der Erzengel Michael war hilflos gegen die Urgewalten der Dunkelheit, die durch das Ritual gebündelt worden waren. Und während des Erdbebens im Jahre 1000 nach Christus stürzte das Kirchenschiff ein; nur der Turm blieb stehen. So wurde das christliche Symbol einer kreuzförmigen Kirche in das heidnische eines aufragenden Turms verwandelt. Die alten Götter hatten ihre Stellung behauptet.

Dion Fortune, aus: *Glastonbury*

Von dem Augenblick an, als sie am Dienstagmorgen erwachte, hatte Faith ein ganz merkwürdiges Gefühl. Sie fragte sich, ob die anderen auch spürten, wie schwer und drückend die Luft heute war. Und sie hatte ein Gefühl der Dringlichkeit, als ob ihr nicht mehr viel Zeit bliebe, zu erledigen, was noch zu erledigen war. Das Baby aber, das in den letzten Tagen eine so ungestüme Aktivität entfaltet hatte, war ruhig; nur dann und wann stupste es sie leicht an.

Sie tastete ihren Bauch sorgfältig ab, wie sie es von Garnet gelernt hatte, doch sie konnte nicht mit Sicherheit feststellen, ob das Baby sich schon gesenkt hatte. Warum war Garnet nicht da, wenn sie sie brauchte? Und wie sollte sie es ohne sie überhaupt schaffen?

Sie kämpfte gegen die Tränen des Zorns und der Frustration an, während sie sich für die Arbeit fertig machte. Als sie so weit war, ging sie Duncan suchen. Sie fand ihn im hintersten Schlafzimmer, inmitten von geöffneten Kisten und Kartons; sein Gesicht war schon verschmiert, und seine finstere Miene drückte Entmutigung aus.

Am Abend zuvor war Nick endlich aufgetaucht und hatte sich knapp für seine Abwesenheit entschuldigt. Er und Simon beteiligten sich dann an der Suche auf dem Dachboden und trugen kleinere Gegenstände hinunter ins Wohnzimmer, wo Faith und Winnie sie in Empfang nahmen. Nachdem sie bis spät in den Abend gearbeitet hatten, kamen sie alle zu dem Schluss, dass sie den Dachboden gründlich genug durchkämmt hatten, leider ohne jegliches greifbare Resultat. Jetzt waren Duncan und Jack dabei, die restlichen Räume des Hauses abzusuchen.

»Irgendetwas entdeckt?«, fragte Faith Duncan, obwohl sie schon wusste, wie die Antwort lauten würde.

»Ein altes Fotoalbum mit Kinderbildern meiner Mutter. Aber davon abgesehen, nein. Sind Sie so weit, dass ich Sie ins Café fahren kann?«

Innerhalb von wenigen kurzen Tagen hatte sich zwischen ihnen eine angenehme Routine eingestellt, und Faith wurde plötzlich schmerzlich bewusst, wie traurig es sie machen würde, wenn alles wieder zu Ende wäre. Auch gefiel ihr der Gedanke an das kleine Täuschungsmanöver, das sie heute vorhatte, ganz und gar nicht, doch sie sah keine andere Möglichkeit. Sie musste einen Beweis dafür finden, dass jemand anderes als Nick Garnet etwas hatte antun wollen. Und Duncan hatte ihr erzählt, die Polizei habe das Bauernhaus versiegelt, daher konnte sie ihn kaum bitten, sie hinzufahren, um in Garnets Sachen herumzustöbern.

»Wir sehen uns dann um fünf«, sagte er, als sie vor dem Café ausstieg, und sie winkte ihm nach, als er mit Gemmas purpurrotem Auto davonfuhr.

Zu ihrer großen Erleichterung war es ein ruhiger Vormittag, denn je weiter der Tag vorrückte, desto unwohler fühlte sie sich. Ihre Beine taten weh, und ihr Becken fühlte sich an, als hätten sich Bänder und Sehnen allesamt in Pudding verwandelt. Buddy war eifrig um sie besorgt und kam so oft es ging aus dem Laden herüber, um ihr zur Hand zu gehen.

Nach dem Mittagessen wartete sie ungeduldig und sah immer wieder nach der Uhr, während sie aufräumte und putzte. Als der Stundenzeiger sich endlich an die Zwei herangeschlichen hatte, wischte sie noch einmal über die Theke und ging dann in den Laden.

Buddy sah von seiner Schmucktheke auf. Sofort legte sich sein Gesicht in Sorgenfalten. »Alles in Ordnung, Mädel?«

»Mir geht's nicht so besonders. Hättest du etwas dagegen, wenn ich heute etwas früher Schluss mache?« Es ist keine Lüge, redete sie sich ein. Ich nehme es bloß mit der Wahrheit nicht ganz so genau.

»Ist es das Baby?«

»Nein, das glaube ich nicht«, antwortete sie unsicher. »Aber ich denke, ich sollte vielleicht ein bisschen kürzer treten.«

»Hast du Bescheid gesagt, dass jemand dich abholen soll?«

»Ja«, log sie diesmal geradeheraus und lächelte dabei gezwungen. »Ich werde draußen warten.«

Sie legte sich ihre Strickweste um und trat hinaus in den leichten Nieselregen, der die Kletterer heute fern hielt. Jetzt blieb ihr nichts anderes übrig, als loszulaufen, und so machte sie sich entschlossen an den Anstieg.

Je weiter sie ging, desto glitschiger wurde das Pflaster, und der Regen wurde heftiger. Als sie beim Bauernhaus ankam, atmete sie bereits schwer, und ein dumpfer, drückender Schmerz hatte sich um ihr Steißbein herum festgesetzt. Aber sie hatte es geschafft! Auf ihrem Weg nach oben war ihr niemand begegnet; dennoch blickte sie sich verstohlen um, als sie unter dem blauweißen Absperrband hindurchschlüpfte, das vor den Toreingang gespannt war.

Sie überquerte den Hof und schloss mit ihrem Schlüssel die

Hintertür auf. Alle drei Katzen kamen hoffnungsfroh aus der Scheune herbeigetappt, und sie bückte sich, um sie zu streicheln, während sie schnurrend um ihre Beine herumstrichen. »Habt ihr Hunger, ihr Ärmsten?«, fragte sie, und während sie die Katzen ins Haus ließ, sang sie das alberne kleine Futterliedchen, das sie sich für sie ausgedacht hatte.

In der Küche war jede horizontale Fläche mit feinem schwarzem Staub bedeckt, und es sah aus, als sei ein Orkan durch den Raum gefegt; der Inhalt der Regale und Schränke lag überall verstreut. Faith verzog das Gesicht, als sie Licht machte und Futter in die Katzenschüsseln füllte, wobei sie möglichst wenig anzufassen versuchte. Der Anblick des Auflaufs, den Garnet noch am Tag ihres Todes gekocht hatte, war fast zu viel für sie.

In Garnets Büro waren die Spuren der polizeilichen Durchsuchung noch viel deutlicher. Alles war von Fingerabdruckpulver bedeckt, und das ganze Zimmer war ein Meer von Papieren. Die Schubladen in Garnets Schreibtisch waren aufgebrochen worden, und bis auf eine waren sie alle leer.

Sie zündete das Licht auf dem Schreibtisch an und besah sich den Inhalt der Schublade, die die Polizisten nicht ausgeräumt hatten. Sie enthielt ein halbes Dutzend Notizbücher mit Spiralheftung, und als Faith sie aufschlug, stellte sie fest, dass sie alle mit technischen Aufzeichnungen über die Fliesenherstellung angefüllt waren. Kein Wunder, dass die Polizei kein Interesse daran gehabt hatte.

Garnet hatte das Geheimnis der Herstellung der Glasuren für ihre Fliesen so eifersüchtig gehütet, dass es fast schon krankhaft gewesen war. Sie hatte immer wieder betont, dass es diese Glasuren seien, die ihr Werk so einmalig und ihre Restaurierungsarbeit überhaupt erst möglich machten. In einer redseligen Laune erzählte sie Faith einmal, dass sie nur solche Naturmaterialien verwendete, die auch den mittelalterlichen Handwerkskünstlern zur Verfügung gestanden hatten, und so die authentischen Farben zu Stande brachte, für die ihre Fliesen so geschätzt wurden.

Doch es hatte den Anschein, als seien Garnets Geheimnisse nicht mit ihr gestorben. Die Kladden enthielten nicht nur umfangreiche Notizen, sondern auch Aufzeichnungen von Formeln und Experimenten, sowohl erfolgreichen als auch misslungenen.

Faith war so fasziniert, dass sie die Zeit vergaß, bis ein Blick in Richtung des dunkler werdenden Fensters sie daran erinnerte, dass sie sich beeilen musste. Sie hatte mit allem fertig und wieder im Café sein wollen, wenn Duncan sie abholen kam; allerdings hatte sie sich noch nicht überlegt, was sie Buddy erzählen würde.

Sie legte die Notizbücher zurück und dachte einen Augenblick nach. Das Büro war eine Sackgasse. Wenn dort irgendetwas Brauchbares gewesen wäre, hätte die Polizei es längst gefunden. Langsam ging sie zurück in die Küche. Hier war das Herz des Hauses, der Raum, in dem Garnet sich aufgehalten hatte, wenn sie nicht gearbeitet hatte. Hier hatte sie beim Kochen gesungen, hier hatte sie in dem alten, abgenutzten Schaukelstuhl gesessen und gelesen.

Faith ließ sich in den Schaukelstuhl nieder. Hier hätte sie ihr eigenes Kind geschaukelt, wäre Garnet nicht gestorben. Sie sah sich um, versuchte die Küche mit Garnets Augen zu sehen. Garnet hatte nicht viele Dinge ihr Eigen genannt, doch zu ihren kostbarsten Besitztümern zählte sie ihre Bücher, besonders ihre Kochbücher. Sie standen in der kleinen Nische über dem Herd, die der Mahlstrom der Hausdurchsuchung offenbar verschont hatte.

Ächzend vor Anstrengung, hievte Faith sich hoch und ging zu dem Regal, wo sie ein Buch nach dem anderen hervorzog und eilig durchblätterte.

In einem vegetarischen Kochbuch, das sie Garnet nur selten hatte benutzen sehen, fand Faith schließlich die Papiere. Unter dem Schutzumschlag steckten sie – mehrere Bogen Schreibpapier, bedeckt mit Garnets spitzer Handschrift, ausgerissene Seiten aus einem Buch und ein Zeitungsausschnitt, vom Alter ganz vergilbt und brüchig.

Zuerst entfaltete sie die bedruckten Seiten, und beim Lesen weiteten sich ihre Augen vor Entsetzten. Die Seiten stammten offensichtlich aus einem Lehrbuch der alten Magie, doch dies waren nicht die harmlosen Zeremonien, die Garnet ihr beigebracht hatte – hier handelte es sich um Rituale, mit denen die finstersten und ältesten Mächte aus der Tiefe beschworen werden sollten; Rituale, in denen der Tor gefeiert wurde als der Eingang zur Unterwelt, der Heimat der Großen Mutter. Die Teilnehmer an dem Ritus begannen damit, dass sie das uralte spiralförmige Labyrinth abschritten, die physische Manifestation jenes Energiestrudels, der sie zum Gipfel heraufziehen und dann in das Herz des Tor hinabstoßen würde. Diejenigen, die Chaos und Tod über sich ergehen ließen, würden als Wiedergeborene herauskommen, erfüllt von der Kraft der Urmutter.

Als sie das las, wurde Faith ohne jeden Zweifel klar, dass es diese Kraft gewesen war, die sie zum Tor gebracht hatte, und dass Garnet es ebenfalls gewusst haben musste. Mit fahrigen Bewegungen entfaltete sie die handgeschriebenen Seiten.

Sie hätte meine Tochter sein können. Sie ist zu mir gekommen, ein Geschenk der Götter; in ihrer Unschuld liegt Wiedergutmachung und Erlösung. Ich werde ihr Kind auf die Welt bringen…zum Ausgleich für das verlorene Kind; ein Leben für ein Leben…Wenn ich sie nur vor den Mächten schützen kann, die diese Geburt erwarten.

Deshalb also hatte Garnet so wild entschlossen über sie gewacht! Sie hatte dieses Etwas, das an Faith gezogen und gezerrt hatte, als das erkannt, was es war, und sie hatte versucht, Faith irgendwie dagegen abzuschirmen. Mit zitternden Fingern faltete Faith die Zeitungsseite auseinander und starrte darauf. In verblasster Druckerschwärze war da das Foto eines Kindes zu sehen, eines kleinen Mädchens, dann eine Schlagzeile: TRAGÖDIE AUF DEM TOR, gefolgt von einem allzu knappen Bericht: *Bei einem Unfall mit Fahrerflucht wurde gestern Abend die vierjährige Sarah Jane Kinnersley am Abhang des Glastonbury Tor von einem Fahrzeug angefahren und tödlich verletzt. Die Tragödie ereignete sich in der Wellhouse Lane, direkt unterhalb der Kinnersley-Farm. Sarahs Eltern hatten geahnt, dass etwas nicht in Ordnung war, als Sarah –*

Faith blickte von ihrer Lektüre auf. Ein Geräusch – sie hatte ein Geräusch gehört. Der Zeitungsausschnitt flatterte zu Boden, während sie alle Sinne anspannte, um das Geräusch noch einmal zu hören. Aber da war nichts weiter als das Trommeln der Regentropfen gegen die Fensterscheibe, und sie sah, dass die Dunkelheit sich endlich herabgesenkt hatte und nur noch ein allerletzter Rest von Tageslicht übrig war. Ein Gefühl der Panik wallte in ihr auf – hatte sie sich verspätet? Hatte sie Duncan verpasst?

Sie warf einen Blick auf die Uhr über dem Ofen und seufzte erleichtert auf. Es war noch nicht fünf Uhr. Alles in Ordnung. Sie würde hinunter ins Tal gehen und zu begreifen versuchen, was sie soeben gelesen hatte. Aber jetzt wollte sie nur noch weg von diesem Haus, das ohne Garnet so leer war, wollte nur noch ins Warme und ins Licht.

Sie hatte die Hand an der Küchenlampe, als das Geräusch wiederkehrte. Diesmal war es unverkennbar – ein Schritt, die unterste Haustürstufe ächzte unter dem Gewicht. Hatte Duncan sie vergeblich im Café gesucht und war nun hierher gekommen?

Aber dann hätte sie doch sicherlich das Zischen der Autoreifen auf dem nassen Asphalt gehört, und das Quietschen des Hoftors. Wieder ein Knarren, und ein Schatten fiel von außen auf den Vorhang.

Die Angst, die sie erfasste, ließ keinen Platz mehr für rationale Gedanken. In Panik sah sie sich nach einem Versteck um, doch es war zu spät. Die Tür ging auf, und die Stimme, mit der sie am allerwenigsten gerechnet hatte, sagte: »Hallo, Faith.«

Gemma hatte eine unruhige Nacht gehabt, war mehrmals aufgewacht und hatte nach Toby gesehen, um sich dann wieder ruhelos hin und her zu wälzen. Als das fahle Licht, das die Morgendämmerung ankündigte, durch die Jalousien zu schimmern begann, gab sie ihre Versuche, Schlaf zu finden, endlich auf.

Sie setzte sich an den halbkreisförmigen Tisch in der stillen Wohnung und sah in den Garten hinaus, während der Himmel sich allmählich aufhellte. Sie sah, wie die vertrauten Umrisse von Bäumen und Sträuchern langsam Gestalt annahmen, und dabei wanderten ihre Gedanken zurück zu ihrer Unterhaltung mit Erika Rosenthal.

Dr. Rosenthal war eine vernünftige Frau, eine Wissenschaftlerin, und doch hatte sie ohne Vorbehalte von alten Göttern und Elementargewalten gesprochen. Wenn sie Recht hatte, dann waren Gemmas Wahrnehmungen mehr gewesen als die Produkte einer überspannten Fantasie, und Faith war tatsächlich in Gefahr. Andererseits hatte sich Faith bereits zum Tor hingezogen gefühlt, als Garnet von ihrer Existenz noch nichts geahnt hatte. War die Gefahr vielleicht nicht von Garnet ausgegangen, sondern von etwas anderem – von etwas, das noch nicht am Ende seines Weges angelangt war?

Der Gedanke verursachte Gemma solches Unbehagen, dass sie aufstand und sich mit den Vorbereitungen für den Tag ablenkte; doch er ließ ihr den ganzen Vormittag über keine Ruhe. Wie sehr sie sich auch bemühte, rationale Erklärungen dafür zu finden, sie konnte das instinktive Gefühl einfach nicht abschütteln, dass Faith immer noch eine schreckliche Gefahr drohte.

Am Mittag rief sie ihren Sergeant zu sich und teilte ihm mit, dass sie für den Rest des Tages außer Haus sein würde. Ihr Chef war auf einer Fortbildung – sie würde sich vor ihm rechtfertigen müssen, wenn sie zurückkam. Und Hazel! Sie würde Hazel bitten müssen, Toby über Nacht bei sich zu behalten.

Aber als Erstes rief sie Kincaid bei Jack an.

»Andrew! Was machst du denn hier?« Faith starrte die Erscheinung in der Tür an. Sein dünner Anorak glänzte vom Regen, und nasse Haarsträhnen klebten an seiner Stirn. Er sah irgendwie verändert aus, jünger als sonst; ihr fiel auf, dass er seine Brille abgenommen hatte.

»Ich wollte dich sehen.« Er trat in die Küche und schloss die Tür hinter sich. »Du siehst gut aus.«

»Gut?« Sie blickte auf ihren geschwollenen Bauch herab und sah dann wieder ihn an. »Ist das alles, was dir dazu einfällt?«

»Was sollte ich denn sagen? Dass du wie das blühende Leben aussiehst? Oder irgendeinen anderen dieser Euphemismen, die die Leute benutzen, um der Tatsache auszuweichen, dass schwangere Frauen wie gestrandete Wale aussehen?«

Seine Grobheit war schockierend. Und es lag auch keine Spur von Zärtlichkeit in seiner Stimme. Was hatte sie bloß damals in ihm gesehen, vor so vielen Monaten?

Er war von ihren Leistungen im Geschichtsunterricht beeindruckt gewesen, von ihrem Wissen über Musik. Und sein Interesse hatte ihr so geschmeichelt; sein jungenhaft gutes Aussehen und seine scheinbare Verletzlichkeit faszinierten sie. Als er begann, sie zu sich in sein Büro zu bitten, kam sie sich wie eine Auserwählte vor, wie etwas ganz Besonderes. Und dann war da die zufällige Berührung, die Hand auf ihrer Schulter, die Hand, die ihr Haar streichelte – so anders als das Gefummel der Jungs in ihrem Alter.

Der Kitzel und die Erregung machten sie ganz schwindlig, und als er dann – und mit welcher Nonchalance! – sagte: »Wenn du irgendwann einmal in der Nähe von Wirral Hill bist, schau doch mal auf eine Tasse Tee bei mir rein« – da ging sie hin.

Einige magische Wochen waren verstrichen, mit regelmäßigen Besuchen, dem Gefühl des plötzlichen Erwachsenseins, dem heimlichen Stolz auf ihr Geheimnis und dem Gefühl der Überlegenheit gegenüber ihren Klassenkameradinnen.

Dann brach die Wirklichkeit herein – die ausgebliebene Periode, die Beunruhigung, die Übelkeit, das unvermeidliche Eingeständnis der Wahrheit. Als sie ihm sagte, sie sei schwanger, weinte er in ihren Armen wie ein verängstigtes Kind, und sie schwor ihm, nie irgendjemandem die Wahrheit zu verraten. Und sie glaubte fest, wenn das Kind auf der Welt und sie von zu Hause ausgezogen wäre, würden sie vielleicht wieder zusammenkommen.

Jetzt erkannte sie, wie verblendet sie gewesen war, wenn sie geglaubt hatte, dass sie ihm irgendetwas bedeutete – oder dass sie in seinen Augen jemals etwas anderes als ein schrecklicher Fehler gewesen war.

»Was willst du?«, fragte sie.

»Das kann nicht so weitergehen, weißt du«, sagte Andrew und trat einen Schritt näher an sie heran. »Dieses Rätselraten, dieses Warten darauf, dass die Bombe endlich platzt. Ich kann es nicht länger ertragen.«

»Ich habe es niemandem erzählt!«

»Auch nicht Garnet?«

»Nein. Ich schwör's!« Doch sie hatte es Garnet gebeichtet, nachdem Winnie sie gedrängt hatte, sich bei ihrer Mutter zu melden – und hatte zu ihrem Entsetzen erfahren, dass Winnie Andrews Schwester war! Winnie war ihr nur mit ihrem Vornamen vorgestellt worden, und es war ihr nie bewusst gewesen, dass es zwischen den beiden eine Verbindung gab.

»Und du hast meiner Schwester nichts gesagt?«

»Ich würde Winnie das nie erzählen!«

»Das hätte ich nicht erwartet« sagte Andrew unbewegt, »dass du dich mit meiner Schwester anfreunden würdest. Hast du gedacht, damit hättest du mich irgendwie in der Hand?« Er schüttelte den Kopf. »Du hättest wissen müssen, dass ich gerade das niemals dulden würde.«

Zu spät erkannte Faith ihren Fehler. Aber wenn sie gelogen hätte, wenn sie behauptet hätte, Winnie wisse Bescheid, hätte das etwas verändert? »Ich habe dich gedeckt. All die Monate hindurch. Ich musste von zu Hause weg, weil mein Dad dich umgebracht hätte, wenn er dahinter gekommen wäre.«

»Das spielt jetzt keine Rolle. Aber meine Schwester ... Das musst du verstehen. Winnie darf nie davon erfahren. Ich kann das Risiko nicht länger eingehen. Es tut mir Leid.«

Bevor sie sich rühren konnte, hatte er sich schon auf sie gestürzt und ihr die Hände um den Hals gelegt.

Faith spürte den brennenden Druck seiner Daumen, hörte sein Keuchen ganz dicht an ihrem Ohr. Sie wehrte sich nach Kräften, versuchte seine Hände wegzuziehen, doch es wollte ihr nicht gelingen, seinen Griff zu lockern.

Der erstickende Nebel der Angst hüllte sie ein, und dennoch erkannte sie klar, dass es ihr Ende wäre, wenn sie jetzt das Bewusstsein verlöre. Sie trat nach seinen Knöcheln, doch er umklammerte ihren Hals nur noch fester. Sein Gesicht war eine Fratze der Entschlossenheit, sie erkannte es nicht wieder. Er stieß sie immer weiter zurück, bis sie die Kante des Herdes im Kreuz spürte.

Ihr Blick trübte sich, und leuchtende blaue Punkte begannen vor ihren Augen zu tanzen. Sie ließ von seinen Händen ab und tastete mit letzter Kraft hinter ihrem Rücken nach irgendetwas, irgendeinem Gegenstand, mit dem sie ihn abwehren konnte.

Ihre Finger schlossen sich um den Griff von Garnets gusseiserner Bratpfanne. Sie hob sie an und nahm verschwommen wahr, dass von dem Gewicht irgendetwas in ihrem Handgelenk riss, dann schlug sie mit aller Gewalt zu.

Der Schlag traf Andrew an der Schläfe.

Sie sah die Verblüffung in seinen Augen aufflackern, dann lockerte sich sein Griff an ihrem Hals, und er sackte zusammen, taumelte rücklings gegen den Tisch. Er griff danach, versuchte sich hochzuziehen, und Faith ließ die Pfanne ein zweites Mal auf ihn niedersausen.

Andrew sank zu Boden.

Faith stand keuchend und zitternd vor ihm. Es war kein Blut zu sehen. Würde er sich wieder auf sie stürzen, sobald sie sich bewegte?

Und dann rang sie nach Luft, als mit einem Mal der Schmerz sie packte, sie vornüber beugte und sie würgte; ein Schwall warmer Flüssigkeit lief an ihren Beinen herunter. Als sie wieder aufrecht stehen konnte, schlich sie sich um Andrews leblose Gestalt herum, wimmernd vor Schmerz und Panik.

Sie musste raus, weg von diesem Haus. Weg von ihm.

Sie taumelte zur Tür hinaus und die Stufen hinunter, rannte durch den strömenden Regen über den matschigen, aufgeweichten Hof zum hinteren Eingang hinaus und weiter den steinigen Abhang des Tor hinauf.

Hinauf. Sie musste dort hinauf. Halb blind vom Regen kämpfte sie sich weiter, rutschte aus, stürzte, rappelte sich wieder auf, immer weiter, auf die uralten, in den Fels gehauenen Konturen zu, das Labyrinth, das zum Gipfel des Tor führte.

18

Die Historie mag uns erklären, dass das Christentum von Irland her zu unseren Inseln gekommen ist, doch die Legende, die das spirituelle Herz der Geschichte in sich bewahrt, sagt, dass das Licht aus dem Westen direkt vom Ort seiner Entstehung zu uns kam und dass wir für seine Überlieferung nicht in der Schuld irgendwelcher Vermittler stehen.

Dion Fortune, aus: *Glastonbury*

»Hallo, Schatz, hattest du eine gute Reise?« Regentropfen klatschten auf die Windschutzscheibe, als Kincaid sich mit dem Wagen in den Verkehr einordnete, der den Bahnhof von Bath verließ.

»Ist bei eurer Suche heute Morgen etwas herausgekommen?«, fragte Gemma.

»Vergebliche Liebesmüh, wenn du mich fragst. Wir haben nichts gefunden, was auch nur entfernt einem verschollenen Choral ähnelt. Allmählich habe ich den Eindruck, dass wir alle nicht mehr ganz richtig im Kopf sind.«

»Du wirst nicht mehr sehr viel länger bleiben können.«

»Nein.« Er konzentrierte sich eine Weile auf das Fahren und sagte dann: »Inspector Greely ist noch immer damit beschäftigt, das Material aus Garnets Haus zu sichten, aber es gibt weder Telefonaufzeichnungen noch Computer oder Anruferkennung – er hat noch nicht einmal irgendwelche persönlichen Briefe finden können, nur geschäftliche Aufzeichnungen.«

»Und die sind auch keine Hilfe?«

»Nur in negativer Hinsicht. Er hat alle Kunden überprüft, bei denen noch Aufträge ausstanden, aber am Abend von Winnies Unfall hat sie keine Auslieferungsfahrten gemacht.«

»Was hat die Spurensicherung ergeben?«

»Keinerlei Hinweise im ganzen Haus auf einen Überfall oder eine Entführung. Sie haben zwar ein paar Fingerabdrücke von Nick gefunden, aber die lassen sich alle durch seine Aussage erklären. Die einzigen anderen Fingerabdrücke, die sie identifizieren konnten, stammen von Garnet und Faith, und es deutet nichts darauf hin, dass irgendwelche Abdrücke abgewischt wurden, wie es an Garnets Lieferwagen der Fall war.«

»Keine von Jack?«, fragte Gemma.

»Nicht ein Klecks«, antwortete er mit Erleichterung in der Stimme.

»Garnet Todd hat ein erstaunlich abgekapseltes Leben geführt«, meinte Gemma nachdenklich. »Bei den meisten Leuten sammelt sich so einiges Treibgut aus verschiedenen Beziehungen und Freundschaften an. Faith hat mir erzählt, dass Garnet früher als Hebamme gearbeitet hat; sie hat also einen Beruf aufgegeben, in dem sie regelmäßig engen Kontakt mit anderen Menschen hatte, um sich einem so einsamen Geschäft wie der Fliesenherstellung zu widmen.«

»Sie hatte schon ein paar enge Freunde. Buddy Barnes zum Beispiel.«

»Faiths Chef?«

»Ich habe mich gestern ein wenig mit ihm unterhalten. Hinterher kam mir der Gedanke, dass er wohl extrem an Faith hängt, und wenn an Nicks Theorie irgendetwas dran ist, wonach Garnet mit Faith irgendein blutiges Ritual auf dem Tor im Sinn hatte, und wenn Buddy davon Wind bekommen hat –«

»Du glaubst, dass Buddy Garnet ermordet haben könnte?«

»Wenigstens habe ich DCI Greely gebeten, ihn mal überprüfen zu lassen.«

»Aber was ist mit Winnie? Welchen denkbaren Grund könnte Buddy gehabt haben, Winnie etwas anzutun?«

»So weit bin ich nicht gekommen. Wusstest du, dass sie sich alle vor vielen Jahren gekannt haben? Garnet und Buddy, Bram und Fiona Allen. Buddy und Fiona hatten anscheinend was miteinander.«

»Na ja, vielleicht würde das alles ja einen Sinn ergeben, wenn Buddy *Fiona* ermordet hätte –«

»Eine unerwiderte Liebe, die all die Jahre über in ihm schwelte?« Kincaid hob eine Augenbraue. »Im Moment bin ich offen für alle Ideen.«

»Und wenn nun« – Gemma warf ihm einen viel sagenden Seitenblick zu – »wenn nun Garnet etwas über Nick in Erfahrung gebracht hat, was seine Chancen bei Faith endgültig zunichte gemacht hätte?«

»Sehe ich da Sahne an deinen Schnurrhaaren? Du hast doch irgendwas rausgefunden. Schieß los!«, verlangte Kincaid.

»Wie ich dir schon sagte, bin ich dahinter gekommen, dass Nicks Mutter die Schriftstellerin Elizabeth Carlisle ist. Heute Morgen rief mich der Polizist aus ihrem Dorf in Northumberland zurück. Offenbar hat Nick dort ein Kind zurückgelassen, das er nicht anerkennen wollte und für das er auch keinen Unterhalt zahlen wollte. Seine Mutter hat wohl das Versäumte nachgeholt und das Mädchen unterstützt, aber Nick kann sich dort nicht mehr blicken lassen.«

»Und dann ist er nach Glastonbury gegangen und hat sich in ein Mädchen verliebt, das von einem anderen Mann schwanger war?« Kincaid lachte höhnisch auf. »Klingt, als hätte irgendjemand einen komischen Witz machen wollen. Aber ich bezweifle, dass Faith darüber lachen könnte.«

»Das könnte erklären, weshalb Nick Garnet hätte umbringen wollen, aber nicht, weshalb er Winnie hätte überfahren sollen. Es sei denn« – Gemma runzelte die Stirn – »es sei denn, wir haben uns die Sache verkehrt herum zurechtgelegt. Wenn es nun so gewesen ist, dass *Winnie* hinter Nicks Geheimnis gekommen war – ist das nicht wahrscheinlicher, bei ihren Verbindungen? –, woraufhin Garnet Zeugin wurde, wie er Winnie anfuhr. Sodass er gezwungen war, sie zum Schweigen zu bringen.«

»Du vergisst eine Sache«, wandte Kincaid ein. »Nick hat kein Auto. Sein Motorrad kann unmöglich Winnies Verletzungen verursacht haben.«

»Vielleicht hat er sich ein Auto geliehen – oder eines gestohlen.«

»Das ist eine Möglichkeit, der wir nachgehen sollten.«

Es regnete jetzt in Strömen, und sie blieben in einem langen Stau stecken. Kincaid sah nervös nach seiner Armbanduhr.

»Was ist?«

»Bei diesem Wolkenbruch werden wir es nicht schaffen, vor fünf in Glastonbury zu sein. Aber ich habe Jack gebeten, Faith vom Café abzuholen, falls wir uns verspäten sollten.«

»Sie rechnet aber doch mit dir –«

»Jack hat mir versprochen, um Punkt fünf dort zu sein. Mach dir keine Sorgen um sie.«

Doch Kincaid spürte, wie Gemmas Anspannung von Minute zu Minute wuchs. Sie saß reglos da, den Blick starr auf die Straße gerichtet, als ob sie dadurch den Wagen beschleunigen könnte. Als sie sich Glastonbury näherten, wurde der Regen noch heftiger, und der Himmel verfinsterte sich. Kincaid trommelte mit den Fingern auf das Lenkrad, während sie hinter einem LKW dahinschlichen.

Doch endlich hatten sie die Zickzackstrecke durch das Dorf Pilton hinter sich gelassen, und der letzte Streckenabschnitt lag frei vor ihnen.

In diesem Moment läutete sein Handy.

Es war Jack, und er klang verzweifelt. »Sie ist weg. Faith ist verschwunden. Nach der Mittagspause hatte sie zu Buddy gesagt, es gehe ihr nicht gut und sie wolle nach Hause gehen. Später begann er sich Sorgen um sie zu machen und rief mich an. Niemand hat sie gesehen, seit sie das Café verlassen hat.«

»Wo bist du jetzt?«

»Im Haus. Ich habe Nick im Buchladen angerufen, aber er hat auch nichts von ihr gehört.«

»Warte dort. Sie ruft vielleicht an, oder sie könnte jeden Moment bei dir auftauchen. Und du willst ja Winnie nicht allein lassen. Wir sind schon fast in Glastonbury – wir werden sie finden.«

»Es geht um Faith, nicht wahr?«, fragte Gemma, nachdem er das Gespräch beendet hatte.

»Sie ist seit heute Nachmittag verschwunden. Sie hatte Buddy gesagt, sie würde nach Hause gehen.« Er fluchte in sich hinein, doch er wusste, dass es nur seine mangelnde Voraussicht war, die er verfluchte. Warum, zum Teufel, hatte er nicht besser Acht gegeben? »Wo könnte sie bloß abgeblieben sein?«

»Im Bauernhaus«, sagte Gemma bestimmt. »Duncan, sie ist zu Garnets Bauernhaus gegangen.«

Kaum hatte Kincaid den Wagen zum Stehen gebracht, da schnappte sich Gemma ihre Taschenlampe aus dem Türfach und sprang hinaus. Im Regen tastete sie nach dem Riegel des Hoftors, öffnete es, duckte sich unter dem Absperrband hindurch und rannte über den matschigen Hof zum Haus. Der Anblick der halb geöffneten Küchentür ließ ihr das Blut in den Adern gefrieren. Sie befürchtete das Schlimmste, als sie eintrat und sich umblickte.

Die butterfarbene Katze saß auf dem Küchentisch und blinzelte ihr entgegen. Dann erblickte sie dahinter, inmitten des Durcheinanders, das die Polizei hinterlassen hatte, eine zusammengesunkene Gestalt am Boden.

»Es ist Catesby!«, rief Kincaid hinter ihr. »Tot?«

Andrew Catesby war auf den Rücken gefallen und lag halb unter dem Tisch, doch selbst in dem gedämpften Licht konnte

Gemma die schlimme Schwellung an seiner Schläfe erkennen. Eine schwere Bratpfanne lag neben ihm auf dem Boden, als habe sie jemand fallen lassen.

Sie konnte seinen Atem hören, schwer und rasselnd, und als sie seinen Puls fühlte, drang nur ein schwaches Flattern an ihre Fingerspitzen.

Kincaid war bereits dabei, die Notrufnummer zu wählen, und nachdem er einen Notarztwagen angefordert hatte, hinterließ er bei der Leitzentrale eine Nachricht für DCI Greely.

»Faith muss von Anfang an das Verbindungsglied gewesen sein, nicht Garnet«, sagte er, während er neben ihr in die Hocke ging. »Jack sagte, sie habe die Public School besucht – also muss Andrew ihr Lehrer gewesen sein. Und der Vater ihres Kindes. An dem Tag, als du ihn hier angetroffen hast, muss er auf der Suche nach Faith gewesen sein.«

»Sie hat ihn die ganze Zeit gedeckt. War es also Andrew, der versucht hat, Winnie zu töten, weil sie etwas ahnte? Und der dann Garnet ermordete, weil Faith ihr möglicherweise etwas verraten hatte?«

»Das werden wir vielleicht nie erfahren«, antwortete Kincaid ernst. »Es sei denn, Faith kann es uns sagen. Wo zum Teufel steckt das Mädchen? Wenn Andrew sie angegriffen hat, ist sie vielleicht verletzt. Du bleibst bei ihm. Ich werde das Haus absuchen.«

Gemma warf einen raschen Blick auf die offene Tür und dachte angestrengt nach. Sie wusste mit absoluter Gewissheit, dass Faith nicht mehr im Haus war. Sie wusste auch, wo das Mädchen hingegangen war und dass sie ihr nachgehen musste.

Sie wusste ebenso sicher, dass sie Kincaid erklären konnte, weshalb sie davon überzeugt war, und dass er ihr verbieten würde, den Anstieg allein im Dunkeln anzugehen. Aber einer von ihnen musste bei Catesby bleiben. »Gut«, antwortete sie schließlich. »Du gehst sie suchen.«

Kincaid würde das Haus in sehr kurzer Zeit durchsucht

haben, und Andrew Catesbys Atmung hatte sich nicht verschlechtert. Als Kincaid in Richtung Flur verschwunden war, schlüpfte sie leise zur Hintertür hinaus.

Der Regen hatte sich zu einem feinen Dunst abgeschwächt. Winzige Tröpfchen berührten ihre Haut. »Verdammter Mist«, murmelte sie, als ihr einfiel, dass Kincaid die Autoschlüssel haben musste. Sie sah zu der schwarzen Masse des Tor auf, die hinter dem Haus aufragte, und überlegte für einen Moment, auf direktem Weg hochzuklettern, verwarf dann jedoch diesen Plan, weil er ihr noch tollkühner vorkam als der, den sie bereits im Sinn hatte. Sie musste sich also mit dem Fußpfad begnügen.

Sie lief, bis sie einen Krampf bekam, trabte aber dennoch unverdrossen weiter auf den nördlichen Zugang des Tor zu. Der Weg war zunächst harmlos, er führte relativ gerade und mit leichter Steigung durch eine Wiese zu ein paar Steinstufen und dann zu einem schmalen Pfad durch ein Wäldchen. Gemma atmete erleichtert auf, als sie am anderen Ende herauskam. Dann sah sie, was vor ihr lag.

Ruhelos schritt Jack auf dem abgetretenen Aubusson-Teppich hin und her. »Warum sollte sie so etwas tun? Ich kann es einfach nicht verstehen.« Er blieb vor dem Kamin stehen und wärmte sich automatisch die Hände, ohne die Hitze zu spüren. »Wenn dem Mädchen irgendetwas zustoßen sollte ... Ich bin derjenige, der sie in diesen ganzen Schlamassel hineingeritten hat –«

»Jack«, unterbrach ihn Winnie vom Sofa aus, »das ist nicht wahr. Faith hat Garnet schon gekannt, bevor du mit einer der beiden irgendetwas zu tun hattest, und Faith hat schon immer ihre eigenen Entscheidungen getroffen, aus welchen Beweggründen auch immer.«

Er wusste, dass sie ihn – und vielleicht auch sich selbst – zu beruhigen suchte, doch er konnte an ihrem blassen Gesicht ablesen, wie besorgt sie war. »Tut mir Leid, Schatz. Du hast ja Recht. Bis jetzt ist sie ziemlich gut allein klargekommen. Ich bin sicher, sie wird jeden Moment hier aufkreuzen und wissen wollen, warum wir so einen Wirbel um –«

Die Türglocke unterbrach ihn. Er und Winnie starrten einander an, doch bevor er sich rühren konnte, hörten sie bereits Nick Carlisles Stimme.

»Hier sind wir!«, rief Jack, und Nick erschien in der Tür. Er sah mitgenommen aus, und in seinem dunklen Haar schimmerten Regentropfen.

»Ist sie zurückgekommen?«

»Nein. Wir haben nichts gehört.«

»Sie haben die Wellhouse Lane abgeriegelt. Sie wollten mich nicht durchlassen –«

»Wer hat die Straße abgeriegelt?«

»Die verdammte Polizei! Irgendwas ist da passiert. Ich werde zusehen, ob ich vielleicht zu Fuß dran vorbeikommen kann –«

»Nick, Duncan wird hier anrufen, falls es etwas Neues gibt. Es hat vielleicht gar nichts mit –«

»Das ist doch Quatsch. Es geht um Faith, das wissen Sie genau. Ich gehe jetzt da hoch. Die können mich verdammt noch mal verhaften, wenn es ihnen nicht gefällt.« Einen Moment darauf hörten sie die Haustür ins Schloss fallen.

Jack wollte ihm nacheilen, doch Winnie hielt ihn zurück. Sie legte ihm die Hand auf die Schulter und sagte: »Lass ihn gehen. Er muss schließlich irgendetwas tun.«

Jack ließ sich auf den Polsterhocker sinken; er hatte das Gefühl, als hätten sich seine Knochen in Gummi verwandelt. »Faith –«, setzte er an, doch er konnte nicht weitersprechen.

Winnie war noch blasser geworden, doch sie hielt seine Hand mit festem Griff. »Es ist alles in Ordnung mit ihr, da bin ich mir –«

Es klingelte wieder an der Tür. Diesmal stand Jack auf und ging wortlos hinaus.

Er hatte befürchtet, es sei die Polizei, die schlechte Nachrichten brachte, doch er hatte sich geirrt.

»Jack?« Fiona Allens sommersprossiges Gesicht drückte Besorgnis aus. »Ist alles in Ordnung? Ich habe gerade einen Mann von Ihrem Haus weglaufen sehen, als ob alle Höllenhunde hinter ihm her wären.«

Jack führte sie ins Zimmer und erklärte, was geschehen war.

»Oh, das tut mir ja so Leid«, murmelte Fiona. »Wissen Sie was, ich kann ja ein andermal wiederkommen –«

»Nein, nicht doch!«, riefen Jack und Winnie gleichzeitig.

»Ich wollte euch beiden etwas erzählen«, sagte Fiona aufgeregt. »Letzte Nacht, nachdem ich mit Malen aufgehört hatte, hatte ich einen Traum. Ich hörte dieselbe Musik, die ich am Abend deines Unfalls gehört hatte, Winnie, und ich sah ein Gemälde der Abtei. Siebzehntes oder achtzehntes Jahrhundert, würde ich sagen; ein Aquarell. Und das Sonderbarste war, dass auf dem Bild ein Mann zu sehen war, der Ihnen, Jack, erstaunlich ähnlich sah. Und dann waren da Garnets Fliesen –«

»Ein Aquarell, sagen Sie?«

»Ja, die Ruinen der Abtei, mit ein paar Kühen im Vordergrund. Sehr hübsche Arbeit übrigens.«

Jack stand auf. »Ich bin gleich wieder da.«

Aber wo zum Teufel war nur das Bild, das Duncan gefunden hatte? Er versuchte sich zu erinnern, während er immer zwei Stufen auf einmal nahm. Er hatte das Ding nur kurz angeschaut und konnte sich nicht entsinnen, was Duncan damit gemacht hatte.

Es war dann doch nicht allzu schwer zu finden – es war sorgfältig zur Seite gestellt worden, zusammen mit dem Porträt des Spaniels, das Duncan sich für Gemma gewünscht hatte. Mit einem erleichterten Seufzer nahm er beide Bilder und trug sie nach unten.

»Das ist es! Das ist genau das Bild, das ich in meinem Traum gesehen habe!«, rief Fiona, als er ihr das Bild der Abtei hinhielt.

»Das ist wirklich bemerkenswert.« Winnie studierte die kleine Gestalt im Vordergrund des Aquarells. »Das könntest du in Bauernklamotten sein.«

»Seht mal – da.« Fiona berührte mit dem Zeigefinger die rechte untere Ecke. »Ist das eine Signatur? Haben Sie ein Vergrößerungsglas?«

Jack holte die alte Lupe aus dem Schreibpult seiner Mutter, und Winnie hielt sie behutsam vor das winzige Gekrakel.

»Es ist eine Signatur. *Matthew* – heißt das *Matthew?*« Jack hörte, wie sie überrascht die Luft einsog. »*Matthew Montfort.* Das heißt Matthew Montfort!«

»Aber was bedeutet das?«, fragte Jack. »Wir suchen doch ein Manuskript und kein Gemälde.«

»Darf ich mal sehen?«, fragte Fiona. Winnie reichte ihr das Aquarell.

Zunächst untersuchte Fiona die Vorderseite, dann den Rahmen, schließlich drehte sie das Bild um. Das starke Papier, mit dem die Rückseite sorgfältig abgedeckt war, hatte sich verfärbt und wies hier und da Flecken von Wasser oder einer anderen Flüssigkeit auf, ansonsten war es jedoch intakt. Fiona fuhr mit der Fingerspitze über den Rand, um zu überprüfen, ob er dicht war, dann strich sie mit der flachen Hand über das Papier.

Sie wiederholte die Bewegung und hielt an derselben Stelle inne. »Haben Sie ein Taschenmesser? Ich glaube, dass da unter dem Bildrücken irgendetwas sein könnte.«

Jack reichte ihr sein Taschenmesser. Er wagte nicht zu sprechen.

Vorsichtig zog Fiona die Messerspitze an zwei Seiten unter dem Papierrand hindurch. »Ja, da ist etwas. Ich kann es sehen.« Sie löste die dritte Seite und schlug das Deckpapier um.

Ein Bogen Papier lag unter dem Bildrücken, bedeckt mit einer zierlichen, altertümlichen Handschrift.

»Jack, ich glaube, das gehört Ihnen«, sagte Fiona mit ehrfürchtiger Stimme, als sie ihm das Aquarell überreichte.

Sein Herz pochte vor Aufregung, als er das Blatt herausnahm. Darunter lag ein flaches, in Papier eingeschlagenes und mit einem verblassten Seidenband verschnürtes Päckchen. »Das hier sieht aus wie ein Brief«, sagte er, während er sich mühte, die Schrift zu entziffern. Er begann stockend vorzulesen:

»*Diese Papiere sind in meiner Familie seit siebenhundert Jahren von Vater zu Sohn weitergereicht worden, und wir haben sie…bewahrt, so gut wir konnten. Doch leider ist das Material, in das sie ursprünglich eingehüllt waren, so zerfallen, dass eine Wiederherstellung meine Künste übersteigen würde. Ich habe einen neuen Ort für die sichere Aufbewahrung der Papiere gefunden, wie es mir aufgetragen wurde, und hoffe, dass dieses Geschenk unseres HErrn so bewahrt und in Ehren gehalten werden möge, wie es ihm gebührt.*

Es heißt, dass dies der Heilige Choral von Glastonbury ist, den Joseph von Arimathia und seine Jünger im ersten Jahrhundert nach der Kreuzigung unseres HErrn aus dem Gelobten Land zu uns brachten und der von zwölf gesalbten Chorsängern erhalten und bewahrt wurde, wie schon seit den Tagen der Getreuen in Ägypten. Als nun der Normanne, Abt Thurstan, den Mönchen unserer Abtei die Form des Gottesdienstes aufzwingen wollte, die in Frankreich praktiziert wurde, erhoben sie sich gegen ihn, und er vergoss ihr Blut auf dem Altar der großen Kirche. So kam es, dass dieser hochheilige Lobgesang unseres HErrn den Augen und Ohren der Menschen entzogen wurde, ohne jedoch gänzlich verloren zu sein.

Dies vertraue ich der Obhut« – Jack hatte Mühe, die Schrift zu entziffern – »*Nachkommen* – ja, das heißt wohl *Nachkommen* – *und möge der Segen unseres HErrn Jesus Christus euch stets begleiten.*

Matthew Montfort, 1759.«

Jack hob die Augen; Winnie schien vollkommen gebannt. »Mach schon. Öffne das Päckchen.« Als er immer noch zögerte, sagte sie leise: »Es ist dein gutes Recht, Jack. Das ist es, was Edmund wollte.«

Mit zitternden Fingern löste er das Band und schlug das Papier zurück, um die hauchdünnen Folioseiten darunter freizulegen.

Der Weg, der anfangs so täuschend sanft angestiegen war, wand sich nun in scharfen Serpentinen die steile Nordseite des Tor hinauf. Das Gelände fiel jäh ab, der Lehm zwischen den heimtückischen Steinen war glatt wie Glas, und es gab kein Geländer.

Gemma machte anfangs den Fehler, ihre Taschenlampe zu benutzen, bis sie feststellte, dass der Lichtkegel zwar den Boden unmittelbar vor ihren Füßen erhellte, sie aber andererseits blind machte für die Windungen des Pfades und sie nicht erkennen ließ, wie nahe sie dem Abgrund war.

Einmal stürzte sie schwer und schürfte sich Hände und Knie auf. Eine gute Minute lang lag sie da und spürte, wie die feuchte Kälte durch ihre Kleidung zog, während sie darauf wartete, dass ihr Herz sich wieder beruhigte. Es machte nichts, dass sie an Höhenangst litt, sagte sie sich, solange sie nicht wissen konnte, wie hoch sie schon gestiegen war.

Danach benutzte sie ihre Hände ebenso wie ihre Füße und versuchte stets den Berghang zu ihrer Rechten zu ertasten.

Trotzdem verkalkulierte sie sich an einer Wegbiegung. Ihr linker Fuß glitt über den Rand weg, und kleine Steine prasselten hallend in die Tiefe. Sie stand keuchend da und versuchte sich zu sammeln; die Aussicht, den Weg wieder zurückzugehen, war jedoch zu abschreckend – sie wusste, auch wenn Faith nicht gewesen wäre, hätte sie nur immer weiter nach oben gehen können.

Endlich griff ihre rechte Hand ins Leere, und als sie ein paar zögerliche Schritte in diese Richtung machte, stellte sie fest, dass der Boden unter ihren Füßen ebener wurde. Sie hatte den Gipfel erreicht. Für einen Augenblick brach das Mondlicht durch die Wolkendecke und erleuchtete den Turm, vor dem sie stand. Dann schoben sich die Wolken wieder vor den Mond; doch die dunkle, gedrungene Silhouette sah sie immer noch vor ihrem inneren Auge.

Wie hatte sie je glauben können, Faith an diesem trostlosen Ort zu finden?

Jetzt benutzte sie die Taschenlampe, um sich Schritt für Schritt vorzuarbeiten, doch in dem Lichtstrahl erblickte sie nur eine spärlich bewachsene Grasfläche – und einmal auch ein aufgeschrecktes Schaf. Als sie Faiths Namen rief, riss ihr der Wind das Wort sogleich von den Lippen. Ein paar Meter vor dem Turm hielt sie inne. Es widerstrebte ihr, näher zu treten, und eine Welle der Verzweiflung überkam sie.

Dann, als der Wind sich für einen Moment legte, glaubte sie einen Schrei zu hören.

»Faith!«

Diesmal war sie sich sicher, eine Antwort gehört zu haben – ein Stöhnen? Oder ein Schluchzen? –, und der Laut war von der anderen Seite des Turmes gekommen. Stolpernd eilte Gemma weiter.

Als sie den Turm umrundet hatte, sah sie an seinem Fuß eine zusammengekauerte Gestalt.

»Faith!«, rief sie erneut und bekam einen Laut zur Antwort, halb Schrei und halb Stöhnen. Gemma kannte diesen Laut und die Urschmerzen, die ihn verursachten. Faith lag in den Wehen.

Das Mädchen saß mit dem Rücken an die Turmmauer gelehnt, sie hatte die Beine gespreizt und die Knie angezogen. Gemma kniete sich neben sie und berührte ihre Wange.

Faith drehte den Kopf zu Gemmas Hand hin wie ein blindes Geschöpf und flüsterte: »Garnet?«

»Nein, Faith, ich bin's, Gemma. Ich bin gekommen, um dir zu helfen. Jetzt wollen wir dich mal auf die Füße stellen, und dann bringe ich dich runter ins Tal.« Doch als sie dem Mädchen aufzuhelfen versuchte, schrie Faith erneut auf.

Die Panik schnürte Gemma die Kehle zu. Seit der letzten Wehe war weniger als eine Minute vergangen. Sie würden nirgendwo hingehen. Faith würde ihr Baby hier an Ort und Stelle bekommen, und zwar sehr bald. Jetzt atmete sie schwer.

»Atme im Rhythmus! Atme im Rhythmus der Schmerzen!«, forderte Gemma sie auf. »Denk dran, was Garnet dir beigebracht hat.«

Einen Moment lang glaubte Gemma, Faith habe sie nicht gehört; dann gehorchte das Mädchen.

»Braves Mädchen. Jetzt einfach nur entspannen. Und jetzt wieder atmen. Sehr gut!«

Die Kontraktion wurde schwächer, und Faith flüsterte: »Ich kann nicht – ohne Garnet – sie wollen mir mein Baby wegnehmen ... die Alten ... allein ... allein komme ich nicht gegen sie an.«

»Niemand wird dir dein Baby wegnehmen. Ich bin hier, und ich werde dir helfen. Wir werden dieses Baby zusammen zur Welt bringen. Und das Erste, was wir tun müssen, ist dich von dieser Hose zu befreien.« Die Kleider des Mädchens waren durchnässt, und sie zitterte vor Kälte – sie würde auch nicht viel mehr frieren, wenn sie ihr die Sachen auszog.

Eine ganze Litanei von Dingen, die ihr fehlten, ging Gemma durch den Kopf, während sie Faith langsam an der Mauer hochschob. Keine Handtücher, keine Handschuhe, kein Messer, um die Nabelschnur zu durchtrennen ... und als ihre Hand die Turmmauer streifte, spürte sie die betäubende Kälte des Steins. Sie biss sich auf die Unterlippe, um ihre Zähne am Klappern zu hindern, während der eisige Wind ihren Rücken peitschte.

Aber es gab keine Alternative. Immerhin hatte sie im Rahmen ihrer Ausbildung einen Schnellkurs in Geburtshilfe absolviert.

Sie hatte die Hose bis zu den Knöcheln heruntergezogen, als die nächste Wehe einsetzte und Faith in die Hocke sank, den Rücken gegen die Mauer gepresst.

»Gut, und jetzt atme schön«, wies Gemma sie an, während sie nach der Taschenlampe tastete, die sie kurzzeitig vergessen hatte. Aber sie war nutzlos, und mit einem unterdrückten Fluch schaltete Gemma sie aus. Sie würde sich ganz auf ihren Tastsinn verlassen müssen.

Sie langte nach unten und spürte, wie Faith bei der Berührung ihrer Hand zusammenzuckte. »Ist ja schon gut«, beruhigte sie das Mädchen. »Ich will nur fühlen, wie das Baby vorankommt. Ich tu dir nicht weh.« O Gott, war das schon der Kopf des Kindes, den sie da fühlte? Dann ließ die Kontraktion nach. Das Baby wich wieder zurück in die sichere Wärme des Mutterleibs.

Faith ließ sich schlaff gegen die Mauer sinken. Ihre Augen waren geschlossen.

»Alles in Ordnung, Schatz. Du hast es fast geschafft. Das nächste Mal will ich, dass du presst – du musst mit der Wehe drücken, so fest du nur kannst.« Sie legte die flache Hand auf Faiths Bauch und atmete mit ihr, und sie spürte die Wellenbewegung der Muskeln, noch bevor Faith aufstöhnte.

»Also dann, los geht's. Warte bis zum Höhepunkt der Wehe, dann drückst du.« Sie tastete erneut nach dem Kopf des Babys, während Faith presste. Da war sie, die Schädeldecke, und dann kam der ganze Kopf heraus. Die Kontraktion wurde schwächer. »Atmen!«, ermahnte sie Faith. »Braves Mädchen. Bei der nächsten ist es so weit.«

Als die nächste Wehe einsetzte, fühlte Gemma, wie Faiths ganzer Körper von ihrem Stöhnen erzitterte. Sie versuchte dem Baby herauszuhelfen, aber dennoch schrie Faith vor Schmerz überrascht auf, als die Schultern an die Reihe kamen. Und dann hielt Gemma das Neugeborene in ihren Händen.

Es war feucht und warm … und still. »Oh, lieber Gott …« Verzweifelt wischte sie den Schleim von der winzigen Nase und benutzte dann die Spitze ihres kleinen Fingers, um den Mund des Babys zu reinigen.

Stille.

O Gott, bitte. Gemma betete. Was hatten sie ihr sonst noch beigebracht? Die Reflexe des Babys anregen, das war es. Sie kratzte mit dem Fingernagel an der Sohle des kleinen Füßchens. Noch einmal –

Ein Schrei zerriss die Luft. Ermattet vor Erleichterung, hielt Gemma den winzigen Körper an ihre Brust. Ein zweiter Schrei folgte dem ersten.

»Es ist ein Mädchen. Oh Faith, du hast ein kleines Mädchen!«

»Lass mich – ich will sie halten«, flüsterte Faith.

Als Gemma ein wenig vorrückte, um das Neugeborene vorsichtig in die Arme seiner Mutter zu legen, spürte sie etwas Warmes, Feuchtes unter ihrem Knie. Sie betastete die dunkle Pfütze im Gras. Faith drohte zu verbluten.

Sie würde nicht in Panik verfallen, das durfte sie sich nicht erlauben. »Faith«, sagte sie ruhig, »du musst das Baby unter deine Bluse stecken, damit es warm hat. Leg sie an deine Brust, lass sie saugen. Und du musst dich hinlegen, Schatz. Jetzt zieh die Beine an. Genau. Gut so. Braves Mädchen.« Sie zog ihre Jacke aus und legte sie über Mutter und Kind.

Irgendwo hatte sie gelesen, dass die Gebärmutter sich als Reaktion auf das Saugen des Neugeborenen zusammenzog, ein natürlicher Reflex, der die Blutung vielleicht stillen würde. Ein anderes Mittel stand ihr nicht zur Verfügung, und sie hatte auch nichts, womit sie die beiden hätte wärmen können, nichts als ihren eigenen Körper.

Und sie hatte auch keine Möglichkeit, Hilfe zu holen – das schreckliche Ausmaß ihrer Gedankenlosigkeit wurde ihr erst jetzt allmählich bewusst. Sie hatte ihr Handy in ihrer Handtasche gelassen, im Wagen.

Sie kuschelte sich an Faith, um Mutter und Kind so gut es ging vor dem Wind zu schützen, und dann richtete Gemma ihre Taschenlampe zum Himmel und begann sie abwechselnd ein- und auszuschalten.

19

Manche von jenen, die als Pilger nach Glastonbury kommen, wollen in dem friedvollen grünen Kirchenschiff der Abtei dem Staub der Heiligen ihre Reverenz erweisen; andere sind dort, um ihre Seelen den feurigen Kräften zu öffnen, die wie dunkle Flammen aus dem Tor emporschlagen. Wer soll Richter sein über sie?

Dion Fortune, aus: *Glastonbury*

Als Kincaid in Garnets Küche zurückkam und sie verlassen vorfand, da nahm er zunächst an, Gemma sei hinausgegangen, um dem Notarztwagen entgegenzugehen. Dann jedoch schaute er zur Tür hinaus und sah, dass der Hof leer und still dalag; das einzige Fahrzeug war Gemmas Escort, der am Straßenrand geparkt war. Er überquerte den Hof und öffnete das Tor, wobei er das Absperrband losriss.

Er blickte die Straße hinunter, doch auch dort rührte sich nichts. Daraufhin ging er ins Haus zurück und kniete sich neben Andrew Catesby. Die Haut des Mannes hatte eine ungesunde Färbung angenommen. Fluchend wählte Kincaid erneut die Notrufnummer. Die Zentrale versicherte ihm, dass Hilfe unterwegs sei.

Er stand auf und rief nach Gemma. Keine Antwort. Er sah im Klo und den übrigen Erdgeschossräumen nach und nahm im Vorbeigehen eine Decke von der Wohnzimmercouch mit. Als er Andrew Catesby zudeckte, fiel sein Blick auf die verstreuten Papiere unter dem Tisch.

Er raffte die Blätter auf und hielt sie in das Licht der Öllampe. Er las Garnets Aufzeichnungen, dann die Buchseiten, und seine Faszination wuchs. Als er den Zeitungsartikel erblickte, hielt er inne und überlegte. Kinnersley… Wo hatte er diesen Namen vor kurzem noch gehört? Es war Buddy gewesen, der erwähnt hatte, dass Garnet das alte Kinnersley-Grundstück gekauft habe. Also war der Unfall hier passiert, direkt vor diesem Haus. Er las weiter… *Sarah Kinnersleys Leiche wurde von Charles Barnes, einem Nachbarn, gefunden, der die Eltern informierte, bevor er die Polizei anrief. Von dem Schuldigen fehlt jede Spur.*

Charles Barnes? Natürlich, Buddy. Buddy… Garnet… zwei Unfälle mit Fahrerflucht – und zwischen all dem gab es eine Verbindung, wenn er sie nur hätte erkennen können. Das schloss die Möglichkeit nicht aus, dass Garnet Andrew dabei beobachtet hatte, wie er Winnie anfuhr, aber allmählich neigte er zu der Vermutung, dass sich zwischen Andrew und Faith ein ganz anderes, eigenes Drama abgespielt hatte.

Er grübelte immer noch darüber nach, als er plötzlich das Aufheulen der Sirenen hörte.

»Sie haben nicht zufällig Gemma gesehen, als Sie hier hochkamen?«, fragte Kincaid, als er und DCI Greely zusahen, wie die Sanitäter Andrew Catesby in den Krankenwagen luden. Inzwischen machte er sich ernsthafte Sorgen.

»Wie, haben Sie sie etwa verloren?« Greely klang amüsiert.

»Ich dachte, sie wäre vielleicht ein Stück die Straße runtergegangen, um dem Krankenwagen den Weg zu zeigen«, erwiderte Kincaid knapp.

»Und Sie sagen, das Mädchen ist auch verschwunden? Meine Vermutung ist, dass Ihre Partnerin irgendetwas gesehen oder gehört hat und hingegangen ist, um nachzusehen.«

»Ich fürchte sehr, dass Sie Recht haben.« Besorgt spähte Kincaid in die undurchdringliche Dunkelheit hinaus, die den Hof einhüllte. »Aber wie –«

Von den Polizisten auf der Straße kam ein lauter Ruf, und einen Augenblick später erschienen sie am Gatter, in ihrer Mitte eine fluchende Gestalt, die sich verzweifelt zu wehren suchte.

»Lasst ihn los«, befahl Greely. »Wie sind Sie denn hierher gekommen, junger Mann?«

Nick Carlisle riss sich mit einem Ruck los und knurrte: »Unten am Abhang des Tor entlang. Ist sie hier? Ist ihr etwas zugestoßen?«

»Faith ist nicht hier, Nick«, antwortete Kincaid. »Aber wir haben Andrew schwer verletzt aufgefunden. Und jetzt ist auch Gemma verschwunden.«

»Glauben Sie vielleicht, dass sie beide auf den verdammten Tor raufgeklettert sind – im Dunkeln und bei diesem Sauwetter?« Greely schüttelte den Kopf.

»Gemma hatte ihre Taschenlampe dabei«, erinnerte sich Kincaid. »Wir müssen ihnen nachgehen. Haben Sie einen ausgebildeten Rettungstrupp? Faith ist vielleicht verletzt –«

»Das Baby«, unterbrach ihn Nick. »Die Geburt stand unmittelbar bevor. Sie hätte diesen Anstieg nie geschafft –«

»Aber wenn sie es doch geschafft hat, dann müssen wir mit einer weiteren Komplikation rechnen. Wie steht's mit einer Trage?«

Es schien eine Ewigkeit zu dauern, bis sie endlich mit Greely in dessen eigenem Wagen hinunter ins Tal fuhren, gefolgt von dem Streifenwagen mit seinen Männern. Sie ließen die Autos am unteren Ende des Weges stehen und nahmen den Fußweg, der den südlichen Abhang des Tor hinaufführte, da Greely den Versuch, im Dunkeln den Nordhang zu erklimmen, als Wahnsinn abgetan hatte. Der Inspector stellte ein paar Beamte ab, die den nördlichen Zugangsweg so weit absuchen sollten, wie sie es für sicher hielten; einen weiteren Mann hatte er nach Chalice Well geschickt.

Nick, Greely und Kincaid gingen voran, nachdem Greely

für sie alle Taschenlampen besorgt hatte; die Nachhut bildeten drei Beamte mit Laternen, Stricken und der zusammenklappbaren Trage. Obwohl der südliche Anstieg längst nicht so steil war wie der nördliche, war es immer noch eine schwierige Kletterpartie. Der Regen hatte zum Glück aufgehört, sodass sie wenigstens bessere Sicht, wenn auch keinen sichereren Tritt hatten.

Sie hatten alle nicht sehr viel Luft zum Sprechen übrig; dennoch hörte Kincaid Greely mehr als einmal brummeln: »Wahnsinn. Der reine Wahnsinn.«

»Könnte mir gut vorstellen, dass sie das Mädchen wieder irgendwo am Straßenrand finden, zusammengerollt wie 'n Igel«, murmelte er, als sie auf dem ersten Plateau Halt machten, um zu Atem zu kommen. »Und dann werde ich mir schwer was einfallen lassen müssen, um meinem Chef das hier« – er deutete auf die Polizisten – »zu verklickern.«

»Ich hoffe, dass Sie Recht haben«, sagte Kincaid. Was hatte sich Gemma nur dabei gedacht, einfach wegzugehen, ohne ihm Bescheid zu sagen? Er wusste, dass sie so etwas nicht leichthin tun würde – und das Wissen darum verstärkte noch seine Sorge.

Sie gingen weiter; im Gänsemarsch erklommen sie den tückischen Fußpfad. Plötzlich blieb Nick, der vor Kincaid ging, so abrupt stehen, dass Kincaid bei dem Versuch, rechtzeitig abzubremsen, ins Schwanken geriet.

»Sehen sie mal!«, rief Nick. »Ein Licht! Da ist es schon wieder.«

Jetzt sah Kincaid es auch, ein schwaches, aber regelmäßiges Blinken oben auf dem Gipfel – ein SOS-Signal. Das konnte nur Gemma sein.

Die Entdeckung spornte sie an, mit neuer Kraft den Anstieg fortzusetzen. Greely murrte nicht mehr. Kincaid rief Gemmas Namen.

»Hier!« Kaum hatten sie den Gipfel erreicht, da kam sie

schon auf ihn zugerannt. Kincaid schloss sie in die Arme. In der Heftigkeit, mit der er sie an sich drückte, lag sowohl Wut als auch Erleichterung.

»Es tut mir Leid«, flüsterte sie. »Aber ich musste sie finden. Dem Baby geht es gut, es ist ein Mädchen – aber Faith blutet stark – es ist ziemlich ernst, glaube ich.«

Greely rief bereits über Funk einen weiteren Krankenwagen, und Nick war neben Faiths Kopf auf die Knie gesunken und murmelte ihren Namen. Die Beamten bereiteten inzwischen die Trage vor. Kincaid hockte sich zu den beiden und strich Faith mit der Fingerspitze über die Wange. »Sie hätten auf mich warten sollen. Mit mir hätten Sie wesentlich bequemer nach Hause fahren können.«

Faith bemühte sich zu lächeln. Das Baby ruhte an ihrer Brust, sein rosiges Mündchen lugte unter dem Saum ihrer Bluse hervor. Kincaid war von dem Anblick unwillkürlich bewegt.

»Wir werden Sie im Nu von hier oben fortschaffen«, versprach er und wollte schon einen Schritt zurücktreten, doch Faith griff nach seiner Hand.

»Andrew …«

»Schsch – machen Sie sich deswegen jetzt keine Sorgen. Es ist schon alles in Ordnung.«

Die Beamten kamen mit der Trage und schnallten Mutter und Kind darauf fest, und bald schon bewegte sich die Karawane in Richtung Tal.

Diesmal bildeten Kincaid und Gemma die Nachhut. Er bemerkte, dass sie humpelte, und als er stehen blieb, um ihr über eine besonders schwierige Stelle hinwegzuhelfen, sah er, dass ihre Hände blutig und geschwollen waren. Im Licht der Taschenlampe sah ihr Gesicht so blass aus wie das von Faith.

Der Krankenwagen wartete schon auf sie, als sie an der Straße anlangten. Zu seiner Verblüffung erblickte Kincaid Bram Allen, der in der Nähe auf und ab ging, die Stirn in Sorgenfalten gelegt. »Was geht hier vor?«, verlangte er zu wissen und kam auf sie zugeeilt. »Es war die Rede von einem Unfall, jemand soll auf dem alten Kinnersley-Hof schwer verletzt worden sein.«

»Andrew Catesby«, antwortete Kincaid.

»Aber das Mädchen …« Brams Blick folgte der Trage, die soeben in den Rettungswagen geschoben wurde.

»Hat sich einen ungewöhnlichen Ort für ihre Niederkunft ausgesucht.«

»Ich verstehe nicht«, sagte Bram mit zitternder Stimme.

»Wir verstehen es auch noch nicht. Sie –«

»Duncan!«, rief Gemma ihm vom Krankenwagen aus zu.

»Entschuldigen Sie«, murmelte er, an Bram gewandt, und drängte sich durch den Pulk von Polizisten zu Gemma durch.

»Faith möchte mit dir reden, bevor sie abfahren.«

Er stieg in den Krankenwagen. »Sie haben geläutet, Prinzessin?«

Faiths Lippen bewegten sich, und er beugte sich weiter zu ihr herab. »Ich wollte, dass Sie wissen …« Ihre Stimme war nur ein schwacher Hauch. »Andrew … ich wollte ihm nicht wehtun. Er – er sagte, er könne es nicht ertragen, wenn Winnie davon erfahren würde …«

»Sie haben das einzig Mögliche getan«, versicherte Kincaid ihr mit fester Stimme. »Sie haben nur sich selbst und Ihre Tochter verteidigt.«

»Ist er …«

»Denken Sie nicht darüber nach.«

»Wir sind abfahrbereit«, drängte der Sanitäter.

Kincaid wandte sich wieder an Faith und sagte: »Bald geht's Ihnen wieder besser. Wir sehen uns dann im Krankenhaus.« Er stieg aus und stand neben Gemma, während der Rettungswagen davonbrauste.

»Sie ist so schwach«, murmelte Gemma. »Da war so viel Blut … Und sie hat sich so schrecklich kalt angefühlt …«

Die Illuminationen raubten Winnie den Atem. So tief und leuchtend waren die Farben, so filigran die Details der minuziös ausgeführten Illustrationen, die jede zweite Seite des Foliobandes schmückten, dass sie sich kaum davon losreißen konnte, um sich dem eigentlichen Choral zuzuwenden.

Das Manuskript bestand aus sechzehn Seiten hauchdünnen, fast durchscheinenden Pergaments, das so gefaltet war, dass es ein großformatiges, flaches Buch ergab. Auf der jeweils rechten Seite füllten die Illustrationen die obere linke Ecke aus, fast ein Viertel der Seite, mit Verzierungen, die sich über den linken Rand sowie den Fuß der Seite fortsetzten. Der Text war auf Latein, und darüber verliefen jeweils vier rote Notenlinien, auf denen der eigentliche Choral mit schwarzer Farbe in einer altertümlichen eckigen Notenschrift notiert war.

»Er besteht tatsächlich aus zwölf Teilen«, sagte sie. »Aber ich erkenne die Sequenz nicht. Es ist keine normale Messe.«

»Das Stundengebet?«, schlug Jack vor.

Winnie erklärte Fiona die Zusammenhänge. »Das Stundengebet setzt sich traditionell aus den Gottesdiensten zusammen, die in einem Kloster zu bestimmten Tageszeiten gemeinsam gefeiert werden: Matutin, Laudes, Prim, Terz, Sext, Non, Vesper und Komplet. Das Repertoire des Chorals könnte auch das Rezitieren von Psalmen beinhaltet haben …« Sie wandte sich wieder dem Manuskript zu und begann mühsam den verschnörkelten Text zu entziffern und zu übersetzen. Sie murmelte die Worte vor sich hin – und plötzlich hatte sie es erfasst. »Es *ist* ein Psalm. Nummer 148! *Halleluja! Lobet im Himmel den Herrn; lobet ihn in der Höhe! Lobet ihn, alle seine Engel; lobet ihn, all sein Heer! Lobet ihn, Sonne und Mond; lobet ihn, alle leuchtenden Sterne! Lobet ihn, ihr Himmel allenthalben und die Wasser, die oben am Himmel sind!* Es geht noch weiter, mit Tieren und allem Vieh, mit Gewürm und Vögeln.«

»Und sieh dir mal die Illuminationen an.« Fiona zeigte mit dem Finger darauf, ohne jedoch das Pergament zu berühren.

»Da sind die Sonne und der Mond und die Sterne, und hier auf der nächsten Seite die Vögel… Aber schaut doch, der Hintergrund von diesem Bild hier – das ist Glastonbury. Da ist die Abtei, und dahinter der Tor.«

»Das hier ist Edmunds Werk«, sagte Jack. »Davon bin ich überzeugt. Seht hier, das ist wieder Glastonbury. Und hier. Und das hier, mit dem Wasser, das aus dem Hügel fließt, das ist Chalice Well, wie es damals ausgesehen hat, der Ort, wo er sich mit Alys getroffen hat.«

»In den letzten Tagen aber«, las Winnie, *»wird der Berg, darauf des Herrn Haus ist, fest stehen, höher denn alle Berge, und über die Hügel erhaben sein, und die Völker werden dazu laufen…* Das ist Micha.« Sie blätterte einige Seiten weiter und sagte: »Und danach kommt die Offenbarung des Johannes. Es ist die Botschaft Jesu an die Gemeinde zu Philadelphia: *»Wer überwindet, den will ich machen zum Pfeiler in dem Tempel meines Gottes, und er soll nicht mehr hinausgehen, und ich will auf ihn schreiben den Namen meines Gottes und den Namen des neuen Jerusalem, der Stadt meines Gottes.* Glastonbury… das neue Jerusalem…«

»Kannst du etwas davon singen?«, fragte Fiona. »Kannst du diese Notenschrift lesen?«

»Ja, aber… es braucht einen Chor. Versuchen könnte ich es ja mal…« Winnie studierte eine Weile die Passage über das neue Jerusalem, dann sang sie stockend ein paar Silben.

»Weiter«, baten Jack und Fiona, als sie abbrach.

Winnie sang eine weitere Verszeile, und mit jedem Ton wurde sie sicherer, sie spürte, wie die Macht der Musik in ihr aufstieg und ihren ganzen Körper in Besitz nahm. Als sie die Augen hob, zeigten ihr die Mienen ihrer Zuhörer, dass der Gesang bei ihnen einen nicht minder tiefen Eindruck hinterließ.

In Fionas Augen blitzten Tränen auf. »Für einen kurzen Moment dachte ich…«

»Es sei die Musik, die Sie gehört haben?«, fragte Jack Fiona.

»Vielleicht ein Echo davon…«

»Das hier« – Winnies Hände schienen die Luft um das Pergament herum einzuschließen – »ach, Jack – wie konnte irgendjemand zulassen, dass so etwas verloren ging?«

Jack ging zum Bücherschrank und kam mit einer zerlesenen Bibel zurück. »Die hier hat meinem Urgroßvater gehört, aber er hat alles, was er über die Generationen vor ihm wusste, aufgezeichnet. Ich glaube mich zu erinnern, Matthews Namen gesehen zu haben, als ich die genealogischen Daten für Simon herausschrieb. Hier ist es. *Matthew John Montfort, gest. 1762* – nur drei Jahre nachdem er den Brief geschrieben hatte. Ich fürchte, er hatte keine Gelegenheit, das Wissen um den Choral an seinen Sohn weiterzugeben.«

»Und Matthew wollte spezielle Vorsichtsmaßnahmen ergreifen und hat deshalb das Manuskript in dem Bilderrahmen versteckt. Das ist doch ironisch, oder, dass es gerade dadurch der Nachwelt verloren ging? Es sei denn … Könnte es etwa sein … wenn er schreibt: ›… *wie es mir aufgetragen wurde*‹.«

»Edmund? Nun, warum nicht? Es gibt keinen Grund, weshalb ich der Einzige sein sollte –« Jack erstarrte plötzlich.

Sie hörten Stimmen, und einen Augenblick darauf traten Duncan und Gemma ins Zimmer.

Winnie wusste sofort, das irgendetwas Schlimmes passiert war. »Faith? Ist sie –?«

»Sie ist auf dem Weg ins Krankenhaus«, beruhigte sie Gemma. »Mit ihrem Kind – einem kleinen Mädchen.«

»Wie – was ist denn passiert?«, fragte Jack, doch Winnie sah, dass Duncans und Gemmas Blicke auf sie gerichtet waren. Sie bereitete sich innerlich auf einen Schlag vor. Wenn es nicht Faith war, dann …

Duncan setzte sich neben sie. »Winnie, es tut mir Leid – es ist Andrew. Er ist ziemlich schwer verletzt. Sie haben ihn nach Taunton ins Krankenhaus gebracht.«

»O nein, bitte – nicht …« Sie blickte ihm forschend ins Gesicht und fuhr fort: »Das ist noch nicht alles, oder? Und auch noch nicht das Schlimmste. Faith –« Die Bruchstücke der Erinnerung setzten sich wieder zusammen. »Wir hatten uns im Café unterhalten, Faith und ich … sie erzählte von ihrem Archäologieunterricht. Erst hinterher, als ich den Berg hinaufging, wurde mir klar, dass sie Andrew gekannt haben musste – sie war Schülerin von Somerfield. Wenn dem so war, wieso hatte sie es dann nie erwähnt in der ganzen Zeit? Und Andrew – als ich ihm von dem Mädchen erzählte, das die Schule abgebrochen hatte, weil sie schwanger war, da erwähnte er mit keinem Wort, dass er sie kannte … Fiona! Das war der Grund, warum ich zu dir wollte. Ich musste mit jemandem reden.« Winnie sah wieder Kincaid an. »Du sagst, Andrew sei verletzt – wie ist das gekommen?«

»Eine Kopfverletzung«, antwortete Duncan ausweichend.

»Andrew hat versucht, Faith etwas anzutun.«

Kincaid konnte nur nicken.

Winnies Gesicht wurde ausdruckslos. »Ich muss ihn sehen. Fährst du mich bitte ins Krankenhaus?«

Im Krankenhaus stießen Gemma und Kincaid auf Nick Carlisle, der vor Faiths Tür nervös auf und ab ging. Er eilte gleich auf sie zu.

»Wie geht es ihr?«, fragte Gemma.

»Die Ärzte denken, dass sie die Blutung gestillt haben, aber sie ist furchtbar geschwächt. Im Moment schläft sie.«

»Und das Baby?«

Nick strahlte über das ganze Gesicht. »Es geht ihr gut. Kerngesund, sagen sie. Gemma, der Arzt sagte, Sie hätten wahrscheinlich Faiths Leben gerettet – und das des Babys. Wenn ich irgendetwas für Sie –«

»Sie hätten dasselbe getan«, sagte Gemma zu ihm. »Ich war eben einfach zuerst da.« Irgendwie verstand sie, dass seine Dankbarkeit von Neid getrübt war. Er wäre gerne Faiths Retter gewesen, der Held des Tages. »Vielleicht ist es ja ganz gut, dass es so gekommen ist und nicht anders. Dankbarkeit ist auch eine Last, und Sie können froh sein, dass diese Last nicht zwischen Ihnen beiden steht. Sie können jetzt ganz von vorne anfangen.«

»Ich wollte, es wäre so«, sagte Nick leise. Er sah niedergeschlagen aus, und Gemma erinnerte sich an das, was sie über seine Vergangenheit in Erfahrung gebracht hatte.

»Werden sie uns zu ihr lassen?«, fragte sie.

»Ich werde mal nachfragen.« Kincaid ging zur Information und beugte sich über die Theke, um mit der dunkelhaarigen Krankenschwester zu sprechen. Gemma sah, wie er sein effektivstes Lächeln spielen ließ; dann kam er zu ihnen zurück.

»Nur einer von uns für fünf Minuten, und das ist eine Sondergenehmigung, wohlgemerkt. Geh du rein, Gemma, ich bleibe bei Nick.«

Sie öffnete vorsichtig die Tür. Das Mädchen lag mit geschlossenen Augen in ihrem Krankenhausbett; ihre dunklen Wimpern warfen Schatten auf die Wangen. Das Baby lag neben ihr in einem Bettchen, nur der flauschige Haarschopf schaute unter der Teddybärendecke hervor.

Gemma wollte sich eben abwenden, da sie Faith nicht aufwecken wollte, als das Mädchen die Augen aufschlug. Gemma trat an ihr Bett und flüsterte: »Sie ist wunderhübsch. Weißt du schon, wie du sie nennen willst?«

»Bridget.«

»Bridget… war das nicht eine Heilige aus dieser Gegend?«

»Andrew… er mochte die Geschichte von St. Bridgets Kapelle in Beckery – dass allen, die durch die Öffnung kriechen, ihre Sünden vergeben werden…«

»Der Name passt zu ihr«, sagte Gemma leise. »Und du warst sehr tapfer, weißt du das?«

»Wirklich? Ich hatte solche Angst. Ich wusste ja nicht –«

»Das kannst du auch nicht, solange du es nicht selbst durchgemacht hast. Das Gute daran ist, dass man es schnell vergisst.« Gemma lächelte. »Jetzt musst du dich aber ausruhen –«

»Ich möchte mich bei Ihnen bedanken. Wären Sie nicht... Garnet hat gewusst, was passieren würde, nicht wahr? Auf dem Tor. Glauben Sie, dass sie irgendwie auch über Andrew Bescheid gewusst hat?«

»Ich glaube, dass Garnet dich geliebt hat«, sagte Gemma mit sanfter Stimme, »und das ist das Einzige, was zählt.«

Andrew war auf dem schnellsten Wege in den OP gebracht worden; dort hatte man die durch die Schläge auf seine Schläfe verursachte Blutung mittels eines chirurgischen Eingriffs abgeleitet, um den Druck auf sein Gehirn zu senken. Jetzt, so hatte der Arzt Winnie mitgeteilt, konnte man nur noch abwarten.

Sie hatte darauf bestanden, dass Jack in Glastonbury blieb. Ihre ungeteilte Aufmerksamkeit schien eine geringe Buße angesichts dessen, was sie ihrem Bruder schuldig war. Wie hatte sie nur so blind sein können, so in sich selbst befangen, dass sie die Gefahr nicht erkannt hatte, in der er schwebte? Sie saß an Andrews Bett, und die Angst krampfte ihr das Herz zusammen – Angst um ihren Bruder und um sich selbst.

Würde sie ihm seine Tat vergeben können? Und was noch schwieriger war, würde sie die Kraft finden, ihn zu lieben, jetzt, da sie die Geheimnisse kannte, die er vor ihr verborgen hatte?

Und wenn Andrew dies überlebte, würde er mit seinem eigenen furchtbaren Wissen leben können?

Er regte sich, seine Lider zuckten, und er öffnete die Augen. Zu ihrer großen Erleichterung erkannte er sie sofort und lächelte. Dann sah sie, wie der Schatten der wiederkehrenden Erinnerung über seine Augen fiel und wie ein Schauer des Entsetzens und der Scham ihn durchfuhr.

»Andrew, es wird alles gut, das verspreche ich dir. Wir werden es gemeinsam schaffen.«

Er wandte sein Gesicht ab.

Gemma und Kincaid fanden den Wartebereich der Intensivstation wieder und setzten sich hin, um auf Winnie zu warten. Kincaid rutschte nervös hin und her, während er mit gerunzelter Stirn und abwesendem Blick einen farbenfrohen Druck an der Wand betrachtete.

»Was hast du?«, bedrängte ihn Gemma. »Du denkst doch nicht, dass man Faith einen Vorwurf machen kann, weil sie Andrew verletzt hat –«

»Natürlich nicht. Es ist nur so, dass Greely dazu neigt, den Fall als lückenlos abgeschlossen zu betrachten. Das ist praktisch für ihn, aber mir gefällt es nicht.«

»Er geht davon aus, dass Garnet Andrew am Abend von Winnies Unfall auf der Straße gesehen und ihn später zur Rede gestellt hat.«

»Genau. Und das würde auch wunderbar zusammenpassen – abgesehen von der Tatsache, dass Andrews Alibi für die Zeit von Winnies Unfall sich bestätigt hat. Und wenn er bereit war, Faith zu töten, um zu verhindern, dass seine Schwester von der Affäre erfuhr, warum hätte er dann versuchen sollen, Winnie etwas anzutun?«

Gemma dachte eine Weile nach. »Andrew muss die Affäre mit Faith angefangen haben, nachdem Winnie Jack kennen gelernt hatte, vielleicht eine emotionale Verzweiflungstat. Als er erfuhr, dass Faith schwanger war, ließ er sie fallen und nahm ihr das Versprechen ab, niemandem davon zu erzählen. Welch eine furchtbare Ironie, dass Faith durch seine Zurückweisung dazu getrieben wurde, von zu Hause wegzugehen, woraufhin sie sich mit seiner Schwester anfreundete.«

»Wenn sein Motiv für den Mord an Garnet gewesen sein soll, sie daran zu hindern, Winnie sein Geheimnis zu verraten, warum hätte er dann Garnet an dem Abend *nach* Winnies Unfall töten sollen, wo er doch nicht wissen konnte, ob Winnie je das Bewusstsein wiedererlangen würde? Und das würde auch nicht erklären, wieso Garnet ertrunken ist.«

»Badewanne? Küchenspüle?«, riet Gemma.

»Und hinterher hat er dann sauber aufgeräumt, ohne eine Spur zu hinterlassen? Möglich wäre es. Aber irgendetwas stimmt da nicht. Gemma, was ist heute Abend dort oben auf dem Tor passiert? War da irgendetwas –« Kincaid brach ab, als die Tür zur Intensivstation aufging.

Winnie kam heraus und setzte sich neben Gemma. Sie sah erschöpft und mitgenommen aus, und sie schloss für kurze Zeit die Augen, wie um neue Kräfte zu sammeln.

»Wie geht es ihm?«, fragte Gemma.

»Den Umständen entsprechend gut, wie der Arzt sich ausdrückt. Es ist noch zu früh, um sagen zu können, ob die Schwellung wiederkehren wird, aber sie denken, dass die Aussichten gut sind.«

»Ist er bei Bewusstsein? Hat er –«

»Nein.« Winnies Augen füllten sich mit Tränen. »Nein, er hat mir nichts gesagt.«

Sie fuhren schweigend nach Glastonbury zurück. Winnie sah zu Nick und überlegte, ob es wohl Loyalität gegenüber Andrew gewesen war, die Faith so unzugänglich für Nicks stürmische Avancen gemacht hatte. Vielleicht würde sie nun in der Lage sein, diesen jungen Mann so zu sehen, wie er wirklich war.

»Faith!«, rief sie plötzlich. »Ich hatte ganz vergessen zu fragen. Geht es ihr gut? Und dem Baby auch?«

»Es geht ihr gut«, antwortete Gemma. »Und das Baby ist ganz süß. Faith hat es Bridget genannt.«

»Die heilige Brigida«, sagte Winnie leise. Es war ein guter und passender Name. Meine Nichte, stellte sie zum ersten Mal fest, und das ließ die Tränen fließen, die sie bisher zurückgehalten hatte. Sie ließ sie ungehindert über ihre Wangen strömen, und die salzigen Tropfen auf ihre Lippen schmeckten wie Blut. Etwas Gutes hatte das Ganze am Ende gehabt, und der Gedanke spendete Trost.

Doch als sie die Brücke über den Brue überquerten, sagte sie unvermittelt: »Ich möchte zur Abtei fahren.«

»Aber die ist doch geschlossen«, wandte Nick ein.

»Dann bringt mich zum Eingang in der Silver Street. Bitte. Ich kann es nicht erklären –«

Duncan sah sie über die Schulter an. »Ist schon in Ordnung. Sag mir nur, wo ich hinfahren soll.«

»An den Assembly Rooms in der High Street vorbei. Dann geht es rechts ab.«

Das Tor am Ende der Silver Street war verschlossen, aber da es aus Schmiedeeisen war, war dies die einzige Stelle, von der aus man das Gelände der Abtei frei einsehen konnte. Duncan parkte neben ein paar Mülltonnen, und Winnie sprang schon heraus, bevor der Wagen ganz zum Stillstand gekommen war.

Sie stand vor dem Tor und schaute durch die Gitterstäbe. die Wolken hatten sich verzogen, und im Mondlicht fiel der Schatten der Kirchenruinen auf den Rasen. Warum war sie hierher gekommen? Was hatte sie mit solcher Macht herbeigerufen?

Sie schloss die Augen und erblickte eine andere Vision. Sie hatte dort im Sonnenschein gestanden, unter den großen steinernen Bögen der Querschiffe, und sie hatte die Musik gehört, die ringsumher aufgestiegen war. Der Choral ... sie hatte den Choral gehört, und sie hatte ihn als das erkannt, was er war. Das Hochgefühl der Begeisterung und die Gewissheit, die sie empfunden hatte, erfüllten sie von neuem.

Ohne sich umzuwenden, sagte sie: »Unter den zahlreichen Gralsmythen, die seit Jahrhunderten mit der Geschichte Glastonburys verwoben sind, gibt es eine Legende, die besagt, dass der Gral kein Gegenstand sei – nicht etwa ein Becher oder ein Kelch –, sondern ein existenzieller Zustand der Transzendenz, der durch Riten und Gebete erlangt werden kann. Dieser Choral, für den die Mönche der Abtei ihr Leben hinzugeben bereit waren und für den Edmund alles getan hat, um ihn für künftige Generationen zu bewahren, ist ein Teil dieses rituellen Komplexes.

Ich war hier.« Sie drehte sich zu den anderen um. »Am Tag meines Unfalls. Jetzt erinnere ich mich. Ich habe alles gesehen, und ich hatte das Gefühl, vor Glück schier platzen zu müssen.«

»Und danach?«, fragte Duncan.

Sie runzelte die Stirn. »Ich bin – ich glaube, ich bin ins Galatea gegangen. Dann fuhr ich mit dem Rad nach Pilton, um einen Kondolenzbesuch zu machen – das weiß ich von Suzanne. Und dann« – die Szene blitzte vor ihrem inneren Auge auf: das grün schimmernde Laub, das Glitzern des Wassers –, »natürlich! – ich habe unterwegs bei Simon vorbeigeschaut. Wir haben im Garten seines Häuschens am Fluss Tee getrunken. Aber warum hat er das nicht gesagt, als ich mich nicht erinnern konnte?«

»Simon wohnt an einem Fluss, und niemand hat es für nötig gehalten, das zu erwähnen?« Gemma tauschte einen entgeisterten Blick mit Kincaid aus.

Nick sagte: »Aber Jack wollte doch zu –«

Duncan brachte ihn mit einem Blick zum Schweigen. »Steigen wir wieder ein, okay?«

Er trat zur Seite, um mit seinem Handy einen Anruf zu machen. Nach einigen Sekunden drückte er unter frustriertem Gemurmel wieder auf die Taste und setzte sich zu den anderen ins Auto. »Jack geht nicht ans Telefon. Winnie, sag uns doch, wie wir zu Simon Fitzstephens Haus kommen.«

Im Vorbeifahren erblickte Kincaid kurz den Turm der mittelalterlichen Kirche, dann wies ihn Nick an, nach links in eine steil abfallende Seitenstraße einzubiegen, die nach knapp hundert Metern endete. Jacks blauer Volvo parkte am Straßenrand kurz hinter dem Haus, das Nick und Winnie ihm als das von Simon Fitzstephen bezeichneten.

Während Kincaid den Escort hinter Jacks Wagen parkte, sagte er sich, dass Jack nicht wirklich in Gefahr war; es war vielmehr Winnie, die bedroht schien. Er überlegte hin und her, ob er darauf bestehen sollte, dass sie bei Nick blieb, oder ob er sie besser nicht aus den Augen lassen sollte, und entschied sich für Letzteres.

Die feuchten Zweige einer Trauerweide streiften sein Gesicht, als er ausstieg, und in der Dunkelheit klang das Rauschen des Baches wie ein Tosen.

Kincaid klingelte, öffnete aber gleich danach die Tür und rief »Hallo«, da er Fitzstephen keine Gelegenheit zu einer überstürzten Reaktion geben wollte – obschon es keinen Grund gab, weshalb der Mann plötzlich hätte in Panik geraten sollen. Schließlich war er in den vergangenen Tagen seelenruhig in Jacks Haus ein und aus gegangen; er war offenbar zu dem Schluss gekommen, dass Winnie sich an keine lästigen Einzelheiten mehr erinnern würde.

Fitzstephen erschien in der Diele; als er sie alle vor seiner Haustür erblickte, hob er überrascht die Hände. »Was ist denn das – ein Komitee? Jack, sieh mal, wer gekommen ist.« Sein asketisches Gesicht war leicht gerötet, sein Haar noch zerzauster als sonst. »Das ist ja eine wunderbare Überraschung. Kommt rein, kommt rein.«

»Winnie! Was machst du denn hier, Schatz?«, rief Jack.

»Setzt euch doch«, sagte Simon. »Jack und ich haben gerade mit einem Glas Scotch angestoßen, vielleicht möchtet ihr ja auch einen.«

Das Manuskript des Chorals lag aufgeschlagen auf dem Wohnzimmertisch, daneben standen ihre Whiskygläser.

»Wir sind nicht gekommen, um zu feiern, Simon. Es gibt da ein paar Dinge, über die wir uns unterhalten müssen.«

»Ach?«

»Alle sind sehr schnell damit bei der Hand gewesen, Winnies Unfall und den Mord an Garnet Todd Andrew Catesby anzulasten«, fuhr Kincaid fort. »Eine bequeme Lösung, wenigstens so lange, bis er sich wieder selbst verteidigen kann.«

»Wenn ich eines genau weiß, dann ist es, dass Andrew niemals versucht hätte, mir wehzutun«, sagte Winnie.

»Nein«, stimmte Kincaid ihr zu. »Das kann ich auch nicht glauben. Ich glaube noch nicht einmal, dass dein Unfall oder Garnets Tod irgendetwas mit Andrew oder mit Faith zu tun hatte. Ich glaube, es ging um etwas völlig anderes.«

Simon setzte sich und griff nach seinem Glas. »Winifreds Unfall war sicherlich nichts weiter als das – eben ein Unfall«, bemerkte er vernünftig.

»Nein. Jacks Verdacht war sehr begründet. Jemand hat Winnie an diesem Abend absichtlich angefahren. Es war eine kühne Tat, eine tollkühne vielmehr, aber es ging auch um enorm viel. Sehen Sie, Winnie hatte herausgefunden, dass dieser Choral« – Kincaid deutete auf das Manuskript – »in der Tat etwas ganz Besonderes war. Und sie hatte diese Erkenntnis nur einem einzigen Menschen anvertraut.

Finden Sie es nicht ziemlich merkwürdig, Simon, dass Sie es versäumt haben, irgendjemandem gegenüber zu erwähnen, dass Winnie Sie an jenem Nachmittag aufgesucht hatte?«

»Warum hätte ich das erwähnen sollen?« Simon schien verdutzt. »Sie war gekommen, um in der Nachbarschaft einen Besuch zu machen, und danach ist sie auf eine Tasse Tee zu mir gekommen. Was ist daran so merkwürdig?«

»Wir haben uns über den Choral unterhalten, Simon.« Winnie trat näher. »Über den zwölfteiligen, immer währenden Choral.«

»Was um alles in der Welt geht hier vor?«, fragte Jack. »Wovon redet ihr alle? Winnie –«

»Ich sagte Simon, dass ich glaube, der Choral gehöre zu den Riten, die Teil des Grals waren –«

»Aber der Gral ist ein Mythos«, protestierte Jack. »Und selbst wenn die Legende wahr wäre, wie kann ein Choral ein Kelch sein?«

»Ich glaube nicht, dass der Gral ein Kelch war. Ich glaube, er war – und ist – ein Zustand der Gnade, und dieser Choral gehörte zu den Mitteln, die benutzt wurden, um diesen Zustand herbeizuführen. Als ich Simon, der ja auch Priester gewesen ist, fragte, was das für uns und für die Kirche bedeuten würde, sagte er« – Winnie schloss die Augen, als ob sie sich an den genauen Wortlaut zu erinnern suchte –, »es sei ›kein stichhaltiges Konstrukt, da wir nicht mehr in einer theozentrischen Gesellschaft leben.‹ Und dann deutete er an, ich litte vielleicht an einer Art hysterischer Gefühlsverwirrung, nach dem Motto: ›Frauen in mittleren Jahren tendieren dazu, den Verstand zu verlieren, wenn sie sich verlieben.‹«

Den Blick fest auf Simon gerichtet, fügte sie leise hinzu: »O ja, jetzt fällt mir alles wieder ein. Du dachtest, du könntest mich davon abbringen, aber nachdem ich gegangen war, muss dir klar geworden sein, dass das nicht genügte. Also bist du mir nachgefahren. Du hast auf eine Gelegenheit gewartet, dafür zu sorgen, dass ich meine Theorien nicht weiter verbreiten würde.«

Fitzstephen hob die Hände zu einer hilflosen Geste. »Winifred, ich weiß nicht, was ich sagen soll. Wir haben über den Choral gesprochen, das stimmt, aber ich hätte nicht im Traum daran gedacht, dass es sich um etwas anderes als eine abgehobene Idee von dir handeln könnte. Ich kann nicht glauben, dass du denkst, ich würde –«

»Hast du nicht gedacht, wenn diese Sache bekannt würde, wäre dein Ruf als Gralsforscher ruiniert? Dass dann all deine gründlich recherchierten Theorien zerplatzen würden wie eine Seifenblase? Oder dachtest du, es würde dir irgendwie gelingen, die Entdeckung für dich selbst in Anspruch zu nehmen? Du warst schon immer skrupellos, Simon, wenn es darum ging, die Arbeit anderer so zu benutzen, wie es dir gerade passte, aber –«

»Denkt denn keiner mehr an Garnet Todd?«, fragte Kincaid. »Sie und Garnet kannten einander schon sehr lange, nicht wahr, Simon? Sie waren befreundet – vielleicht sogar irgendwann mehr als nur das?«

»Was hat meine Beziehung zu Garnet damit zu tun?«

»Ich bin davon überzeugt, dass Garnet wusste – oder zumindest ahnte –, dass Ihre Motive nicht mit denen der anderen in der Gruppe übereinstimmten. Vielleicht war sie Winnie an jenem Abend gefolgt, weil sie mit ihr über Faith sprechen wollte, oder vielleicht sah sie nur zufällig, wie Sie von der Lypatt Lane her kamen, und nachdem sie von Winnies Unfall erfahren hatte, musste sie nur noch zwei und zwei zusammenzählen.

Ist sie am folgenden Tag zu Ihnen gekommen, entschlossen, Sie wegen des Anschlags auf Winnies Leben zur Rede zu stellen? Haben Sie im Garten zusammen etwas getrunken? Und nachdem Ihnen klar war, dass sie etwas wusste, haben Sie sie dann vielleicht gebeten, sich irgendetwas im Bachbett anzusehen? Haben Sie –«

»Nein, warte«, unterbrach ihn Jack. »Gerade ist mir etwas eingefallen! Wir waren auf der Suche nach Faith an diesem Abend. Ich rief Sie an und bat Sie, im Bauernhaus nachzusehen, weil Garnet kein Telefon hatte, und Sie sagten, Sie würden hinfahren.«

»Richtig, und das tat ich auch.« Simon saß jetzt stocksteif auf seinem Stuhl. »Es war niemand dort, also fuhr ich wieder nach Hause. Was den Abend von Winifreds Unfall betrifft, da hatte ich einen Vortrag in Bristol, und zwar vor zweihundert Zuhörern, sollte sich jemand die Mühe machen wollen, das nachzuprüfen. Ich bin kurz nach Winifreds Besuch losgefahren und nicht vor Mitternacht zurückgekommen. Sie sind alle verrückt, vollkommen verrückt.«

»Aber –« Kincaid starrte ihn an. »Simon, als Sie an dem Abend zum Bauernhaus fuhren, stand da Garnets Lieferwagen im Hof?«

»Ja, aber im Haus war niemand. Ich habe geklopft und gerufen.«

»Verdammt. Ich war ein Idiot. Simon, verzeihen Sie mir. Gemma – wir waren blind. Winnie ist nie diejenige gewesen, die in Gefahr schwebte.«

20

Bei mehr als einer Gelegenheit sind wir, die wir am Abhang des Tor leben, gebeten worden, denjenigen Trost und Beistand zu gewähren, die wirklich gesehen haben, was zu suchen sie hergekommen waren.

Dion Fortune, aus: *Glastonbury*

Gemma kam es vor, als sei sie noch nie im Leben so müde gewesen. Sie hatte Kincaids Wortwechsel mit Simon Fitzstephen mit einem wachsenden Gefühl der Unwirklichkeit verfolgt, als ob sie sich allmählich von ihrem eigenen Körper loslöste. Und jetzt, als sie nach Glastonbury zurückeilten, hatte sie Probleme, Kincaids Logik zu folgen. »Willst du damit sagen, dass Fiona Allens Mann ihr etwas antun könnte?«

»Ich weiß es nicht. Aber was ich glaube, ist, dass Bram in die ganze Geschichte hineinpasst und dass es irgendetwas mit dem Tod der kleinen Sarah Kinnersley zu tun hat. Als ich ihr Foto in dem Zeitungsbericht sah, wusste ich, dass sie mir bekannt vorkam – und heute Abend bei Simon ging es mir plötzlich auf: Es war das Gesicht des Kindes in Fionas Gemälde.«

»Das Bild... es schien fast, als ob diese Wesen – waren es Engel? – das Kind beschützten ...«

»Bram und Garnet waren damals, als Sarah ums Leben kam, ein Paar. Für die Kinnersleys war der Verlust ihrer Tochter ein so vernichtender Schlag, dass sie alles stehen und liegen ließen und ihr Heim aufgaben – Buddy erwähnte, dass Garnet es ›für

’nen Appel und ’n Ei‹ gekauft habe. Buddy sagte auch, nach dem Tod der kleinen Sarah Kinnersley sei alles anders geworden. Bram verließ Garnet. Er heiratete Fiona.«

»Er verließ Garnet, weil sie die Wahrheit kannte? War Garnet an Sarahs Tod mitschuldig?«

»In den Aufzeichnungen, die sie in ihrer Küche aufbewahrt hat, schreibt sie, Faith sei ihre Erlösung, und dass mit der Geburt von Faiths Baby das Leben eines Kindes für das eines anderen gegeben würde. Aber ich glaube, sie muss zu dem Schluss gekommen sein, dass es nicht genügte und dass sie aktiv werden musste, um dem entgegenzuwirken, was mit Faith geschah.«

»Sie stellte Bram zur Rede.«

»Meine Vermutung ist, dass sie ihm sagte, sie würde sein Geheimnis nicht länger für sich behalten – es sei an der Zeit, dass er die Wahrheit sagte, um der Gerechtigkeit willen.«

»Und Winnie?«

»Garnet sagte Faith an dem bewussten Abend, dass sie verabredet sei. Ich schätze, sie hatte ein Treffen mit Bram vereinbart, vielleicht sogar genau an der Stelle, wo Winnie angefahren wurde.«

»Und im letzten Moment wurde Garnet klar, dass sie ihr Vorhaben nicht in die Tat umsetzen konnte – und Winnie war einfach nur zur falschen Zeit am falschen Ort«, führte Gemma den Gedanken zu Ende. »Als Garnet dann am nächsten Tag von dem Unfall erfuhr, konnte sie sich denken, wer dafür verantwortlich war.«

»Und sie ist dann zu ihm gegangen? Oder hat er sie aufgesucht? Simon sagte, als er an dem Abend zu Garnets Haus gefahren sei, habe ihr Lieferwagen noch im Hof gestanden. Ich nehme an, Bram ist im Bauernhaus gewesen, kurz nachdem Nick gegangen war.«

»Glaubst du, dass er sie im Haus ertränkt hat? Aber es gab doch keine Spuren.«

»Nein… Könntest du etwas für mich tun? Ruf doch bitte die Auskunft an, und lass dir Buddys Telefonnummer geben – Charles Barnes.«

Gemma folgte seiner Anweisung, wählte die Nummer, die man ihr genannt hatte, und reichte Kincaid das Telefon.

»Buddy? Hier spricht Duncan Kincaid. Kennen Sie die Quelle auf Garnets Grundstück? Gibt es dort ein stehendes Gewässer? Einen Teich oberhalb des Hauses. Gut. Ach, und noch etwas, Buddy: Wissen Sie, wo Garnet an dem Abend war, als Sarah Kinnersley ums Leben kam? Hatte sie damals ein Auto?« Er hörte noch eine Weile zu und sagte dann: »Okay, vielen Dank. Ich erklär's Ihnen später.«

»Sie war mit Bram Allen zusammen.«

»Und er dürfte gefahren sein. Garnet hatte zu der Zeit kein Auto.«

»Ich verstehe trotzdem noch nicht, weshalb du dir Sorgen um Fiona machst.«

»Weil ich glaube, dass es wie bei Andrew und seiner Schwester ist – dass es nur einen Menschen gibt, den Bram mit allen Mitteln davor bewahren würde, von seinem Verbrechen zu erfahren.«

Im Haus der Allens brannte noch Licht, und als Kincaid klingelte, öffnete Fiona sofort die Tür. »Bram«, sagte sie, »haben Sie ihn gesehen?«

»Er ist nicht hier?«

Fiona schüttelte den Kopf. »Als ich von Jack nach Hause kam, fand ich ihn im Atelier. Er war – so habe ich ihn noch nie erlebt. Mein Bild – er hatte mein Bild, das von der Abtei, mit dem Kind. Er hatte es mit einem Messer zerschnitten. Und dann hat er – er –«

»Ganz ruhig«, sagte Kincaid mit sanfter Stimme. »Was geschah dann?«

»Er sagte Dinge, die ich nicht verstand, irgendetwas wie:

Man müsse dem Ganzen endlich ein Ende setzen – und er nahm das Bild.«

»Bram hat das Bild mitgenommen?«

Fiona nickte. »Dem Ganzen ein Ende setzen – was hat er damit gemeint? Wo ist er hin? Bram –«

Kincaid nahm die nördliche Route. Tückischer, gewiss, aber schneller – und wenn Gemma es geschafft hatte, würde er es auch schaffen. Der untergehende Mond spendete noch genügend Licht, sodass er den Anstieg ohne Zwischenfall bewältigte, immer getrieben von der Angst vor dem, was er auf dem Gipfel vorfinden würde. Als er oben angekommen war, hielt er einen Augenblick inne, bis sich sein Atem beruhigt hatte. Dann ging er langsam weiter und suchte das silbrig glänzende Gras nach Anzeichen von Bewegung ab.

Er fand Bram Allen auf der anderen Seite des St.-Michaels-Turms, genau an der Stelle, wo Faith gelegen hatte. Bram saß zusammengesunken an der Mauer und hielt Fionas Gemälde umklammert. Kincaid erkannte das Messer in seiner rechten Hand vor dem Hintergrund der Leinwand.

»Bram«, rief Kincaid leise und blieb in einigen Schritten Entfernung stehen.

Bram stand auf und sah ihn ohne Anzeichen von Überraschung an. »Ich werde ihnen Blut geben, wenn es das ist, was sie wollen«, sagte er mit klarer Stimme. »Aber nicht dieses Mädchen und ihr Baby. Nicht noch einmal.«

»Wer will Blut?« Kincaid stand regungslos da.

»Die Alten. Garnet wusste davon. Garnet hat schon immer von ihnen gewusst. In dieser Nacht haben wir hier getanzt, auf dem Gras. Es war Samhain, die Zeit, wenn der Schleier am dünnsten ist. Wir riefen sie, und sie kamen. Wir waren wie berauscht davon, unbesiegbar; die Welt gehörte uns. Aber sie wollten mehr – ein Menschenleben – und wir waren nur ihre Instrumente.«

»Sarah.«

»Ich sah ihr Gesicht, nur für den Bruchteil einer Sekunde, hinter der Windschutzscheibe. Seitdem habe ich es jeden einzelnen Tag meines Lebens gesehen. Woher hat Fiona es gewusst?«

»Das Kind auf dem Gemälde.« Kincaid trat unmerklich näher, das Schimmern des Messers immer vor Augen.

»Warum? Warum musste sie zu Fiona kommen?«

»Das muss furchtbar für Sie gewesen sein, als Fiona die kleine Sarah zu malen begann.«

»Fiona verstand nicht, wieso ich den Anblick dieser Bilder nicht ertragen konnte. Dann wollte sie, dass ich sie in der Galerie aufhänge. Ich konnte nicht ablehnen.«

»Aber warum Garnet töten, Bram?«

»Sie fingen wieder an, sich zusammenzubrauen, die alten Kräfte. Garnet glaubte, dass sie es verhindern könnte – dass wir es verhindern könnten, wenn ich die Wahrheit sagte. Als sie Fionas Bilder sah, sagte sie, es sei ein Gottesurteil, *Fiona* sei meine Vergeltung. Fiona...« Die Verzweiflung in seiner Stimme ließ Kincaid das Blut in den Adern stocken. »All die Jahre habe ich geglaubt, ich könnte es wieder gutmachen, indem ich ihr meine Liebe gab, indem ich ein Teil ihrer Güte war. Das Einzige, was ich nicht konnte, war ihr ein Kind schenken... Ich glaubte, dieser Kummer wäre vielleicht schon Strafe genug.«

»Hatten Sie sich an jenem Abend mit Garnet auf der Straße verabredet?«

»Ein Kunde kam in die Galerie. Ich musste sie irgendwie loswerden. Und dann, als ich dort in der Dunkelheit auf sie wartete, dachte ich daran, wie einfach es wäre... Ich wusste nicht, dass es Winnie war, bis es zu spät war.«

Und er hätte sie sterben lassen, dachte Kincaid, *obwohl es so einfach gewesen wäre, Hilfe zu holen.*

»Aber Garnet wusste es, nicht wahr? Also haben Sie sie am

folgenden Abend zu Hause aufgesucht und haben sie überredet, mit Ihnen zur Quelle zu gehen.«

»Ich glaube, sie wusste am Ende, was passieren würde. Vielleicht dachte sie, dass mit ihrem Tod alles zu Ende sein würde. Aber das war nicht genug.«

»Bram, lassen Sie uns nach Hause gehen. Es ist vorbei. Ihre Frau macht sich schreckliche Sorgen um Sie.«

»Sie verstehen das nicht.«

»Ich weiß, dass Fiona Sie lieben wird, ganz gleich, was Sie getan haben –«

»Nein. Ich werde es nicht zulassen, dass sie von diesem … diesem Übel befleckt wird –« Die Geste, die er mit dem Messer vollführte, schloss den ganzen Tor ein. »Können Sie es fühlen? Wenn es einmal losgeht, kann nur noch Blut ihren Hunger stillen.«

»Bram, hier ist gar nichts. Gehen wir nach Hause zu Ihrer Frau. Wir setzen uns zusammen und trinken etwas. Morgen früh wird alles schon nicht mehr so schrecklich aussehen.« Er verlagerte sein Gewicht, versuchte den Abstand zwischen sich und dem Messer abzuschätzen.

»Ich kann nicht. Fiona –«

»Garnet hatte Recht, Bram. Die einzige Möglichkeit, dem ein Ende zu setzen, besteht darin, die Wahrheit zu sagen. Geben Sie Fiona die Chance, Ihnen zu vergeben. Sie liebt Sie – das sind Sie ihr schuldig.

»Ich –«

»Geben Sie mir das Messer, Bram.« Er trat näher und streckte die Hand aus.

»Aber *die Alten* –«

»Es ist vorbei, Bram, der Zyklus ist abgeschlossen. Die Alten brauchen Ihr Leben nicht.« Kincaid straffte alle Muskeln, bereit, sich auf die Waffe zu stürzen.

»Ich –« Bram schlug die Hände vors Gesicht und ließ sich gegen die Turmmauer sinken. »Sind Sie sicher?«

»Ich bin sicher.« Kincaid nahm das Messer aus seiner Hand, ohne dass er Widerstand leistete. »Gehen wir nach Hause.«

Er führte Bram vom Turm weg – Fionas zerstörtes Gemälde ließ er an der kalten Steinmauer zurück.

Sie machten sich an den Abstieg, wobei Kincaid sich so dicht an Bram hielt, wie es der schmale Pfad zuließ. Auf einer Seite gähnte der Abgrund; Matsch und lose Steine machten jeden Schritt zum Abenteuer. Der Wind blies ihnen um die Ohren, zerrte wie mit unsichtbaren Händen an ihren Kleidern.

An der ersten Haarnadelkurve drehte Bram sich um. Er sagte etwas, doch seine Worte wurden sogleich vom Wind mitgerissen. Dann prasselte ein Regen von Steinen von oben herab und traf ihn. Mit einer ruckartigen Bewegung versuchte Bram ihnen auszuweichen. Er verlor das Gleichgewicht und stürzte in die Tiefe.

»Bram!«, schrie Kincaid und versuchte nach ihm zu greifen – seine Finger fassten ins Leere. Er rief und rief, doch aus der undurchdringlichen Dunkelheit zu seinen Füßen kam keine Antwort.

Endlich machte er sich erschöpft auf den Weg ins Tal, um Hilfe zu holen – die, wie er wusste, zu spät kommen würde.

Es schien, als habe Bram am Ende doch Recht behalten. Die alten Götter gaben sich mit nichts Geringerem als einem Blutzoll zufrieden.

Auf der Fahrt nach Wells saß Gemma zusammengekauert hinten im Wagen und konnte an nichts anderes denken als daran, was für ein Gefühl es gewesen war, Faiths Baby in ihren Armen zu halten. Und immer und immer wiederholte sie stumm diese flehentliche Bitte: Dass sie nicht verlieren würde, was ihr geschenkt worden war.

21

...frage ich mich oft, ob das Leben von Avalon sich je wieder regen wird, oder ob wir nie wieder mehr als eine Touristenattraktion und eine Marktstadt sein werden. Werden diese toten Knochen sich Stück für Stück zusammenfügen, wie in Buckfastleigh geschehen? Man spricht davon, dass eine große neue Abtei im Schatten der alten entstehen soll... Und ich zumindest hoffe... verstockte Ungläubige, die ich bin, dass ich einmal ihr Angelusläuten von meiner hohen Veranda aus hören werde.

Dion Fortune, aus: *Glastonbury*

Kincaid wartete allein vor dem Abteil in der Notaufnahme auf Nachrichten von Gemma. Als der Arzt endlich herauskam, stand er auf. »Ist sie –«

»Es geht ihr gut«, teilte ihm der Arzt mit. Seine Stimme klang munter, aber er wirkte irgendwie abwesend.

»Aber was hat sie denn? Ist sie krank?«

»Äh, nicht direkt. Aber warum gehen Sie nicht zu ihr rein und sprechen selbst mit ihr?«

Er fand Gemma im Bett; sie trug ein lila geblümtes Krankenhausnachthemd, ihr Haar war offen und fiel ihr bis auf die Schultern. Er ging auf sie zu, setzte sich auf den Bettrand und sagte nur: »Was fehlt dir? Sag's mir.«

Sie lächelte zaghaft. »Mir fehlt eigentlich nichts. Ich bin einfach nur schwanger.«

»Schwanger?«

»Das kommt ziemlich häufig vor, weißt du, wenn man die Sachen macht, die wir so gemacht haben.«

»Aber – wie lange schon?«

»Acht bis zehn Wochen, meint der Doktor. Ich hätte es dir wohl eher sagen sollen. Ich war mir nur nicht sicher … und ich wusste nicht, wie es dir damit gehen würde … oder wie es mir damit eigentlich ging.«

»Das Baby – wird es gesund sein?«

»Die Plazenta ist ein wenig angerissen, aber es ist nichts allzu Ernstes. Ich muss zu einem Spezialisten, und der Doktor meint, ich sollte ein bisschen kürzer treten, als ich es gewohnt bin. Ich sollte in der nächsten Zeit besser keine Berge im Regen erklimmen oder Babys auf die Welt bringen.«

Gemma schwanger? Von ihm? Kincaid schüttelte den Kopf, versuchte das Wunder zu begreifen, das ihm widerfahren war. Aber was hatte sie damit gemeint, als sie gesagt hatte, sie sei sich nicht sicher, wie es ihr damit gehe? »Gemma – dein Job – ich weiß, wie viel er dir bedeutet. Wie wirst du –«

»Ich weiß es nicht«, sagte sie versonnen. »Aber heute Abend, als ich dachte, ich würde dieses Kind verlieren, da wurde mir klar, was für mich das Allerwichtigste ist.«

Kincaid brachte kein Wort hervor. Er nahm nur ihre Hand in beide Hände.

An der Schwelle zu Faiths Krankenhauszimmer zögerte Winnie. Kincaid hatte ihr gesagt, dass Faith sich hartnäckig weigerte, gegen Andrew Anzeige zu erstatten, sodass die Polizei keine Handhabe hatte, ihn wegen des tätlichen Angriffs auf sie zu belangen. Doch wenn ihr Bruder deswegen Dankbarkeit empfand, dann hatte er sie jedenfalls noch nicht zum Ausdruck gebracht – im Gegenteil, er war noch nicht einmal bereit gewesen, über Faith zu sprechen. Bei ihren Besuchen blieb er stumm und gleichgültig.

Die Ärzte hatten ihr gesagt, dass sich seine Genesung lange

hinziehen könnte; Winnie vermutete, dass seine emotionale Heilung noch viel schwieriger sein würde – falls sie überhaupt möglich war. Aber sie durfte die Hoffnung nicht aufgeben, und sie musste damit anfangen, dass sie die Dinge mit Faith regelte.

Sie holte noch einmal Luft, dann öffnete sie die Tür und trat ein. Faith begrüßte sie mit einem Lächeln, und Winnie sagte Gott innerlich Dank dafür, dass dieses Mädchen in ihr Leben getreten war.

Nachdem sie die kleine Bridget gebührend bewundert hatte, fragte sie: »Mit deinen Eltern – wie ist es gelaufen?«

»Okay. Sie waren ganz hingerissen von Bridget, nicht wahr, mein Schätzchen«, gurrte sie dem Baby an ihrer Brust zu. »Aber ich kann nicht zu ihnen zurückgehen. Ich weiß nicht, wie wir zurechtkommen werden, Bridget und ich, aber ich weiß, dass ich in dieses Leben nicht mehr hineinpasse. Winnie – als ich herausfand, dass du Andrews Schwester bist, da hatte ich Angst, du könntest irgendwie erraten, von wem das Baby ist, und ich hatte doch versprochen, dass niemand es je erfahren würde –«

»Es ist schon gut, Faith. Wir müssen jetzt an die Zukunft denken, und ich möchte dir einen Vorschlag machen. Ich könnte im Pfarrhaus ein bisschen Hilfe gebrauchen. Und selbst wenn Jack einzieht –«

Faiths Gesicht strahlte. »Ihr werdet heiraten?«

»Sobald es irgendwie geht«, gestand Winnie ein. »Aber selbst dann wird im Pfarrhaus noch genug Platz sein – es ist zwar ein zugiges altes Gemäuer, aber so lange, bis du auf eigenen Füßen stehen kannst. Und wir sind schließlich eine Familie –«

»Andrew. Er wird das nicht – ich meine, ich kann doch nicht –«

»Aber sicher kannst du das tun. Andrew hat nicht darüber zu bestimmen, wer in meinem Haus wohnt.«

»Aber –«

»Mein Bruder steht so tief in deiner Schuld – das kann er nie wettzumachen hoffen. Aber für den Anfang kann er wenigstens für die kleine Bridget Unterhalt zahlen und sich an den Gedanken gewöhnen, dass wir alle irgendwie miteinander auskommen müssen.«

Nachdem Winnie gegangen war, fiel Faith in einen tiefen und traumlosen Schlaf, und als sie aufwachte, wusste sie, was sie tun würde. Garnets Vermächtnis durfte nicht untergehen. Sie, Faith, würde ihr Werk mit Winnies Hilfe fortführen. Sie würde die Kunst der Fliesenherstellung erlernen.

Sie grübelte immer noch über die Einzelheiten ihres Plans nach, als Nick an die Tür klopfte. Er war rührend um sie und Bridget bemüht, doch Faith fiel eine gewisse Verkrampftheit an seinem Benehmen auf, und sie spürte eine ungewohnte Distanz zwischen ihnen.

»Nick, was ist los?«

Er zögerte, bevor er ihren Blick erwiderte. »Ich bin gekommen, um mich von dir zu verabschieden.«

»Was meinst du damit – dich zu verabschieden? Ich komme morgen nach Hause – das heißt, zu Jack nach Hause. Und dann hat Winnie mich gefragt, ob ich zu ihr ins Pfarrhaus ziehen möchte.«

»Ich weiß«, erwiderte Nick. »Sie hat es mir gesagt. Aber ich gehe fort von Glastonbury. Ich muss zurück nach Northumberland, Faith, weil ich dort noch etwas zu erledigen habe.«

Faith starrte ihn an. Mit einem Mal wurde ihr klar, dass sie in ihrer Gedankenlosigkeit angenommen hatte, Nick würde immer dasein, so beständig wie die Sonne und der Mond.

»Aber… du kommst doch wieder, nicht wahr?«, fragte sie, bemüht, mit fester Stimme zu sprechen.

»Ich weiß es noch nicht. Aber wenn ich alles so hinkriege, wie ich denke, dann will ich vielleicht versuchen, einen Platz im Priesterseminar zu bekommen. Ich dachte – ich dachte eigentlich, jemand, der so viel Mist gebaut hat wie ich, könnte niemals Priester werden, aber Winnie sagt, man kann die Fehler anderer nur verstehen, wenn man selbst schon welche gemacht hat. Praktische Lebenserfahrung hat sie es genannt.« Er lächelte. »Schau nicht so schockiert drein. Es ist das, was ich immer schon gewollt habe; ich habe nur eine Weile gebraucht, um mir selbst darüber klar zu werden.«

»Aber… *Pater Nick*?« Sie musterte ihn, als sehe sie ihn zum ersten Mal. Nick ein Priester, wie Winnie? »Na ja…«, sagte sie zögernd, »ich denke, ich könnte mich dran gewöhnen.«

Gemma und Kincaid hatten alles, was sie über den Mord an Garnet Todd und Bram Allens Selbstmord wussten, an DCI Greely weitergegeben. Seine Leute hatten bereits Garnets fehlenden Ohrring in der Nähe des Teichs oberhalb ihres Hauses gefunden, ebenso wie eine Strähne von Garnets langem grau meliertem Haar, die sich in einem Knopf der Jacke verfangen hatte, die Bram Allen am Abend der Tat getragen hatte.

Jetzt saßen sie vor dem Kamin in Jacks Wohnzimmer, tranken Tee und diskutierten die Ereignisse der vergangenen Tage. Andrews Hündin Phoebe, die vorübergehend aus seinem Haus auf Hillhead gebracht worden war, hatte sich auf Gemmas Füßen zusammengerollt.

»Wird Fiona darüber hinwegkommen?«, fragte Kincaid.

»Sie ist sehr stark«, antwortete Winnie. »Aber das hier… ich weiß nicht. Ich bin nie zwei Menschen begegnet, die einander mehr geliebt hätten.«

»Auch wenn Bram nicht der war, für den sie ihn gehalten hat?«

»Ich bin mir nicht sicher«, meinte Winnie zögernd, »ob das eine Rolle spielt. Und wer von uns ist denn jemals ganz und gar ehrlich gegenüber anderen?«

Gemma dachte an ihre eigene Unfähigkeit, mit Duncan über das zu sprechen, was ihr am meisten am Herzen lag. »Was ist mit Edmund? Glaubt ihr, dass er jetzt weiß, dass Alys und ihr gemeinsames Kind überlebt haben?«

»Ich hoffe es«, antwortete Jack. »Nach achthundert Jahren hat er endlich seinen Frieden verdient.«

»Wie die kleine Sarah Kinnersley«, sagte Winnie leise.

»Was wirst du mit dem Manuskript machen?«, fragte Kincaid.

»Zuerst einmal werde ich es studieren«, entgegnete Jack, ohne zu zögern. »Ich werde einige Experten wegen des Chorals um Rat fragen, und auch Konservatoren. Das Manuskript selbst ist erstaunlich gut erhalten, und wir wollen, dass das auch so bleibt.«

»Du willst es nicht länger geheim halten?«

»Ich denke, ein knappes Jahrtausend ist lange genug, meint ihr nicht auch? Die Menschen sollten davon erfahren – wer weiß, wozu das noch gut sein kann?«

»Es ist aber doch eine ziemliche Verantwortung, oder?«, meinte Gemma nachdenklich. »Wenn es das ist, was du vermutest.«

»Aber in Glastonbury hat es immer schon Leute gegeben, die sich um die Bewahrung unseres kulturellen Erbes bemüht haben«, warf Winnie ein. »Denkt nur an die Mönche und an Bligh Bond, und den Chalice Well Trust... Wir würden nur eine bewährte Tradition fortführen. Ich glaube, dass Edmund das gewollt hätte.«

»Was ist mit Simon?«, fragte Kincaid. »Ich fürchte, wir haben ihm Unrecht getan, ganz gleich, welcher Verfehlungen er sich in der Vergangenheit schuldig gemacht hat.«

»Ja, das kann sein...« Ein leichtes Lächeln spielte über Winnies Lippen. »Wenn ich auch erfahren habe, dass er schon mit jemandem über die Veröffentlichung von Edmunds Mitteilungen gesprochen hat, ohne vorher Jack zu fragen.«

»Unter dem Schafspelz steckt also immer noch ein Wolf.«

»Ich bin sicher, er hatte vor, es mir zu sagen«, beharrte Jack –

und machte damit klar, dass er und Winnie genügend Meinungsverschiedenheiten haben würden, um ihr gemeinsames Leben auf Dauer spannend zu gestalten.

»London wird uns im Vergleich zu Glastonbury todlangweilig vorkommen«, meinte Kincaid grinsend. »Trotzdem denke ich, wir sollten allmählich zusehen, dass wir nach Hause kommen.«

»Wartet.« Jack stand auf. »Ich hab noch was für Gemma.« Er ging hinaus und kam kurz darauf mit einem flachen, in Papier eingeschlagenen Paket zurück.

»Für mich?«, fragte Gemma und nahm es neugierig entgegen. Als sie die Schnur gelöst und das Papier zurückgeschlagen hatte, erblickte sie ein Ölgemälde eines Jagdspaniels, der sie mit ebenso seelenvollem Blick ansah wie Phoebe. »Oh«, hauchte sie. »Das ist wunderbar.«

»Siehst du, ich hab's nicht vergessen«, sagte Jack, an seinen Cousin gewandt.

»Aber der ist nicht halb so wunderbar wie du, was, mein Schatz?«, flüsterte Gemma, die sich vorgebeugt hatte, um Phoebes seidige Ohren zu kraulen. Sie dachte an ihre Wohnung, die ohnehin schon zu klein war – einen Hund zu halten war nie in Frage gekommen, sosehr Toby sie auch deswegen bestürmt hatte. Aber jetzt sah sie sich mit noch wesentlich größeren Herausforderungen konfrontiert, und sie fühlte sich mit einem Mal befreit. Es schien ihr, als sei plötzlich alles möglich, und die Aussicht auf die unvermeidlichen Veränderungen, die ihr bevorstanden, erfüllte sie mit brennender Erwartung. Was war nur mit ihr geschehen?

Konnte es sein, so fragte sie sich, dass die Magie von Glastonbury noch ganz andere Wirkungen gezeitigt hatte, als sie sich hatten träumen lassen?

Sie standen unter den großen steinernen Bögen der Abteikirche. Es war ein wunderbarer Novembernachmittag, doch die

Sonne senkte sich bereits zum Horizont, und in der Luft lag der erste Hauch der Abendkühle. Es war kurz vor Toresschluss, das Gelände war fast menschenleer, und bald würden auch sie gehen müssen.

»Hier«, sagte Winnie zu Jack und ging zwischen den Überresten des Kirchenschiffs hindurch zum Chor. »Ich denke, er sollte an dieser Stelle gesungen werden, so wie es ursprünglich gedacht war.«

»Und an dem Ort, an dem die Mönche ihr Blut vergossen haben, um ihn zu schützen«, pflichtete Jack ihr bei, den Blick auf die Stelle gerichtet, wo einst der Altar gestanden hatte. »Ist das möglich? Wäre es machbar?«

»Ich wüsste nicht, was dagegen spricht. In ganz England – und auch im Rest der Welt – gibt es Chöre, die sich um eine solche Chance reißen würden. Aber …«

»Was?«, drängte er, als er sah, wie sie die Stirn runzelte.

»Ich denke, der Choral sollte in Glastonbury gesungen werden, von gewöhnlichen Leuten aus Glastonbury. Es kommt nicht auf Vollkommenheit an, sondern auf die Absicht, die dahinter steht.«

Jack zog ein Blatt Papier aus der Tasche, das er mitgebracht hatte, um es ihr zu zeigen. »Das habe ich heute im Büro geschrieben.«

»Edmund?«

Er nickte und wollte ihr das Blatt geben, doch sie schüttelte den Kopf. »Nein, lies es mir vor, bitte. Ich stelle mir immer gerne vor, dass seine Stimme wie deine geklungen haben muss.«

Jack mühte sich, in dem schwindenden Licht die kleine Schrift auszumachen, und begann stockend zu lesen: *»In der Gemeinschaft herrscht große Freude. Der Geist lebt weiter, und was wir erträumt haben, reichen wir an euch weiter, als Symbol der großen Wahrheit, die da kommen wird.*

Doch ihr müsst stets wachsam sein, denn ob ihr auch die Tür ver-

schlossen habt, das Gleichgewicht ist stets bedroht, und gefährlich ist der Fall. Zweifelt nicht an eurem Wert, denn diese Aufgabe ist euch in gutem Glauben anvertraut worden; und fürchtet euch nicht, denn wir werden mit euch wachen. Möget ihr wachsen im Geist und in der Freude.«

Jack sah von dem Blatt auf. Die untergehende Sonne hatte den Himmel im Westen rot und golden gefärbt, und für einen Augenblick hätte er schwören können, dass er ein Echo von Stimmen hörte, die sich zum Gesang erhoben.

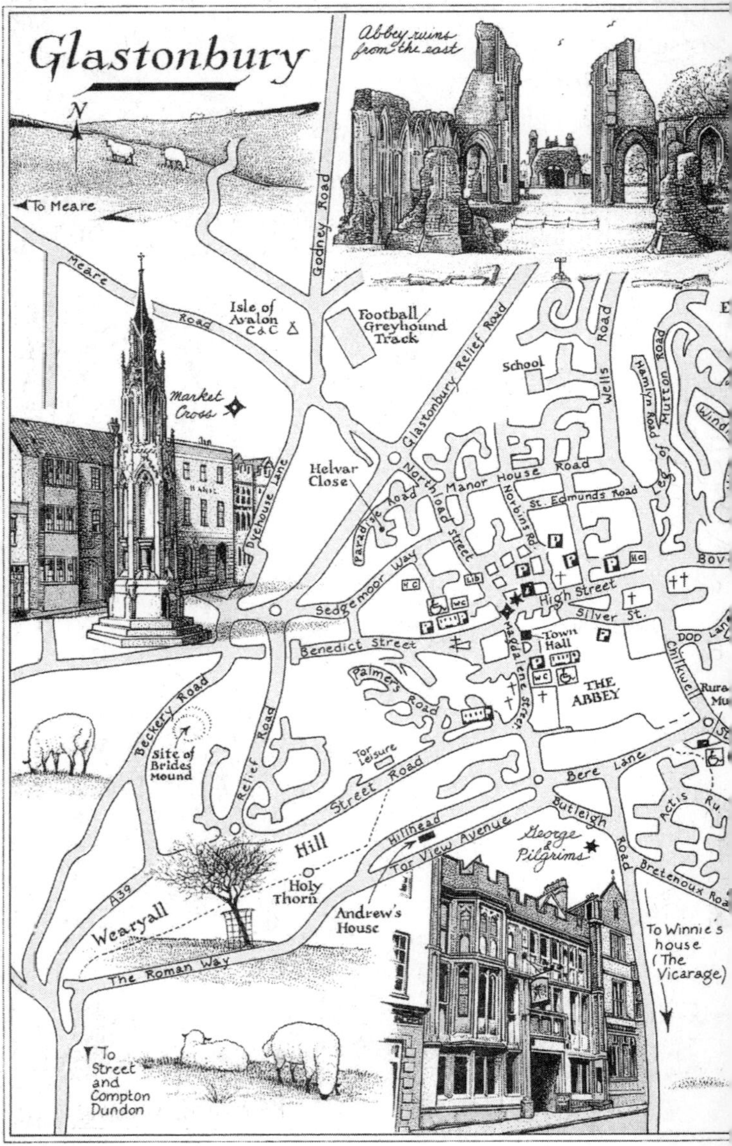
Glastonbury
N
To Meare
Abbey ruins from the east
Meare Road
Godney Road
Isle of Avalon C&C
Football/Greyhound Track
Glastonbury Relief Road
School
Wells Road
Hamlyn Road
Leg of Mutton Road
Market Cross
Helvar Close
Dyehouse Lane
Northload Street
Manor House Road
Paradise Road
Norbins Rd.
St. Edmunds Road
Sedgemoor Way
High Street
Silver St.
Benedict Street
Town Hall
Magdalene Street
Chilkwell
Rural Mu
Palmers Road
THE ABBEY
Beckery Road
Site of Brides Mound
Relief Road
Tor Leisure
Street Road
Bere Lane
Butleigh Road
Actis Ru
George & Pilgrims
Hillhead
Tor View Avenue
Hill
Holy Thorn
Andrew's House
Bretenoux Road
A39
Wearyall
The Roman Way
To Winnie's house (The Vicarage)
To Street and Compton Dundon

Andrew's Spaniel Phoebe
Glastonbury Abbey The Lady Chapel
The Abbot's Kitchen
Old Wells Road
Ridgeway Gardens
Wick Hollow
Paradise Lane
Stone Down Lane
Bulwarks Lane
Fiona's House
Scene of Winnie's Accident
Garnet's House
The Lady Chapel looking towards The Great Church
Garnet's cat Dion
Chalice Hill
Wellhouse Lane
Dream Cafe
THE TOR
Chalice Well
White Spring
Basketfield Lane
Gypsy Lane
Coursing Batch
Ashwell Lane
Edgarley Road
Jack's House
To Pilton
Wick Lane
A361
To Shepton Mallet
Cinnamon Lane
Glastonbury Tor
Endpaper by Laura Hartman Maestro ©2001

Danksagung

Wieder einmal danke ich den Mitgliedern meiner Autorengruppe für ihre uneingeschränkte Unterstützung und ihre Geduld: Steve Copling, Dale Denton, Jim Evans, John Hardie, Viqui Litman, Diane Sullivan und Ricky Thornton. Besonderer Dank gilt Diane Sullivan, RN, BSN, für ihren Rat in medizinischen Angelegenheiten, und Dr. Davis Wortman, dem Musikdirektor der St. Matthew's Cathedral in Dallas, Texas, für seine Erläuterungen zu den Komplexitäten des gregorianischen Gesangs.

Ebenfalls zu Dank verpflichtet bin ich Marcia Talley und Carol Chase für ihre Vorschläge und für das Gegenlesen des Manuskripts; meiner Lektorin Kate Miciak dafür, dass sie aus diesem Buch ein noch besseres gemacht hat; und meiner Agentin Nancy Yost für Beistand und Ermutigung.

Und mein letzter, aber gewiss nicht geringerer Dank gilt Rick und Katie für den festen Boden unter meinen Füßen.